陆天明当代作品精选

命运

下

陆天明◎著

天津出版传媒集团
天津人民出版社

第六十二章

下午时分，冯宁正在他住的那间小工房里结算最近这一个时期以来的资金账时，一个工人气喘吁吁地冲了进来，通报道："冯老板，你快去看看，咱们外运的玉米全都退回来了。"这个消息让冯宁大吃了一惊。这批运出的玉米，几乎动用了冯宁手头上所有的可以使用的资金。如果出了问题，冯宁不仅会把老本全亏了进去，还会因此而背上一笔相当沉重的债务，这笔债务可能会使他在好多年里都难以翻得过身来。

冯宁赶紧跑到货场上。四五挂满载着玉米的卡车刚刚停稳。领头的那挂车的司机从驾驶室里探出头来喊叫道："有人卸车没有？"

冯宁忙冲过去："等一会儿……等一会儿……先别卸货……"

司机一听有人嚷嚷着不让卸货，心里先就烦了，横着瞪了冯宁一眼道："你是哪棵大葱？"

一个工人忙上前介绍："他就是我们老板，这些鸡饲料的发货方。"

司机再瞟了冯宁一眼，冷笑道："就是你啊，把这些发了芽又发了霉的东西假充好货拿去蒙人？"

冯宁忙说道："先别急着卸货……稍等一会儿……等一会儿……"说着，便拿起一把专用钢钎，跳上车，把那把专用钢钎用力捅进麻袋里，然后取出一些玉米粒儿。这些玉米粒儿确实是既发了芽，又已经开始变黑了。

他不甘心地又踩着高低不平的麻袋冲到车厢的另一个角落处，从另一个麻袋里取出一些样品。那些玉米粒儿也发了芽，又变黑了。他接着把钢钎捅进第三个麻袋、第四个麻袋里……取出的玉米粒儿样品，无一不是发芽变黑了的。冯宁绝望了。别人要你的玉米粒儿是做饲料的，发芽发黑变质了的玩意儿，别人当然要退货。他呆站在那些麻袋上，茫茫然地向另外几辆卡车看了一眼，然后又疯了似的向其他几辆车冲去。他希望这几车东西至少能有一两辆车的玉米还能换回一点钱来，不至于让自己瞬间变成一个破产的"绝户头"……

但是，在那几挂车上，他仍然没有抽出完全没有变质发霉的玉米样品来……

他不知道自己最后是怎么指挥那些个工人卸下这些麻袋的，也不知道自己是怎么在司机手中的退货单上签字的，更不知道那些个卡车是在什么时候，又是在什么情况下开走的……眼前这场不大不小的雨又是在什么时候开始下起来的……一切都变得那样的茫然不觉，又是那样的荡然无知。完全空白的脑海中始终在回响的只有这样一个声音："完了……这下彻底完蛋了……"

等恢复了些许的知觉后，他只看到自己踽踽地行走在市内一条陌生的小马路上。自己怎么会跑到市里来的？不知道。天上还在淅淅沥沥地下着小豆粒般的小雨。既没打伞也没穿雨衣的冯宁呆呆地坐在街边林荫下的一个石墩子上。不断有人匆匆从他身边走过，多数人都向他投来关切的一瞥，但没有人停下他们匆忙的脚步，更没有人来询问他，到底发生了什么事，会如此失魂落魄。不一会儿，两个带着少先队红领巾的女孩儿发现了冯宁，但她们不敢贸然地上前询问，便在离他不远的地方站下了，小声地研究了好长一段时间，还是没勇气走近去。过了一会儿，又来了两个男孩子，四个人围在一起，又嘀咕了一阵，但等他们决定鼓起勇气要采取行动，去关心一下这个在雨中有失常态的"大哥哥"，转过身去看时，那个"大哥哥"却不见了，那个石墩子上已经空无人影了。

第六十三章

每天临近晚饭时分，是这个职业中介所一天里最空闲的时候。说它"空闲"，只是说来这儿寻找劳务工的雇主少了。雇主们——这些在深圳已经相对地有了比较稳定的职业和生活的人，这时候已经找到了他们所要雇用的人，即便没雇到的，这时也赶着回家去忙晚饭，或者得去参加预定的应酬和约会，只有那些劳务工们，那些还没有被雇主带走的劳务工，来深圳求职的碰一碰运气的年轻男女们，带着随身的行李卷，仍然挤在中介所里，用期待和疲乏的神情，任劳任怨地等待着这一天里最后的奇迹出现。

这时候，陶怡带着冯宁走进了这个职介所。

清醒过来后，冯宁在大街上又漫无目的地游逛了好大一会儿，确认自己不仅清醒了，而且也已经镇静下来了以后，他去找陶怡了。为什么要去找陶怡？难道陶怡能给此时此刻处于绝境中的自己以决定性的帮助？当然不可能。但为什么还要去找陶怡？他真的说不清。他只知道，心里的一个直觉在推动自己去找陶怡。同样说不清的是，很绝望时，自己只要想到这个小丫头，心里就会泛起一种让自己无法回避的温暖感……见到陶怡，他并没有很详细地告诉陶怡他到底发生了什么。但聪明的陶怡还是感觉到“兵哥哥”出了大事，他一直为之努力的向往着的“饭碗”砸了，用时下流行的话来说，就是“待业”了，被逼进了绝境。她不容他抗辩，坚持带他来这个职介所，让他见一见尤妮。

尤妮那个经理办公室窄小而且有点零乱。冯宁见尤妮的第一眼，就认定，这个脸色有点苍白，脸形有点窄长，眼神特别凌厉，胸部却并不饱满的“女孩儿”是个可以交往，而且一定还是个值得交往的人。

陶怡先向尤妮说明了他俩的来意。尤妮便直接向冯宁发起问来：“你有什么特长？”冯宁刚想回答，陶怡抢着回答了：“他手特巧，脑袋瓜也特灵活……”尤妮瞪了陶怡一眼：“是他叫冯宁，还是你叫冯宁？”陶怡只得不作声了。

尤妮回过头来，又重新问冯宁：“到底有什么特长？”

冯宁说：“当兵的，没什么特长。”

尤妮一愣。

陶怡也一愣。

尤妮咧开她那张好看的大嘴，乐了：“你没特长，来我这儿干什么？”

冯宁平静地反问：“你屋外那么些人，都是有特长的？所有从农村到深圳来打工的男女，都是有特长的？”

尤妮叫了起来：“哎哎哎，你是来跟我找别扭的，还是来求我替你找工作的？不想谈，那就算了！”这时，有人叫她，说外头有人来找临时工了，她便匆匆对陶怡说了声：“你们等我一会儿。”就去外头了。

大约过了十来分钟，陶怡给冯宁使了个眼色，让他跟她上外头去说话。一走出职介所的门，陶怡又把冯宁带到楼下，上了大街，陶怡就责备道：“你刚才怎么这么跟人家尤经理说话？你是存心跟人尤经理过不去还是怎么的？人家好不容易替你说通了尤经理，她都答应替你找个工作了。”

冯宁笑道：“我总得说实话。”

陶怡：“你当了那么多年的兵，总学了许多本事的吧？”

冯宁：“当兵的那一套，她这儿用得上吗？”

陶怡："那你也不能说自己啥也不会。"

冯宁笑了笑："不说这事了。咱们吃饭去。"

陶怡气呼呼地说："吃饭？你还有钱请我吃饭吗？"

冯宁说："咱吃不了大饭店，还不能吃大排档？吃不了生猛海鲜，还不能吃家常小吃？吃不了下顿，还不能先把眼前这一顿塞饱了？嗤，我还不信了，尿还真能把活人憋死了！"刚说到这儿，冯宁突然不说了，他看到尤妮直直地向他们走了过来。

尤妮不高兴地揶揄道："怎么，招呼都不打一个就走啊？这是什么礼数？"

陶怡忙解释："不是不是……"

"不是个啥呀？"尤妮说着，又转过身去对着冯宁说道，"冯宁，我警告你，你再跟我斗嘴，我绝对不会再管你这屁事。"

陶怡忙说："刚才……冯哥他不是存心的……"

尤妮瞪了陶怡一眼："小丫头，我跟冯宁说话，你少插嘴！"

陶怡不作声了。

尤妮接着说着："今天我们先不说别的，你先跟我澄清两个事实：第一，听陶怡说，你曾经在蛇口干过，而且干得特别出色，替余涛出过一个特别了不起的点子，连那么牛皮的余涛都非常赏识你。这是不是真的？第二，余涛后来想留你，你更牛皮，居然拒绝了余涛的挽留。这也是真的？假如这两档子事都是真的，那我倒要问了，余涛都留不住你，你上我这儿来干吗？你知道我这儿是干什么的吗？介绍人去当保姆、钟点工、电工、服务员、天车工、车工、铣工、保安、门卫……这些活儿你愿意干吗？干得了吗？"

冯宁笑了笑道："怎么的，咱们就在这大马路上说？"

尤妮脸略略一红："我又没让你们上大马路上来！"说着，把他俩又带回到职介所办公室里。冯宁说道："先回答你前边的两个问题。第一，我在蛇口，确实出过一个点子，那个点子也确实起了一点作用。但必须说清楚，这点子不是替余董事长出的。那会儿我纯粹就是码头工地上一个卖苦力的，跟余董隔着十万八千里哩，怎么谈得上去替他出点子呢？"

尤妮说："那出那个点子是怎么一回事？"

冯宁说："当时出那个点子，就是觉得，现在通行的这个劳动报酬制度对我们这些卖苦力的太不公平。我也就是想替自己和工友们找回一点该归我们所得的那点血汗钱而已……并没有想到要改革啥制度……"

尤妮说："行了。说第二点。简明扼要！外头还有一大帮人等着我哩。"

冯宁说："第二点，后来余董确实想留我来着，我也确实婉拒了。理由嘛……要说理由吗？"

尤妮说："当然要说。"

冯宁说："理由说起来也很简单。我拒绝，既不是对警察这门职业有什么不敬，更不是对余董本人有什么不敬。你大概也知道，我是当兵出身，对警察这一行有天生的亲近感；对余董，那就更别说了，在蛇口，百分之九十以上的人都对他特别敬重，我也不例外。但是，我上深圳来，目的就是想试着能独立做点事，所以……"

尤妮说："想挣一份大钱？"

冯宁说："一开始真没有想到钱的问题。"

尤妮说："跟我不说真话？"

冯宁说："不管你信不信吧，一开始我真没想钱的问题。原因很简单，我长这么大，从来没缺过钱花。后来到部队，更没觉得钱是个问题。倒是这两天，一下穷到了叮当乱响的地步，才明白，钱这玩意儿，一旦缺了它，还真是个大问题。"

尤妮说："可我这儿不可能帮你去挣大钱。"

冯宁说："明白。"

尤妮说："我也不可能替你找一个马上就能让你独立发挥才干的职业。"

冯宁说："这我也明白。"

尤妮说："因此，结论只有一个：你走错门了。我这儿供不了这么个菩萨，你也不应该来敲我这个庙门。"

陶怡忙叫了声："尤姐……"

尤妮立即打断陶怡的话："你小丫头别插嘴。"然后又转过身来重新对着冯宁说道，"我看你来当这个职介所的经理倒挺不错。但问题是这个职介所只有一个经理的位置。你干了，我干啥？"

陶怡又说："尤姐，他啥活儿都能干的！真的，冯哥这人特别好！"

尤妮瞪了陶怡一眼："小丫头，我这儿是职业介绍所，不是婚姻介绍所！"

冯宁觉得这样较劲儿下去，事情准得搅黄了，就对尤妮说道："那我再想想吧。也麻烦你再替我留个神，如果有合适我干的活儿，麻烦你替我留着。刚才小陶怡有句话说得不错，我其实是啥活儿都能干的，在蛇口，我不照样在工地上干苦力推车运土吗？人到这份儿上，不还是先得混口饭吃？”等尤妮答应下来，两人便走到了大街上。这时，街上早已是万家灯火了。

陶怡沮丧地问：“我们去哪儿？”

冯宁反问：“你有地方去吗？”

陶怡迟疑了一下说道：“我……我有地方去……昨天尤姐替我介绍了个保姆的活儿……那家大姨本来让我今天就去她家的……”

冯宁忙说：“那好啊。只要你有落脚睡觉的地方就行。”

陶怡不放心地问：“那你呢？”

冯宁嘿嘿一笑道：“嗨，我一个堂堂七尺汉子，还愁那个？实在不行了，哪个桥洞下面窝一夜也没啥。”

陶怡忙说：“那怎么行？”

冯宁说：“我不过就是这么说说罢了，当然不会真的到桥洞底下去混。还没差到那一步。”

陶怡问：“那你今天晚上有地方睡吗？”

冯宁说：“还回我工房去啊！”

陶怡问：“他们不是要你搬出那工房了吗？”

冯宁说：“那我也有地方睡觉。你就别操那个心了。”

两人回到冯宁原先一个人单独住的工房里，把属于冯宁的那点东西打成两个行李包。然后，由冯宁扛着那两个行李包，一起走到另一处大工房里。那里是个集体宿舍，全是双层床。屋里拥挤不堪，也凌乱不堪，自然也混合着这样的大宿舍里常有的那种鞋臭和汗臭。有些民工蜷缩在他们肮脏的被窝里，已经睡了。多数没睡，在聚众打牌。这些不睡觉的民工已离家多日，不管在老家结过婚的还是没结过婚的，这时都用异样的、多少有些饥渴的眼神打量着陶怡这么个年轻而偏偏又特别秀丽的女孩儿。冯宁走到大房子最里头一个空床前，把自己的东西往床上一扔。

陶怡想帮冯宁收拾一下床铺。冯宁示意陶怡别收拾了，赶紧走。走到大工房门外，陶怡拿出一点钱给冯宁。

冯宁一愣：“干吗？我有钱……”

陶怡说：“行了行了，你有钱？你以为我不知道？那几车玉米把你赔了个底儿掉，还逞能？！”

冯宁犹豫了一下，拿过钱来，从中取出一张五元的藏进衬衣口袋里，把其余的又塞回到陶怡口袋里。

陶怡忙从口袋里又取出那张票子："你干吗呀？！"一边说，一边把钱再次塞给冯宁。

这时，有一辆旧吉普开了过来。从车上下来三个年轻人，气势汹汹地向大工房走了过来。冯宁瞟了那三个人一眼，忙把陶怡拉到暗处，悄悄地催促道："你快走！"

陶怡一惊道："怎么了？他们是什么人？"

冯宁压低了声音："听着，这几个人是来找我的。一会儿不管发生什么，你都在这儿待着别动。等我走了，你赶紧走。在人家里好好干。一定要记住，不管到什么时候，在什么情况下，都一定要跟我保持联络。一定要相信，我不会让你在人家里干太久的。"说着，便迎着那三个人走了过去。

不一会儿，陶怡便看到，那三个人带着冯宁往外走去。那三个人中有一个就是那个做假工牌的"倭瓜"。他们带着冯宁横穿院子，又穿过那条黑森森的林带，继续往外走。这时，冯宁有点犹豫了。因为再往外走，就出了这个货运站了，到了一个比较荒芜的地方了。到那儿，如果他们要跟他来横的，他不是不可以对付一阵，但毕竟是三比一，再说，他身上也没带什么防身的家伙。一旦吃亏了，那可是叫天天不应，叫地地不灵的地方。于是，他站了下来。紧接着，那三个年轻人也站下了，神情里流露出那种狠劲儿，似乎冯宁今天晚上不跟他们走，是绝对不行的。

冯宁习惯性地放眼向那荒芜的地方看了一下，想琢磨出一个应急的办法。他看到在那边浓重的夜色中，正停着刚才看到过的那辆旧吉普车。那车不仅亮着车大灯，发动机也没熄火，在那儿沉重地轰响着。车里有个人在沉闷地抽着烟，借助那烟头一明一暗的微弱火光，冯宁约略地看出，那人好像就是那个见过一面的"栾叔"。看到今天为首的不是那个倭瓜，而是"栾叔"，冯宁本能地放松下来，直觉告诉他，"栾叔"还不至于带人来"废他"。果不其然，这时，"栾叔"已经下车来了，朝着这边三个人招了招手，三个人便把冯宁带到了吉普车跟前。

"栾叔"让冯宁上车谈。冯宁稍稍犹豫了一下，也朝车里打量了一眼，见车里是空的，觉得就是动起手来，这单个的"栾叔"，也不是自己的对手，便跨上车，却把自己这边的车门虚开着，但凡对方有什么不利于自己的举动，也便于脱身。

但看来“栾叔”并没有跟他要横的打算，只是嘲讽道：“余涛请不动你，我姓栾的也请不动你，软的硬的都不吃，你小子有种啊！”

冯宁一边暗自把着那车门，一边说：“您这话说得有点夸张了，栾哥，我现在已经混到连给自己单独放张床的地方都找不到了，还值得栾哥您亲自来跟我较劲儿吗？”

“栾叔”说：“跟我干，我保证你想要什么就有什么！”

冯宁说：“栾哥能心平气和听我说两句吗？要是不能，今天你想卸我胳膊还是卸我腿，我冯宁悉听尊便。但我还是希望栾哥能听我说两句。”

“栾叔”掐灭了烟，把烟头扔出车窗外，重新关好车窗，把身子往椅背上一靠，做出一副居高临下听“汇报”的样子，等着冯宁开口。

冯宁不习惯车内那么重的烟味儿，便去开车窗，但是，刚摇下车窗，“栾叔”探过身来，又把车窗摇上了。他不喜欢开着窗子说话，也不想让车外的人听到他和冯宁的谈话。

冯宁没再坚持要开窗。

两人稍稍沉默了一会儿。然后，冯宁说道：“栾哥，说到要过舒服日子，说到‘想要什么就有什么’，请你想一想，我老爹是解放以前参加革命的老干部，在老家那么个只有三四十万人口的小城市里，又当了一二十年的中学校长，应该说是桃李满天下，全城每个角落都有他的学生。他的学生都有当了地区行署专员的了，还有到省里去当了厅局级干部的。我的七大姑八大姨大舅子小叔的，又都分布在这个小城市的各个岗位上。如果说只是为了过日子，我完全不必到深圳来。光靠这些关系，我在老家想办什么事办不成？想要什么得不到？说句实话，您栾哥听着千万别生气，要是搁在我老家，你栾哥此时此刻，绝对不敢这么抱着膀子，抻着腿，爱理不理地跟我说话。我这是有啥说啥……”

“栾叔”本能地放下抱在自己胸前的胳臂，略略地坐直了上身。冯宁接着说道：“我爹死了。他老人家临死前，留给我几句话。最后一句话是，让我不要……”说到这里，他停顿了一下。“栾叔”以为他不说了，忙问：“让你不要干吗？”

冯宁说：“这一句没说完，就咽气了。”

“栾叔”说：“我肏……”

冯宁说：“你肏啥呢？！姓栾的，请在我们谈论我父亲的时候，放尊重些！”

"栾叔"忙说："对不起，对不起。我没冒犯你父亲的意思。他让你不要，总不是让你别跟我姓栾的一起干事吧？！那会儿，他知道我是谁呀！"

冯宁说："我父亲是一个特别真诚的人。也是一个特别难得的人。我一直在想，他说的这个'不要'，会是什么……"

"栾叔"挖苦道："也不会是不让你留在蛇口当警察。"

冯宁却很认真地点了点头说道："那是……他不会想得那么具体……"

"栾叔"说："你琢磨了这么长时间，觉得最大的可能，他老人家说的这个'不要'是什么意思呢？"

冯宁说："后来我读了他的日记，先是悟出他可能是让我别恨东阳这地方……"

"栾叔"不解地："东阳？啥地方？"

冯宁忙说："就是我老家。但后来我又琢磨，最大的可能……最大的可能……根据我对他的了解，我觉得他最大的可能是让我'不要轻易放弃了自己的人生追求，去屈从世俗的眼前利益'。"

"栾叔"揶揄地撇撇嘴："深刻，太深刻了嘛。"一边说，一边把手不自觉地伸到口袋里，玩弄着那把明光锃亮的电工刀，一会儿把刀从口袋里掏出来，一会儿又把它塞回到口袋里。

冯宁说道："所以，栾哥，你就别逼我了。你到深圳来也是为了做自己想做的事。你能瞧得起我，我挺感激的。但咱俩不是一条道上的人。咱们做个好朋友吧。说不定，今后栾哥还有用得着小弟我的地方，到时候，只要栾哥不嫌弃，只要小弟有能力，小弟我一定鼎力相助。"

说完，冯宁拉开车门下车走了。

那几个正在车外闲聊着的哥儿们见冯宁突然走下车来，向那林带里走去了，不觉一愣，忙上前来问"栾叔"到底是怎么一回事。"栾叔"板着脸，半天也没答话，过了好大一会儿，突然掏出那把电工刀，用力扔去。电工刀追随着冯宁走去的方向，在夜晚的路灯下，闪亮地向着冯宁后脑勺飞去，却不偏不倚地插进了冯宁正前方一两米处一棵大树的树身上。

等冯宁刚回到院子里，陶怡急匆匆带着两名警察跑了过来。

陶怡喘着问："你没事吧？"

冯宁瞧瞧两位警察，问陶怡："怎么了？"

陶怡忙说："我报 110 了。"

冯宁忙再对陶怡说："嗨，啥事也没有，你报啥 110？你这不是没事找事吗？！"再跟两位警察道了歉，编了个情况，把两位警察打发了，再送陶怡去回城的公交车站。不一会儿，一辆公交车就向这边驶来了。

陶怡赶紧对冯宁说："你回吧。"

冯宁却说："记住我跟你说的话：不管在什么情况下，都要跟我保持联系。你要相信，我不会让你在人家里当太长时间保姆的。"

陶怡不放心地上车了。车一启动，陶怡就扑到车窗前，把头探出车窗外，对冯宁做了个有点古怪的手势。冯宁一开始并没看明白陶怡这个含意并不很清楚的手势的意思。后来，陶怡特别着急地又指了指上衣口袋。冯宁有点明白过来了，马上把手伸进自己上衣口袋里。果不其然，陶怡在上车前，偷偷地又把钱塞到了冯宁口袋里。冯宁掏出钱，赶紧追上去。但这时车子已经提速，已经追不上了。

以后的几天，冯宁每天都进城去逛职业介绍所。深圳到处都需要人，但他一直也没找到合适的活儿干。这个世界其实就是这样，假如你不把自己真当一回事，怎么活都行的话，世界是广阔的，也真好活；但万一你要真的把自己当一回事了，这世界突然就会变得窄小起来，处处是钢门铁锁，你要不下一个头破血流在所不惜的决心，你是很难前进一步的。到第三天，冯宁已经走得有点烦了，也有点累了，中午时分，他一边啃着一个大饼，一边走进一个劳务市场。市场里挤满了从外地赶来的打工的年轻男女。下午，下起了小雨。在一家商场廊檐下躲雨的冯宁忽然发现马路对面就是市图书馆老楼，便三步并作两步地冲了过去。在报刊阅览室里借了一堆旧报的合订本，翻阅市内的各种企业的招工信息。忽然间一个通栏大标题吸引了他，那是一组报道基建工程兵当年集体转业的消息，图文并茂，充满了豪言壮语，气势如虹。冯宁忙用心地看了下去，接着在那一堆旧报里又找出许多篇关于基建工程兵转业安置的新闻报道，也知道了这些转业退伍兵脱了军装后，在深圳组建了几个建筑公司，便忙跑到街上找了个公用电话亭，给 114 打了个电话，说了一箩筐的好话，打听到了其中一个建筑公司的地址，并赶到了那里。

第六十四章

那个建筑工程公司坐落在一个老院子里。门上的黑漆已经斑驳。冯宁轻轻敲着传达室的门，里边没人回应。冯宁又敲了一回，里边还是没人回应。冯宁纳闷儿了。他掏出一个老式的挂表来看了看，应该还不到下班时间啊，怎么就连这传达室里都没人了呢？他又看看紧闭着的大铁门，那冷冷清清的院子和旧楼里一个个黑乎乎的窗户。他怀疑这是不是组建不久的基建公司。正犹豫要不要离开这儿时，大铁门响了，从里边走出一个身穿旧军装的人来。

冯宁忙上前问："请问，这儿是刚组建不久的市二建公司吗？"

那个人冷冷地说："是啊！"

冯宁再问："这传达室怎么没人？"

那个人却说："奇怪吗？"

冯宁说："没到下班时间呢。"

那个人说："市场经济，有活儿就上班，没活儿待在这儿干啥呢？"

这时，一辆汽车开了过来。那个人立即打开大铁门，把那辆车让进门里。冯宁也要进门去。那个人马上拦住冯宁："兄弟，你找谁呢？"

冯宁说："找你们管事的。我也是退伍军人……"

那个人说："深圳满大街都是退伍军人和打工仔、打工妹。你到底想干啥？是来给活儿干的，还是来揽活儿干的？"

冯宁说："是想揽个活儿干干……"

那个人忙把冯宁推出大门，并"哐啷"一声，用力把大铁门关上了，一边还嘀咕道："瞎凑什么热闹嘛！我们自己还找不着活儿哩！"

那辆车进了院子，停在那幢旧楼前，石长辛走下车，匆匆向楼里走去。

其实那楼里有人，不仅有人，而且还有不少的人，不仅有不少的人，而且还都是这个公司的一些头头脑脑的人物，正在召开着一个很重要的会议。他们在讨论公司的前景。一股沮丧和沉闷的情绪笼罩着所有在场的人。

这时，石长辛走了进来。在场的人马上都站了起来。

石长辛说：“你们都在啊？张万斤呢？”

当年的四营长，现在的工程队队长张万斤忙站起，应了声：“在！”

石长辛从一个与会者手中接过一支烟，一边弯腰，去另一个人手里的火柴上去点烟，一边对张万斤说道：“你一个劲儿地打电话催我来，说是有好事。好事在哪儿呢？”

张万斤说：“听说石副师长马上就要荣升市府基建办副主任了，弟兄们都非常高兴，特地凑了两桌，为副师长庆贺……”

石长辛当然听出这个当年的部下话里的酸意，正色道：“你到底在搞啥名堂？”

张万斤自嘲地一笑道：“就是想为副师长荣升庆贺一下，没啥名堂。”

石长辛声色俱厉地呵斥起来：“张万斤！”

张万斤拧过头去，不说话了。

石长辛停顿了一下，向与会的大多数人扫了那么一眼，问：“到底怎么回事？工作时间不干正事，把那么些人都找来，开什么玩笑？”

一个转业干部说道：“报告副师长，我们现在工作时间没正事可干。”

一个老同志说道：“老四营转业过来的三百六十二位兄弟，已经有三四个月没活儿干了，有两个多月没开工资了。大家着急……”

石长辛说：“着急，去找市场啊，待在办公室里哭丧个脸，就能解决问题了？咱们老部队敢打敢拼、特别能战斗的老传统、老作风哪儿去了？！”

张万斤冷笑道：“还老部队、老传统、老作风呢？我尊敬的石副师长、石副主任，别再自欺欺人了。您进市府机关当头头去了，又吃上皇粮了，把我们扔进这个什么狗屁市场里，让我们自己去找活儿干，还说得好听，让我们下海闯世界，为人民再立新功。可是活儿在哪儿？”

石长辛说：“现在整个深圳热气腾腾的像个大工地，每天都要有一二十项工程项目开工。怎么会没有活儿？”

张万斤说：“深圳的确有活儿，整个深圳的确就是个大工地。可是活儿都在那些发包商手里。我们连那些发包商姓什么、叫什么、家在哪儿，全都不知道，找谁要活儿？就算认识一个两个，你想从他们手里拿活儿吗？可以！你得带这个去！”说着，他故意很猥琐地做了个数钱的动作，“可我们能这么干吗？我们是中国人民解放军集体转业的部队！我们还要自己这张脸！”说着又用力拍了拍自己的脸，“我们还要给八一军旗守护这颗军心！”说到这儿，他的眼眶一下湿润了。“可我们也是人，也得吃饭拉屎。也得养家糊口。我的石副师长、石副主任，您知道不，同志们不是不听话，不是不想在这个破深圳，扎根建设一个美好的特区。我们营已经有一百多位兄弟把家属从老家接过来了。已经有五十多个刚结婚的媳妇肚子里已经怀上了。这可都是深圳的种啊。他们想把深圳当自己的家，想在深圳好好干。几个月没活儿干，两个月发不下工资，还可以熬一熬，可下一个月咋办？再下一个月又该咋办？您知道老四营的这些弟兄们现在在干啥吗？您要有兴趣，跟我去瞧瞧！去瞧瞧您过去手下那些敢打敢拼特别能战斗的指战员们现在在你们给我们的这个‘市场’里到底在干啥！走啊！”

会场上所有的人都屏住了呼吸，不知道他们那位原先的副师长石长辛会怎么对这位口无遮拦的四营长发飙。让他们没有想到的是，石长辛居然没发飙。他怔怔地看了一下张万斤，看了看此刻所有保持着高度缄默的老部下，只说了一句：“想让我上哪儿去看？走啊。”

吉普车带着石长辛、张万斤和其他两三位中年转业军官飞快地驰出二建指挥部简陋的院子。车子很快便行驶到一个比较冷落的街区。那是一条正在修建中的马路。他们看到，不远处有十几个年轻小伙子在捡拾施工中遗落在马路两旁的建筑垃圾。张万斤指着这些年轻人告诉石长辛：“这是我们营九连的一些兄弟。在这儿替打工的民工当下手，收拾工地上的垃圾。捡一天垃圾，一人给一元五角钱，够买两斤大米的。这点钱，连农村来的民工都不稀得来赚。”

然后，车拐进一个自由集市模样的小街，但没再往里开，就停在了路口。张万斤指着前边不远处一些摆地摊卖小日用百货的年轻人，告诉石长辛：“这是我们十一连的几个兄弟，带着家属在这儿摆地摊。一大早在这儿卖蔬菜。这会儿工夫在这儿卖小日用百货。可他们都是八级工，顶级的技术好手，都参加过中央军委国防部大楼工程的。”离开这儿，吉普车又从一条小马路里拐出。车的前方有六七辆架子车组成的一个车队，车上拉的全是沉重的红砖。几个小伙子脱光了上衣，吃力地拉着这些架子车。后头还有他们年轻的媳妇在帮着推车。张万斤颔首指指那些拉红砖的小伙子：“这是我们十二连的一些小伙儿……带着他们刚怀了孕的小媳妇在这儿拉红砖。这样一天每个人能挣一元八角钱。”

最后，车子行驶到一个崭新的小别墅楼前，在它马路对面停了下来。

张万斤指着那个小楼对石长辛说："这是一个发包商的家。小子好像还不到三十岁，听说他是市里哪一个委办头头的小舅子，好像也当过两年兵，到深圳还不到两年，你看他已经住上这样的小洋楼了。我们来找过他。他明打明地跟我们提出，可以给我们工程干，但得从工程款里给他本人提百分之十的回扣，否则就一切免谈。给不给他这回扣？石副主任，同志们、兄弟们从来没干过这种事。工程款是国家的钱、集体的钱，就是港台海外老板的钱，也是受法律保护的呀。到底给不给？他们控制着工程项目。你不给他们回扣，他们就跟你'免谈'啊。"

说到这里，张万斤突然停下不说了。

从那小洋楼里走出一男一女。那男的就是跟冯宁较过劲儿的"栾叔"。女的也很年轻，但一身的珠光宝气，显得甚是富贵和傲慢。

张万斤本能地压低了声音："就是那小子……这一带挺有名的发包商……"

不一会儿，来了一辆崭新的大奔驰，把"栾叔"和那个年轻女子接走了。

第六十五章

石长辛再没跟他的那些老部下说任何话。张万斤问他，还想不想看看弟兄们在深圳到底是咋活着的了？他只闷闷地说了一声："回去！"看到弟兄们这样生活着，他的心一阵阵绞疼，这种绞疼远不是用"同情"二字可以说得清的，应该带有相当浓烈的"自责"的成分，也有"不解"和"不平"。他决定找市委书记宋梓南去好好"报告"一下情况。

宋梓南听说石长辛要向他汇报基建工程兵转业退伍后的生活工作现状，让小马立即安排了时间来见他。石长辛赶到宋梓南办公室，正要向宋梓南汇报情况时，宋梓南却又打断了他的话："你稍微等一下。"说着拿起电话，拨了个号："老周吗？你能过来一下吗？一起来听一个情况。是关于那些基建工程兵的。请秦秘书长也过来一下。把起草安置方案的那些同志都请过来。大家一起来听听。一起来想想办法。对。请他们马上过来。"

石长辛却说："宋书记，不用那么大张旗鼓。我没那么多话要说……只是想跟您单独说说话，提一个请求。"

宋梓南问：“啥请求？”

石长辛说：“能暂时不把我调到市基建办来吗？”

宋梓南问：“怎么了？”

石长辛说：“没什么……”

宋梓南说：“哎，你这个同志！说话只说半句，算什么名堂？！”

石长辛沉吟了一下，说道：“跟我一起转业过来的这些同志，现在走市场走得非常艰难。他们都是我带到深圳来的。在这最艰难的时候，我想我应该和他们在一起，去摸索走市场的途径……”

宋梓南说：“我把周副市长、秦秘书长和安置办的同志都叫来，就是要让方方面面的同志都了解一点情况，一起来想想办法，帮助这些同志尽快适应走市场这道难关嘛！”

石长辛低下头，不语。

宋梓南：“需要我们为你们做点什么，只管说。”

石长辛还是沉默着。

宋梓南：“怎么不说话？”

石长辛：“宋书记，千言万语……万语千言……其实……其实……只要市委市政府领导知道，服从命令听指挥集体转业来深圳的这两万名基建工程兵弟兄们，现在活得非常……非常不容易就行了。其他的我想我们能解决……”说着，站起来向宋梓南敬了个礼匆匆走了。

石长辛走出宋梓南的办公室，大步从在外头秘书室里工作的小马身边走过。他的神情引起小马的注意。小马想叫住石长辛，说一点什么。但石长辛却一反往常，没跟小马打任何招呼，就头也不回地从秘书室快快地走了出去。但敏感的小马还是从石长辛的眼眶里，看到有泪水在滚动。是的，只要一说起昨天自己亲眼看到的那些老战友、老部下的现状，石长辛就无法抑制住自己心中的不平和内疚。但他又不想让书记看到自己居然如此“软弱”。而宋梓南看到石长辛突然起身就向外走了，忙按响了呼叫电铃，让小马赶紧告诉大门口传达室：“把石长辛给我请回来。”

石长辛回到市第二建筑工程公司那幢旧楼里时，已是晚上七八点钟了。白天在这儿开会的同志一个都没走，都等着他从市里能带回一点好消息。所以，他一走进办公室，这些人立即围了上来。

张万斤迫不及待地问："谈得怎么样？"

石长辛说："市里几乎所有的头头都到了。"

一个老同志惊喜地说："是吗？市领导还真够重视的！"

张万斤问："给我们派活儿了吗？"

石长辛说："他们答应安排。"

张万斤失望地说："还是等着安排啊？还是个空心汤圆啊！你没跟这些头头脑脑们说，深圳现在哪儿哪儿都是工地，活儿多得不得了，只要他们愿意，有诚心，不会没有我们干的活儿！"

石长辛说："但是，你必须看到，深圳跟国内别的地方不一样，这里的活儿，都不是政府行为，基本上都是市场行为。也就是说都是各公司投资的。而这些投资方老板，多数又是境外的。有一部分国内的投资，也不是深圳市政府的钱。就算是深圳市政府占了股的，投了一点钱，整个工程也不能由市政府一家说了算。"

张万斤不依不饶地说道："但是凭宋书记这点影响，他要出面给这些老板老总打个招呼，他们能不给他老宋这个面子？"

石长辛说："他宋书记当然可以这么做。但你想过没有，难道我们永远只能像幼儿园的小孩子那样，靠市委市政府领着、扶着，甚至还要他们抱着，才能在市场里混日子吗？"

张万斤被石长辛逼问得有点上火了，他直着嗓门儿嚷着："那我们该怎么干？你来做个样子！"

那个老同志忙呵斥道："万斤，你小子又犯葛儿！"

石长辛却说："不，张营长说得很有道理。我们，包括我在内，从到深圳的那一天起，就面临一个生死攸关的大问题，那就是怎么跟市场打交道。对这一点的重要性，我跟大伙儿一样，认识不够，而且不是一般的不够，是很不够。转业到深圳，不会走市场，就跟当兵的不会打枪一样，纯粹在胡扯淡！这样，我也没那个资格去当什么基建办副主任。所以，我已经正式向市委提出，暂时不去基建办上班。留下来，跟你们一起去摸索、学习怎么走市场这道难题。"

这时，电话铃响了起来。

张万斤拿起电话："二建公司。你找谁？找石长辛？宋……宋书记？"忙捂住电话的送话器，低声对石长辛说："快，宋书记找你。"

石长辛一愣："谁找我？"

张万斤：“市委宋书记！快接电话呀！”

石长辛接过电话：“宋书记，我是长辛。我在二建哩。好的……好的……我们一定按市委的指示办。您放心！”

石长辛放下电话，一下软瘫到椅子上，好半晌说不出话来。

那个老同志忧心忡忡地问：“怎么了？出啥事了？”

石长辛深深喘一口气：“市委给我们活儿干了……在建的市委新办公楼工程进度太慢。市委决定让我们参与这个工程。”

在场所有的人都惊喜地叫了起来：“老天爷！”

石长辛说：“市委要求我们，一是坚决保质保工期……”

张万斤忙叫道：“一定，一定，一定！你向宋书记保证了没有？我们一定保质保工期！”

石长辛又说：“再就是，通过这个大工程，在深圳的这两万名基建工程兵都要为学会走市场创造必要的条件。这是时代交给我们的一个新的战斗任务！”

张万斤忙说：“一定，一定，一定啊！我们一定学会走市场！”

第六十六章

那天，冯宁一回到那个集体宿舍式的大工房，就觉出屋子里的气氛有点不太对头，那些年轻的民工们都在用异样的、调侃的眼光看着他。他没搭理他们，只是闷着头匆匆向里走去。快走到自己的床铺跟前了，他发现有个人坐在自己的床铺上。由于大工房灯光很暗，自己的铺位又在尽里头，那里的光线更暗，自己又是从明处走进来的，所以一时半会儿怎么也看不清这个坐在自己铺位上的人到底是谁，甚至还以为又是“栾叔”的人来寻衅找碴儿了，便警觉地站了下来。

这时，那个人却站了起来，一边用调侃的口吻跟他打招呼：“怎么了，不认识我了？”一边向他走了过来。好像是个女子。他不觉一愣，再仔细看去，才认出，这女子竟然是尤妮。他忙让座。尤妮却说：“这儿哪是说话的好地方？走，我们另找个地方说会儿话去。”于是他俩在那众多热辣辣的、复杂的目光注视下，赶紧出了大工房，来到市内的一个茶室里。尤妮带冯宁走进一个包间里。那包间里已经有个人在等着了，看来约冯宁上这个茶室来说事，是尤妮事先安排好的一个活动。

“来，我介绍一下，这位是庞耀祖。我爸原先的秘书，名牌大学经济系高才生，也是一个不安分的人。这位是冯宁……”尤妮指着那个事先在包间里等着的那个中年男人，对冯宁说道。冯宁不等尤妮介绍，便自我介绍道：“退伍军人，文盲，大老粗，不过现在最准确的身份定位是待业青年。”

那个庞耀祖笑道：“听尤妮说，你想上深圳来完成一个心愿？实现一种独立人格所必须完备的心路历程？不过，在中国谈论普遍的独立人格，恐怕还是下一步的事。但你已经有了这样的觉醒，这是难能可贵的……”

冯宁说道：“你可别把我想得那么深刻。我也没那么玄虚，更没什么高远的目标，只是想自己做点事情，用时下特别时髦的话说，实现一种自我价值。”

庞耀祖说：“如果每一个人都能产生这样一种生命的自觉，来伸张和维护自己的独立人格，而这个社会又能保障每一个人合法的生命觉醒和生存权利，那么我们就可以说，这个中国大有希望了……”

尤妮却说：“二位，能不能说点实在的，说一点我听得懂的，行不行啊，庞秘书？”

庞耀祖笑道：“这里没有‘庞秘书’，只有‘庞会计’。”

冯宁忙问：“庞大哥在哪个宾馆当会计呢？”

庞耀祖说：“新园。”

冯宁问：“听说市里一些领导，没带家属来深圳的，都住在你们新园？”

庞耀祖笑笑：“是的。”

冯宁问：“那你经常能见到这些市领导了？”

庞耀祖说：“那又能怎么样？”

冯宁问：“你不会就这么安心于当一个宾馆会计吧？”

庞耀祖坦然地承认道：“当然不会。”

冯宁问：“深圳是不是聚集了一批像你这样的知识分子和前国家机关干部？”

庞耀祖肯定地答道：“是的。”

冯宁问：“你们常聚会吗？”

庞耀祖说：“也不经常，但还是会不定期地举行一些聚会。”

冯宁问："互通有无？"

庞耀祖说："这只是一个方面……也需要互相的慰藉和支撑。"

冯宁问："你们在深圳感到孤独和寂寞？不会吧？"

庞耀祖说："你也应该有所体会了嘛。这儿的人都来自五湖四海，都刚到深圳不久，都没什么历史包袱，也少有传统和纲常的约束，另外，他们也是一批为了闯出自己人生中的一片新天地才放弃了以往的生活，到深圳来的人。所以，这些人都挺敢干，也更有可能充分发挥和表现自己人性中本真的一面。为此，从表面上看起来，这些人一天到晚忙得不可开交，各种应酬都对付不过来，可以说活得特别热闹，但在高强度的竞争中，时常会感到莫名的孤独寂寞，以至于无助，所以发自肺腑地需要这样一种聚会。我们把这种活动，称之为'心理按摩和慰藉'。"

冯宁笑道："你们这些文化人恐怕不只是在心理上需要按一下摩、慰一下藉吧？"

庞耀祖会意地一笑道："那又是另外一回事了，咱们就别当着女士的面来展开这个话题了。"

尤妮揶揄道："说啊，展开啊，讨论呀，还装什么纯洁呢？你们这些臭男人，在一起三分钟不说性，就不得过了。"

冯宁和庞耀祖都哈哈大笑了起来。

庞耀祖说道："你这个尤妮，我们说啥了？你一棍子打死天下男人！"

冯宁试探道："我能参加你们这种聚会吗？"

庞耀祖立即点头道："当然可以。我们没有什么资格和门槛可论，只要志同道合就行。"

冯宁说："我可没有文凭、没有背景，也没有社会地位……"

庞耀祖说："我们不看这些！"

冯宁嗒然一笑："不会吧……"

庞耀祖笑道："不信？那你试试。"

第六十七章

晚上，刚吃了饭，顾亭云正准备去院子里散步，听到有人按门铃。她看了一下猫眼，惊喜万分，赶紧开门。从门外扑进来的是女儿块块。顾亭云一把搂住女儿："死丫头，你还想到你老妈呢？"

块块一边放下手里的旅行包，一边说："爸爸让我来接你回广州，立即去住院。所有住院手续都已经替你办好了。"

顾亭云一怔："住院手续？谁办的？你？"

块块说："他让小马叔叔专程去了次广州替您办这手续。"

顾亭云咬着牙说道："这死老宋，干吗呢？！"

等宋梓南一回家，她就把他叫到卧室里，问他到底是怎么回事。

宋梓南疲倦地往藤椅上一坐，说道："亭云，中央马上要召开特区工作座谈会……"

顾亭云激动地说："中央要开特区工作座谈会，和我去住院有什么关系？我顾亭云不住院，中央就开不成这个座谈会了？笑话！"

宋梓南只是摇了摇头，低声说道："听话。"

顾亭云追问："是不是小单又给你打电话来着？或者，是你又给小单打电话来着？你们又嘀咕我什么呢？"

宋梓南说："没有没有。你别胡乱猜想，小单绝对没有对你隐瞒什么。她的态度是一贯的，我的态度也是一贯的，无非就是希望你尽快去住院治疗，以免病情恶化了。"

顾亭云说："你没跟我说真话！"

宋梓南恳切地说："亭云……"

顾亭云不依不饶地说："一定发生了什么，要不，你不会这样，突然间的，一定要弄走我。"

宋梓南说："怎么是突然间呢？怎么是要'弄走你'呢？从你到深圳的那一天起，我哪天不在劝你去住院治疗。"

顾亭云说："跟我说实话。"

宋梓南说："我说的全部是实话。"

顾亭云说："老宋，我们一起生活了几十年，我的脾气你是了解的，我绝对不会去做不明不白的事情的。再说了，我们在一起这么多年，你什么时候在这么个具体的事情上为我操过心？如果不是发生了什么特别的事情，你怎么会亲自派你的秘书专程去为我办住院手续？你说你过去这么做过吗？"

宋梓南不作声。

顾亭云直催问："老宋，快说呀，你要急死我？！！"

宋梓南说："你别激动。"

顾亭云问："真的是跟特区工作座谈会有关系？这个座谈会完全是针对你、针对深圳来的？"

宋梓南马上断然否认："怎么可能是专门针对我的呢？"

顾亭云又追问："那就是专门为了解决深圳存在的问题的？"

宋梓南说："召开的是特区工作座谈会，不是深圳工作座谈会。"

顾亭云又问道："那你为什么偏偏要在这个时候把我送回广州去？"

宋梓南只说："你必须住院治疗。"

顾亭云逼问："别回避要害。我问的是为什么偏偏要在这个时候把我送回广州去？"

宋梓南说："你干吗非要和这个座谈会联系起来呢？"

顾亭云说："不是我要联系，是你刚才自己说的，马上要召开特区工作座谈会了。"

宋梓南说："我只是说马上要开特区工作座谈会了。"

顾亭云说："是啊，你为什么会突然提到这个座谈会？在你的潜意识里，这两件事肯定有某种不可分割的联系！"

宋梓南只得说："你说这两者之间可能有什么联系？你顾亭云在深圳，中央就开不成这个座谈会了？这不是天方夜谭吗？"

顾亭云还是抓着这根"稻草"不放，紧着追问道："那你刚才为什么要跟我提到这个座谈会？"

宋梓南说："因为它重要嘛，这次座谈会是中央决定成立特区以后，第一次以国务院的名义，召集这么多方方面面的负责同志，来全面总结特区工作的经验和教训。"

顾亭云说："同时也要对你们这些人这几年的工作做出鉴定。"

宋梓南说："我们党的传统从来是对事不对人。"

顾亭云说："但对你们这些在特区工作中负有领导责任的个人来说，可能就是生命攸关的。"

宋梓南淡淡一笑，叹道："千秋功罪，沧海一粟……无所谓啦。"

顾亭云很不高兴了："好吧，既然不想跟我说实话，只想跟我打哈哈，那就没必要再谈下去了……"说着，便起身向客厅走去。

块块正在客厅里看电视，见妈妈板着脸走了过来，忙关掉电视，站了起来。顾亭云往沙发上一坐，拿起遥控器，打开电视。但她显然无心看什么电视，只是视而不见、听而不闻地呆坐着。块块当然看出来，妈妈一定是和老爸拌嘴了才这么不高兴的。不知事情原委和真相的她，不知道自己应该上前怎么去劝慰妈妈才好，便不免显得有些难堪，但又不能完全置若罔闻，正在两难之际，宋梓南走了过来。乖巧的她赶紧躲进自己的卧室里去了。

宋梓南在顾亭云身旁坐了下来。

宋梓南说："你瞧你，激动什么嘛，大夫说你现在不能着急……"

顾亭云大声反问道："是谁让我着这么大急的？"

宋梓南说："你刚才说，这么多年来，我从来没有在你的一些具体生活问题上为你操过心，你批评得很对嘛。现在我来操一回心，派个人去替你办一回住院手续，让闺女来接你回去住院，你有必要做这么多的联想吗？"

顾亭云说："别跟我在这儿避重就轻、云山雾罩地打哈哈。你以为我是三岁的小孩儿，想怎么蒙就怎么蒙？好吧，你不愿说实话，那么就让我来替你说吧。中央对你们深圳的工作有看法，召开这次特区工作座谈会就是为了解决你们深圳的问题。很可能要把你调离深圳，你为了不让我受到那么大的刺激，所以急于在这次座谈会召开之前，借口治病，把我弄回广州。"

宋梓南哑然失笑："天方夜谭……完全是天方夜谭。"

顾亭云站了起来："什么天方夜谭？最近国内外对你们深圳突然爆发那么多负面的舆论，尤其是国内一些著名大报上发的一些文章，难道都是空穴来风？"

宋梓南说："是，它们的确代表了国内一些人的看法，甚至代表了很高领导层里一些非常有实力的同志的看法，但它并不代表中央的看法。中央坚持改革开放、坚持建设特区的决心是丝毫不会动摇的！"

顾亭云立即说道："坚持改革开放，坚持办好特区，不一定非得肯定你们这几个人在深圳的工作，更不一定非得要肯定你宋梓南的工作。"

宋梓南说："深圳的工作有不足之处，但它的大方向是正确的……我们错在哪里了？我们在深圳努力地建立和健全社会主义的市场体制……努力地按中央的要求、按小平同志的要求，把深圳建成一个以外商投资为主、工业为主、出口为主的外向型经济窗口……"

顾亭云说："多数同志都认同你们的做法了吗？"

宋梓南说："什么叫多数？什么叫认同？马克思、恩格斯在写作《共产党宣言》的时候，有多少人认同他们的理论观点？毛泽东在提出用农村包围城市，建立农村革命根据地的理论时，受到过多少机会主义分子的打击和排斥？"

顾亭云说："你能肯定地说，这次特区工作座谈会主要不是为了解决你们工作上的不足之处才召开的？完全不会用把你调离的方式来解决你们当前工作上的不足？而在你的潜意识中，也不是因为担心发生这样的事会对我产生更大的刺激，所以才要赶在会议召开前，让我离开深圳的？"

宋梓南犹豫了一会儿说："是的，会议有可能着重来谈深圳当前工作中的不足之处，但这并非因为我们这几个人的错误严重。深圳是全国最大，也是最有影响的一个特区。要总结这两年特区工作的经验和教训，当然就要着重谈深圳的事情，也要着重谈谈我这个深圳一把手的工作。这是回避不了的，也是很正常的。至于中央会不会把我调离深圳，这不是我考虑的问题。更不应该是你考虑的问题。我也不是因为怕你受到什么重大打击和刺激，才着急地要把你送回广州去的。"

顾亭云立即问道："那你到底是因为什么？"

宋梓南不说话了。

顾亭云追问："说呀！你急于把我送回广州去住院，真的和马上要召开的这次座谈会没有一点关系？老宋，我们一起生活几十年，你可是从来没跟我说过假话！"

宋梓南沉默了一会儿，说道："深圳目前的确面临一个十分关键的时刻。你也感觉到了，对我们这几年来的作为、举措，众说纷纭，而我们在实际工作中的确也存在着一些不够完善的地方，也出过一些差错。中央在这个时候召开这样一个座谈会，我作为深圳的一把手，心里的压力当然是巨大的。但不管中央将怎么来评价我们这一班人的工作，将会采取什么样的措施来完善和加强深圳特区的工作，你要相信，老宋我是一定会坦然面对的。我们都经历过‘文革’九死一生的风浪，接下来要发生的事，还能比那个更折磨人吗？当初，我主动要求来深圳当这个特区一把手的时候，就跟钟灵书记立了军令状，在建立深圳特区的过程中，只要出了重大问题，要杀头，就先拿我宋梓南开刀……我不认为我宋梓南有谭嗣同那样的血性和勇气，时代发展到今天，也不会像当年对待谭嗣同那样来对待改革者，但是，有一点，我是清楚的，也是做好了充分思想准备的，那就是：不管时代发生了什么变化，任何一个社会变革，仍然需要以它的先行者付出重大代价来做驱动力……我觉得，一旦真的要我宋梓南为改革付出相应的代价，我能做到‘我自横刀向天笑’……但是……”

顾亭云忙问：“但是什么？”

宋梓南说：“但是，最近……大概是因为真的老了，我忽然发现自己，在横刀向天笑的时候隐隐约约地有了一种甩不掉的后顾之忧……”

顾亭云问：“后顾之忧？什么样的后顾之忧？”

宋梓南说：“那就是你……”

顾亭云一愣：“我？”

宋梓南长叹了一声道：“我担心这场争论会影响到你的情绪、你的身体。”

顾亭云说：“你把我想得那么脆弱？”

宋梓南说：“你对眼前这场斗争的严重性估计不足。改革的前程和结局还很难设想……如果真的要撤我的职，把我调离深圳，你……”

顾亭云问：“你以为我就扛不住了？”

宋梓南说：“我知道你能扛住……但我希望那个时刻你还能在我身边……能对我说一声，老宋，挺住，不管怎么样，你还是好样的。”

顾亭云说：“那你还要把我送回广州去？”

宋梓南说：“但是，我需要你十分健康地在我身边。我不能接受……到时候你再出一点什么事情……更没法想象，到那个时候，会失去你……这些天，我一想到有这种可能发生，心跳就会加快，会有一种控制不住的慌张……我觉得自己从来没有这么脆弱过……看来，宋梓南真的老了……”说话间，宋梓南的眼圈红了，眼眶湿润了。

这时，从他们身后传来轻微的丝丝抽泣声。

他们忙回头去看。原来是块块。她一直站在那儿听着他俩的谈话。此时，她已然是泪流满面了。看到父亲和母亲回过头来看她了，块块赶紧跑回卧室去了。

那天的交心应该说是非常有效的。顾亭云说不清究竟是老宋的那一番话打动了自己，还是老宋最后的神情在她的内心引发了一种从未感受过的震撼，让她决定做出这样重大的让步，总之，她最终同意回广州去住院了。在块块的帮助下，她把要带回广州去的东西都收拾妥当了。在动身离开深圳前，块块问："爸不回来送我们了吧？"顾亭云说："他说他要来送我们的。"但等了一会儿，仍不见宋梓南回来。这时，在楼下院子里，司机已经把两三个大一点的皮箱放进了汽车的后备厢里，又到楼上来拿走了最后的两件小行李。到这时候，宋梓南却还没回来。当所有要带走的行李物件都已经拿了下去，客厅里只剩了顾亭云和块块母女俩时，块块又问妈妈："爸爸不会来了吧？"顾亭云抬头看看钟，不知道怎么回答女儿的追问。她觉得老宋这一回应该来送她母女的。这一生里，他们曾经有过很多很多次这样的离别。老宋常常答应了要来送别，但最后总是因为这样或那样的急事，或突发什么大事而不能来送她。她应该是早已习惯了这样一种"违约行为"。甚至觉得，他要是不"违约"，反而倒是"不太正常"的了。她能做到淡然一笑，坦然处之。但今天不知道为什么，她觉得他应该来，他应该不会违约的。对这一次离别，她心里有一种特别的预感，一种特别不祥的预感，她觉得自己可能再也来不了深圳了。这种预感让她特别想在离开深圳的这一刻，再见到老宋一面。她对自己这种无来由的预感感到可笑，但是又无法抑制自己不这样去期待和盼望。他为什么不来送自己了呢？这样的机会，今后不会太多了……

这时，宋梓南还在主持一个常委会议。市委常委们正在讨论要拿到中央特区工作会议上去用的一份"汇报提纲"。这份提纲已经做过多次修改，常委们仍存在较大的分歧。分歧的焦点集中在，到座谈会上，是去说深圳存在的问题和改进的打算为主呢，还是要着重把深圳这些年取得的成绩谈透谈够。多数常委坚持要多谈问题和改进意见，包括一向以来在工作上和宋梓南配合得相当默契的周副市长这一回也是持这样的观点；而宋梓南偏偏坚持要到座谈会上去"谈成绩"，要为深圳这几年来推行的一些做法做必要的"辩护"。

宋梓南当然知道顾亭云在等着他，但是常委会迟迟得不到统一的结论性的意见，他不能轻易宣布散会。他拿起自己面前的这份提纲草稿的打印稿，说道："对这份汇报提纲，各位还有什么高见？如果都已经谈完了，那么，我说一点我的看法。正因为是要拿到特区工作座谈会上去说的，所以，我认为更要实事求是，要从特区建设的实际情况出发，有一说一，有二说二。我们现在基本建设的摊子可能是铺得大了一点，国内投资和国外投资比例确实还不是那么理想，从香港转移过来的劳动密集型产业的产值在全市GDP中占的比例过大了一点。但是，所有这一切，我认为，在特区建立初期，是不可避免的，有的甚至还应该说是必须这样做的……我们从一个不到三万人的小渔镇起步，如果不先下大力气搞一点城市基本建设，谁到你这个破渔村来投资？在国外的和港台的投资商对我们这个特区还处在观望怀疑的时期，我们当然要争取一点国内各省市的投资来发展我们自己，这个阶段，国内的投资在一定程度上大于国外的投资，也是不可避免的嘛。港台和东南亚各国在高速发展的十年后，实行产业转型，需要把一大批劳动密集型的企业，以三来一补的形式转移出来。从国际的产业发展趋势看，这些企业确实是低水平的，但对于还是一穷二白的我们来说，接受这些企业，正是我们从低端到高端发展的一个机遇……红薯当然不如白馒头好吃，但在别人不给你白馒头、自己又没有白馒头的情况下，先拿到一点红薯，争取一个生存和发展的机会，也是不得已的嘛。”

这时，小马悄悄走了过来，低声对宋梓南说了句什么。

宋梓南犹豫了一下：“让她们再等一会儿。”

这一等，又是一个小时过去了。然后，电话铃突然响了起来。块块冲过去拿起电话。电话是宋梓南打来的：“你让你妈接电话。”

顾亭云忙从块块手里拿过电话。

“常委会还得一会儿才能结束。”宋梓南说道。

“我知道了。你就踏踏实实开你的会吧，别心挂两头了。”顾亭云让自己尽量说得平静一些，但上边说到过的那种不祥预感，让她最终还是没法让自己真正平静下来。除此以外，从老宋刚才说话的口气听起来，这次常委会进行得相当艰难。她虽然不知道这次常委会的具体内容，更不可能得知这次常委会为什么会开得如此的“艰难”，但有一点她是知道的，这次常委会是为即将召开的中央特区工作座谈会做准备的。凭着多年的政治经验，她可以判断出，会议的艰难是缘于常委们在一些重大问题上产生了分歧。而这些重大问题，又一定是跟这次中央特区工作座谈会有关。当然，这些分歧也会和如何评价、看待老宋这几年的工作有关……而他最近身体又那么不好……所有这一切，都使得顾亭云非同寻常地希望在走以前，能再见老宋一面，再叮嘱他几句……

“你别走。会一散，我就赶过来送你！”宋梓南在电话里说道。

“别顾我这头了。踏踏实实开你的会！”顾亭云的语气变得强硬起来。

“不，你等着！”宋梓南几乎在下命令了。

四十分钟后，宋梓南驱车赶到家。一下车，他就急匆匆向楼里跑去。但顾亭云已经走了。他用力敲门，没人应答。宋梓南忙掏出钥匙，开门进屋。客厅里没有人，他又匆匆走进卧室查看，卧室里也没人了。宋梓南再回到客厅，似乎有点沮丧，呆站了一会儿，突然发现在茶几上留有一张纸条，忙去拿起纸条。纸条是块块留的。纸条上这样写着：“老爸，我们走了。妈妈让我告诉你，不管下一阶段会发生什么样的事情，您在我们眼里，永远是最棒的。您永远不会老。您别牵挂妈妈。我会照顾好她老人家的。三个月后，保证还你一个年轻漂亮、健康活泼的好老婆。块块敬上。另：代妈妈狠狠亲您一口！！”

宋梓南拿着那张纸条，若有所失地呆坐在沙发上。这时，电话铃突然响了起来。宋梓南一愣，然后忙去抓起电话：“亭云吗？”

电话里立刻传出一个男人的笑声。是周副市长。他笑道：“是我，老周……”

宋梓南歉然一笑道：“对不起……”

周副市长问：“怎么，大姐走了？没送上？”

宋梓南轻轻叹了口气说道：“走了……没送上……有事吗？”

周副市长说：“想跟你再聊一聊关于那份汇报提纲的事。”

宋梓南忙站起说：“行。我马上回办公室。”

周副市长却说：“不，你不用动，我马上过来。”

宋梓南说：“咱们在办公室聊，不好吗？”

周副市长道：“不不不，我上你家聊。有些话，还是别在办公室说。”

不一会儿，周副市长便赶到宋家，在空空荡荡的屋子里转了一圈，安慰道：“大姐答应去住院，是好事。”

宋梓南苦笑笑，又叹道：“好事。”

周副市长知道这个话题不宜再延伸下去，便知趣地转到正题上来：“刚才在常委会上，我一直没吭气。”

宋梓南冷静地问：“对我的看法有意见？”

周副市长说：“我不想在会上公开跟你唱反调。”

宋梓南淡淡地苦笑笑：“好同志……”

周副市长说："老宋，这次中央召开这样一个座谈会，主要目的是想解决当前特区建设工作中普遍存在的一些问题，总结和摸索出一点可在全国推广运用的经验和规律。中央需要我们更多地看到这几年来我们工作中存在的一些问题，比如说，我们的投资结构和产业结构是否合理？基本建设的摊子是不是铺得有点过大？产品的外销竞争能力是否有待增强？我们吸引的外资多数都投到房地产、旅游业上去了，真正投到工业上的比较少，引进的技术大多数还是过时的，还是属于劳动密集型的，真正属于世界先进水平的也还比较少，包括我们的深圳湾大酒店甚至还引进了西方的赌具，开设了赌场。外汇的黑市买卖和沿海地区走私现象也可以说是比较猖獗的……因此，我觉得，在这个座谈会上，我们深圳的同志应该保持一种谦虚的低姿态，才是合适的。尤其是在听到反面意见时，一定不能做自我辩护……因为根据以往的经验，在中央召开的会议上，态度问题，往往是最重要的。我们特别不能让别人产生这样一种误解，我们深圳的同志对来自上边和周边的批评有抵触和不满情绪。"

宋梓南扔出一份香港报纸："但因此就可以说我们深圳失败了吗？你没有觉得，有人在围剿我们？！"

报纸上一篇文章的大标题是：深圳失败了。

周副市长说："你不是也一直在向我们强调，这种论调并不代表中央的认识和态度的吗？《人民日报》最近连续发表了三篇谈我们深圳工作的文章，着重谈到深圳的发展，应该以工业为主，应该赶快从内向型经济，真正转到外向型经济上去。那才是中央的态度和希望。"

"这三篇文章我都看到了。"

"我们是不是应该以这个口径来准备我们的汇报提纲？多数常委也都是这个意见……"

宋梓南不作声了。

那天夜里，宋梓南很晚了也没回家。他不想回到已经没有了亭云的大屋子里。没有了亭云的大屋子，对于他是"陌生"的。在一个陌生的大屋子里，他会感到更加压抑和孤独。他愿意待在自己的办公室里。市委新办公楼建起来以后，宋梓南非常满意自己的这个新办公室。虽然并不奢华，但很有气派。看着默默闪着亚光漆色彩的新办公家具和深色实木地板表达出的那种稳重和坚固，还有那塑钢窗户上发出的冷峻的银灰色光泽，他常常会产生一种幻觉，仿佛自己登上了一艘最强大的渡轮，在征服那正从远处海平面上涌来的黑灰色的风暴潮。这种幻觉，或者更准确地说，这种向往，是他童年时，跟随父亲去码头上批发一篓篓银光闪闪的咸鱼时，站在海岬一角，面对略带些咸腥味儿的强烈海风，总会在心头涌动的。

他无数次做过这样的梦：独自驾驶着一艘强大的渡轮，（为什么只是“渡轮”，而不是“豪华邮轮”，或“万吨巨轮”？他说不清楚）在生锈的钢铁和乌亮的油漆和灼热的煤水汽和粗大的锚链摩擦硬木甲板时发出的种种气味、声响的包围中，他迎着无数只海鸟驰去……海浪把船头高高抬起，又重重摔下，作为船长的他，在驾驶室里大声地叫喊着。整艘船腾空而起……

办公室……和驾驶室……深色的地板……和灼热的煤水汽……深南大道……和远处海平面上那一堆堆层层叠叠的乌云、一群群的海鸟……

宋梓南面对着铺展在大条案上的宣纸，呆呆地打量了一会儿，拿起毛笔，奋笔写去。宣纸上出现了“是真君子乃真本色”几个行草体的大字。写完后，自己看看，不满意，便又写了一幅，还是不满意。又写了一幅：“是真君子乃真本色”……但还是感到不满意，正要重新写时，小马匆匆走了进来。

宋梓南停笔问：“有事？”

小马忙说：“您写。”

“有事就赶紧说事。”

“刚收到省委的一个文件，说省委已经批准蛇口独立行使物资进口、干部使用和户口审批等四项权力……他们行使这四项权力时，不再需要经过我们市里批准，只需要在我们这儿备个案就行了。”

宋梓南略略一怔，但没说什么。

小马停顿了一会儿，又说：“最近外头有个小道消息传得挺凶，说上边有这样的意思，要把蛇口的余大叔调到咱们市里来当市长……”

宋梓南的脸色沉了下来。

小马以为书记脸色的变化是因为“余大叔”要来当市长，所以，接着说道：“这个时刻，要把余大叔调来当市长，会让人对我们深圳前一阶段的工作产生什么印象？”他却没有料想到，不等他说完，书记很严厉地批评他道：“这种事是你我应该在背后议论的吗？越活越抽抽了？！”

小马立即意识到，书记是不让自己在人后议论这种高层的人事问题，特别是涉及深圳，涉及市委市政府领导班子的人事问题。他忙低下头去不再说了。

宋梓南生硬地问："还有事吗？"

小马赶紧答道："没了……"

宋梓南说："把省委那个文件给我留下。"

小马把夹着那个文件的卷宗放到宋梓南桌子上，乖乖地走了。

办公室里又只剩下宋梓南一个人了。他看了一下那份省委文件，显得有一点心烦意乱，丢开文件，起身到大桌子旁，拿起毛笔想把那条幅写完，但写了两个字，又觉得非常不满意，便把纸团掉了，铺开一张新的宣纸再写，又觉得此刻自己已经完全静不下心来重写了，就把毛笔也扔了。

这时，小马又走过来敲门。

宋梓南很不高兴地说："你今天事真多。"

小马说："刚才亭云阿姨来电话，她说她到广州了……"

宋梓南说："到就到了呗。"

小马说："她已经和单大夫接上头了，明天上午去办理住院手续。等住到医院里了，她会再给你打电话的。"

小马走了。

宋梓南闷坐了一会儿，怔怔地打量了一下电话机，突然拿起电话，拨了个号。

这个电话是打给那位唐大记者的。

宋梓南："没出差？"

唐惠年："出差刚回来。去汕头、厦门转了一圈。"

宋梓南："是不是要为马上召开的特区工作座谈会准备稿子？"

唐惠年笑了笑："书记英明。"

宋梓南犹豫了一下："惠年……"

唐惠年："书记有啥吩咐，只管说。"

宋梓南："不是吩咐。（又犹豫了一下）最近你听说了些什么吗？"

唐惠年："哪方面的事情？"

宋梓南犹豫着。

唐惠年："是经济方面的？人事方面的？还是外交事务方面的？是省里的？还是北京方面的？"

宋梓南迟疑着说："没什么，没什么……随便问问。什么时候来深圳，一定来看我。"说着，慌慌地挂断了电话。

唐惠年一愣。

唐惠年身材矮小的妻子走了过来："怎么了？谁的电话？"唐惠年苦笑着摇了摇头，没答。等妻子又回到卧室去了以后，他犹豫要不要再给宋梓南追一个电话过去，问问到底有啥事要他办的。但想了想，既然连书记自己都觉得一时还不好开口说下去，那就一定是更不便他人主动过问的了。想到这里，他把已然伸到电话机上去了的那只手，又缩了回来。

挂断了给唐惠年的电话后，宋梓南却不安地呆坐着，怔怔地看着电话机。好几次伸手去拿电话，想继续从唐惠年那儿打听一些什么，但又放下了。说心里话，随着深圳的发展，工作摊子已越铺越大，当前对于深圳的掌权者，当然还需要他们继续张扬"杀出一条血路"的勇气，但更需要创新求实的科学精神和精雕细刻的工作作风，需要深化和协调。在这种情况下，宋梓南已然感觉到，党政一把手一肩挑的现状，对于他来说，已经有一点力不从心了。自己可以继续这样挑下去，但为了把这副担子挑得更出色，如果能够配备一个强有力的同志来把市长的工作分担了，也许更符合当前形势发展的需要。他也曾多次向省委和中央领导谈过自己的这个想法。他知道，省委和中央也在考虑这个问题。而蛇口的余涛，无疑是众多候选者中最孚众望的一个。但是……但是什么呢？

他忽然想到，是不是直接跟余涛沟通一下，听听他对这档子事的想法？宋梓南立即拨通了余涛办公室的电话，但余涛不在办公室里。他又拨通了余涛秘书的电话，才得知，余涛被省委书记任仲夷叫到广州去了。问清了余涛回蛇口的时间后，宋梓南在办公室里略略地又呆坐了一会儿，便离开了办公室。

第二天下午，周副市长打电话找宋梓南，却怎么也找不到他。居然连市委办公厅的值班员都在说："我们也在找宋书记哩……"

周副市长一愣："怎么回事？书记出门，没跟你们打招呼？"

值班员一边忙翻看值班记录，一边答道："一早他到国贸大楼工地去参加了一个会。后来，他去国土资源局听取局内专家对土地拍卖的意见和建议……"

周副市长问："这个座谈会我也参加了。后来呢？我问的是，他离开国土资源局以后又去了哪儿？我需要知道，现在怎么才能找到他？小马呢？怎么马秘书也找不到了？"

值班员又翻看了一下值班记录，从那记录里发现了一个线索："哦……中午十二点二十分时，马秘书曾经打过一个电话来，说下午宋书记要去见余涛同志……”

周副市长忙问：“余涛？他不是去广州了吗？他回来了？他们说好在哪儿见面？”

值班员答道：“记录上没写。”

周副市长忙催促道：“赶快找找。找到以后，马上告诉我。”

这时候，宋梓南确实在余涛那儿，由余涛陪着在“视察”正在装修中的“海上世界”。庞大的船体里，到处都堆放着建筑材料，到处都闪烁着电焊枪所发出的刺眼白光，到处都回响着震耳欲聋的敲击声和锤打声。余涛得意地向宋梓南介绍道：“将来我这个‘海上世界’会成为整个远东地区最大一个海上游乐休闲场所，将成为咱们深圳一个最热门的观光旅游点，也会给咱深圳增添一道最靓丽的风景线。”

宋梓南笑笑，没作声。他俩走出杂乱的舱室，走到甲板上。海面上凉风习习。远近渔火点点。面对着开阔的视野，宋梓南长长地舒了口气，问：“还有啥要让我看的？”

余涛兴趣盎然地提议：“去看看正在装修的多功能厅？灯光音响设备全都是一流的，最起码也是亚洲一流的……”

宋梓南笑着沉吟了一下，说道：“老余，今天你不会只是让我来欣赏你这个远东地区最大一个海上游乐休闲场所的吧？想跟我说什么，咱们直奔主题。你知道，我对这些休闲游乐的玩意儿，向来不感兴趣。”

余涛似乎早有准备似的提议道：“那……咱们找个地方去喝杯茶？”

宋梓南摆摆手：“不用去那种地方了吧。咱俩要往那儿一坐，别人都不得安生。还是去你办公室聊吧。”

余涛却说：“干吗去办公室？办公室这种地方你还没坐够？走走走。我有好地方，不会让你暴露在众目睽睽之下的。”说着，他立即带宋梓南下了船。码头上早有一辆进口的高档车在那儿等着了。二十多分钟后，余涛就把宋梓南带到市里一家高档茶园的特别包间里。茶园是新开张的。院子里绿树藤萝假山流水断桥营造了一个相当悠闲惬意的小环境。

余涛显然和这个茶室的老板非常熟识，而且事先也是打好了招呼的。他俩一到，老板已经做好了一切的准备，走一条比较僻静的通道，把他俩领到一个特别幽静的雅座间里。进到包间，桌椅茶具花格窗棂和墙上的那些字画，尽显一派古意。

老板恭敬地对余涛说道："这是您要的咖啡，这是宋书记喜欢喝的特级龙井，你们看可以吧？二位还要点什么？"

余涛说："谢谢啦。书记不爱吃零食。今天我俩就干喝。啥也不用了。"

一个身穿暗花织锦缎旗袍的女服务员端着一整套茶具，袅袅娜娜地走过来要给两位表演茶道。

余涛笑道："今天也不用玩这一套了。我们自斟自饮。需要你们的时候，再听招呼。"

老板和那个女服务员马上恭恭敬敬地退了出去。随即，门也关上了。不知是室内木料本身带的香味儿，还是在什么角落里有个香炉里燃放着某种幽香，这雅座间里影影绰绰地浮泛着一股沁人心脾的气息。

两人默默地喝了两口茶，还是余涛先开口："听说你最近病倒过一次？怎么了？不会是因为我上省里替蛇口要了几项自主权，就把你给气成这样的吧？"

宋梓南笑笑："至于吗？你老余是什么样的人，我早就一清二楚的了，还能跟你置这个气？"

余涛大笑："哦呵呵，大人大度。"

宋梓南说："我明白你的苦衷。手里要是不把着一点自主权，在当前这个情况下，要想真正推动一点改革，就难上加难。但……不过也没什么……无非是你越过我们这些人，直接找到省里去提要求，让我们这些人脸上稍稍感到有一点发热，有点尴尬罢了。"

余涛立即举起咖啡杯："来来来，敬我们书记同志一杯，理解万岁。"

宋梓南默默一笑，也举起茶杯，意思了一下。

余涛又说道："还有一个情况，今天特别要跟书记同志说明的是，关于中央要调我到市里当市长的问题……"

宋梓南忙表态道："我觉得这是个很好的想法，这也是我今天要来跟你见一面谈的重要话题之一。我一直以为，有你到市里来工作，先不说别的那些有利的方面，最起码，蛇口和市里许多不该产生的矛盾和摩擦都可以得到比较好的协调……我是完全拥护中央和省委这样的安排的。从我个人来说，身兼书记和市长两副担子，也的确有些勉为其难，力不从心……"

余涛却打断了宋梓南的话头，说道："我已经跟任书记明确表态了，我余涛只想留在蛇口，折腾我那两三平方公里的小自留地。”

宋梓南略显得有些意外：“为什么？不会是因为担心我们俩不能好好合作，所以才不愿意到市里来任职？要是真的为了这一点，你完全不必担心……我虽然也是个急脾气、烈性子，但这么多年组织的教育和训练，你还是应该信得过我的嘛。再说市里也的确缺一个市长，这是我的真心话。”

余涛忙说：“我就怕你这么想，所以听说你在找我，我就赶紧约你过来了。这两年，在工作上我们虽然难免有点磕磕碰碰，但有一点，我想你也会相信，我们之间并没有根本的分歧和矛盾。所以，你也应该相信，我余涛绝对不是为了回避你，才不想当这个深圳市市长的。我比你还大几岁吧？我们这一拨人有共同的经历，都曾经有过一个热血沸腾的青年时代，千难万险，亲手建成了这个共和国。现在，我们又都感到我们亲手建立的这一番伟大事业还有一些必须改进的地方。否则，到马克思召我们去报到时，我们多多少少还是会有一些内疚。因此，你我都还想拼着这条老命，最后做成一两件事，来促成这个改进，但偏偏时间又不允许我们做太多的事了。我六十六了啊……书记同志，让我集中精力把‘蛇口工业区’这棵小苗养大，也算是对自己这一生，对我们这个伟大事业，有个最起码的交代了……”说到这里，余涛有点动情了，眼眶也微微地湿润起来。宋梓南也被打动了。他举起茶杯，向余涛表示敬意，也表示理解，然后，长长地叹了口气道：“是啊，你我都没有多少时间可虚度了……”

第六十八章

这时，仍在急于四处寻找宋梓南下落的周副市长，接到了宋梓南的一个电话：“老周，你找我？”听到电话里传出的是宋梓南那熟悉的声音，周副市长长出一口气：“老天爷，你去蛇口也不跟办公厅打个招呼，都急得我快要向公安部报案了！”宋梓南笑道：“嗨，在蛇口，我还能出什么事？”

等见了面，周副市长问宋梓南：“余董他找你？”

宋梓南说：“我找的他。”

周副市长不便追问宋梓南为什么要在这个时候找余涛单独谈，只是怔怔地看着宋梓南，说了两个字："找他……"他想让宋梓南能主动说一点跟余涛会面的情况。但宋梓南沉吟了好大一会儿，才慢慢抬起头，感慨万千地说道："余涛这样的同志，无论是过去、现在，以至将来，都是不可多得的，也不可能多得的……"再没说别的，接着便问："哎，你那么着急找我，什么事？"

周副市长只得应道："到特区工作座谈会上去发言的汇报提纲修改稿赶出来了，你什么时候再过一下目？"

宋梓南笑了："好嘛，就这点事？我还以为马上要发生强地震和大海啸呐！"

这时，小马走了进来："宋书记，那个张弓来了。"

宋梓南对周副市长说："有个老战友的儿子到深圳来了，找了我好几次，我得见他一下。"

周副市长忙起身："那行，提纲这一稿改动很大，我看过了，那些秀才们果然聪明，很会领会领导的意图，这一稿，比较充分地体现了你的情绪和种种看法。但我还是有点担心啊。就这么拿到中央召开的座谈会上去说，是不是会产生某种副作用……老宋，你能不能再掂量掂量？"

宋梓南只是笑着拍了拍周副市长的肩膀，应付道："好好好，我再认真掂量、认真权衡一下。"

这时，小马领着张弓走了进来。

张弓到深圳已经不是一天两天了。他现在在高士达集团金德昌身边谋了个职，在高士达厂公关部任经理。今后要在深圳谋发展，无论他本人，还是他的老板金德昌，或者集团的其他高层，都希望张弓能和他父亲的老友，当今深圳的一把手宋梓南搭上关系。今天是金德昌亲自陪他来见宋梓南。因为是第一次见宋梓南，金德昌觉得自己还是不出场的好，让张弓以"老友儿子"的身份单独拜见书记更合适。金德昌一直在车里等着。半个小时后，张弓踌躇满志地走出市委新楼。见张弓走出大楼，金德昌忙吩咐司机发动车，上前去接。等张弓一上车，金德昌就迫不及待地问道："怎么样，见着宋书记了吗？"

张弓却说："今天是他想见我，那还能见不着？"

金德昌笑了笑道："他想见你？不会吧？"

张弓说道："不会？我爸是他当年的入党介绍人，我们两家的关系特别不一般。知道什么是入党介绍人吗？没有我爸的介绍和推荐，他当年就入不了共产党。当年入不了共产党，今天就不可能当上这个市委书记，威镇深圳一方。

你想想，这是啥关系？！”

金德昌似信非信地“哦”了一声。

回到厂里，张弓对金德昌说：“公关部招收了几个新人。您要不要过一下目？”随即便把包括陶怡在内的三四个年轻人带到了金德昌面前。

金德昌审视了一番，一声没吭就转过身走进了他自己的办公室。

张弓先让那几位回避，自己跟着进了金德昌的办公室。金德昌对他说：“别的都可以，就是这个陶怡不能进公关部。”张弓忙解释：“她当过团代表，这个身份很重要。”金德昌说：“我不稀罕什么代表！我要听话的人。”张弓却说：“你不稀罕我稀罕。我公关部今后少不了要跟政府部门的人打交道，就需要这样的人。她有过团代表的身份，在政府方面的人看来，就会很不一样。”金德昌毕竟还是不太了解大陆体制内的实情，将信将疑地问道：“是吗？”张弓拍拍自己的胸脯说道：“这个，你听我的。”

晚上，陶怡给冯宁打了个电话。那一阵，冯宁还住在货运编集站的大工房里。大工房里没有电话。电话只能打到编集站办公室。办公室的一个文员来叫冯宁去接电话时，大工房里的多数人都聚在一起打牌听小收音机，或者嘻嘻哈哈地聊大天，或者闷头睡觉。唯有冯宁躲在一个角落里，在一张小方凳上，凑着昏暗的灯光在读着什么书，做着什么笔记。书单是庞耀祖给开的，一下子买了十来本。“小子，别用功了，快去接电话。”办公室的那个文员拍拍冯宁的肩膀说道。冯宁不无意外地问：“电话？我的？”那个文员笑道：“不是你的，还是我的？是个小妞打来的哎，快去吧。”一听是“小妞”，冯宁自然知道就是陶怡了，便放下书和笔记，一边可劲儿地谢了那个文员，一边赶紧向办公室走去了。

“陶怡，你在哪儿呢？”好几天没听到陶怡的声音了，猛然间听来，冯宁觉得格外亲切。

陶怡是在路旁的一个公用电话亭里打的这个电话。“你还好吗？”她问道。

冯宁赶紧说：“还凑合吧。你干啥呢？”

陶怡说：“我马上得回去加班，所以不能跟你多说……”

冯宁不解地问：“在人家里做保姆也得加班？明天我能去看你吗？”

陶怡忙说：“你先别过来……这儿的老板特别不愿意有人来看我们。再说，我原先跟他们又闹过那么一点过节，他们都挺防着我的……”

冯宁一怔：“老板？怎么回事？你……你又回那个玩具厂去了？”

陶怡微微地红起脸，答道："是的……"

冯宁赶紧问："为什么？"

陶怡说："我想，怎么着，在厂子里干，总比给人当保姆强，多少还能学到一点东西……我这么年轻……"说着，看看电话亭对面那个小店里的时钟赶紧说，"我得走了。到时间了。这一段，你别来找我。有事，我会给你打电话的。拜拜。"

两天后，陶怡得到通知，让她正式到厂部公关部去报到。她慌慌地赶到厂部大楼公关部办公室，张弓正在那儿等着她。桌上放着一身黑色的女式职业套装。

张弓对陶怡说："这是给你的。试试，合不合身。"

陶怡脸一红："给我的？"

张弓说："啊！公关部的制服。这儿是坐写字间，你今后再不能穿车间工装来上班了。"

陶怡犹豫着，她想知道，得这一身黑呢料制服，她得交多少钱。

张弓一眼看穿了她的心事，便笑着说道："这是厂里免费供给的。可能象征性地收一点点钱。我已经替你交了。"

陶怡忙说："那怎么可以。我……"

张弓催促道："行了行了。先去试试合身不合身。公关小姐形象第一。要穿得挺，精神，这可是咱们工作的一部分。你们也是厂子的形象大使。快去试试。"

陶怡又迟疑了一小会儿，只得拿着这套衣服上卫生间去换装。不一会儿，陶怡换罢装从卫生间走了出来。张弓眼睛一亮："哟，这一身打扮，才能体现出团代表和我们公关部职员的真实面貌。"

陶怡脸红了，恳求道："张经理，您以后能不再提'团代表'这档子事吗？"

张弓笑道："行行行，皮鞋呢？为什么不把皮鞋换上？"

陶怡为难地说："那鞋跟，有点太高了……"

张弓忙说："嘿，这高跟鞋是专门配这一身套装的，别土了！快换上！"

这时，一个办事员匆匆走了进来对张弓说道："经理，大门口有个叫冯宁的人找陶怡。"

张弓说："让他等一会儿。我这儿正说事哩。"

陶怡的脸又红了，支吾道："张经理……那是我……我表哥……他大老远地……我去见见，一会儿就回来……”

张弓勉强地说：“行吧。”

陶怡说了声：“谢谢。”就忙向门外跑去。

张弓忙叫：“鞋。把鞋换上。”

陶怡只应了声：“一会儿吧，一会儿回来再换。”人已经下楼了。跑到厂门口，陶怡有点不高兴地对冯宁说道：“我不是让你这段时间轻易别来找我吗？”

冯宁说：“我只是顺便路过。”说着话，才发现陶怡大变样了，便故意从头到脚地“扫描”了一下陶怡，打趣道，“哟，士别两日，小日子过得相当不错了，好像……不在流水线上干了？当白领了？行啊，鸟枪换炮了！”

陶怡脸红了：“你别挖苦人了……”

冯宁说：“我的活儿也有变动了。”

陶怡说：“他们给你一个啥活儿？不会太累人吧？”

冯宁说：“站里有个劳动服务公司，一直在亏本经营。主任让我上那个公司去……”

陶怡忙问：“让你干啥？管仓库？还是搞运输？”

冯宁哈哈一笑道：“当经理。”

陶怡疑惑地问：“当经理？谁？你？”

冯宁笑道：“我为什么就不能当经理？”

陶怡还以为冯宁在开她的玩笑，就只用怀疑的眼光看着冯宁，再不说话了。

货运编集站前两年办了个劳动服务公司。说起这个劳服公司，其实是用公家的钱为编余的职工和职工家属找生活门路的。但这个公司一直办得不景气，每年要白白扔进去好几十万，让编集站的老主任深感头疼，也一直在暗自物色着能干的经理人选。那天下大雨，不经意间，他看到冯宁情急之中，亲自带着工人扛麻包救场。能这样拼死拼活吃苦带头干的年轻人，现如今真还不多见。后来，又有意识地跟冯宁聊了几次，聊下来果然印象更好，觉得这个年轻人不仅肯干，心气还高，头脑也清楚，是个明白人。老主任暗自高兴，真可谓踏遍四海无觅处，此人却在眼门前。昨天便找冯宁正式谈了一下。这事着实让冯宁兴奋，也很想试试这个“经理”一职，但当场没敢答应。出了老主任办公室门，他就进城找庞耀祖商量去了。庞耀祖问他：“让你当经理？给实权吗？”冯宁说：“我当然要这个实权。货场主任答应，第一，给我用人权，公司所有员工的去留将来由我决定；第二，给我财权，公司自负盈亏，收入支出完全单列。在银行另开独立账号，由我掌控；第三，给我自主经营权。在经营方面，货场领导完全不干涉。”庞耀祖笑了：“这么大一个馅儿饼，怎么就落到你头上了呢？”冯宁说：“馅儿饼？你仔细往下听：第一，这个公司连年亏本，银行里只剩下两块八毛钱流动资金。固定资产有一百零二万，但外债倒有一百五十多万，已经濒临破产，亏到了没人再敢去当它的经理的地步了。所以准确地说，落在我头上的不是馅儿饼，也不是印度飞饼，更不是意大利的比萨饼，而是茅屎坑里的一块臭石头。为什么说它是块臭石头？就是我要跟你说的第二点，这个公司的员工，基本是货场干部职工的家属，七大姑八大姨十三小舅小叔子。谁都是招惹不起的主子爷。这些人原本就没打算来好好干活儿，纯属是来找个空位拿干薪。你说他们不跟茅坑里的石头一样，又臭，还又硬？！从这个角度讲，它根本不是任何一种馅儿饼。”庞耀祖问：“那你决定接了？”冯宁说：“我这不是来找你商量来着吗？”庞耀祖笑道：“啥商量，我看你就是想让我也说一句：接！好壮壮你的狗胆！”冯宁笑着叹了口气道：“知我者，庞哥也。我是想接，好歹它是个公司，他又给了我三权……”庞耀祖又问：“跟货场签了合同没有？”冯宁说：“我傻呀，现在就签？当然得让他先把所有给我的权力都落实，再说别的。”庞耀祖又问：“他让你承担什么责任？”冯宁：“一年内必须扭亏为盈。”庞耀祖再问：“你有这把握吗？”冯宁说：“这不是来跟你商量吗？”庞耀祖沉吟道：“让我也想想……”

话说到这儿，宾馆的一个经理来叫庞耀祖：“市里叫你去哩。”庞耀祖一惊：“市里？市里哪个部门？”经理笑道：“你别紧张，反正不是公安部门。”庞耀祖忙说：“经理，你别吓我，行不？我胆小着哩。到底是不是公安方面的电话？”经理便说：“我说不是，你不信。电话我还没挂哩，你自己去接。”庞耀祖说：“我不就是给书记送了两回书嘛，至于要惊动公安局了？”经理不耐烦了：“谁说是公安局找你了？”庞耀祖问：“那到底是谁找我？”经理真烦了，说：“我不跟你说了，你自己去接吧。有病！”庞耀祖便赶紧去接电话，临走时还特意对冯宁说了句：“劳服公司的事，肯定是件好事。关键就看你到底能承担起多少责任。而这一点又跟他们到底能给你多大的自由处置权有关。这里头名堂大着哩。回头咱俩再好好议一议。”说着就走了。今天上午，他给冯宁打了个电话，只说了一个字：“干！”冯宁就赶紧来找陶怡了。但陶怡不敢跟冯宁在厂门外多耽搁时间，只说了句："要真是让你当经理，那你就好好干吧。有什么事，咱们回头再说。"便赶紧回办公室去了。

到办公室只见张弓正指挥办公室的人调整桌椅。他指着一套半新不旧的桌椅对陶怡说道："这是给你用的。"陶怡这时心里还在回味着刚才冯宁的那档子事，神情上显得有些心事重重，只勉强对张弓说了句："谢谢……"

张弓对陶怡这个长相秀丽、外表文静，却又内里倔强、颇有主见的女孩儿起了不是一般的好感，特别关注她的一举一动和心情变化，此刻就觉得陶怡应该更高兴一点才对，便不解地问："怎么了？你没事吧？"

陶怡忙说："没事……没事……"

张弓说："快去把鞋换了，一会儿跟我一起去陪韩国来的客户吃饭。别忘了化一下妆。"

陶怡为难地说："化……化妆？"

张弓问："不会化妆吗？"

陶怡忙说："会。会。"

张弓催促道："那赶紧去化呀！"

陶怡嘴上答应着，但仍然没有行动。

张弓犯疑似的打量了她一眼："没带化妆用品吧？"

陶怡的脸略略有些红了。

张弓对一个女职员说："阿珍，借你的化妆品用一下。"

那个叫阿珍的女职员很不高兴地从自己的抽屉里把一个化妆包扔给了陶怡。

陶怡忙说了声"谢谢"，拿着那些化妆用品进了女洗手间，但从来也没用过这种高级化妆用品的陶怡站在卫生间的化妆镜前有些束手无策。这时，进来两个给自己补妆的女职员。陶怡鼓足勇气刚想开口请教，那两个女职员很快地补完妆，对陶怡的求援举动，只当没看见似的，根本也没搭理陶怡，说说笑笑地自顾自地又走了出去。

张弓在卫生间门外等了十来分钟，不见陶怡出来，就觉得有点奇怪。这时办公室里已经没有别人了，只剩下张弓自己。他有些焦急起来，走到女洗手间门前，想敲门，却又觉得不太合适。只得又回到办公室里。时间又过去了十分钟。他再次走到女洗手间门口，下定决心，敲了敲门，轻轻地叫了两声："陶怡……陶怡……"

洗手间里没有回应。

他转过身对着走廊里大声地叫了一声："陶怡！"

还是没有回应。

他起疑了，用力敲了敲女洗手间的门，问了一声："里头有人吗？"

没有回答。

他推门走了进去。只见陶怡站在镜子面前低头抽泣着。

张弓一惊，忙问："怎么了？"

陶怡赶紧擦去眼泪。

张弓问："为什么还不化妆？"

陶怡一下眼圈又红了，说道："张经理，还是让我回流水线上去吧……"

张弓感觉出一点情况来了，便问："谁说你什么了？"

陶怡摇摇头。

张弓问："不会化妆？"

陶怡脸红了。

张弓说道："嗨，没吃过猪肉，还没见过猪跑？来，我教你。"

不一会儿，张弓便在陶怡脸上做完了最后一道"手续"。张弓退后一步看看自己面前的陶怡，再看看镜子中的陶怡，问陶怡本人："看看，行不行？"

陶怡抬起头来一看，愣住了。她完全想不到经过这样一番淡妆的打扮，镜子中的她居然如此光彩照人。

第六十九章

天色近晚，张弓便带着陶怡去市内一家超豪华大酒店的豪华包间里，接待一批韩国客人。等客人都已经入座完毕，菜也已经上齐，酒杯都已经斟满，一个中年的韩国客人端着酒杯向陶怡走来。这是韩国人的习惯，只要酒桌上有年轻的女客，他们一定会把目标对准这样的女孩儿。

陶怡是第一次上酒桌，更是第一次见"外宾"，自然会显得相当的紧张。

张弓鼓励似的暗示了她一下，并拿着酒杯，迎着那个韩国客商走了过去，对他说道："我们这位小姐酒精过敏。这杯酒，我替她喝了。"

韩国客商却说：“我也酒精过敏。但我今天高兴。没想到，你们深圳建设得那么漂亮，小姐也那么漂亮。为了我们的合作，请赏光。”

陶怡只得站起来了，端酒杯的手直哆嗦。她大红着脸说：“先生，我真的从来不喝酒。我家里从来不让女孩儿喝酒，而且我们家也喝不起……”

张弓立即打断了陶怡的话：“他们家从来不喝白酒。我们就不勉强女士了……”

韩国客人说：“我们刚从你们东北来。东北人豪爽，喝酒好样的。你张先生做护花绅士，我们尊重你，但是，那样的话，就不能只喝一杯。”说着对服务员招了招手。服务员忙又拿来两个酒杯。韩国客商说：“两个不够。”服务员又拿来两个。韩国客商仍嫌不够：“多拿几个来嘛。”

服务员一气拿来十几个小酒杯。

那个韩国客商在张弓的面前排了十个小酒杯，在自己面前排了十个小酒杯，然后做了个手势，让服务员把这二十个小酒杯全都倒满。韩国客商说：“你们的东北人、新疆人、内蒙人都是这样喝的，我们喜欢。这才是真正的中国人。来！”

陶怡鼓起勇气说：“张经理一会儿还要跟你们谈生意。这十杯下去，他就没法跟你们谈了。”

韩国客商说：“今天还谈什么生意？今天的生意全都在这酒杯里了。”

陶怡说：“张经理也就是两杯的量……”

韩国客商说：“这十杯酒喝下去，我肯定也得倒。用你们中国人的话说，就是肯定得钻桌子底下去了。可是我高兴，我今天就豁出去了。”

其他的韩国客商齐叫了起来：“好！”

张弓犹豫了一下，勉强地说：“好吧，那我今天晚上就舍命陪君子了。”刚要去拿那十杯中的一杯，却让陶怡拦住了。

陶怡脸涨得通红，对那个韩国客商说：“不行不行，张经理不能喝。您倒了，今天晚上还有您的那些朋友来为你们公司说话。张先生倒了，我可没法代表我们公司来说话。今天晚上如果一定要倒一个人的话，那还是让我倒吧。”

那些韩国客商再次叫了起来：“好，女英雄！”

但陶怡端起酒杯时，真的快要哭出来了，又哆嗦了一会儿，下定决心，一闭眼睛，屏住气，把杯里的酒一下全“扔进”嘴里，然后咕嘟一声，全咽了下去，辣得她浑身都冒火，嘴都合不上了，人也微微地有些晃动。韩国客商一起鼓掌，叫好。这时，那个韩国客商已经喝掉五小杯了，又停了下来，看着陶怡。张弓也担心地看着陶怡。陶怡脸色变得青白。她看看剩下的九小杯，镇静一下自己，去拿起了第二杯……第三杯……第四杯……

大包间里肃静了下来。所有的人都屏息静气地看着陶怡端起第五杯……第六杯……终于，陶怡把她面前的最后一杯酒都喝了下去。这时，只听咕咚一声，那个韩国客商倒在了地上。大家忙着去搀扶他，同时也不约而同地去打量陶怡。张弓也急着去搀扶陶怡。陶怡晃了一下，觉得自己有一点头晕，有一点站立不稳，可能要倒，忙伸出手去扶住张弓。但她终于没倒，靠在张弓的肩膀上，稍稍歇了一会儿，便不好意思地抬起头，对在座的客人羞涩地笑了笑。韩国客商都感到十分惊讶，片刻惊愕以后，都情不自禁地对着陶怡鼓起掌来。

回去时，一上车，张弓就关切地问陶怡："没事吧？"陶怡不好意思地只说道："没事……"张弓惊诧万分地问："你真的从来没喝过酒？"陶怡应道："没有，从来没喝过。"张弓更是惊喜地说道："那你简直就是个天才，天生一个女酒仙！"

第二天，是厂里例行发奖金的日子。办公室里自然洋溢着一种兴奋和不安的情绪。"兴奋"是因为要发钱了，"不安"是因为不知道这一个季度自己给老板留下了什么样的印象，老板到底能给自己发多少钱。这个奖金额度，是因人而异的，完全随老板心情而论。而且各人所得还得保密。互相间不得打听，也不得张扬。否则会受到各种严厉的惩罚，直至开除。

职员们一个接一个地被叫进经理室去，出来的时候手上都拿着一个密封的信封。有的兴奋异常，但又得控制住自己那种意外之喜，装出一副若无其事的样子；有的则沮丧不已，连看都不看地把信封往抽屉里一扔。不管是高兴的，还是沮丧的，领完奖金后，都绝口不说自己到底得了多少钱，也都马上埋头去干自己的事去了。陶怡觉得自己刚来不久，这一回的奖金，不会有自己的份儿，便只是目不斜视地埋头整理着一些资料图片。

终于，最后一个女职员也从经理室里走了出来。

这个女职员走到陶怡桌子旁边，板着脸，屈起一根手指，用那纤细柔弱的指关节敲敲陶怡的桌面，招呼道："该你了。"

陶怡一惊："我？啥事？"

那个女职员嘲谑道："别装傻了。领钱！"

陶怡还愣在那儿。

那个女职员向着经理室那儿撇撇嘴道："张经理有请哩。"

陶怡这才赶紧把桌上的东西收拾进抽屉，起身向张弓的办公室走去。进了张弓办公室，只见张弓把一个封了口的信封郑重地推到陶怡面前。

陶怡呆站着，有点不知所措。

张弓笑着问："怎么了？"

陶怡略有些慌乱地说："我……我……才来……"

张弓说："我发奖金，不看谁来的时间长短。快拿着。"

陶怡慌慌地拿起那个信封。

张弓说："好了，没事了。"

陶怡赶紧说了声："谢谢……"转过身向门外走去。

张弓却又说："等一等。"

陶怡马上又慌慌地转过身来。

张弓训教道："有个规矩，你可能还不知道，部门奖金，是授权部门经理发放的。每个人拿多少，只有部门经理和本人知道。随便透露自己的奖金数或者肆意打听别人的奖金数，都要受罚的。"

陶怡忙点点头。张弓又扔给她一本杂志。陶怡不知道张弓为什么要扔给她这本杂志，茫然地看看张弓。张弓做了个手势，示意她把信封夹在杂志里，再往外走。陶怡一走出经理室，那些男女职员不约而同地都向她转过头来，想看看她手中那个"信封"的厚薄程度。陶怡匆匆回到自己座位上，像藏赃物似的赶紧把那本夹着信封的杂志塞到抽屉里。她惴惴不安，特别想知道张弓到底给了自己多少钱，但又不敢马上拆看。因为她知道那些同事们仍然不时地在向她这边投来好奇而又不满的忌妒的目光。她控制住自己慌乱的情绪，继续整理那些图片资料。又过了一会儿，她把手悄悄伸进抽屉里，一点点拆开信封，从信封口往里瞟了一眼。这一眼，吓了她一大跳。

信封里足足装着上千元。可能还不止。

她的心顿时像十五只提桶似的——七上八下地乱跳起来。"怎么给那么多呀！"她一边忐忑，一边忙向四下里扫视，当看到大家伙儿好像已经不再关注她了，便稍稍安心了一些，忙把信封夹进那些图片资料里，匆匆向经理室走去。走到张弓面前，她把那些图片资料放在张弓的面前。张弓不解地看看陶怡，又看看这些图片资料，问："整完了？这么快？"

陶怡却从图片资料里取出那个信封，小声地问："张经理，您……您给错人了吧？”张弓看看信封上的编号：“别冒傻气！”又把信封扔还给了陶怡。

一直到下班时分，陶怡在自己的座位上待着，几乎都无心再干什么事，每隔几分钟都会情不自禁地会向藏着那个信封的抽屉瞄上一眼，总觉得这个被自己深藏在抽屉里的信封，会像个不定时的炸弹似的，随时随地发出“砰”的一下巨响，把她这个人和这个办公室都炸个粉碎……

终于挨到下班时间，她抄起那个信封，拿上自己的小皮包，便向厂门前的公交车站跑去。是的，她要去告诉冯宁，她挣到了“大钱”。她要告诉她最亲近的人，她有钱了。她要让自己最亲的人分享自己这一刻巨大的快乐。除了冯宁，这个世界上还能有谁来跟自己一起分享这个巨大的快乐呢？一路上，每每想到这一点，她都会涌出一点心酸和怅惘。

下了车，她一路小跑，过小丛林，过林间空地，跑过货场，跑过杂乱的家属院，冲到小工房门前。（货场主任邀请冯宁主持那个所谓的劳服公司工作后，就让冯宁又搬回小工房单独住去了。）正要去敲门，却听到从小工房里传出一阵阵激烈的争吵声。吵架的双方中，一方肯定是冯宁，另一方声音苍老，肯定是个长者，但这长者到底是谁，她听不出来。正犹豫着要不要擅自进门去劝架时，只见冯宁和货运站主任都激动万分地从小工房里冲了出来。毫无思想准备的陶怡本能地躲到了一个房角背后。

货场老主任听说冯宁在就任劳服公司经理后，居然跟一家民营公司签订了一份推销合同，替它推销一批“乱七八糟”的电子元器件。老主任觉得，你冯宁再能干，公司初起，是没有那个能耐做这种事的。“你是这样的金刚钻吗？你能揽这样的瓷器活儿吗？合同是随便签的吗？你要推销不出去那些乱七八糟的玩意儿，再把公司现有的这点家底儿全赔进去了，你考虑过这个结局吗？”两个人争执了一阵，唯恐冯宁好高骛远，再次把事办砸了，心急之下，主任居然说出这样的话来：“我现在非常后悔。后悔找了你这么个自以为是、不听话的人来当这个公司的经理！”冯宁说：“你到底是想要一个能办好这个公司的人，还是一个只知道在你身前身后点头哈腰的人？”主任却说：“你可以不点头哈腰，但也不能乱来！”冯宁不解：“我怎么乱来了？”主任说：“你还没乱来？还没乱来？你说你冯宁有多大能耐，能把这些乱七八糟的玩意儿都推销出去？你掂量过自己到底有几斤几两吗？”冯宁解释道：“那不是你说的乱七八糟的玩意儿，是紧俏的电子元器件！”主任说：“紧俏？那些香港老板精得跟猴儿似的，紧俏货能让你来推销？”冯宁说：“那也因人而异。他们这家公司在大陆没有推销渠道……”主任真急了：“你有？你刚把一大批玉米弄砸了，亏了好几万。你这好，一下子跟人签了两百多万的合同。你脑袋大？两百多万！”

冯宁还想解释：“这批电子元器件……”

主任挥挥手：“好了好了，别说了，我不愿再听你说了。我再给你一个星期的时间，如果一个星期后，你还不能把这些玩意儿都推出去，你就乖乖地从我面前消失！我另选经理！”说着就十分气愤地走了。

冯宁忙追过去拦住主任：“一个星期？一个星期你就是让孙悟空来，他也没法把这些东西变成现钱！再说，我们订有合同，我有一年经营这个公司的权力，在这一年里，你不能随便干预我的经营活动，更不能随意来夺走我的这个经营权。”

主任冷笑笑：“合同？你大概是刚从月亮上下来的吧？”说着，便没再理睬冯宁，就这样一直走回办公室去了。

过了一会儿，陶怡才悄悄走出那个房背后的角落，走到冯宁身边。冯宁抬头一看，呆呆地说：“你……你怎么来了？”一时间，陶怡竟然忘了自己是来干什么的了，也不知道该说些什么来安慰突遭如此打击的冯宁，只是一声不吭地呆站在冯宁面前。

随后，陶怡跟着冯宁走进小工房，抬头一看，也愣住了。小工房简直成了个仓库。除了原先放床的地方还放着那张床以外，几乎所有的地方都堆放着一箱箱的电子元器件。陶怡刚想问些什么，冯宁匆匆拿出两包方便面和几根肉肠、一罐辣酱，对陶怡说：“来，赶紧吃一点垫垫饥，咱们去找庞哥。”

第七十章

见到庞耀祖，冯宁一五一十地把情况给说了。庞耀祖问：“你替人家推销那么多电子元器件，他答应你什么条件了？”

冯宁没正面回答庞耀祖的问题，只反问道：“你有时间跟我跑一趟吗？”

庞耀祖问：“干吗？”

冯宁说：“他们答应给我的，跟你说不清。你去一看，就明白了。”

庞耀祖笑道：“这么神秘？”

陶怡却问：“你让我们看的那东西离这儿远吗？”她担心来不及赶回厂里，将来被扣奖金。

冯宁说：“远。”

陶怡忙说：“那我就没法陪你们去看了。一会儿我还得回厂里去上班。”

冯宁说：“你回吧。有事，我们再找你。”

陶怡不无有些失落地走了。刚走了两步，庞耀祖叫住了她。庞耀祖问：“你今天来看冯宁，应该有什么事的吧？”

陶怡犹豫了一下：“没什么事……”

庞耀祖笑了笑：“要有事，你就说。要是觉得我在边上不方便你说，我可以回避的。”

陶怡脸微红起来：“庞哥，您说啥呢？想赶我走，就直说。”

庞耀祖笑道：“不不不，你们说你们的悄悄话。我暂且回避五分钟。”说着就做出一副要向外走去的样子。

冯宁笑道给了庞耀祖一拳：“行了，庞耀祖，你看你把人家小陶怡折腾得都快要哭了！我俩要真想干什么事，你回避五分钟够吗？”

陶怡跺着脚，哭笑不得：“冯哥，你也学坏了！不理你们这些坏男人了！”说着就走了。两个人追上去，把她送到公交车站，看着她走远，然后打了个出租车，一直向更远的郊外驰去。

出租车驰到一片荒地前停了下来。

冯宁带着庞耀祖走到荒地中央。他指着这片荒地对庞耀祖说：“制造那些电子元器件的厂子，是香港一个老板和这附近一个大队的书记联合办的，也是他们做出来的第一批成品。不管是那个香港老板，还是这个大队书记，都没有国内市场的销售渠道。他们急于找到一个代理商，替他们把新产品销售出去……”

庞耀祖问：“这一切跟这片荒地有什么关系？”

冯宁说：“这片荒地产权属于那个大队。我提出，如果我能替他们把产品顺利推销出去，那个大队得让我使用这块荒地三十年。”

庞耀祖嗒然一笑道：“就这几十箱产品换三十年的地权？”

冯宁说：“不，只要他们在继续生产这种元器件，我就要不断承担为他们推销产品的责任。”

庞耀祖再问："是他们提出这交换条件的，还是你提出来的？"

冯宁答道："我。"

庞耀祖问："企图何在？"

冯宁答："我料想，这块荒地在几年之内，将会极大地增值……"

庞耀祖再问："理由何在？"

冯宁有些得意地说："那天我去市工商局办理完更换公司法人资格的手续，顺便到市政府大厅里溜达了一圈。听到两个机关干部在那儿聊天儿……"

庞耀祖皱起眉头问："他们在楼下大厅里聊天儿？"

冯宁笑道："好像是在往上搬什么宣传资料，搬累了，在大厅里歇气哩，就一边抽着烟一边随便瞎聊呗。开始我也没在意，后来他们就多次提到了这个区域这片山坑坑，引起了我的注意。他们说，一段时间来，中央对深圳有批评，觉得咱们过于关注城市基本建设，对发展工业，尤其高科技方面的生产，有所忽略。市委市政府已经决定把这儿规划成一个科技城，或者是叫什么高科技工业园区。这个我没记得太牢，但市委市政府下了这么一个决心，我是听到了的。将来要建一条高速公路从这儿通过。这两个机关干部还在商量，将来要不要调到这个高科技园区来工作……假如这一切是真的，这片荒地一两年之内，增值幅度就很难说了……三五年后，它很可能就成了一块黄金宝地！"

庞耀祖说："可你只跟人家货场签了一年的合同……"

冯宁说："先拿下这块地再说！"

庞耀祖说："以你这个身份，你无权跟人家签什么三十年的合约。你这样做是非法的。现在那个香港老板和大队书记还不清楚你的真实情况，如果知道了，他们是可以去告你欺诈的！"

冯宁一愣，不说话了。

庞耀祖继续说道："如果你能顺顺当当地把眼前这点货推销出去，情况可能会好一些。假如你再没能做到这一点，把他们的产品压在了你手里，他们一定不会饶了你，只要稍稍一追查，真相一定会败露，后果就会不堪设想！"

冯宁看看庞耀祖，脸色一点点变得严峻起来。

庞耀祖拍拍冯宁的肩膀，安慰道："你再琢磨琢磨吧，然后咱们回头来再细细合计这档子事。我得往回赶了……"

冯宁说："干吗呢？都快到饭点儿了，咱们到附近镇子上去吃点东西。

我请客。我现在是经理，我有经理特别费可用。”

庞耀祖说：“不行。宾馆领导通知我，下午一点半得准时到中方经理办公室。他们要找我谈话。”

冯宁一惊：“不会有什么情况吧？”

庞耀祖沉吟了一会儿，说道：“难说啊！”

冯宁不满地说：“你不就是进书记房间送了两本书吗？犯什么大罪了？折腾出那么大个动静！”

庞耀祖叹道：“就这，公安局的人还找我谈过好几回哩。奇怪的是，市社科院的孙副院长也来找我谈话，还出了几张卷子考了我一回。今天宾馆经理又来谈话。得谈到何时才是个头呢？”

冯宁却说：“社科院的领导都来找过你了？这倒新鲜。说不定还可能是件好事哩。他们在考察你？你说有这种可能吗？”

庞耀祖不说话了，过了好大一会儿，才蔫儿蔫儿地说道：“我也想过这个可能……我想，这档子事，要么让我凄凄惨惨下地狱，要么就让我轰轰烈烈上天堂，反正不会有第三种结果。”

第七十一章

那天，宋梓南正在和宣传部和特区报的几位主要领导谈事的时候，周副市长匆匆走来要找他。周副市长问小马：“书记跟他们谈完事，还有啥安排吗？”

小马说：“约了上步工业园区的领导来谈二期工程的问题。”

周副市长问：“几点？”

小马答：“十点。”

周副市长看看手表，问小马：“能不能请上步工业园区的同志晚来十五分钟？我在这中间加个塞儿，跟宋书记说个事。”

小马忙说道：“那我跟宋书记去请示一下，请上步工业园区的领导明天再来……”

周副市长忙说：“不不不，别推到明天。我只要占个十五分钟就行了。”

过了一会儿，宣传部和特区报的几个同志谈完事，周副市长匆匆和他们打了个招呼，就进了里间。

宋梓南一见老周，就笑道："我想着你会杀上门来的。"

周副市长也笑了笑，只是有点勉强："老宋，你不要嫌我多事……我实在是忍无可忍了……"

宋梓南笑道："嘿，有那么严重吗？！"

周副市长说道："听说你要起草汇报提纲的同志还要往里增加谈我们成绩的内容。老宋，这样不行啊……拿着这样的汇报提纲去上会，跟中央的精神蛮拧啊。现在已经非常清楚了，中央召开这次座谈会，不是要我们去摆成绩，是要找问题，完善特区的下一步工作……"

宋梓南收敛起笑容，沉吟了一下："当前有人要否定改革开放的路线，这是事实……"

周副市长说："可我们到这个会上，是去和中央对话，不是去和那些人对话。"

宋梓南说："不管和谁对话，也得实事求是地对待特区这几年的工作，特别是要坚持高举改革开放这面大旗。"

宋梓南这样回答，让周副市长感到非常意外，他悄悄愣怔了一下后再劝道："总书记已经两次把省里的任书记找到北京去谈话了。我们都知道，'文革'期间，那么大的压力，任书记都从不写检讨，最近他根据中央的要求，为这一时期在沿海地区出现的各种问题做了两次检讨。从这一点看，我们也应该可以觉察出，中央这一回的确是下了很大的决心要解决改革开放中已经出现的实际问题。这次座谈会主要不是让我们去摆成绩的。我们硬顶是没有好结果的。"

宋梓南固执地说道："我没有硬顶，也不会硬顶。但是特区的成绩必须谈够。这不是我宋梓南的成绩，也不只是深圳几百万人的成绩，它是党的成绩，邓小平思想的成果，是全国人民求变求改革的结果！如果不充分认识到这一点，中国还是有可能走回头路的。而一旦走回头，中国就完了！！"

周副市长不说话了。他忧虑地看着这位老领导，真是有点不明白，这么简单的一笔"政治账"，搁到任何一个政治新手面前，都能算得清楚，都不会如此固执己见，为什么他一个在领导岗位上已然辗转几十年，不仅身经百战，而且也战果辉煌的老同志，竟然会这样的转不过弯来，要硬碰硬上？也许，宋书记执着这么干，真有他的远见谋略？周副市长忐忑。

是的，固执己见有时是让众人感到非常头疼的一种毛病。中国历来时兴“中庸”。“中庸”的一个副产品就是“得过且过”。当我们真心寻找一度强盛的中国在近现代数百年历史上为什么会落后于欧美强国，甚至落后于日本那样的东亚“小国”的根源时，往往忽略了“中庸”这个老病根儿。我们视偏激为“洪水猛兽”。且不知，历史的进步往往是在偏激（先知）和固执（执着）中找到必需的突破口和得到必需的激情和动力的。那天，在货运编集站冯宁住的小工房里，再次发生的一场争执，同样表明了这样的一种人文冲突，在中国当代几乎无处不在。为了推销那批电子元器件，冯宁决定不惜工本，要去参加一个全国性的电子元器件经销洽谈会。这当然要开支一笔经费。老主任觉得冒这样的风险，对于他们这样一个小公司，代价太大。

主任说：“有必要花那么高的成本，到全国的洽谈会上去活动吗？”

冯宁说：“有必要。”

主任说：“你真是一根筋！”

冯宁却说：“你答应过我，一年内不干预我的经营活动。”

主任说：“我不是在干预你，冯宁，你想明白看清楚了，我这是在挽救你……”

冯宁说：“我现在算是明白了，为什么前几任经理都没本事办好这个公司，甚至包括你那个准女婿。因为他们都没能摆脱了你这种一次次诚恳的‘干预’和‘挽救’，所以最后走向了‘死亡’。这和中国足球为什么老是踢不出名堂来是一样的道理，行政干预！一帮不懂足球的人在操纵足球……”

主任立刻变色：“别跟我说什么足球！你冯宁嘴硬，你有能耐。行行行，你有能耐。一年后，我再跟你算总账！”

第七十二章

那天上午，张弓把陶怡叫到他的办公室里，通知她：“我们下午三点出发去广州，然后从那儿坐飞机去参加一个全国性的电子元器件洽谈会。”

陶怡一愣：“三点？”一边说，一边本能地抬头看了看墙上的钟表。钟表显示现在是上午十一点。

张弓敏感地问：“怎么了？”

陶怡忙掩饰："哦，没事……没事……"

张弓问："还没坐过飞机吧？"

陶怡点点头："没有……"

张弓又问："没有晕机和恐高等毛病吧？"

陶怡忙说："没有……"

张弓让她赶紧去准备准备。陶怡匆匆回到自己的办公桌前，收拾桌上的东西，显得有些心神不宁，再次抬头打量墙上的钟表。这时，钟表上的显示是十一点二十分。她伸手去拿电话，但电话机旁贴着一张统一印制的"小贴士"。上面写着："免谈私事，话者自重。"她立即收回了手，匆匆向大写字间外走去，然后一路小跑，向厂门外跑去。跑到一家装有公用电话的小店门前，陶怡气喘吁吁地拨通了货运编集站办公室的电话。她要找冯宁。但货运站办公室的文员却告诉她："冯宁？他不在这儿。"陶怡一再恳求他："麻烦您，能替我叫冯宁来接个电话，好吗？我真的有急事……"那个文员显得特别不耐烦："我跟你说他不在这儿。"近来，陶怡总觉得自己和冯宁之间，或多或少已经产生了一点说不清道不明的隔阂。这让她感到非常不舒服。所以她觉得这一回自己出差前无论如何也得通知一下冯宁，免得进一步造成更大的误会。她按捺住性子恳求道："我知道他不是你们办公室的……"没等她说完，对方却说了声："你知道还缠个没完？"便挂断了电话。

这时，冯宁也确实不在货运场内。他去新园宾馆找庞耀祖了。匆匆走到会计室，一推门，见宾馆的几个财会人员一边在聊着天，一边在忙碌着各人手里的活儿。庞耀祖并不在屋子里，冯宁赶紧又退了出来。

没找到庞耀祖，冯宁有一点失落，正在会计室门外的走廊里呆站着，琢磨自己该上哪儿去寻找和等待庞耀祖时，会计室的门又打开了。一个女会计走了出来。

女会计走到冯宁身前，打量了一下，问："请问你是不是姓冯？"

冯宁忙答："是的。"

女会计再问："你是来找庞会计的吗？"

冯宁谨慎地点了点头道："是的。他……"

女会计说："哦，他被我们宾馆的中方经理带走了……"

冯宁一惊："带走了？带到哪儿去了？"

女会计说："这不是很清楚。可能是带到市里去了吧。"

冯宁忙问："带到市公安局去了？"

女会计说："好像不是。"

女会计说："一会儿你问他自己吧。他走的时候，让我们转告你，如果一个小时之内，你等不到他回来，那就请你别再等他了。他以后方便的时候，会去找你的。"

"一个小时之内，等不到他回来，那就别再等他了。他以后方便的时候，会去找你的。"这一句透出些许悲壮意味的话，到底是什么意思？冯宁在新园宾馆院子里，一边反复琢磨着刚才那个女会计转达的庞耀祖的这句"最后留言"，一边若有所失地呆站在一棵高大的棕榈树下，等了一会儿，却看到庞耀祖突然快速地从宾馆大门处向他跑来。

庞耀祖手里提着一点东西，气喘吁吁地说："对不起，等了多长时间了？"

冯宁忙迎上前问："没事吧？"

庞耀祖喘着气说："当然有事啊！"

冯宁迫不及待地问："怎么回事？"

庞耀祖拉着冯宁说："走，上屋里去说。"

庞耀祖带冯宁回到他住的宾馆员工宿舍里，对冯宁说："本来我可以早一点回来的，他们跟我谈完话，我又顺路到华强北商场买了一套西服……"

冯宁一语不发地看着庞耀祖。他不明白留下那么悲壮"告别辞"的庞耀祖，这一刻为什么会那么兴致盎然地跟他谈什么"华强北"和"西服"。华强北是深圳最繁华的一条街道。是青春小资们和打工仔、打工妹闲暇时最爱去游逛的地方。他曾经陪陶怡去逛过。但他自己一个人是从来也不会去那儿凑热闹的。"这个庞耀祖在搞啥名堂？"他暗自掂忖着。

庞耀祖笑道："干吗呢？跟看个贼似的看着我。"

冯宁说："我这儿替你着急上火，你他妈的却在那儿优哉游哉地逛华强北买什么西服。"

庞耀祖说："我说过对不起了嘛。"

冯宁催促道："快说，到底出什么事了？"

庞耀祖说："我被选上去东京股票交易所学习两年。"

冯宁嘿嘿冷笑一声道："你就蒙吧，我还要去纽约富兰克林学航天哩！"

庞耀祖立即把刚买回来的那一堆包装盒统统撕扯开，把那崭新的西服、领带、皮鞋全都亮在冯宁面前。冯宁愣怔住了，不说话了。庞耀祖兴奋地说道：

"哥儿们，不信吧？连我自己都不信哩。我一直觉得自己在做梦。请你告诉我，我现在到底在不在梦里？他妈的，快说呀！他们要派我去东京学习。"

这时候，冯宁告诉自己，这件就是做梦也做不到的事，可能是真的了。但他还是不信。只是怔怔地看着满脸涨得通红的庞耀祖，等着他提供更多的信息来让他确信这不是一通梦呓般的胡说。

庞耀祖撂下那些衣物，便把冯宁拉到宾馆大厅一侧的咖啡座里，叫了两杯咖啡，让冯宁静静心，也让自己静静心。然后，庞耀祖对冯宁说："你知道宾馆经理带我到哪儿去了？市委组织部。市委要派送一批人出国学习金融证券。经过一番考察，我以最高平均分入选。一共只有两个名额去东京学股票交易。因为我大学里学的是日语，就被选派到东京去了。"

冯宁故意不屑地说："小日本……"

庞耀祖立即说道："你别小看小日本。它人口只有我们十分之一，国民生产总值是我们的八九倍，目前是仅次于美国的世界第二大经济实体。东京股票市场也是全球几个主要股票交易市场之一。"

冯宁想了想，问："市公安局能放过你？"

庞耀祖说："他们本来是要好好教训我一下的。听说对我的惩戒报告都报到宋书记那儿了，让宋书记摁下了。宋书记大概是看到我考察成绩不错，也算是惜才吧……怎么不说话了？"

冯宁真诚地说道："祝贺啊……"

庞耀祖笑道："真的假的？"

冯宁犹豫了一下，掏出一点钱，放到庞耀祖面前："绵薄之意，略壮行色。"

庞耀祖立即把那点钱扔还给冯宁。

冯宁问："嫌少？"

庞耀祖说："少放屁！"

冯宁只得收起钱："什么时候走？"

庞耀祖说："这个星期之内吧。"

冯宁说："这么快？"

庞耀祖说："你要知道，我一直对资本运作这档子事特别感兴趣，对金融也很感兴趣。自己偷偷看了不少这方面的书。当年在尤妮她爸身边当秘书的时候，就多次跟她爸闹着要去银行。那时候的愿望无非也就是到哪个储蓄所当个营业员而已，完全没有想到今天居然会被派出国去学金融证券。"

冯宁顿了顿说："我也要走了，去参加那个电子元器件的洽谈会。"

庞耀祖问："什么时候动身？"

冯宁说："今天晚上。"

庞耀祖问："坐火车？"

冯宁说："我还能坐什么？而且还是站票。跟你不一样，官派留学，飞来飞去……"

笑容从庞耀祖的脸上消失了。沉默了一会儿，他鼓励道："冯宁，抬起头，你会有大前途的。"

冯宁笑道："行啦，别给我灌迷魂汤了。走好你的阳关道吧。"

庞耀祖不说话了，默默地喝了两口咖啡，突然掏出一个密封好的信封交给冯宁。

冯宁问："这是什么？"

庞耀祖说："这是我对你今后生涯的一番设想，将来你万一遇到什么阻力和障碍，我帮你想了几点应对措施。但你这会儿先别看。"

冯宁哈哈大笑起来："诸葛亮的锦囊妙计啊！此时不让看，何时让看呢，军师大人？"

庞耀祖说："走投无路日，事到临头时。"

冯宁想了想说："你觉得我用推销换他们那块荒地，有一天会沦落到走投无路的地步？"

庞耀祖说："走着瞧吧。不光是你，就是我，虽然取得了官派出国留学的好机会，也难说有一天会遭遇走投无路之际。人生嘛，很难预料的。"然后又拿出一个密封好的信封放在冯宁面前。

冯宁笑问："这又是什么？"

庞耀祖说："如果没有遭遇太大的阻力，事情比较顺利，要谋划下一步举措，想知道我对此有什么建议，可以打开这个信封。"

冯宁说："完全一副诸葛孔明的派头啊！"

庞耀祖说："不让你现在看这两封信，不是故意作秀，拿派儿。两种应对措施，针对你可能的两种前途。前程知道得太早，会乱了眼前做事的方寸。这也是古人常说的天机不可泄露的原因之一吧。而对你最最重要的，还是安安心心、扎扎实实做好眼前的这档子事，推销不出去这点元器件，你一切都完蛋，但怎么能推销出去这点元器件，我一点招儿都没有。"

冯宁笑道：“你他妈的是理论家、军师嘛，玩战略决策的嘛，左右大局命运的嘛，不干我们干的这种苦力的买卖！”

庞耀祖点点头说道：“没错。”

冯宁笑着捶了他一拳：“没错你个头！”

庞耀祖说：“冯宁，你今天晚间就要走了。我三五天后也要走了。你三五天里回不来。我一走，两年内是不会回来的。今天这次见面，就是我们这两年内的最后一次见面了。两年内会发生什么样的事，很难说得准。中国会不会继续沿着眼下这个路走下去，按说是不会有问题的。但个人的命运变化，却还是很难预测的……”

冯宁说：“你他妈的不会就此留在日本米西下去了？”

庞耀祖说：“跟你这么说吧，就是所有的留学生和访问学者都他妈的不回来，我庞耀祖也肯定回来。”

冯宁用力拍一下桌子：“有种！”

庞耀祖说：“我谁都可以对不起，也得对得起力排众议选派我出国学习的这个宋书记！看过古希腊伟大哲学家柏拉图写的一本书吗？叫《王制》。那里探讨了人的血性中严酷的一面和温和的一面。他说，人必须得节制自己表达欲望的血气，以维护正义、公理和尊严……”

冯宁问：“还有什么要嘱咐的？”

庞耀祖却犹豫了。

冯宁试探着说：“你说过你在老家结过婚，还有过一个男孩儿……”

庞耀祖说：“他们不用你操心……”

冯宁会意地笑了笑。

庞耀祖立马啐嗔道：“别做出一副救世悯人的坏样子。”

冯宁坏笑道：“深圳还有谁要托付给我的？”

庞耀祖笑着说：“我是在担心，会不会把一只小绵羊托付给了一个大灰狼。”

冯宁大笑道：“你就这么看我？我冯宁再不济，能欺负你庞哥的意中人？你也太不会看人了！”

庞耀祖忙说：“到目前为止，她还不能说是我的意中人。”

冯宁说：“应该说，她是你的意中人，但人家是不是认可了你庞哥，现在还拿不准。”

庞耀祖叹了一口气道：“我和我妻子分居好些年了……”

冯宁说:“别跟我说这些。我不管你那个。赶快说,要我照顾深圳的哪一位?”

庞耀祖犹豫着。

冯宁说:“瞧你那怂样。我替你说了吧,要我替你照顾好尤妮?没错吧?你小子行,不想给人家老爸当秘书了,倒过来想当人家女婿了。野心不小啊!”

庞耀祖说:“你别看尤妮表面上咋咋呼呼、风风火火,实则内心特脆弱,耳朵根子也特软……”

冯宁哈哈一笑道:“只有你庞哥说她脆弱,觉得她耳朵根子软。只听说过情人眼里出西施,没听说过情人眼里还出弱者。”

庞耀祖又叹道:“不跟你开玩笑,深圳鱼龙混杂,她从小又长在那样一个环境里,总以为天下事都能依她的意志来回旋,最容易上当受骗……我走后,你要有空,常去看看她……”

冯宁故意大声说道:“天呐,想不到庞大哥还真是个情种!”

庞耀祖忙做了个手势,让冯宁小点声,然后淡淡地苦笑了一下:“这也算是我到深圳来的一大收获吧……”

冯宁笑道:“收获尤妮?”

庞耀祖摇摇头:“变得多愁善感喽……以前在老家时,我绝对不是这样的……不是的……”

冯宁故意问道:“知道为什么吗?”

庞耀祖问:“为什么?”

冯宁坏笑道:“因为你恋爱了。”

庞耀祖也笑了起来,搡了冯宁一把,说了声:“去你的!”

第七十三章

列车超载,车厢里挤满了人。不仅过道里站的都是人,连车厢连接处也都站满了人。冯宁和他手下的两个员工带着两大箱电子元器件,前胸贴后背地挤在车厢的连接处,一点都动弹不得。不一会儿,员工中的一个年龄稍大一点的有点受不了了。冯宁忙从挎包里掏出一小盒万金油递给了他,又递给他一个军用水壶,并鼓励似的对他笑了笑。另一个年轻一点的员工一直在用微型耳机听着音乐，这时立即从自己的耳朵里摘下一个耳机，塞到那个员工的耳朵里。那个员工感激地对他俩笑了笑。冯宁把自己的耳朵也凑了过去，贴近那个耳机，听着那微弱的音乐。

耳机里正在播放一首叫《宾波》的小号独奏曲。那明快而昂扬、带有进行曲特点的旋律显然立即吸引了冯宁，并深深打动了他。他的身体不由自主地随着音乐的节奏微微地摆动起来。由于车厢里的闷热，大串大串的汗珠正从这三个人的额头上往下流淌着。

而这时，同样赶往那一个展销会现场的张弓和陶怡，却坐在一架客机的商务舱里。机舱里播送着柔曼的轻音乐。许多旅客都睡着了。陶怡也好像睡着了。张弓按了一下呼叫铃。空姐走了过来。张弓对空姐指了指睡着的陶怡，又指了指别的旅客身上的毛毯。空姐立即拿来毯子。张弓轻轻地替陶怡盖上毯子。陶怡惊醒，惶惶然地对张弓说道："您自己盖吧……"张弓微微一笑道："睡吧睡吧，还早哩。"其实并无睡意的陶怡只得盖上毛毯，闭上了眼。

张弓替她把座椅调整到半躺的位置上。

不知道座椅还能调整的陶怡，突然发觉身后的椅背在往后倾斜，还吓了一跳，忙睁开眼睛，折起身子。张弓低声说："睡吧睡吧，这样更舒服一些。躺下，躺下。"

陶怡犹豫了一会儿，但还是乖乖地躺下了。

张弓从身前的椅袋里抽出一本杂志随意地翻看起来。

陶怡虽然闭着眼睛，但她的眼皮不时地在跳动着，她并没有睡着。因为临走前仍然没有通知到冯宁，她一直还不安着。不知道到了展销会现场所在的城市，能不能找到打长途电话的地方，再跟冯宁联系上。她一直还在担心这件事。张弓在折身去换另一本杂志时，有意无意地让自己的胳臂贴着了陶怡的胳臂，腿也轻轻地贴住了陶怡的腿。

敏感的陶怡感觉到张弓的这个举动，她的眼皮急剧地跳动了一下，但她没马上动弹。她不想让张弓难堪。等过了一小会儿，她悄悄地把腿往那边移动了一下，躲开了张弓的亲近。

张弓却仍若无其事地在看着他的杂志。

又过了一会儿，陶怡把胳臂也悄悄地从张弓的胳臂旁挪了开去。

由于是夜航班机，到达目的地，已是深夜时分。从机场到市内，在路上走了约三十来分钟。头一回坐飞机，头一回离开深圳，一路上陶怡既新鲜又忐忑。

出租车把他们送到一个叫皇都饭店的大宾馆里。到前台，张弓报上姓名和厂名后，前台服务员查找了一下预约簿，就告诉他：“张弓先生和陶怡小姐？欢迎你们来参加电子元器件订货大会。这是你们的房间钥匙，你们的代表证，谢谢光临。”

张弓打开一个房间的门，对陶怡说：“这是你的房间。进来吧。”然后他又向陶怡一一介绍房间里的各种设施：“这是卫生间……这是洗漱用具，牙刷、牙膏、梳子、洗发液和浴帽……这是壁柜。这里有睡衣、拖鞋……这是顶灯开关、镜前灯开关，这是床前灯开关和立地灯开关……来试试。”

陶怡颇有些紧张地把每个开关都试了一遍。

张弓说：“我就住你隔壁。有什么事，你可以打电话叫我，敲我房间的门也行。”

陶怡红着脸点了点头。

张弓说：“那你先洗洗，喝口水，歇会儿。一会儿，我们下楼去吃点东西。光靠飞机上那顿晚饭，是熬不到天亮的。”

陶怡看见房间里有两个床，就问：“这……这个屋里还要住别的客人吗？”

张弓笑道：“不会了。这房间我们包了。就你一个人住。快洗洗吧。半个小时后我来叫你。”

张弓走了。

陶怡忙去关上房门，回到房间里又细细地端详了一下房间里的设施。这一切，对她来说自然都是又一番的新奇，但她马上注意到了床头柜上放着一部电话机。她忙走过去，赶紧拿起电话。电话里马上传来女接线员清脆的声音：“皇都宾馆总机。请问你要哪里？”

陶怡说：“我想要深圳东道口货运编集站办公室，找一个叫冯宁的人……”宾馆总机却告诉她：“对不起。您的房间现在还没有开通国内长途业务。要开通的话，请先到前台办理相关手续。”

陶怡忙说：“哦，要办手续的呀……对不起……对不起……”赶紧挂断了电话。

到天亮时分，冯宁乘坐的那一趟客车，在晚点一个多小时后，也到达了这个城市。他和那两个员工扛着那两箱货，随着拥挤的人流中挤出了火车站的出站口。那个年轻一点的员工指着不远处一个大红幅高兴地叫道：“看，就在那边，有接站的哩。”冯宁抬头看去，果不其然，在车站广场的一角竖着一块大牌子，上面写着“电子元器件展销订货会接站处”。

三个人忙跑了过去。

接站处的工作人员问他们：“是正式代表吗？”

冯宁出示了一封信函：“这是你们的邀请函。”

接站处的工作人员看了一下那信函：“光有邀请函不行啊。你们交了会务费没有？领了正式代表证没有？我们接待的是交了会务费，有正式代表身份的厂家。”

他们只得直接赶到展销订货会现场。那时候天光已经大亮。不少厂家进入现场在布展。现场已经开始忙碌了。

冯宁对会场门口的工作人员说：“我们是来布展的……”

工作人员检查了他们的手续，同样告诉他们：“不行，没有交会务费，不能进会场布展。你们就是进去了，也没有你们的展台位置。”

第一次参加这样的展销会，又不想多交钱（也没有钱多交）的冯宁迟疑了一下：“可是……”

后面有一个厂家的人扛着他们布展的大块展牌，叫着：“别挡着路啊。劳驾，劳驾……请让让，让让……”

冯宁手下的一个员工回头就冲着那个厂家的人说道：“你们嚷什么？先来后到嘛。我们先来的！”

那个把大门的工作人员却一把推开冯宁的人，说道：“什么先来后来？你们都没交会务费，还先来什么呀！快闪开！让交了会务费的人进！”

第七十四章

凌晨时分，从深圳通往广州的公路上已经很忙碌了。在众多的车辆中，有两辆黑色的轿车一前一后快速向广州驰去。这是深圳的车。得到中央召开特区工作座谈会的正式通知，深圳市委的主要领导同志，正赶往广州珠岛宾馆去参会。

进入广州市区后，两辆车立即就分道扬镳了。周副市长和常副市长乘坐的那辆后车加速驰到宋梓南乘坐的那辆头车旁边，按了两下喇叭，打了声招呼，便向珠岛宾馆的方向驰去了。宋梓南要趁会前那点有限的时间，回家去看望一下住院治疗的亭云。

由于有中央主要领导来参加会议，此时的珠岛宾馆已满是一派高度警戒的气氛。主楼的大厅里挂着“热烈欢迎参加全国特区工作座谈会的首长和嘉宾”大红条幅。

周副市长入住到安排给他的房间里以后，刚洗漱完毕，正在给自己沏杯茶，放松一下，却听到有人在敲门了。他忙去开门，门外站的却是常副市长。

市里来参加会议的几位主要领导都担心老宋的态度会不会影响中央对深圳的看法，听说昨天晚上临来前，周副市长还和宋书记深谈过一次，一到广州，常副市长就坐不住了，立即想跟周副市长了解一下，昨天晚上他们交谈的情况。

常副市长忧虑地问：“听说昨天晚上你又跟老宋聊了一次？怎么样？”

周副市长沉吟道：“我相信，老宋多年的政治经验会有助于他应对这次会议上可能发生的任何突发情况。”

常副市长说：“这一点，我也是相信的。另外，我也相信，中央会全面评价深圳的工作，所以……”

周副市长说：“所以，我们就别操什么心了。明天一早，咱们找个好茶楼，好好吃一顿广州的早茶吧！”

常副市长会意地笑了。正说着，省委书记任仲夷大步走进房间来。周和常立即站了起来，叫了声：“任书记。”

任仲夷习惯性地四下里打量了一下，问：“怎么，老宋没跟你们一起来？”

周副市长忙说：“他马上就到，他先回家去看望病中的老伴了。”

任仲夷说道：“哦，他要是来报到了，让他尽快到我那儿去一下。”

周副市长忙应道：“好的。”

任仲夷说完便向门外走去，走到门口，他突然又转过身来，问二位：“你们的那个汇报提纲，你二位都看过了吧？”

周和常忙答道：“都看过了。”

周副市长又补充了一句：“那是我们常委会讨论通过的。”

任仲夷又问：“你们觉得怎么样啊？”

周副市长看看常副市长，稍稍犹豫了一下说：“做了多次修改，应该还是比较全面的吧。任书记，您觉得还有什么问题？”

任仲夷没正面回答周副市长的询问，只是又重复地提醒了一句：“一会儿老宋到了，让他赶紧上我那儿去。啊？”说完就走了。

宋梓南乘坐的车缓缓驰到他家所在的那幢楼前时，块块已经在楼下等候着了。

宋梓南一下车就问：“你妈的情况怎么样？”

块块只说：“爸，您先别着急……进屋再说吧。”

宋梓南催问道：“情况到底怎么样了？”

块块停顿了一下说道：“大夫说，妈的病灶有恶变的迹象。”

宋梓南一下愣住了：“恶变？怎么搞的吗？！”一下站住了，转过身来，对身后的小马说：“走，去医院。”

块块忙说：“爸，您先别急呀。一会儿，哥还要来。等哥到了，咱们一起去医院。我还有些情况没说呢。”

宋梓南却说：“有什么情况，到医院再说！”说着，便大步向汽车停着的地方走去了。

块块忙对宋梓南说：“爸，您也不看看现在才几点？这时候到医院去，您不想让老妈睡觉了？”

宋梓南终于在门口站住了。

这时，从窗外传来一阵汽车的声音。块块忙走到门外张望了一眼，然后大声说道：“爸，妈回来了。”宋梓南回头看去，顾亭云在儿子的陪同下，缓缓走下车，向楼里走来。块块忙迎过去，搀扶住她，嗔责道：“妈，您怎么这个时候就溜回来了？”

顾亭云微微一笑道：“我要不回来，你爸还不得冲到医院去大闹天宫？”

块块问：“您跟大夫请假了吗？”

儿子大康说：“请假了。大夫一开始怎么也不让妈出来，后来还是单阿姨去说了话，出面保证妈明天一早就回病房，值班大夫才勉强答应的。”

宋梓南也上前扶住亭云，问：“你怎么知道我今天会回来？”

顾亭云笑道：“我当然有密报啊！”

进了屋，块块安顿下母亲，就问：“妈，你们想吃点什么？我去替你们做。”

大康说：“做啥嘛？想吃的话，我开车去买点回来不就得了？”

顾亭云说：“你们都别忙了，我现在吃不下。都回你们的房间去，我跟你们老爸单独说一会儿话。”

块块说："哎呀，爸都走了一夜的路了，让他歇会儿吧，别说了，再说你也得休息，待会儿说兴奋了，今天你们俩谁都别休息了。"

顾亭云说："你爸今天一会儿就得走，得到会议上去报到。就你爸那脾气，不说说，今天晚上他能躺得下来吗？说几句我就休息，快回你们房间去吧。"

大康担心地说："那你们俩别吵架……"

顾亭云说："说什么呢？我和你爸什么时候吵过架了？"

大康说："行行行，不吵最好。"说着，便和块块各回各的房间去了。

客厅里只剩下宋梓南和顾亭云两个人了。两个人默默地对坐了一会儿，刚要开口说话，块块又端来一杯刚沏好的茶、一杯热牛奶和一些小点心，放在他俩面前的茶几上，把茶放在了宋梓南的面前，把热牛奶放在顾亭云面前，然后打趣地问："要不要做会议记录？我留下来替你们当记录员？"

顾亭云笑着啐道："去你的，快回你房间去吧。"

块块做了个鬼脸，回房间去了。

宋梓南感叹道："你发现了没有？块块突然变得特别懂事了，包括大康也好像老成多了……"

顾亭云默默地点了点头。

宋梓南说："大概跟你病情变化有关系。"

顾亭云说："咱们今天晚上不说我的病。"

宋梓南说："如果到这个份儿上还不说说你的病，我会谴责自己一辈子！"

顾亭云说："我的病，说不说，就这样了……"

宋梓南说："什么叫就这样？如果早一点回来住院，它就可能不会这样！"

顾亭云说："老宋，我的病怎么了？现在仍然还是处在可能恶变阶段，并没有发生特别了不起的变化……"

宋梓南说："别跟我说这些！告诉你，这次回来，我下决心要解决两个问题，其中之一就是你的病。你别跟我二五眼！这次我不会由着你，更不会听你的！"

顾亭云笑："你想把我怎么样？"

宋梓南断然说道："你给我去北京……"

顾亭云说："好啊，广州都治不了我的病了？宋书记，你行啊，怎么不把老婆送美国去？"

宋梓南说："你以为我不会？"

顾亭云说："现在的关键问题不是我的病……"

宋梓南一下把声音提高了八度："亭云，你怎么还不明白呢？我不能没有你！"说着，眼圈一下湿润了。顾亭云心一热、一酸，眼圈一下也湿润了。而一直在自己屋里虚开着门，在"监听"二老谈话，一直在关注着客厅里的动静的块块和大康，听到爸爸这么说，眼泪也一下涌了出来。

顾亭云的心微微地颤抖了一下，竭力控制住自己的情绪，轻轻握住宋梓南的手说道："别乌鸦嘴，事情没那么严重。"

宋梓南激动地说道："恶性病变……"

顾亭云故作平静地说："还只是有可能。"

宋梓南大声打断她的话："可我得到的情况报告是部分已经开始发生病变，而不只是'有可能'！"

顾亭云说道："那不也才是部分嘛？"

宋梓南一下站了起来："你还要怎么样？你还想怎么样？"

顾亭云说："我向你保证，我会积极配合治疗，一定不让病情继续发展。不仅不让它发展，还要充分利用它目前只是部分组织发生早期变化的有利情况，彻底把它治愈。"

宋梓南几乎是扑到顾亭云面前，说道："亭云，我们俩还没有一起到国外休假过！你一直想去意大利、去俄罗斯，你说你一定要去看看牛虻和琼玛的故乡，看看保尔·柯察金和冬妮亚的故乡……"

顾亭云说："我们一定去！而且一定一起去！等你不当这个市长兼书记了，等我的身体完全康复了，咱们坐一艘世界上最豪华的邮轮，去意大利、去俄罗斯！再去萨拉热窝，看看瓦尔特的故乡！"

宋梓南说："你向我保证！"

顾亭云郑重地说："我保证！但我有个条件……"

宋梓南断然说道："这件事，没有条件可讲。你必须无条件服从！"

顾亭云却也固执起来："不，我不离开广州，不离开深圳。"

宋梓南："亭云……"

顾亭云："当时，有人让你去北京看病，你怎么回击他们的？你说你宋梓南在广州、在深圳看病，任何一家医院任何一个大夫都会使出百分之二百、三百的力气来做这件事。到了北京，谁知道你宋梓南？我也一样啊……广州和深圳的医院里收治过、也治好过成千上万个我这样的病例，为什么一个市委书记夫人得了同样的病，就非得去北京治疗了呢？书记同志，请你回答一下我的这个问题，同样的病，生在普通百姓身上，广州、深圳的大夫就能治，生在书记夫人身上就治不了了？这位夫人就非得去北京、上海？这种想法，有科学依据吗？”

宋梓南沉默了。

顾亭云：“还有一点，你想过没有？眼下是你和深圳最困难的时候，上上下下一片质疑声，在这样一个关键时刻，你让我去北京，去三五天还可以，让我在那儿长期住下来治疗，我能安心吗？我不安心，我整天为你提心吊胆，坐立不安的，再好的药吃下去，也会失效的！我把话说透了，如果你想折磨我，想让我早点离开这个世界，不想在你退休后，让我跟你一起去意大利、俄罗斯转悠，那么你就逼我去北京、上海！”

宋梓南犹豫了一会儿说：“不去北京，你能保证好好接受治疗吗？”

顾亭云：“我不好好接受治疗，难道我还想早点死？！我还答应过块块和大康，要替他们带我的孙子、孙女哩！”

宋梓南半信半疑地看着顾亭云：“这件事你可不能跟我耍半点滑头……”

顾亭云：“你怎么变得跟个糟老头儿似的，来回来去，尽说些三五不着边的车轱辘话？”

宋梓南挥了挥手：“行，不说了不说了，只要你保证好好接受治疗，我啥话也不说了。不过……”

顾亭云笑道：“瞧，又来了。还有什么‘不过’的？”

宋梓南：“可以不去北京住院，但去那儿做一次检查，总可以吧？北京、上海毕竟还是有一些可以利用的医疗资源。你以为普通老百姓就不上北京、上海去看病？你去北京、上海那些大医院看看，每天排着长队看专家门诊的，有一半是外地去的病号。”

顾亭云想了想说：“检查一下，可以。但不在那儿住院。”

宋梓南无奈地说：“行行行，不在那儿住院。”

这时，有人敲门。

顾亭云忙问：“谁？”

块块立即冲了出来：“我去开门。”

门外站的是单秀娟。

单秀娟：“对不起，这一大早的就来打扰你们。”

顾亭云忙起身招呼：“小单？快进快进。”

单秀娟勉强地笑笑："我不进去了……我有几句话，要跟宋叔叔说……"

顾亭云警惕地说："那你也得进来说呀！"

单秀娟坚持着："不用了……"

宋梓南马上看出，单秀娟是想跟他单独说什么话，便立即披上衣服走出门去。等宋梓南一走到门外的走廊里，单秀娟先对他道了个歉："真对不起……"

宋梓南笑了笑："你再说对不起，我可真受不了了！"

单秀娟脸微微红了："有个情况，我想必须要让您知道。这两天顾阿姨在医院里一直静不下心来，特别关注你们即将召开的特区工作座谈会。从昨天晚上知道你要回广州来参加这个座谈会，就死活吵着要来看您。关于这次座谈会，她好像有许多话要对您说似的。"

宋梓南说："你有什么建议？"

单秀娟说："不管顾阿姨跟您说什么话，您都别反驳她，都应承下来。千万要让她保持内心的平静……您别看她平时老做出一副乐观开朗的样子，其实这一段时间，她内心紧张得都到了快要崩溃的边缘了。这时候不能再气她，不能再增加她的精神负担……"

宋梓南一惊："崩溃的边缘？她崩溃啥？"

单秀娟说："为您，为深圳。那些声讨质疑深圳的文章，她会翻来覆去地看，十遍八遍地看，自己一个人在病房里的时候，她还会叨叨着跟这些文章的作者辩论……"

宋梓南一惊："辩论？"

单秀娟："啊！很小声地对着报纸说一些反驳的话，神情非常专注……"

宋梓南呆住了。

这时，顾亭云推门走了出来："什么秘密话，进屋里来说嘛。"

单秀娟有些尴尬地说："已经说完了。我走了……顾阿姨，明天一早，你可一定得回病房。我可是做了担保的。"说着，便匆匆走了。

宋梓南回到客厅，顾亭云就问："小单她跟你叨叨啥了？"

宋梓南说："她还能说啥？让我管住你，让你这一回一定好好地住院接受治疗。"

顾亭云疑询地看着宋梓南："肯定还说了些别的……"

宋梓南做出一副没事人的样子："她还能说啥？"

顾亭云苦笑一下："这是你们的秘密，既然你不肯说，我就不问了。"

宋梓南笑了：“我跟她有什么秘密？”

顾亭云说：“小单为我这一回住院忙前忙后出了不少力，什么时候找个方便的时间，请她和她老父亲上家来一起坐坐。她说她的老父亲还是你的崇拜者哩……一个老知识分子……”

宋梓南说：“行，时间你安排，我随叫随到。”

顾亭云说：“今天什么时候去报到？”

宋梓南说：“总不能晚过上午吧？下午就有一个预备会。”

顾亭云说：“还有话要说吗？没有话要说了，就休息一会儿吧。五六个小时的路程，也够你受的了……”

宋梓南沉吟了一下，问：“你还有什么要跟我说的？一会儿我就去开会了……”

顾亭云沉默了一会儿说：“没有……”

宋梓南说：“真没有？”

顾亭云迟疑了一下说：“原来有，现在没有了。”

宋梓南诚恳地说：“你不要为我担心。中央还是肯定深圳的。”

顾亭云点点头说：“我知道……”

宋梓南又说：“大多数干部和老百姓都是支持深圳的。”

顾亭云点点头，重重地叹了口气，说道：“知道……”

宋梓南拉住顾亭云的手说：“答应我，一定要安心治疗。我跟你说过多次，对于我来说，六十多岁了，事业、工作、职务、权位、奋斗、未来，都在这最后一回的挣扎中了。不管历史怎么评价我，怎么评价深圳，我都不可能再干太长的时间了……对于我宋梓南，最后剩下的就是你顾亭云……你不能让我再失去这个顾亭云……”说着，非常激动地流泪了。“所以，你心里憋着什么话，尽可以对我说……所有的担心，都可以对我说……只要能让你安心治病……”

顾亭云怔怔看着宋梓南，过了好大一会儿，才说道：“我真的没什么要说的了……”

宋梓南问：“可是小单告诉我，你关于这次座谈会，有许多话要对我说的……”

顾亭云慢慢地说道：“曾经有过，现在没有了……”

第七十五章

宋梓南一回到珠岛宾馆，就立即去见任仲夷书记。他大步走进任仲夷的房间，一边向书记伸过手去，一边习惯性地问：“任书记，您找我？”

任仲夷做了让座的手势：“坐，坐，老宋。看到会议安排了没有？会上有余涛同志的一个发言，让他汇报蛇口近来的情况，介绍蛇口的一些经验。”

宋梓南说：“看到了，这挺好。”

任仲夷说：“你要有个思想准备哦！”

宋梓南笑道：“那要什么思想准备？蛇口是深圳的一部分。蛇口的工作得到中央的肯定，也是我们深圳的光荣。而您也知道，我一直希望余涛同志能到市里来工作，帮我分担一部分担子。”

任仲夷笑着摇了摇头：“这个不可能了。我找他谈过两次。这个老余，是死抱着那个蛇口不放啊，哪儿都不想去。”

宋梓南感叹道：“他聪明啊。要是我，我也不会离开蛇口的。都已经到这个年龄了，最重要的当然是做成一两件自己一生想做又一直没能做成的大事，能让自己毫无愧疚地轻轻松松去见马克思啊。再去劳心费神地当个什么市长、市委书记，没意义啊！”

任仲夷耸起眉毛说道：“怎么？你还觉得自己不能轻轻松松、毫无愧疚地去见马克思？深圳特区的一把手，你在全国全党改革开放这一盘棋上，举足轻重啊！”

宋梓南忙摇着头说道：“盛名之下……什么‘举足轻重’，虎尾春冰哦！我真的觉得这副担子对我来说有点过于沉重了。辜负众望，真的辜负众望。”

任仲夷诧异道：“怎么回事，梓南？我从来没有听你说过这样的话。你从来都是希望组织上多给你压点重担，从来没听你嫌自己肩上的担子太重了的……”

宋梓南苦笑笑：“我大概是真的老了……老了……”

第七十六章

这个小旅馆是建在地下室里的。冯宁等在地上入口处办完入住登记手续，由小旅馆的服务员带领着，往下走了很长的一段水泥梯级，又在一条很窄、很昏暗的走廊里七拐八拐地走了一段路，才到达冯宁他们所要住的那个小房间。廉价的化纤地毯上全是泥迹和被烟头烫出的斑痕。空气中充塞着陈旧的潮味儿和霉味儿。那个年轻一点的员工问：“明天我们根本进不了订货会的会场，还有必要在这儿待下去吗？”

冯宁没搭理他。那个年轻一点的员工抬起头四下里打量，忽然发现天花板上的一个角落里有一片黑黢黢东西，似乎是被烟熏黑的痕迹。他迟疑地问：“这房间着过火？”

那个年纪稍大一点的员工：“别瞎说。”

那个年轻一点的员工：“你看呀！”

三个人同时把目光盯在了那片天花板上。当他们喘着粗气，把疑虑的目光从那片天花板上慢慢地向另一个角落扫描过去时，在另一个角落里也发现了一片火烧过的痕迹。在深入地下二十来米的地方，如果发生火灾，即便不烧死，那些燃着了的化纤地毯散发出的有毒气体，也会让他们没法逃命的。但愿这种事不会经常发生。三个人都不作声了。而这时，住在皇都饭店的张弓和陶怡已经洗漱完毕，来到一层的豪华餐厅用餐。张弓悉心地替陶怡铺好餐巾，又关切地问：“要不要再来一个鹅肝酱煎鲜贝？或者再来一个法式奶油龙虾汤？”陶怡忙说：“不用了吧。就这些都已经吃不完了。”张弓笑道：“瞧你，谁说必须都吃完的？出来了嘛，总要吃点在厂子里吃不到的好玩意儿。要不，谁愿意出这个差？”

到早晨，冯宁先醒了。他看看手表，赶紧推推那两位：“起床，快起床！”

那个年轻一点的员工忙跳起来，睡眼惺忪地惊问道：“火……着火了吗？”

冯宁笑道：“着火了着火了，快走吧！”

到街边上随便找了个小吃摊儿，买了一提兜包子，等这三人一边大口大口嚼着包子，一边匆匆赶到展销订货会现场大门外的空场上，那里早已是人头攒拥了。不断有人凭着代表证，或拿着入场券向会场里涌去。冯宁向两个员工使了个眼色，他们三个便扛起那两箱元器件，买了三张入场券，进了会场，又找了个特别中心的位置，在地上铺了块白布，打开箱子，把那些元器件一一在白布上铺开，然后又打开一块折叠状的商标牌子。牌子上写着一行大字“深圳万达国际科贸公司”，下面写着一行小字：“批发多种原装进口最新电子元器件，联系电话……”刚举起牌子，就有不少人围了上来打听他们的元器件性能、品种、价格。

但没过多久，就有两个在会场里巡逻的保安急步向他们跑来。

他们当然心虚，因为他们没有交纳会务费，他们不能在会场里占位设摊儿。三个人中本来就安排了一个人专做“警戒”，一旦看到有保安来干涉，就发信号，好让其余两位先做“逃脱”准备。这时，不等那两个保安赶到，他们匆忙把货装进箱子里，由那两个员工扛着，“滋溜”一下钻进了嘈杂的人群。而冯宁则双手高高地举着牌子，赶紧向另一个方向跑去，以便引开那两个保安。冯宁是这样考虑的，即便自己被抓获，只要那两箱货不出事，也就不会有太大的损失。就算在会场里引起一点纠纷，也起到了吸引观众眼球的作用，等于为他们公司做了活广告，而且是免费的。那两个保安果然如冯宁所料，紧随着那块在人群头上游动起伏的牌子，一个劲儿地追赶而去。冯宁举着牌子，一边跑，一边大声叫喊：“我们是深圳万达国际科贸，我们经营最新进口电子元器件。我们的联系电话是……”

没等他说完电话号码，从另一边又跑来两个保安，堵住了他，并一把从他手中夺下那个商标牌。这时，一个订货会的工作人员也冲了过来，叫道：“这是非法商户。他没有交会务费。把他赶出去！”

冯宁冲过去，从那个保安手里夺回商标牌，大声喊道：“我们不是非法的。我们有正规营业执照……”

这时越来越多的人都围了过来。四个保安一起冲过去，把冯宁按倒在地。冯宁挣扎着站起，刚要再次伸出手去夺回标牌，一抬头的瞬间，他却呆住了。他看到陶怡和一个年轻男子款款向这边走来，并且陶怡也看到了他。他完全没有想到，此时此刻会遭遇陶怡。就在他傻愣走神，不管是在精神上还是在体能上，都完全解除了防备和反抗的那一瞬间，一个保安挥拳击打在他脸上。他只觉得鼻根处涌出一阵腥热，眼底也冒出一团金星，人便不由自主地向后倒去了。

陶怡本来也呆站在那里，看到冯宁的鼻子在那个保安的拳头击打下，喷出一股鲜血，便惊恐地叫了一声："啊……"想冲过去，却被张弓紧紧地拉住。她用力一甩手，挣脱了张弓，一边叫着："别打人……你们不要打人……"一边便向冯宁冲了过去。但张弓还是追过去用力拉住了她。

这时，那四个保安从地上拽起冯宁，把半个脸都染红了的冯宁向大门外拉去。

冯宁挣扎着回过头来寻找陶怡，但刚才还站着陶怡的地方已经没有人了。

张弓拉着陶怡走出会场。陶怡还在挣扎着四处寻找冯宁的下落。等她再度看到冯宁时，那四个保安正把冯宁送上一辆警车。随即，那警车呜呜地鸣叫着就开走了。张弓松开手，陶怡站了下来，无奈地看着警车远去。展销会会场很快又恢复了平静，就像是一艘巨轮的沉没，虽然即刻间会在大海中掀起一股强大的漩涡，但随之而来的浪涌很快便填平由那漩涡撕开的缺口。巨轮也会被吞没得无影无踪。要知道，大海总归是大海……

回到高士达集团的摊位前，张弓见陶怡仍然处在惶惑和不安中，便低声关切地对她说道："我来接待客户吧。你回宾馆去歇会儿？"

陶怡摇摇头，稍稍振作起精神，拿起一摞宣传材料，向新产品展示桌走去。她知道，作为一个公关小姐，除了在酒桌上起到她应起的那份作用外，更多的应该是在这样一个展销和订货会上做好她的本分工作。况且，这一回又是她第一次以公关部工作人员的身份来参加展销订货会，她不能让任何人留下这样一种印象：她陶怡只是一个空有秀丽可人外表的"花瓶"，而不能胜任任何实际的业务……

到中午时分，会场里来看货洽谈生意的人已显稀落。一些小饭店的人推着各自的小车来兜售盒饭、茶叶蛋和各种小吃。张弓买了十几盒盒饭招呼公关部的员工们吃饭。陶怡却走到摊位后头的简易帐篷里去坐着了。过了一会儿，张弓也走了过来，他把一个盒饭放在陶怡面前。陶怡摇摇头："我不饿。"张弓打趣道："不是还在惦记那个兵哥哥吧？"陶怡不作声了。张弓在陶怡身旁坐下："别太着急，一会儿我托人去打听一下他的下落。你还是吃一点吧。"陶怡眼圈一红："谢谢……"张弓轻轻拉住陶怡的手，感慨地说："你是个善良的好女孩儿。但是，你得明白，现在这个世界，光靠善良是不行的。生活是现实的，也可以说是残酷的。什么是市场经济？有关的理论书可以装满这整个帐篷。但是归根结底就是两个字：交易。或者说就是交换，就是用最低的成本换取最高的利润。或者说适者生存，或者说弱肉强食，或者说大浪淘沙。你看看这个洽谈会，吵吵嚷嚷，不都是在贯彻我刚说的那些话吗？你的那位兵哥哥也得接受这个规则的筛选。大、浪、淘、沙啊！这是没法回避的。”

陶怡呆呆地听着，似懂非懂地听着，怔怔看着张弓，似乎都忘了自己的手还一直被对方抓着。

第七十七章

冯宁手下那两个员工扛着那两箱货慌不择路地跑出展销会会场后，赶紧打了一辆出租车回到那个地下旅馆，收拾完东西，又去前台办理了退房手续。办理退房手续时，他们小心翼翼地问前台的收银员：“刚才没人来找我们吧？”

那个收银员答道：“没有。要发票吗？”那个年纪稍大一点的员工说：“要。当然要。”随后拿了收银员找回的零头，拿了发票，两人赶紧离开了这个小旅馆。

而这时，冯宁却被那两个保安“押送”到了附近的派出所。

所长显然对抓住一个从深圳来的“捣乱分子”特别感兴趣：“深圳来的？听说你们深圳满大街都是卖走私货的，人人都特别有钱，年轻人都不愿结婚不想成家，只要私下愿意，男男女女就可以往一块儿住，住腻了就拜拜，谁也不找谁算账，特别自由、特别潇洒，也特别方便？”

冯宁说：“纯粹胡扯淡！”

所长说：“你看你胆敢捣乱全国性的订货会，就挺野，特像我们想象中的深圳人！”

冯宁忙声明：“我不是捣乱。”

所长说：“你还不是捣乱？”

冯宁说：“这在我们深圳根本就算不上个啥。我是个新办的小公司，没那么些钱来交会务费，买这会场里的展位，只能用另一种方式为我的公司打广告。”

所长哈哈一笑道：“打广告？你以为你在深圳呢，可以想怎么干就怎么干？无法无天！说吧，怎么处罚你？是罚款，还是行政拘留，还是既罚款，又拘你几天？”

冯宁故意做出一副“无赖”的样子：“随便吧，反正，要命有一条，要钱，没有。”

所长大声地说：“你一个深圳的公司经理，身上没带钱？骗鬼呢？哈哈。哈哈……”

冯宁把身上所有口袋里的东西都掏出来往所长面前一放，又把口袋底都翻了出来：“信不信由你。这就是我身上全部的家当。你随便挑吧，想拿什么就拿什么。就是请你别扣留我。我公司五六个员工还等着我去挣钱给他们发工资哩！”

所长说：“又胡说。你给公司职工发工资？那公司是你个人的？国家不给你拨款？”

冯宁说：“对，公司是我个人承包的。国家不给一分钱。员工的工资全由我来发。你要扣了我，公司就垮了，员工就失业了，一切的一切都没了……”

所长狐疑地看着冯宁，不说话了。也许聊到最后，引发了这个也是转业军人出身的派出所所长的同情，同时也感觉出眼前这个冯宁不会是个“捣乱分子”，在教训了一通后，这个所长就把冯宁给放了，甚至都没有罚他的款。冯宁千谢万谢后，回到旅馆，发现已经打不开他们那个房间的门了。他敲了敲门，里边没人回应。他又回到入口处的前台，着急地问前台的服务员：“我那两个伙伴已经走了？”前台服务员告诉他：“走了，也结完账了。”“我那两个伙伴结账时留下什么话没有？”冯宁着急地问。“没有。”前台服务员答道。“我能进房去看一眼吗？看看我那两个伙伴是不是在房间里给我留了什么便条。他们把我的行李全拿走了。我现在身上一分钱都没了。我必须找到他们才行。他们不可能什么话都不留就这么走了。”冯宁想了想，要求道。前台服务员犹豫了一下，取下钥匙，交给一个中年女服务员，对那女服务员说道：“你带他去看一下。”

再次回到房间里，仔细搜寻，什么也没找到。在冯宁进房去找便条的过程中，那个中年女服务员一直站在房门口，一脚在门里，一脚却在门外，警惕地注视着冯宁的每一个举动。冯宁沮丧地走出小旅馆大门。抬头望去，这时他懂得成语中说的“举目无亲”到底是一种什么意味了。他掏掏自己的腰包，这才想起，在让那两个员工扛着两箱货脱逃时，聪明的他把自己的钱包塞给了那个年纪稍大一点的员工。他料到自己可能会被保安抓获，不管是不是送到派出所去，只要在他身上搜到钱包，他们就会罚他的款。他把钱包交给他们带走了，让自己身上不名一文，能保住公司那点可贵的资金，但也让他这时处在了“不名一文而举步维艰”的困境中了。如果找不到他俩，下一步怎么办？今天晚间真的要睡大马路了吗？他仔细掏掏口袋，还有几个硬币，也就够买两个大饼的……这时，他听到身后什么地方有人在叫他：“冯经理……”

他回头循声找去，没等他找见人，只见那个年纪稍大一点的员工从一个树丛里蹿出，快步跑来，一把拉住他，就往那树丛里跑去。跑进树丛后，他才看到，那个年轻的员工守着那两箱货，也在那儿等着他。

那个年轻一点的员工忙问：“你没事吧？”

冯宁反问道：“你们怎么把房退了？”

那个年纪稍大一点的员工说：“我们怕那些保安带着警察追踪到这儿来找事。”

冯宁有点不高兴：“那就把我甩了？”

那个年轻一点的员工说：“怎么会呢？我们退了房，一直猫在这儿等着您哩！”

冯宁：“那你们怎么在房间里连个条儿都不留一个？”

那个年纪稍大一点的员工解释道：“留了条，万一让公安方面来追踪的人先看到了，那不是自投罗网了吗？”

冯宁这才不追问了。

那个年纪稍大一点的员工又问：“派出所方面怎么就那么轻易把你放了？”

冯宁说：“他干吗不放我？我干啥了？”

这时，从小旅馆门口突然传来喊叫声：“喂，冯宁，电话……谁叫冯宁，有电话找。”

三个人都一愣。冯宁想过去接这电话。那个年纪稍大一点的员工忙拉住他，说道：“别再去接什么电话了，咱们赶紧离开这儿吧。”

冯宁想了想说：“不，我去接一下电话。”

那个年纪稍大一点的员工说：“行了，冯经理，这地方又没咱们的熟人。闹不好，这电话又是派出所打来的，你一去接，这不正好又送上门去找砸吗？！”

冯宁说：“可我没有留电话号码给派出所啊，也没告诉他们我住哪个旅馆啊！”

那个年纪稍大一点的员工一愣：“你在这儿还有熟人？”

冯宁说：“没有。”

那个年轻一点的员工又问："肯定没有？"

冯宁应道："肯定没有。"

那个年纪稍大一点的员工疑惑道："那能是谁呢？"

冯宁忙说："你们在这儿等着。只要不是派出所打来的，任何电话都有可能是个机会。"说着，便向小旅馆跑去。不一会儿，冯宁接完电话，兴奋地跑了回来。那个年纪稍大一点的员工忙问："怎么一回事？"冯宁答道："是个客户……"那个年轻一点的员工不解地问："客户？我们在这儿有什么客户？"冯宁得意地解释道："我们刚才在订货会会场折腾了那么一下，还真起作用了。有人记住了我们，对我们产生了好印象，还记住了我们的电话，就找上门来了。快把钱包还给我。"那个年轻一点的员工问："干吗？"冯宁说："人家来找我们订货，我们怎么也得请人家吃顿饭啊！"那个年纪稍大一点的员工说："请他吃完饭，我们拿什么去买回程火车票……"冯宁说："你们身上带了私房钱没有？"那个年轻一点的员工说："你不能抄底啊！"冯宁着急地说："快，快，凑一凑。留下回去的路费和今晚的住宿费，剩下的全拿出来。快一点啊！"

第七十八章

宋梓南多年来都有晨练的习惯。到会上报到后，他仍然起得很早。况且珠岛宾馆有名贵花木组成的环境，特别幽雅的林间小道。每一次在这儿参加重要的会议，他都会利用这儿这种在别处难得一见的环境，散散步，让自己彻底放松一下。这一天，他刚要踱出房间去，有人来敲门了。开门一看，竟然是庞耀祖。宋梓南非常意外："庞耀祖？你怎么来了？"宋梓南的惊讶是很有道理的。因为，在举行有中央领导出席的重要会议期间，这个珠岛宾馆是容不得任何和会议无关的人出入的。何况又是庞耀祖那样的"小人物"呢？

庞耀祖坐下后，告诉宋梓南："我被选送到日本去学习证券交易……"

宋梓南忙打断庞耀祖的话，问："等一下，等一下。我想知道，你是怎么进这儿来的？你是坐车进来的，还是走着进来的？"

庞耀祖说："走着进来的，大摇大摆地就那么走进来了。"

宋梓南更诧异了："是吗？今天这儿有中央首长，里里外外实行的是一级警卫……"

庞耀祖笑了："宋书记，您千万别去批评门卫。他们把守得还是挺严密的。一般情况下，要想进这个宾馆，确实得费好大的口舌。可是我没那个时间，没有那个可能去办各种各样的通行证，去做各种各样的申请。因为明天就要启程去东京了，所以，我想了一点办法。钻了个空子。我想，开这样一个会，肯定会有不少老首长出席。老首长一般都喜欢早上起来遛遛弯儿、散散步。我在就门外等着，果然有一位老首长模样的老同志从宾馆里出来散步了，等他往回走时，我就不远不近地跟着他一起走了进来。门卫以为我是他的秘书。老同志一定认为我是宾馆的工作人员，所以都没来拦我。"

宋梓南哈哈大笑起来："庞耀祖啊庞耀祖，你这个鬼精灵，连一级警卫的空子你都钻得了，看来以后还真得防着你一点哩！"说着两个人都哈哈大笑了起来。

笑罢，庞耀祖对宋梓南说："我来，就是想对宋书记说一声谢谢……"

宋梓南摆摆手说道："谢我什么？如果那几张试卷你答得不好，你的日语没过关，我绝对不会同意他们送你去日本的。"

庞耀祖诚恳地说："您没计较我一再地用那么幼稚的方式冒犯您，您还在派出所公安局的同志面前保了我，所有这一切都让我真实地感到深圳和您的宽容……"

宋梓南说："那是因为整个中国都在学习宽容，都在注重大家庭的融洽、和谐。"

庞耀祖说："我会在深圳好好干的，不辜负您的期待和好意。"

宋梓南问："还记得你送给我的那本书吗？"

庞耀祖说："《政治与市场》。"

宋梓南说："对，《政治与市场》。它让我非常意外的是，这位资产阶级的经济学家，丝毫没有避讳地谈到了市场的缺陷和不足之处。"

庞耀祖不无意外地问："书您真看了？"

宋梓南说："我还不止推荐给一个人看了哩。"

庞耀祖忙说："谢谢，非常感谢。"

宋梓南说："我不能说我已经都看懂了。"

庞耀祖说："从他的理论出发，现在国内不少学者都在研究一种新制度经济学……"

宋梓南说："但是它让我感受到了一种理性的力量。他让我感受到，理性是可以驾驭主义的。你到日本，还是应该去增长这种理性思维的操控力量，只是简单地学一点条条框框回来，就事倍功半了，也可惜了这次机会了。再一点，你可一定要给我回来……"

庞耀祖忙连连点头道："一定。一定。这您放心。"

宋梓南感叹地说："日本，我们全市就只送了两个人去，寄予重望啊！"

庞耀祖正色道："我一定回来。"

上午，会议正式开始。一个秘书走到主持会议的国务院副总理谷牧身旁，低声地禀报道："余涛同志从机场打来电话，说他正在往这儿赶……"

谷牧问："哪个机场？"

秘书答道："这儿的白云机场。他已经到广州了。"

这时，已经有一个与会的代表在做正式发言了。他说道："深圳当前的问题，不是方针路线不对，不是纲领政策有问题，问题是执行上的偏差，是个别领导人居功自傲。他们总是在要求特殊政策，特殊了再特殊；灵活政策，灵活了再灵活。社会主义嘛，怎么能没有限制呢？如果没有限制，那和资本主义还有什么区别？"

周副市长和常副市长悄悄地瞟了一眼宋梓南。他俩还是有些担心的，当然不是担心宋梓南沉不住气，当场去反驳持这种观点的与会者。宋梓南还是有足够的政治历练去面对各种各样的反对者的。但他们还是担心在这种种似是而非的评价冲击下，轮到宋梓南发言时，他还能有多大的自制力，把该说的话说得有条有理，还能控制住自己的情绪，绝对不说那些在这种场合绝对不该说的"气话"。

不出他俩所料，宋梓南此刻已经板着脸了。会场的气氛异常紧张。与会的其他代表也都十分关切地注视着宋梓南。这时，余涛匆匆走进会场。谷牧对他做了个"请入座"的手势。那个与会代表继续剖析道："中央强调深圳要以三个为主，那就是以工业为主，以出口为主，资金来源要以引进外资为主。但事实上，这几年，深圳主要赚的还是内地的钱，资金方面主要也还是靠国内银行的贷款……在这些方面，蛇口就比深圳做得好。"

刚刚坐下的余涛愣了一下，他不愿意看到人们拿蛇口来比较深圳，更不愿意人们拿蛇口来"攻击"深圳。有一点，他当然是非常清楚的，蛇口和深圳不管在具体工作上有什么样的出入，它们都是难兄难弟，是一根绳上拴着的蚂蚱，在中国当代的政治经济史上，担负着同样的使命，在同一面大旗指引下，做着同一件大事。如果有人真的彻底否定了深圳，那么只要轻轻掉转枪口，蛇口被否定的命运也是逃脱不了的。

这时，那个与会代表却莞尔一笑地说道："我们希望深圳能好好地向蛇口学习……"谷牧也关切地看了宋梓南一眼。

终于轮到宋梓南发言了。他站了起来："我能对刚才那些发言，谈一点我个人的看法吗？"

谷牧微笑着说："当然可以。"

宋梓南说道："最近一个时期，对深圳的工作，国内外、境内外都有许多议论。香港《信报》连续发表十二篇评论，论述深圳，这些评论文章把今天的深圳说成当年的'大寨'，说'邓小平改革偏离正确轨道''搞来搞去全是假大空'，说他们'警告的对象是邓胡赵中共改革派'，还说'深圳特区人被吓呆'……其强烈程度，有目共睹，其用意也十分清楚。我不是不接受来自各个方面对深圳的批评。但我必须强调，深圳作为一个白手起家的经济特区，中国改革开放的一个试验田，它的发展，自有它不可违抗的自身规律……深圳的工作存在不足之处，怎么发展深圳，也可以有各种不同的路径，但是作为深圳市的主事者，以三个为主的大方向我们始终是坚定不移的。但我们面临的一个不可回避的问题是，怎么把这一潭水搅活起来，去实现这个三个为主。要让这么一个非常落后的边陲小镇能吸引大量的外商来投资，要在这一片荒山野岭中建起一个以工业为主的产业园区，还要让它的产品具有和发达国家产品竞争的实力，从而实现以出口为主的目标，都是要有基础的，有前提条件的。这几年我们就是在打这个基础，创造这个条件。有了这些基础建设和前提条件，外商才愿意来深圳投资，我们才有本钱去引进国外的先进技术，才能生产出有竞争力的产品，实现以出口为主的目标。我们不能一方面拼命地要求别人能赶快站到第三层楼上去登高望远，一方面却责备别人埋头建设第一层楼和第二层楼时的辛苦付出。今天的深圳，从三万人增加到了上百万人，国民生产总值从将近两个亿增加到四十个亿，整整翻了二十倍。老百姓生活安定，市场繁荣。一个基本现代化的城市已经出现在当年的荒山野岭中。这怎么是假大空？怎么偏离了正确轨道？我必须要说，当前，公正地评价深圳，是整个中国进一步实行改革开放路线的必要条件和前提条件……"

会场上所有的人都吃惊了，都屏息静气地听着宋梓南这一番异常激烈的“反驳”。

周副市长和常副市长也都呆住了。

余涛也不无忧虑地看着宋梓南。

而在主席台上就座的几位主要领导，已经面露愠色了。在中央召开的工作座谈会上，公然反驳批评，为历来罕见，几乎也是不允许的。

散会后，一位领导把省委书记任仲夷找到小会议室里，建议道：“看样子，现在很有必要把深圳市委常委都找来谈一谈，认真统一一下思想才行。”

当天深夜，深圳市委的常委们便都被召到了珠岛宾馆。他们立即感觉到了一股不同寻常的气氛。周副市长立即去找宋梓南，说：“常委们都到了。你要不要去看看他们？”

宋梓南问：“都安排住下了吗？”

周副市长说：“住下了。”

宋梓南说：“让他们抓紧时间休息吧，颠了一路，够累的了。”

周副市长迟疑了一下，问：“你……不去看看他们？”

宋梓南平静地：“不去。”

周副市长解释道：“有几位同志不太清楚为什么这么紧急地把他们从深圳召到座谈会上来，想上这儿来听你先介绍介绍情况。”

宋梓南说：“我说过了，在中央有关领导跟他们见面座谈前，我不跟他们中的任何一个人打照面。不给任何人造成这样的口实，说我们事先私下统一思想来对付上边的什么人。也请告诉所有的常委，明天的座谈会，他们有充分的自由表达自己对深圳这几年工作的看法。他们在深圳工作，只对党负责，对人民负责，而不是对宋梓南负责。所以，有什么，尽管说。”

第七十九章

晚饭前，张弓就通知陶怡，今天晚间有个重要的应酬活动，可能又要她这个“酒仙”上阵应战了。应酬活动中，他会有个宣布，让陶怡临场不要感到太意外。陶怡忙问，啥宣布，跟她有什么关系。张弓就笑而不答了。到应酬活动开始，张弓果然当着众多的客商，宣布道："谢谢各位这些年来对我们高士达集团的支持和信任。在下不胜酒力，只能请我们年轻漂亮的公关部副经理陶怡小姐代劳。"

陶怡听张弓在这儿宣布她为公关部副经理，不禁暗自一惊，忙站起来解释："我……我不是什么副经理……"

张弓立即给她丢了个眼神，让她沉住气，并再次起身说道："有个情况我要说明一下。关于我们这位陶怡小姐的新的人事任命，是这一次出差前才决定的，还没有来得及通知陶小姐本人。"

雅座间里立即响起了一片有节制的掌声。

陶怡红起脸："谢谢……谢谢……"

一个客户说："我们年轻漂亮的陶小姐，你们公司既然这么器重你，你应该有所表示才对啊！"

陶怡忙端起酒杯，站起："我替我们张经理，也替我们集团各位老总诚心诚意敬各位老板一杯……"

老板们笑着起哄道："你用一杯酒就想打发我们这么多人？那不行！诚心诚意就得献真情啊！"

陶怡马上对服务员做了个手势。事先有所准备的服务员马上拿出十多个小酒杯，一字排开，放在一个托盘里，然后当场给每个酒杯都倒满了白酒。服务员托着这十多个酒杯，跟在陶怡身后。陶怡走到一个老板面前，喝干一杯，把空酒杯放回到托盘里，又端起一杯有酒的，走到下一个老板面前一口干了，接着向第三个老板走去……托盘里有酒的杯子越来越少。在场所有的老板都惊诧了。他们目不转睛地看着这个年轻漂亮的女孩儿，风度翩翩、面不改色地从一个老板走向另一个老板……

终于端起了最后一杯酒。最后那个老板不忍心了，忙不迭地说："别急别急，先请陶小姐吃一口菜，垫垫，别喝坏了你那可爱的小身子。"他一边说，一边夹起一筷子菜，往陶怡嘴边送去。

陶怡保持着淡定的微笑，得体地躲过那一筷子菜，把酒杯在那个老板面前轻轻地晃了晃，一口又把它干了。包间里顿时响起了极为热烈的掌声和叫好声。好几个老板都忘情地叫道："精彩。精彩。高士达就是精彩！有这么漂亮能干的公关经理，这生意就是做得，做得！"

张弓和陶怡送走最后一位客商，豪华餐厅大门门楣上的霓虹灯都已经熄灭了，只有气派的大玻璃橱窗在路灯灯箱广告的彩色光泽映射下，还在黑夜里隐隐闪亮着。看着远去的车影，张弓感激地说："陶怡，今天你真给我们集团增光添彩了。"这时，陶怡觉得胃里开始翻腾起来，便忙对张弓说了声："我想去一下洗手间……"快步走进卫生间，刚刚冲着洗手池弯下腰来，就吐了起来。吐完后，她稍稍收拾了一下自己，重新给自己补了一下妆，这才打起精神走出洗手间。

张弓料到陶怡是去吐了，已经等在卫生间门外，一见陶怡出来，忙上前极其关切地问道："怎么了？"

陶怡苦笑笑摇了摇头说道："没事。"

张弓忙问："还能坐飞机走吗？"

陶怡不解地反问："不是已经买了飞机票了吗？"

张弓说："嗨，这还不简单，要是不舒服，想在这儿多待一天再走，咱们可以把明早的机票退了。"

陶怡说："飞机的退票费特别贵。"

张弓笑道："嗨，今天你这几杯酒，给集团挣到多少码洋的订单？！花它这么点钱，算什么嘛？！"

而在这同时，另一桌应酬，也在进行之中，自然，那规模、那气派、那奢华程度，远不及这边。那只是在一个普通的饭馆里，但也已经吃得差不多了。冯宁回头叫服务员："埋单！"

那个老板忙掏钱。

冯宁立即摁住他的手："你想打我脸呢？"

那个老板："今天虽然不是山珍海味，但我吃得非常高兴。"

冯宁说："那也不行。"

那个老板说："咱们就算是朋友了，你就别跟我客气了。"

冯宁坚决地说道："不行！你要看得起我，真把我冯宁当朋友，你就得让我来埋单。"

付完钱，冯宁他们和那个老板出了饭馆。那个老板一招手，叫了两辆出租。

"上车。上车。"那个老板说着，自己先上了一辆出租，并让冯宁跟他坐一辆车，让那两个员工坐另一辆。冯宁和那两个员工不知道这位老板还想把他们带到哪里去，便都愣在了那里。那老板在车里探出头来招呼冯宁的那两个员工说道：“都上车，上车。咱们去放松放松。我还有话跟你们冯老板说哩。”然后又吩咐后车的司机，“跟着我。别跟丢了。”

不一会儿，两辆车子便驰到一个很豪华的浴池门前停了下来。

冯宁觉得啥事都还没说，就先来洗澡，总有点不太合适，便多少有点为难地说道：“这……”

那个老板大大咧咧地笑道：“列宁同志怎么说来着？不会生活，就不会工作。今天能认识你冯经理，我高兴，很高兴。走啊。戳在这儿干啥嘛！”

进了浴池的大堂，那个老板就吩咐迎上前来的服务员：“给我开两个特包，软座，带彩电的。”说着便径直向里走去了。冯宁他们三个犹豫了一下，只得赶紧跟了上去。

冯宁洗完澡和那个老板进了包间，马上就有服务员拿着热腾腾的毛巾来伺候着。

老板舒舒服服地擦了把热毛巾，往软椅上一趟，又吩咐道：“沏一壶最好的铁观音。”

服务员凑上前提醒道：“最好的一壶一百八。您要哪种？”

老板却说：“只有一百八的了吗？”

服务员一愣：“我们这儿，这就算是最好的了……”

老板说：“那就这样吧。”然后又补充道，“给那个包间的两位先生也送一壶一百八的去。再给我们这儿叫两个捏脚的技师，要女技师。”

冯宁一听，要叫女技师来给自己捏脚，忙说：“不用不用。”

老板又嘿嘿一笑道：“老兄弟，列宁同志怎么说来着？为了好好工作，必须先好好生活。”

过了一会儿，那个领班便带两个身穿浅色短袖短裤脚工作服的女技师来让那个老板过目：“您瞧这二位怎么样？”那个老板欠欠身，对冯宁说：“老兄弟，你先挑。”

冯宁一听，还要让他先挑，脸先红了，忙说：“一样……一样。”

那老板看出冯宁显然是个“嫩茬儿”，没怎么经历过这种场合，便不再为难他，随便分配了一下，把一个稍稍年轻一点的支给了冯宁，自己留下那个粗壮的。

两个人躺下后，捏脚的女技师也开始捧住两位的脚开始上手了。冯宁显得有点紧张，他显然还不习惯这样一种有异性参与的“放松活动”。特别是刚洗完澡，宽大的浴袍里头，光溜溜地只穿着一条纸质的半透明的三角裤衩。那个老板自然是个中老手了，很放松地四仰八叉地躺在那软椅上，显得怡然自得，还不时地指导着那个女技师，该怎么用力怎么掰扯。两杯热茶下肚，他才转过身来，开始跟冯宁说正事了："冯经理，我虽然没当过兵，但在矿井下刨过煤，在林区伐过树。说话做事，喜欢直来直去。你的货，我全要了。"

冯宁忙起身说道："谢谢……谢谢……"

老板又说："但是，请听好，我下边有一个'但是'。你要满足我这个'但是'，咱们马上就签合同。"

冯宁一下有点紧张起来："请说。"

老板说："我想说的就是，我不光要你的货，还要你这个人……"

冯宁一惊，一下从软席的躺椅上坐了起来。这话，让他想到了"栾叔"。都要他这个人哩。老板却笑了："别害怕，别害怕，我可不是想跟你搞同性恋。"

听他这么说，两个女技师都"扑哧"一声笑了起来。

那老板用脚轻轻踹了一下那个女技师，笑道："你们笑啥？我要是喜欢搞同性，我还能要你们来做这活儿吗？"然后又对冯宁说道，"我要你做我的合作伙伴。干脆把话给你挑明了吧，我原先是一个国营大厂的厂长。刚从那个大厂子里辞职下海。我能一口吃掉你全部的货，你就可以想见我现在的实力。电子买卖，是个发展方向。我准备在这方面投入相当的资金，把这个盘儿做大。但是，我觉得你比你那些电子元器件更难得。"

冯宁忙说："可是您……您并不了解我呀……"

老板摆了摆手："我文化不高，但这一生阅人无数。没有太大的本事，看人还是挺准的。你在洽谈会会场那一番动作，最起码让我觉得你这人敢想敢干、聪明。现在市场刚起，各路神仙尽显神通。我身边就缺少有你这种气魄的干将。你别只黏着你那个深圳。现在谁都知道，深圳是个好舞台。但舞台虽好，不一定每一个人都能在那儿捞个大角色演演。别看我文化不高，新闻我可天天在看。每年进进出出深圳的人不止十万百万吧？为什么有那么多人到了深圳又走了？不就是在那儿没找到自己最合适的角色呗。我看你在那边干得就不那么顺畅，起码暂时还有点穷酸潦倒吧，要不你今天也不会交不起会务费，干出那一档多少有一点丢人的事吧？上我公司来吧，你有这冲劲儿，眼光敏锐，挺有内涵，看得出你这家伙是个成大事的。我给你月薪这个数……"说着，伸出一个手掌，停了一下，然后又翻了一番。一千？不止吧。一万？冯宁暗自倒吸一口凉气。

冯宁忙说："让我想想。"

老板问："你现在在深圳那边挣多少？有我给的五分之一？"

冯宁说："还不到你给的这个数的十分之一。"

老板说："那你还考虑个屁？！"

冯宁说："你得先要了我的货，我才能考虑下一步的事。"

老板哈哈一笑道："你很精明啊，冯先生，不见兔子不撒鹰。"

冯宁忙说："我记得，列宁同志教导我的时候是这样说的，要想好好生活，就得先学会好好工作。所以……"

老板哈哈大笑起来："好好好……我们都是马恩列斯老祖宗的好学生。你很精明，很精明，我喜欢这样的精明的年轻人。好。好。"

冯宁他们第二天晚上坐火车回深圳。那时候，火车票特别紧张，还是托那个老板的关系，总算买到了三张站票。能够尽快地赶回去，三个人都挺知足。上车时，三个人扛着那两箱货，从软卧车厢窗前走过。那车厢里窗帘柔曼、灯光幽雅，有几个已经上车的淑女绅士，悠闲地在走廊里抽着烟，聊着天。那个年轻一点的员工钦羡地说："什么时候咱也坐一回软卧！"那个年纪稍大一点的员工说："行啦！赶紧吧，先上硬席车厢里找着自己立脚的地方后，再说这梦话吧。"

他们三个刚跑到自己那节硬席车厢门前，就看到有三四辆高级轿车直接从进站口开到软卧车厢门前停了下来。那是一群老板来送张弓和陶怡——主要还是来送陶怡的。那种欢洽、殷勤和铺张的气派让站台上所有的人都为之注目。在众星捧月式的氛围中，陶怡仍然显得有些腼腆，但也流露出一丝得意的神情。冯宁一眼就认出了陶怡。头发新烫过，衣服也换成时装了的她，还精心地化了淡妆，显得比实际年龄要大三四岁。倒也在清纯之外，显现出一种过去所没见过的娴雅。这让冯宁一下呆住了。这时，陶怡也看到了冯宁，但即刻间，根本不容她回身，就被那些"贵人"们簇拥着向软卧车厢里走去了。

上车后，冯宁他们三个人，只找到一个座位。另外一个人只能坐在摞起的货箱上，第三个人就只好站着了。车厢里，照旧是那么的拥挤、闷热。而在陶怡乘坐的那个软卧车厢里，四个铺位今晚只有张弓和陶怡两个人乘用。那种安静洁净和舒适，自然是不用说的了。因为包厢里只有陶怡和张弓两个人，即便张弓在陶怡面前一向以老师和兄长自居，接触这么长时间以来，除偶尔地有一些语言会流露一点挑逗和调侃的意思，张弓在绝大多数时间里，还是很尊重陶怡的。也看得出，他许多的作为，确实是想让陶怡生活得舒服和宽裕一些。但毕竟是一对年轻的“孤男寡女”，要在一二十个小时里，一起生活在这么一个封闭的小空间里，陶怡还是有一些不习惯。准确点说，她有点不自在。车走动起来后，陶怡就问张弓：“一会儿还会上人吗？还空着两个铺哩。”

张弓说：“不会了。”

陶怡问：“为什么？”

张弓说：“为什么？因为那两个铺位的票，我都买下了。”

陶怡一愣：“为什么要多买两个铺？”

张弓一边削着一个苹果，一边笑道：“还能为什么，为了能让你安安静静地休息呗。”

陶怡脸微微地一红，心里却顿时升起一股暖意，这股暖意慢慢地从心间游走开来，让她对张弓不由得更增加了一分尊敬和感激。车走了有一二十分钟后，陶怡犹豫着对张弓说：“我想上外头站一会儿，透透气。”

张弓把削好的苹果递给陶怡，说道：“行。就是别走远了。要上远处，记住咱们的车厢号。”

陶怡把张弓递过来的苹果用一张餐巾纸裹上，放在桌上的一个不锈钢托盘里，说了声：“一会儿我回来再吃。”就走了出去。

她当然不是为了“透气”才要出去走走的。陶怡在包厢门外稍稍站了一会儿，见包厢里的张弓没什么动静，便快速地向车厢连接处走去。其实，陶怡一走出包厢，张弓就一直侧耳倾听着门外的动静。听到陶怡的脚步在移动，过了一小会儿，他轻轻拉开包厢门，张望了一下。当陶怡快走到车厢接头处，回头张望时，他忙关上了包厢门。

当确认自己身后没人在监视，陶怡越走越快，走过不多几节软卧车厢，又走过比较漫长的硬卧车厢组，这里的旅客已经明显增多了。但因为已经进入夜间行车时段，车厢里的顶灯全关了，只剩下一个个小小的脚灯幽暗地投射到地板上。铺位一旁的座位上此刻本该不会有人坐的，但这时，还是让列车员或列车长做人情，让硬座车厢里一些没有找到座位的熟人来坐了。那些人或者伏在小桌上，或者头靠在车窗上，再把脚伸得老长，尽量找一种可以让自己躺下的姿势，以便打一会儿瞌睡。这使陶怡会不时地磕碰到他们伸到过道上来的脚，她只得不断地对他们道歉。走进硬席车厢，这里就又是一幅景象了，仍然亮着大灯。整个过道都挤满了人。这时，光道歉已经不管用了，得用力气才能挤出个空当儿来前行。

终于走完一节硬座车厢。进入第二节硬座车厢，那里依然人满为患。她几乎没有勇气再往前走了，犹豫了一下后，还是往前挤去。走到第三节车厢，终于看到了冯宁和他的两个员工。这时，原先在座位上坐着的冯宁已经把“座位”让给了那个年轻稍大一些的员工，自己坐在那两个箱子上，正在打着瞌睡。

而只能站着的那个年轻一点的员工看到了陶怡，忙推推冯宁。睡眼蒙眬的冯宁看清自己面前站着陶怡时，不无诧异，忙站了起来。陶怡示意冯宁跟她到车厢的连接处去。冯宁犹豫了一下，还是跟她去了。

到车厢连接处，陶怡拿出一点钱，塞给冯宁。

冯宁一愣：“干吗？”

陶怡说：“去补一张卧铺。”

冯宁苦笑笑：“可我们有三个人哩。”

陶怡犹豫了一下，又掏出一点钱，递给冯宁。

冯宁看了看手中的钱，又看了看陶怡：“你喝酒了？”

陶怡脸微微一红：“是的……”

冯宁迟疑一下，问：“你现在经常喝酒？”

陶怡有点不高兴地：“我喝酒又怎么了？那是我的工作。”

冯宁不说话了。过了一会儿，陶怡说：“跟你商量个事。我要是能在高士达替你找到个活儿，你去干不干？”

冯宁淡淡一笑道：“也去陪喝酒？”

陶怡敏感地反驳：“陪喝酒怎么了？”

冯宁默默地叹了口气道：“没什么。”

陶怡很不高兴地说：“没什么，你老提这档子事？！”

冯宁又不作声了。

陶怡又瞪了冯宁一眼：“让你陪，你还不行！”

冯宁嗒然一笑：“是……我是不行……”

陶怡问：“说呀，我要是在高士达替你找到活儿，你去不去干？”

冯宁断然说道：“不去。”

陶怡说：“不会让你去陪酒。”

冯宁说：“我现在挺好。”

陶怡哼了一下：“你挺好？再这么好下去，下一回出来，就得扒煤车走了！”

冯宁苦笑一下：“世界上还有三分之二的劳动人民没解放哩……我扒煤车又怎么样？！”

陶怡跺一下脚：“别跟我贫！我现在没时间跟你贫。你认真考虑一下。你到高士达，不管干啥，我总还能罩着你一点，总比你现在这样强一百倍。听到没有？到深圳，一定给我打电话。”说完赶紧走了。等回到那节软卧车厢时，陶怡身上已是细汗淋漓。其实，她和张弓乘坐的那间包间的门在她离开后，一直虚开着。张弓不时地从那条门缝里向外张望，窥探着陶怡。陶怡在窄窄的走廊里稍稍呆站了一小会儿，让自己收了收汗，平静一下，这才转过身向包间走去。看到陶怡要进包间来了，张弓赶紧离开门缝，躺回到自己的铺位上去了。

第八十章

深夜。顾亭云已经睡下了。突然间，她被门外一阵吵吵声闹醒了。说话的人就在这特护病房门外不远的地方。本来就有些失眠的顾亭云马上坐了起来，打开床前灯。但这时，门外那声音突然又消失了。四下里重新恢复了医院里特有的那种异常的有时还显得特别空阔的幽远的寂静。但过了一小会儿，那吵声却又响了起来，虽然声音压得更低，但在这深夜病区的空间里，听起来，仍然十分的不协调。

顾亭云轻轻地下了床，刚走到门前，想推门出去看一下究竟，门却先行被外头的人推开了。门外站着夜班护士和小马。看到小马这么晚了直接“闯”到医院来，顾亭云本能地觉得，一定是宋梓南出了大事了。她的心一紧，未曾开口便呆在那里了。

“老宋出事了？”顾亭云呆呆地问。

“没……没出什么太大的事。您别急。别急……”小马忙安慰道。

“跟我说实话。”顾亭云严厉起来。

“您先答应我，别告诉宋书记，今天晚上我来找您了。”小马支吾了一阵，请求道。

“一定。”顾亭云满口答应。

“宋书记今天在会上跟上边的一些领导顶起来了。”小马还是犹豫了一下，这才说道。

“往下说。”

“他拼命地为我们深圳辩护，让主持会议的领导很不高兴，已经下令让咱们市的全体常委连夜赶到广州来，明天他们要直接跟全体常委谈话，统一思想……亭云阿姨，您劝劝宋书记吧。别再这么硬顶下去了。深圳又不是他宋梓南一个人的。谁爱怎么数落就让他们数落去吧。把深圳数落完了，又能怎么样？把中国数落完了，又能怎么样？但是，像他现在这样硬顶着，他个人的后果就很难说了。”说完后，小马再恳求了一声，让亭云阿姨千万别告诉书记，他上这儿来过了，便匆匆回珠岛宾馆去了。

到早晨时分，宋梓南还没睡，这一夜，他一直在整理着一些文字资料。为了不吵扰左右隔壁房间里的那些负责同志，他把窗帘也拉上了，为此房间里显得十分的幽暗。

小马在一旁坐着。

宋梓南头都没抬地说：“没事了。你去睡一会儿吧。我再核实一下这几组数字。”

小马不动，只是瞟瞟墙上的钟表，好像在等待着什么。

宋梓南说：“喂，听见没有？别在这儿干耗着了，快抓紧时间去睡一会儿！一会儿天就大亮了。”

小马又抬头看了一眼墙上的钟表。

宋梓南说：“你到底在等什么呢？老看钟表，又不去睡觉！快走！”

小马只得站起来了：“您也该休息一会儿了……”

宋梓南头都不抬地冲他挥了挥手：“行了行了，睡你的去！”

这时，电话铃响了。小马一震。宋梓南也惊颤了一下，立即抬起头看了一下电话机。

电话机顽强地响着。

宋梓南拿起电话机：“警卫室？我是宋梓南。有人来看我？这么早，谁啊？我夫人？顾亭云？”

小马听到顾姨终于来了，悄悄松下一口气似的，赶快溜走了。

但宋梓南却没放过他，一声厉喝：“马明华！”

小马在门前站住了。

宋梓南扔下手中的笔：“你跟我搞的什么鬼？！”

小马装作很无辜的样了：“我搞鬼？我怎么搞鬼了？”

宋梓南冷冷一笑道：“你去找你顾阿姨了？”

小马双手一摊：“没……没有呀……我都没离开过这儿……”

宋梓南逼问：“没有？你还敢说没有？”

小马不作声了。

宋梓南叹了口气道：“你呀你呀，叫我怎么说你好！”说着便大步向大门口走去。顾亭云这时已经进了宾馆的大门，正向里走来。宋梓南在离大门不远处，拦住了顾亭云，然后把顾亭云带出大门，一直走到大门外一个背静的树下，宋梓南问顾亭云：“你怎么知道今天我们全体常委都被约到会议上来的？”

顾亭云说：“这你就别问了……”

宋梓南说：“这是个非常明显的政治动作，所以必须搞清楚。”

顾亭云说：“深圳正面临一场空前的大爆炸。难道我就不应该知道？论公论私，我都应该得到这样的信息。”

宋梓南说：“他们让你来怎么做我的工作？”

顾亭云不说话了。

宋梓南说：“快说，他们让你来做我什么工作？让我承认深圳的大方向错了？承认中国不应该走改革开放的路？承认中央建特区的决定是错误的？或者，让我承认，深圳这一届市委没能好好执行中央的既定方针？”

顾亭云说：“我知道，这些都不是我应该过问和干预的事。”

宋梓南说：“那你来干什么？”

顾亭云说：“我来就是要告诉你一句话，老宋，不管在这次座谈会上，或座谈会后，他们是需要你继续好好干下去，还是要罢你的官、撤你的职，让你滚蛋，或者有朝一日所有的人都不敢再来理睬你这个复辟资本主义的老家伙了，我顾亭云仍然会上前来，从那个宣布撤你职的讲台上，搀着你慢慢走回我们自己的家。只要深圳的老百姓说你是个好书记，我顾亭云就心满意足了……”说到这里，顾亭云说不下去了，轻轻地呜咽起来。宋梓南也抑制不住自己的情绪，紧紧抓着顾亭云的手，借此来压抑住从胸中迸发出的一阵阵哽咽。

……

送走亭云，回到房间里，宋梓南就厉声叫喊道：“马秘书！马秘书！”一直没有离开这儿的小马，听到宋梓南呼叫，立即像弹簧一样跳起，直向里间冲去。

不等小马站稳，宋梓南就冲到小马面前，逼问道：“昨天晚上十二点半到一点四十分左右，有一个多小时，你去哪儿了？神秘蒸发了，还是到你顾阿姨那儿去瞎叨咕了？”

小马满脸涨得通红：“我……”

宋梓南说：“我什么我？！这么重大的事情，是你该插手的吗？这是什么性质的问题，你知道不知道？你已经不是个新手了，怎么可以这样无视秘书工作的基本准则和政治纪律！”

书记一下把话说到这么个严重的程度，小马的脸色一下苍白了，忙低下头说道：“我知道我错了……但是……”

宋梓南说：“错了，还有什么可‘但是’的？”

小马以少见的固执说道：“但是，大伙儿都不希望您这么去硬碰……”

宋梓南大声吼道：“你懂什么？！”

小马悲愤得几乎要哽咽了。他强制住自己，不再跟宋梓南辩驳，再一次低下了头去。

这时，电话铃突然响了起来。宋梓南刚想伸手去接电话，但他想了想，却对小马说：“接电话呀，傻站着干吗？”

小马忙过去拿起电话：“您好。宋书记处。请问您是……”小马得到回答后，忙捂住送话器，对宋梓南说，“是余董。他要来见您。”

宋梓南这时也有点糊涂了，一时间居然没反应过来，呆呆地问：“余董？哪个余董？”

小马忙说：“蛇口的余董事长。”

宋梓南立即吩咐道：“请他过来。”并让小马赶紧收拾一下房间。不一会儿，余涛便大步走进房间来了。

余涛环顾了一下四周，关切地问：“昨晚没睡好吧？”

宋梓南装作无事人一样，笑笑道：“没有啊，睡得挺好。”

余涛点点头笑道：“那就好，好。”

宋梓南不作声了。显然他是在等着余涛继续往下说。因为他清楚，一大早的，这位声震遐迩的余董，绝对不会“无事瞎串门”，只是来问候他睡眠情况的。

余涛长叹一声道：“睡得着就好，老宋啊，我记得你好像比我小……小？”

宋梓南说：“可能吧。”

余涛说：“我一九一七年生人，正是十月革命那年啊！”

宋梓南嘿嘿地一笑道：“好嘛，十月革命一声炮响，给这世界送来一位革新闯将。”

余涛却沉默了一会儿说道：“他们要我在会上做个发言。”

宋梓南说：“蛇口的经验值得重视和推广。”

余涛说：“老兄，什么经验？你还不清楚吗？你我年逾花甲，无非是被历史架到了这么一个风口浪尖上，做了一点人人都应该去做，也应该能做得到的事。有首儿歌怎么唱的？两只老虎、两只老虎，跑得快，跑得快。现在在中国，就是有这么两个老头儿，跑得比别人快了一点而已。”

宋梓南苦笑了一下：“你老兄还是跑得更快一点、更好一点。”

余涛说：“这两年有时候我会冒犯老兄一点。”

宋梓南说：“这时候说这个有意思吗？既然是同场竞技，有时候难免要抢抢跑道嘛。无非就是如此而已。终点和目的毕竟是完全一致的嘛！”

余涛悠然地鼓了两下掌：“好！好一个‘无非就是如此而已’！”

宋梓南说：“上个月，上边有个领导到深圳视察，说，深圳经济特区这些年是靠国家输血活命的，如果一旦把输血的针头拔掉，它就不行了。”

余涛说：“是吗？当时我也在场啊，我怎么没听到这个话？”

宋梓南说：“当时你去洗手间了。”略一沉吟后，他突然满脸涨得通红，激愤地站了起来，急狠狠地来回踱了几步，又停在余涛面前，大声地嚷道：“深圳完全是靠输血才发展起来的吗？说这样的话公平吗？公正吗？干脆把我宋梓南撤了算了嘛！把深圳特区也撤了算了嘛！”

余涛说道：“没有人要撤你宋梓南，更没人敢撤销这个深圳特区。现在只是需要做一些调整……老兄，关键时刻，要克制、冷静，要冷静冷静再冷静，克制克制再克制……”

第八十一章

冯宁兴冲冲地走进货运编集站办公室时，编集站的老主任已经在那儿等着他了。“怎么了，我的大经理？办完大事回来了？”主任不紧不慢地从里间踱出来，调侃道。

冯宁兴奋地说：“那批元器件找到下家了，全部顺顺当当地兑出去了。”

主任脸上掠过一丝不易觉察的冷笑：“哦？”

冯宁说：“他们还准备继续和我们合作下去。我来就是想请主任给我们特批两个车皮，争取明后天就把所有库存都发走。”

主任说：“好啊好啊。居然有这样的好事。不错，不错，真对上那句老话了，‘时来运转’啊！”说着，把手伸给身后一个办事员。那个办事员立即递给他一封电报。主任接过电报后，故意看了一眼电报上的收报人名字，问：“先生您是叫冯宁吧？”

冯宁笑了笑：“主任，你跟我逗什么乐呢？”

主任继续不冷不热地说道：“您是深圳货运编集站万达国际科贸公司的总经理吧？”

冯宁一愣，到这时，他开始觉出主任不像是在跟他开玩笑，好像是出了什么意料之外的大事了。

主任：“冯总，这里有一封刚到的加急电报，我替您代收了。您老先生能抽个空看看吗？”

冯宁迟迟疑疑地接过电报一看，上面赫然写着这样一行字：“情况有变，请缓发货。”

冯宁一怔，刚想去抓电话，主任却已经把电话机递过来了。冯宁接过电话，刚要掏出小本来查找那个老板的电话号码，主任却已经报出他的号码来了：“0103389339。”冯宁打开小本一看，那老板的电话号码果然是“0103389339”，一点都不差。

冯宁诧异道：“你……你怎么会有那老板的电话号码的？”

主任说："是那位老板告诉我的嘛。他已经跟我通过两三次电话了。了解你的情况。"

冯宁忙问："你跟他说什么了？"

主任说："他马上会到深圳来找你的。你让他自己跟你说吧。"

那个老板一到深圳，冯宁就把他带到一家大饭店的雅座间里。不等冯宁发问，那个老板就对冯宁说："你的老板说你能干、聪明……"

冯宁说："他不是我老板，只是我的领导。"

那个老板问："这不一样吗？"

冯宁说："当然不一样。他只是我行政上的领导，经济上他管不着我，我自负盈亏。我才是我公司的老板。"

那个老板嘿嘿一笑道："你分得那么清啊？"

冯宁说："这当然要分得很清。要不，我跟他的关系就跟过去国营单位里厂长和车间主任一样了。但现在不是。在经济上我是自负盈亏、独立经营的！"

那个老板说："你这家伙脑袋瓜确实够用的。"

冯宁问："主任还说我什么了？"

那个老板说："他说你这人身上有一股子狼性，而且还是只白眼儿狼……"

冯宁说："所以你突然改变了主意，不想要我的这批货了？"

那个老板说："我要你的货，是为了让你来当我的合作伙伴。如果我花那么大代价请到自己身边来的只是一只白眼儿狼……你说我会有多冤多亏？"

冯宁说："他还说我什么了？"

那个老板说："他说你不会答应做我的合作伙伴的。他说你这人，野心要多大就有多大。你只想支使别人，绝不会对任何人低头。他说你现在推销这些电子元器件，完全是为了实现和满足你自己一个更大的野心。他说，不是不能跟你打交道，但跟你打交道时，千万要小心，要小心小心再小心。闹不好，就进了你的圈套，把我给卖了，我还傻乎乎地帮你去数钱哩。"

冯宁愣怔了好大一会儿，然后无奈地干笑了一声说道："我怎么会给他留下那么个印象？"

那个老板说："我也挺纳闷儿的。我虽然跟你只有那么一点交往，不能说已经非常了解你了，但凭我那么多年跟人打交道的经验，你给我的第一感觉不错啊。我能那么看走眼吗？要不，你骗术高明，演技一流，真是天下第一大骗子？”

冯宁忙说：“我骗过你什么？瞒过你什么？我一直说得非常清楚，我想自己办个公司，我不太愿意跟人合伙。我可以保证，给你的那些东西都是货真价实的好东西，但我不可能用这个来做交换，把自己卖给你。你公司需要我的这些元器件。这是我们做这笔生意的第一前提和基础。至于，我是不是能做你的合作伙伴，到你的公司里去做你的副手，这是咱们这次交往的衍生产品、附加产品。成，当然好，不成，也不影响我们的友谊……”

那老板哈哈一笑道：“你小子就是会说。我身边就是缺你这么个人啊！”

冯宁说：“我跟我主任其实并没有闹过太大的矛盾，就是为了去不去参加这一回的展销订货会，我没听他的，顶了他一下……那也不至于就把我看成白眼儿狼了。”

那老板说：“好了好了，不去说你那位主任了。你没当过国营单位的领导。我可知道这玩意儿。那家伙，说是全民所有，其实就是一把手所有。所有人都把一把手惯得不像样了。你不听一把手的话，那怎么成？”

冯宁着急问：“你真的不要我这批货了？”

那老板也问：“你真不能来给我当副手？你才二十来岁吧？你还没多少资产吧？你的翅膀还没长全。你的后腿筋也还没长硬。你爹妈就是给你了天大的能耐，你现在还是个小马驹哩。给我这个四十来岁的人，资产上千万的老总，当一回副手，就真那么委屈你了？”

冯宁诚恳地说：“我不是不能给人当副手。”

那老板说：“你能这么说，咱们就好商量！”

冯宁说：“我不知道该叫你田哥，还是田叔？”

那老板说：“当然是田叔。”

冯宁说：“田叔，您能耐下心来听我说一段我的家史吗？”

那老板笑了：“啊？李铁梅想教育李奶奶了？新鲜！”

冯宁拿出父亲去世时戴的黑纱：“这是我父亲的忌物……我父亲和您一样，也曾是个老同志了，当然他比您还要大个十岁八岁的，资历可能比您还要老一些，但是他死了，死得非常委屈……我能继续说下去吗？我父亲的死，给我的刺激和教育非常大。他曾经是一个什么样的人，我用一个例子就可以给您说清楚。那年，他被裹挟到逃港的风潮里去了。当时他受了伤，处于半昏迷状态，被人带到了海里，他醒来后，发现自己是在向香港方向漂浮，他立即挣扎着向岸上游去。当时成千上万个人都在向香港游，就他一个人拼着命地向大陆岸上游，冲着边防军的枪口，他叫着：‘我是四八年参加革命的，我是某某市实验中学的副校长，请别开枪……’他就是这么一个人，但他后来却死了……他用他的方式结束了自己的生命……您还想听下去吗？”

田叔一动不动地说道：“说下去。”等冯宁说完，那位田叔显然被他的讲述打动了，只是怔怔地看着他，呆坐不动。过了好大一会儿，田叔却问：“你想告诉我什么，除了这些个动人的情节……”

冯宁说：“我们想解放全世界还没被解放的三分之二的劳动人民，这没错。但这种解放，究竟是恩赐的、派发的，是由少数领导指定的，还是应该在一种公平的、宽松的、和谐的社会环境中，由民众自己来救自己，自己解放自己？”

田叔不耐烦地挥手说道：“不要跟我讲那么些理论，直截了当说，你想干啥？”

冯宁说：“我想做一件我父亲一直想干一直也没能干成的事，那就是试着自己来救自己，自己来解放自己，这也是我要到深圳来的理由。它现在是特区，它有可能给每一个到这儿来的人创造一个自己救自己、自己解放自己的大环境。说到底，自己当家做主。”

田叔眯起眼，咬着牙说道：“你小子……说浅了，是不简单；再往深里说……就是脑后有反骨！”

冯宁忙站起来说道：“我不害人，也不去妨碍任何人，我不给社会添乱，我只想要我那一份生存的权利。我想做我自己，我创造，我努力，我守法……我想活得更滋润……”

田叔慢悠悠地说：“然后去支派别人？”

冯宁说：“有朝一日，我有那个可能了，只是想为别人创造一个环境，让他们也去创造，也去努力，也去活得更滋润，更像一个人……”

田叔不说话了。

冯宁又说：“一会儿，我带你去看样东西，你就会明白，我到底想干些什么了。”说着，他把田叔带上一辆出租车，驰到远郊那块荒地旁，带着田叔走到荒地中央。

田叔茫然四顾，问：“这块地有多大？”

冯宁说：“一百五十亩左右吧。”

田叔说：“你有把握将来你说的那条高速公路，一定会从这儿通过？”

冯宁说："商场上没有百分之百的事。"

田叔说："那万一那条高速公路不从这儿走呢？你不是要输得连裤衩都穿不上了？"

冯宁说："按深圳的发展前景和发展速度，就算是今年高速公路不从这儿通过，两三年之内，也得从这儿通过。"

田叔问："你绝对看好这块地的增值前景？"

冯宁说："是的，只要深圳要发展，这块地就一定有巨大的增值潜力。不说是百分之三百的把握，也得有百分之二百九十九的把握吧。我不要您担任何风险，只要您把我库存的那些东西全买下。"

田叔说："另外给我什么好处？"

冯宁说："等我拿到这块地，运作这块地的时候，我给你百分之十的份额。"

田叔说："百分之二十。"

冯宁说："百分之十。"

田叔说："百分之十五。"

冯宁说："百分之十。"

田叔说："你他妈的这是在跟人谈生意吗？"

冯宁仍固执地说："百分之十！"

第八十二章

少见的细雨，烟雾般从深圳上空飘过。宋梓南站在窗前，怔怔地俯瞰着深圳市区。雨中的深圳层林尽染，显得越发的娇娆多姿。这时，他听到有人走进办公室来了，以为是秘书小马，便没转过身来，就问道："小马，假如我们要在市民广场中央，立一个标志性的雕塑，你看要立一个什么样的雕塑好？"

答话的是周副市长。他说："那就立一个扬蹄奋进的飞马雕像吧。"

宋梓南忙回头："是你啊，我还以为是小马哩。坐。"

周副市长笑着问："怎么又想起要立一个标志性雕塑？这个点子好。"

宋梓南说："立一个标志性雕塑，也是给我们这个刚建成的城市画一个漂亮的句号，再给后来者吹响一曲新进军号嘛。"

周副市长说："什么叫'画句号'？深圳这么年轻，画什么句号嘛！"

宋梓南淡淡地笑了笑："不说这事了。产业结构的调整方案做出来了吗？"

周副市长把一个卷宗放到宋梓南面前。

宋梓南打开卷宗看了一下，吃惊地问："要砍掉这么多的工程项目？停建这么多的大楼？"

周副市长说："这是按上次特区工作座谈会的精神规划的。"

宋梓南迟疑了一下："你先放这儿，我再考虑考虑。"

周副市长想劝说两句："老宋……"

宋梓南立即打断了对方的话："我说了，让我再考虑考虑。"

周副市长不作声了。

宋梓南缓和下口气："我会很快考虑出一个结果，不会拖很长时间的。"

周副市长勉强地："那好吧……"说着就要走。

宋梓南说："你别走。一会儿，石长辛来研究拍卖皇岗107号地块的事，你参加一下。"

周副市长问："拍卖皇岗地块的事，不是已经决定放到下半年再进行吗？"

宋梓南说："这两天，我又想了想，觉得能提前做的事情，还是尽量提前来做。咱们商量一下，看看有没有那个可能，提前来做……"

周副市长又犹豫了一下，想说什么，但又控制住了自己，什么也没说。

非常了解周副市长的宋梓南马上感觉出他的犹豫和迟疑来了："怎么，想说什么？说嘛。"

周副市长欲说又止："没什么……"

宋梓南："说嘛。"

周副市长笑了笑："我说你这个人，对事对人，就是泾渭分明。想做的和不想做的，全放在脸上，一点掩饰都不带的。调整产业结构，是上一回座谈会上定下的方针，也是我们向国务院特区办领导做了保证的。"

宋梓南说："调整啊，没人说不调整。我最后在会上做了检讨，而且承诺了，一定要把这个调整工作做好做彻底。"

周副市长说："可是……你一说这个'调整'，就是'放这儿，让我再考虑考虑'。但是说到拍卖土地，你的态度马上变了，'但凡能提前就尽量提前'。对不同的事情，你完全是从亲妈一张脸立马变成了后娘一副脸。"

宋梓南笑："哈哈，从亲妈变成后娘。"

这时，石长辛走了进来："什么亲妈，什么后娘？"

周副市长笑道："什么亲妈？你，你就是亲妈的孩子！"

石长辛一愣："怎么回事？"

宋梓南笑道："行了行了，快说说你的拍卖方案吧。"

到傍晚时分，拍卖土地的事，已经谈得差不多了。

石长辛便说："如果二位再没有别的意见的话，那我就按你们刚说的去制订实施方案了？"

宋梓南问周副市长："你觉得怎么样？"

周副市长想了想："我觉得可以。"

宋梓南就对石长辛说道："那你先做个方案。再交常委会讨论。"

石长辛问："这事还要上常委会？"

宋梓南笑着说道："傻话！你以为这是小事？社会主义的深圳要卖地，这可是捅破天的大事！告诉你，今天咱们这么商量，还只是个开头。真正实施这方案，还有九曲十八滩要过哩！"

石长辛说："所以我觉得还是别上常委会的好，万一常委七嘴八舌，再夜长梦多，这事就很难做了。"

宋梓南感慨地说道："长辛啊，有时候有的事需要先斩后奏。那时候，敢先斩后奏，就是一种大智大勇的表现。但有的时候，就不能搞先斩后奏。因为我们绝对不是好莱坞电影中那种个人英雄主义者，可以在任何时候都以个人为上。要想做好深圳的工作，没有一个坚强的常委班子的团结和共同奋斗，必将一事无成。深圳能走到今天，就是因为我们有这样一个班子，大家体贴团结，互相信任、互相提携、互相尊重，同心同德。所以，一切重大的事情，绕过谁，也不能绕过这个常委会。"

石长辛不再反对了，过了一小会儿，他问："东方歌舞团今天晚上在咱们大剧场演出。二位有兴趣去放松放松吗？"

宋梓南问周副市长："你有兴趣吗？"

周副市长摇了摇头。

宋梓南笑道："年轻人，你赶快去吧。"

石长辛忙说："别这样嘛……列宁同志是怎么说的？"

宋梓南赶紧向石长辛挥了挥手，把他赶走了。

周副市长也要走。

宋梓南说：“你别走，拍卖地的事，你要多过问一下。这件事，咱们尽量争取做得不出问题，或少出问题。”

周副市长说：“我们已经邀请国家体改委的主要领导亲临现场压阵，指导。”

宋梓南说：“我估计做完这件事，我在深圳的使命可能就会画上一个句号了。”

周副市长皱了皱眉头说道：“又是‘画句号’。老宋，你最近老说这样的话，合适吗？”

宋梓南默默一笑道：“合适。”

周副市长不作声了。

宋梓南说：“在小石来以前，你批评我……”

周副市长忙说：“我那不是批评。”

宋梓南说：“是批评，而且批评得很正确。你说我对马上要进行的这档子拍卖国有土地的事，非常热情而又急迫，就像是亲妈在给自己的独生子女做过冬棉袄，而对上上下下一致强烈呼吁的产业结构调整，我有点冷漠，那态度就有一点像后娘了。这次座谈会前后，几乎所有的人，都在批评我老宋，不愿意看到这几年深圳工作中存在的不足之处，好大喜功，盲目扩张，盲目铺摊子。”

周副市长说：“我从来就不赞成这种说法。我们几个常委都不赞成这种说法！”

宋梓南说：“不，这批评有它合理的成分。我在深圳干不长了……”

周副市长说：“老宋你又来了。中央是充分肯定我们深圳的工作的，这一点，在特区工作座谈会上说得非常明确！”

宋梓南说：“即便中央对我们的工作非常满意，允许我继续干下去，我也干不长了。”

周副市长一怔，忙问：“什么问题？身体问题？”

宋梓南沉重地点了点头，然后从办公桌的抽屉里拿出一份病历，放到周副市长的面前。

周副市长说：“解放军三〇一医院的检查报告？”

宋梓南点点头：“上一回去国务院特区办汇报工作时，我在北京多待了两天，就去三〇一做了一下检查，情况不太好。这情况我都没给亭云说。”

周副市长不满意地说道：“你为什么不告诉她？”

宋梓南说：“我不能说。我一说，她肯定马上就会让我离开深圳。但是现在我还不能走。也不想走。”

周副市长问：“你想把产业结构调整完了再考虑下一步的事？”

宋梓南说：“不，不是结构调整的事。深圳工作上存在的这点不足和缺陷，已经有一百个人、一千个人、一万个人看到了。这成千上万的人都愿意，也有这个力量来调整它、平衡它。我现在只想在上帝留给我的这点有限的时间里，再做一两件许多人不愿意做也不敢做，但又是我们这个经济特区、我们这些奉命在经济特区‘杀出一条血路’的共产党人应该做的事。”

周副市长说：“比如像拍卖国有土地这样的事？”

宋梓南说：“是的。也许我们会因此而被钉在历史的耻辱柱上，但也许我们因此会成为开辟中国历史新纪元的第一推动力。实实在在地说，中国迫切地在等着再一次解放啊，充分地解放思想、解放生产力，老周，这件事必须由我们这批人来干。因为只有我们才真正懂得，眼前的这一切，什么是必须珍惜的，要很好地保存下来，什么又是必须突破，加以更新的……”

周副市长怔怔地看着宋梓南，等着他继续说下去。

宋梓南：“我在特区工作座谈会前后激烈地反驳所有对我们深圳工作的批评，不是为了维护我宋梓南的面子。我从解放战争后期，就在江西担任过一个城市的市长。多少年从政的经历，我怎么能不知道一个党政领导在工作中是一定会有不足和缺点错误的呢？我怎么能不知道这样反驳批评和硬顶会产生什么结果？如果只为了维护我宋梓南个人的政治地位，我当然懂得，最聪明、最保险的做法就是除了写检查，什么话也别说，什么事也别做，乖乖地等着这股风潮过去，但是……”

周副市长：“但是，老宋，你的反应也有点太激烈了。”

宋梓南：“我正是要以我的‘头破血流’昭示国人，深圳正在走的这条路，是不能从根本上被颠覆的。也只有这样，才有可能在最后一点时间里，允许我把我们正在深圳做的这几件事再做下去。”

周副市长：“但你这样，却为别人制造了许多把柄。”

宋梓南：“如果上帝恩惠，给我时间，我相信我有能力不让他们抓住这些把柄，但上帝很刻薄啊，他可能不会再给我这点时间了，我只能做这样的选择！”

周副市长：“但给我的感觉，中央主要领导从来没有从根本上否定过深圳，你没必要做这么激烈的反应。”

宋梓南不作声了。

周副市长突然有点紧张起来：“怎么，你听到了什么很严重的情况？”

宋梓南：“没有……”

周副市长：“不可能。如果你真的一点都没听到什么，这段时间你的反应绝对不可能这么激烈。你真的听到了什么？上头对这几年的路线、方针有动摇？”

宋梓南：“不要胡说！”

周副市长：“你肯定听到了什么！”

宋梓南沉默着。

周副市长：“好吧，那就是我不该问的，不问了。还有什么事吗？如果没有事了，我回去了。”说着就要走。

宋梓南做了个手势，让他别着急。

周副市长站住了，但没有坐下，怔怔地看着宋梓南，等着他开口。

过了好大一会儿，宋梓南说：“小平同志可能要亲自来考察特区工作。他老人家要亲自对中国这几年的改革进程做一个判断，对国内外掀起的这一股否定经济特区的风潮，做一个判断。”

周副市长：“专门来视察我们深圳？”

宋梓南：“具体行程还不清楚，但我想，深圳，他是肯定要来的！”

第八十三章

那天临近下班时，张弓突然走到陶怡的办公桌前，敲敲她的桌子对她说：“走，跟我看一个仓库去。”陶怡一愣，不知道张弓今天要带她去看什么仓库。而且，仓储方面的事，从来也不归公关部管，让她去看什么仓库呀！但张弓却不容她多问，下班后，便把她带上一辆轿车，快速驰出厂门。坐在副驾驶座上的陶怡看着车窗外的街景，越发地疑惑起来，就问：“咱们这是上哪儿去？咱们厂子的仓库不在那个方向。”

驾驶着这辆高档轿车的张弓却神秘地笑笑：“你就跟着走吧，不会卖了你的。”

车子很快驰进一个新落成的住宅小区里，停在一幢住宅楼前。陶怡疑惑地看看张弓，看看眼前的这幢新楼，迟迟疑疑地下了车。

上到三楼，张弓不走了，掏出钥匙打开了一个单元房的门，并开亮了房间里的灯。

陶怡呆住了。出现在她眼前的是一套刚装潢好的两居室房子，明亮、温馨而别致。

张弓对陶怡说：“这是给你的……”

陶怡一愣：“给……给我的？”她完全不知所措，甚至都有一点害怕似的看了看张弓，不敢再往里走了。

张弓笑笑：“怎么了，傻孩子？”

陶怡警戒地说：“张经理，你别害我……”

张弓乐了：“我怎么害你？”

陶怡迟疑地说道：“这……这一个月得掏多少租金？我把自己卖了，够付这房租的吗？”

张弓说：“不用卖你，这房子是买下来的，所以不用月月付租金。”

陶怡更诧异了，问：“买下的？谁买的？”

张弓说：“这你就别管了。”

陶怡问：“什么叫别管？你让我住，我能不管吗？”

张弓说：“让你别管就别管了嘛。”说着，张弓把一串钥匙放在陶怡面前。陶怡忙推拒：“不不不……这不可以的。”张弓再次把钥匙推到陶怡面前：“怎么不可以。”陶怡站起来，拿起自己的小包：“真的不可以的。”说着，就往外走了。一直走到楼下，在车旁站着，等着张弓来开车门。

上车后，两个人都不说话，气氛显得有一点尴尬。快到厂门口了，突然，张弓把车停在了路边。张弓问：“陶怡，你是不是把我看成坏人了？”

陶怡微微红起脸说：“没有……没有啊……”

张弓说：“我借给你房子住，你都不要！”

陶怡说：“你没说是借啊！”

张弓说：“好，现在我明确告诉你，这房子是借给你住的。一月租金六千五。”

陶怡忙说：“六千五？你要杀我呀？”

张弓说："杀你，我还不舍得哩。有个张弓先生愿意替你垫付这租金。"

陶怡说："垫付，将来我怎么还啊！"

张弓笑了笑："你不糊涂啊！"

陶怡说："每月六千五，我敢糊涂吗？！"

张弓说："那就……我替你代付。"

陶怡问："不用还？"

张弓说："不用还。"

陶怡说："天下哪有那么好的人啊！"

张弓说："瞧瞧，我说你还是把我看成坏人了嘛！"

陶怡脸大红："不是那么好，不等于说你是坏人嘛。你还可以是比较好的，一般好的，较差一点好的，有时候好有时候不那么好的，或者好的时候多不那么好的时候少的，或者……"

张弓笑了："你还挺伶牙俐齿的哩？"

陶怡说："你以为农村来的打工妹只会替你们傻喝酒，全是猪脑袋？"

张弓再一次把钥匙放在陶怡手里："踏踏实实去住，我不害你。只有两个条件。"

陶怡一听，笑了，说道："瞧，还是有条件。说，啥条件？"

张弓说："一、不许把地毯和墙壁给我弄脏了。"

陶怡说："你真以为我是没文化的农村傻妞呢？"

张弓说："第二，每月允许我上那个房子里去看你两次。"

陶怡笑道："可以，但是，只许白天来，白天来也不许拉窗帘。"

张弓大笑："陶怡，你完全不傻啊？"

张弓刚想再说些什么，突然不说话了，把视线定定地盯在了厂门口不远的一个地方。

陶怡不解地问："你看啥呢？"

张弓不说话，只是盯着那个地方。陶怡忙抬头顺着张弓的视线看去。她看到，在那儿站着一个男青年。再仔细一看，却是冯宁。她略有些尴尬地打量了一下张弓。张弓低声地对她说道："咱们走吧。"一边说，一边要去启动车。但陶怡已经拉开车门，走下车去了。

陶怡走到冯宁面前，稍有些不安地说："找我？"她的不安是由于张弓的目光引起的。这时，她虽然只是背对着张弓，但可以明显地感觉到张弓在警觉地注视着他俩。那目光里，除了警觉，还包含着灼热的妒忌和不屑。近来，陶怡越来越为张弓这目光所困扰，少女的敏感当然让她懂得这目光的灼热意味着什么，她甚至潜意识地暗自为之心动，又暗自不安……

“今天晚上有时间吗？”冯宁多少也有些不安地问道。

“有事？”陶怡一边反问，一边用眼角的余光向张弓所在的方向瞥视了一下。

“也没什么大事……我那边事情有点进展了。”冯宁说道。说白了，确实没有什么大事，就是想看到她、听到她，跟她在一起说说话。

“有进展了，那挺好……咱们改天再聊，行不？我刚去见了个客户，还有点事要办。”陶怡又向张弓的方向瞥视了一下。她不愿意让张弓等太长的时间，虽然离开张弓的车还只有几分钟的时间。

“那你赶紧忙你的去吧。”冯宁的心一凉，不由自主地也向张弓所在的方向瞄了一眼。

“等我电话。”陶怡也没再跟冯宁客气一下，说着，便转身回到了车上。

张弓一边发动车，一边问：“兵哥哥又来借钱了？”

陶怡不高兴地说：“你别老这样说人家。”

张弓嘿嘿一笑道：“不说……不说了……”说着，挂上了挡，汽车慢慢启动，并快速地从冯宁身旁开了过去，一直开进了厂门。冯宁目送汽车消失在厂区内，心里忽然涌出一股莫名的惆怅。这时，传达室里的那位工友慢慢踱了出来，走到冯宁身旁，劝慰道：“咋的了？跟丫头谈崩了？别在意啊，小两口一起到深圳来，最后还能一起过下去的，反正我见到的不多。多数都是一两年就分了手。有的来几个月就不行了。别在意啊别在意，这就是深圳。”

冯宁苦笑笑，说了声：“谢谢。”便转过身走去。但刚走了两步，却又回转身来，走到传达室窗户前，掏出一包烟，扔进窗户里，并向那个工友挥了挥手，表示了谢意，这才扬长而去。

第八十四章

邓小平来深圳视察，将下榻迎宾馆的桂园。那天，宋梓南和周副市长等人带着一大群工作人员检查宾馆为接待邓小平所做的准备工作。

宾馆负责人带他们走进一间大套间。

“这是给小平同志准备的卧室。”

宋梓南走到床前摸了摸被褥，又去试了一下窗帘，探出头去看了看窗外的环境，目测了一下离窗户最近的那个岗哨的距离远近，最后又弯下腰去拿起床前的那双拖鞋看了看。

市委接待处的张主任忙上前来汇报：“原先宾馆准备了一双皮底的拖鞋。我们考虑小平同志年纪大了，眼下又快到阴历年的年跟前了，天气也比较冷，我们建议他们换这样一双软底绒里布面的，小平同志穿着会更软和更舒服一些。”

周副市长提醒张主任说：“小平同志这一回来，没带厨师，饮食上全靠你们安排。老人家是四川人，口味比较重，也喜欢吃辣，但上了年纪，从保健上来说，还是应该清淡一点才好。这是一对矛盾，怎么求一个平衡，你们要好好斟酌。”

然后他们又上了宾馆的六号楼，专门去看那里的小会议室。因为向小平同志做工作汇报，就安排在这个会议室里。常副市长特地上前检查了一下摆放在会议桌上的烟，一看，是小平同志常吸的那种熊猫牌香烟，就又把它整整齐齐地放了回去。走到院子里，看到那儿停着一辆白色的中巴车。接待处张主任介绍道：“这是按中办和中央警卫局的要求，给小平同志和他的随行人员安排的交通工具。”

检查完毕，这一行人走出桂园大门。接待处张主任问：“各位领导，对我们的接待准备工作还有什么指示？”

宋梓南看了看一起来的那几位市领导，问：“你们还有什么建议？”

周副市长和常副市长等都点点头表示满意。张主任又转身来问宋梓南：“宋书记，您看呢？”

宋梓南沉吟了一下，说道：“你们的确安排得很周密细致了。该想到的都想到了。不过……我总有那么一种感觉，好像少了一样什么东西。”

张主任忙说：“啥东西？您说，我们马上去办。”

宋梓南笑了笑：“刚才都到嘴边了，这一下子又怎么也想不起来了……真是老了……常犯这种糊涂……”

张主任安慰道：“您别着急，哪方面的？想想，交通方面的？通讯方面的？安全保卫方面的？还是饮食起居方面的？”

宋梓南努力地想了想："好像都不是……想不起来了……你看我这脑子……"

周副市长挥了挥手说道："一会儿等宋书记想起来了再说吧。这种事常见，跟老不老的没关系。我就经常这样，见了一个特别熟的人，那名字都到嘴边了，但就是说不出来，怎么也想不起他到底叫什么，而且越想越想不起来，当场好尴尬！"

宋梓南默默地笑了笑，再也没说什么，便随着其他人一起向他们将要乘坐的那几辆汽车走去。快走到汽车跟前了，宋梓南突然停了下来，转过身冲着张主任和宾馆的两位领导叫了声："一张大桌子。"

周副市长一愣，忙问："什么桌子？"

宋梓南高兴地叫道："我想起来了，还少一张大桌子。"

首长来视察，最后总要题字留念。既然要留下珍贵的墨宝，怎么可以没有大的案桌和文房四宝伺候着呢？于是，宋梓南一行人又匆匆回到桂园的大厅里。宾馆负责人指挥几个员工，搬来一张画国画用的大案桌，放到大厅的一角，然后在桌面上铺上一张专用的白毡。又放上上好的宣纸、笔墨砚台。

宋梓南感慨而期待地说道："小平同志这回来，如果能给我们留下几个字，对我们深圳特区做一个中肯的评价，不管是什么样的评价，眼前这场暴风雨般的争论就可以画上一个句号了。"

几天后，邓小平乘坐的专列缓缓驰进站台。等列车停稳了，宋梓南带着市委和市政府的几个主要领导登上列车，把老人家接到迎宾馆六号楼小会议室。广东省省长梁灵光向小平同志一一介绍深圳市委市政府的几位领导。

邓小平微微笑道："我们已经见过了，见过了。"

梁灵光请示道："邓主席，下边是不是请宋梓南同志汇报一下深圳的情况？"

邓小平摆了一下他那柔软而略显苍老的大手："好啊，说说吧。"

宋梓南立即走到一幅事先已经准备好的深圳大地图跟前，也许因为有一点紧张，在去拿那根教鞭时，第一次竟然没拿得起来，还掉在了地上。教鞭落到了陪同小平同志一起来视察的国家副主席王震身前。王震弯腰拾起教鞭，笑着递给宋梓南，说道："你这个市委书记，千军万马都调动了，一根小小的指挥棍，怎么就拿不起来了呢？"

宋梓南不好意思地笑笑。

邓小平也温和地笑了笑。

宋梓南稍稍镇静了一下自己，拿起教鞭指着地图说道："深圳特区总面积327.5平方公里，是一个不规则的狭长地带。东西长49公里，南北平均宽约7公里。中央决策建立深圳特区以来，在中央的正确领导下，工农业生产总值比建立特区前增长了十倍……"

邓小平从桌上拿起一支熊猫牌香烟，点着后，深深地吸了一口，注意地倾听着宋梓南的汇报。

宋梓南继续说道："跟前年相比，去年我们的生产总值又翻了一番……"

……

宋梓南汇报到最后，特别说道："我们知道我们的工作还存在不少问题，也一直盼望邓主席亲自来深圳视察检查我们的工作，能直接给我们一些指示。"

邓小平温和地笑了笑："你们深圳这个地方正在发展中，你们谈的这些我都装在脑袋里了，不过，这一回我暂不发表意见。"

在座所有的人都会意地笑了。

陪同视察的杨尚昆插话道："小平同志历来关心特区，但这次主要是来广东休息的，有关问题我们回京后吹个风，让国务院有关部门研究解决。"

这时，邓小平从沙发上折起身子，掐灭了手中的烟头，站了起来，大声说道："走，我们还是到外面去看看。"

在座的各位都站了起来。接待处的张主任和中央警卫局的一个同志快步先跑到楼下院子里，压低了声音，对负责联络的小马说道："首长下来了，赶紧通知国商大厦，四十分钟后首长到他们那儿视察。"小马立即跑到一个办公室里，拨通了一个电话通知道："国商大厦吗？我是市委接待指挥组。首长四十分钟后到你们那儿。"

这边，张主任忙着安排指挥调度车辆。接待指挥组的一个工作人员悄悄地走到张主任身边，低声地问："小平同志听了宋书记的汇报，说什么了？表了个什么样的态？"

张主任摇了摇头。

那个机关干部："他老人家没表态？为什么？"

张主任厉声地说："快去干你的活儿去！"

这时，邓小平和其他几位中央领导已经在省市领导的陪同下，走出六号楼，向车队这边走来了。

不一会儿，邓小平等乘坐的车队缓缓驰出大门。驰上大街后，邓小平饶有兴趣地看着车窗外出现的一切，不时回过头来向坐在他身后一侧的梁灵光询问一点什么。坐在梁灵光身旁的宋梓南这时仍然显得有一点紧张和拘谨。

车队加速，驰入罗湖区。车窗外街道旁，骤然出现的上百幢高楼比肩而立，立即引起邓小平极大的关注，他回过头来问宋梓南："这是什么区？"

宋梓南忙探过身子去答道："罗湖区。我们最早开发的一个地区，也是深圳毗邻香港最近的一个地区。通往香港的罗湖口岸就在这个地区。"

邓小平若有所思地点点头道："哦，罗湖区……"

上了国商大厦楼顶天台后，邓小平健步走向天台的边沿。梁灵光、宋梓南和一些警卫人员立即抢前一步，先走到天台的边沿护栏前，做好保护的准备工作。

时近傍晚，夕阳彩照，邓小平兴趣盎然。

宋梓南指着远处在霞光中呈带状蜿蜒的一条河流，对邓小平说："那就是深圳河。河对面的绿地就是香港的落马洲了。"

邓小平低低地说了声："真的是很近啊！"

宋梓南忙说："是很近。"又指指在霞光中耸立的那许多塔吊，对邓小平说："在这个罗湖地区，正在兴建的大楼有一百多幢。这应该说是全国楼群最密集的一个地区了。"

邓小平指着楼对面一个正在建筑中的大楼工地，问宋梓南："那个楼要建多少层？"

宋梓南说："这是我们深圳目前最高的建筑，计划修建五十三层。也是目前全国最高的建筑。工人们使用了国际上最先进的滑模提升法，现在平均三天就可以建成一层楼。"

邓小平有些惊讶地说道："平均三天就能建成一层楼？"

宋梓南点点头道："是的，平均三天建一层，是当今的世界纪录。"

邓小平立刻显出了惊喜之情："哦……"

这时，一阵风吹来，吹乱了邓小平的头发，也吹得他身边的那些工作人员打了个寒噤。工作人员立刻拿出一件呢子大衣要给邓小平披上。邓小平却推开了那件大衣，健步又向天台的另一个方向走去。

这时，冯宁正带着那两个曾经跟他一起去参加全国展销订货会的员工匆匆地赶往尤妮的职介所找尤妮。一走进那窄小的胡同，看着那两边壁立的“握手楼”和楼底层临街的一面开设的各种各样的小店，那两个员工神情中疑虑的成分越来越重，终于站下不走了。那个年纪稍大一点的员工对冯宁说道：“你没走错路吧？你不是说那个叫尤妮的女孩儿是地委书记家的孩子吗？那她怎么会住这儿？”

冯宁笑道：“地委书记家的孩子怎么了？他们也得从头开始创业。这两年，多少省长、部长、将军、省委书记的孩子，都到深圳来创业。来一个两个地委书记家的孩子，还能怎么样？”

说话间，他们已经到了金鹏职业中介所所在的那幢握手楼前了。让两个员工更想不到的是，这幢握手楼竟然还是这条小胡同里所有握手楼中最为陈旧的一幢。

冯宁等人推门走进那个“金鹏职业中介所”。房间里聚集了好多女孩儿，在叽叽喳喳地说笑着，整理着什么东西。当发现有人来了的时候，女孩儿们立刻安静了下来。

尤妮被那些女孩儿包围着，偶尔一抬头，发现冯宁站在自己面前，惊喜地叫道：“哟，是你啊？怎么想起我这个老太婆来了？”

冯宁笑道：“天啊，能出这么个妙龄老太婆，深圳得上吉尼斯了。”

尤妮对在场的那些女孩儿嚷嚷了一声：“赶快把发给你们的那个表都给我填了。填清楚了，不会写的字，互相问一问，尤其是老家的地址和邮编得填准确了。还有你们的身份证号。昨天的十来张表里有六七张都填错了。一会儿我就来收表。”说着，就示意冯宁跟她向那边的一间小房间走去。

冯宁对那两个员工示意了一下，让他们在外屋等着，便单独跟尤妮进了小间。

刚进了小间，一个女孩儿突然从外边闯了进来，特别激动地嚷着：“来了个大头头……尤姐，来了个特别大的头头……”

尤妮：“谁啊，什么特别大的头头？！”

那个女孩儿气喘吁吁地说：“中央领导……特别大的中央领导……”

尤妮冷笑道：“有那么激动的吗？他给你发红包了？”

那个女孩儿依然激动万分：“可是……可是……有人说今天来的是邓小平……”

尤妮撇了撇嘴：“胡扯啥嘛。邓小平来，会让你们这些人知道？一点政治常识都没有！”

那个女孩儿涨红了脸说道：“真的。街上的人都这么说，他们都去看了。”

尤妮挥挥手道：“行了行了，赶紧上外头去帮着那些新来的妹仔把表填对了。我可告诉你，昨天有一多半的表都填错了。”

那个女孩儿还在那儿叫嚷：“真是邓小平呐！我从那边过来时，看到好多好多警察都守在国商大楼周围！从来没有看到有那么些警察的！还有许许多多的便衣呐！”

尤妮有点恼火了：“你这小妞真是的，邓小平来了，又怎么样？我跟冯哥要说事呐。你快出去吧。”转过身对冯宁刚要说什么，冯宁却忙做了个手势，说了声：“等一等。”说着，就冲到窗前，向外看去。这一看不要紧，让冯宁也激动起来。因为他看到窗前的大街上，一群群市民都向一个方向涌去，而且从四面八方连续不断地有一群群市民在向一个方向拥去，就像是被强大的地球磁场所吸引的鸟群，身不由已地掠过广阔的天空，向着一个极端汇合……

冯宁有点按捺不住了：“可能是邓小平来了，至少也得是个政治局常委。”

尤妮依然是那么平静：“这两年，中央领导经常来深圳，政治局常委除了一两个，都来看过了，稀松平常事嘛。”

冯宁猜测道：“但最有可能还是邓小平……别人来，老百姓没那么激动的。你看看街上的人群。”

尤妮迟疑了一下，也上窗前向外面看了一眼。这一看，让她也有些心动了。冯宁忙说：“走。咱们也去瞧瞧。”

尤妮看看冯宁，她觉得冯宁不应该是个“追星族”啊，就用带些调侃的口气说道：“就算是邓小平来了，又怎么样？”

冯宁大叫了一声道：“那当然不一样，当然不一样啊！”

尤妮问：“有啥不一样的？”

冯宁已经顾不上多解释了，催促道：“快走吧！”

尤妮问：“你不是有事要找我吗？”

冯宁说：“我的事一会儿再说吧。快走，快走。”

冯宁带着尤妮等人正要跑出窄小而幽暗的楼门洞时，尤妮站下了。“咱们是不是也太傻了，跟个追星族似的。至于吗？”她自嘲地说道。

冯宁一边推着她，一边往前走，说道：“别说傻话了，快走。”

尤妮笑道："冯宁，我真想不到，你还是个政治追星族。"

冯宁正色地说："如果真是邓小平来了，就是不一样！这是一个信号，一个重大的信号。你以为他是你们楼下那个退休老头儿，吃饱了撑的，才上外头来随便转悠的？"

尤妮再一次站下了，问："你说有啥不一样？胡耀邦、赵紫阳、万里都来过了。官比他大的，比他小的，来了还不是就来了，咱们这些小老百姓该干啥还不得干啥？"

冯宁觉得已经没时间再跟她打嘴皮子官司了，只是拉着她向大街上跑去。等他们来到大街上，那一股股人流摩肩接踵地已经汇成一股股洪流，在向国商大厦那个方向拥去。

走了不多远，就能感到街上的人越来越多了。冯宁激动地四下里顾盼张望着："肯定是邓小平了……"一边说一边加快了脚步。冯宁和尤妮等人赶到国商大厦楼前的街口时，这儿已经是人山人海了。冯宁焦急地问身前的人："肯定是邓小平吗？"

没等那个人回答，人群中突然爆发出一阵极为炽烈的欢呼声："噢……"并且自发地向一个方向移动。冯宁什么也顾不上了，扔下尤妮等人，一个箭步向前蹿去，蹿到人群的前边，再想往前蹿，已经被一些便衣警察挡住了。这时，冯宁看到，从国商大厦的大门里走出一群人来。为首的就是邓小平。

人群中立即再次爆发出一阵欢呼声。

人们自动地为邓小平等让出一条通道，并有秩序地向他挥手欢呼，跟随着邓小平的走动，人群也有秩序地向同一方向移动。当整个人群都跟随着邓小平移出国商大厦楼门前时，冯宁却没有跟着人群往前移动，仍然孤零零地呆站在那空阔的街口上。不一会儿，路灯亮了起来，昏黄的路灯光在他身后投射出一条长长的身影……在确证是邓小平来视察以后，冯宁就没有再跟着人群向前拥了。庞耀祖曾经这样评价过冯宁："小子，别看你只有一段并不传奇的当兵的经历，你的家族也没什么政治背景，但是你有一种过人的政治敏感。"冯宁不是不想跟着人群去再看两眼邓小平，这时，他突然被自己刚才产生的那个感觉震住了：如果真的是邓小平来了，这是一个信号，一个重大的信号……但究竟是什么信号？中共最高层，或者说邓小平本人通过发出这个信号，要向世人表明什么？一时间，冯宁当然是说不清楚的。但他要搞清楚它。一种本能，一种潜意识在告诉他，中共高层，或者邓小平本人发出的这个信号，将会进一步影响许多人的命运，其中就包括他冯宁的命运……

那天的晚饭，他们是在街边的一个大排档里吃的。尤妮一边扒拉着碗里的炒粉，一边嘲谑地对冯宁说："怎么样，邓小平来了，咱们不还是只能在这路边大排档里刨食？啧！还是说说你今天带人来找我的目的吧，是不是想让我找我公爹去为你做银行贷款担保？"

冯宁说："如果有可能的话……我当然感激不尽……"

尤妮立即说道："这完全不可能！你趁早死了这条心。"

冯宁愣了一下，又闷头吃了一会儿，对尤妮说道："尤妮，我可以肯定地告诉你，邓小平绝对不会随随便便到深圳来的，我们应该充分估计他这一行动的后续效应。我估计他这次来，会刮起一股发展特区经济的龙卷风，而下一步，电子工业又将是整个工业发展的热门产业、基础产业和支柱产业……"

尤妮笑道："你是什么人？国务院总理？主管特区工作的谷牧副总理？还是什么电子工业部部长？"

冯宁诚恳地说道："是的，我啥也不是。但你得相信我这种直觉！"

尤妮说："因此，我就应该去对我老爸说，深圳有个啥也不是的年轻人，他有种直觉，说他看到邓大人到深圳来视察了，因此他一定会成为大老板的，你赶紧上银行替他借个一百两百万雪花银，让他痛痛快快地花一花吧！我要真这么去说了，你说我是不是个百分之百的白痴傻蛋二百五？"

冯宁极其痛苦地："好吧，不肯帮忙就算了。老板，埋单！"

尤妮马上说道："嗨，你还挺厉害。不替你办事，马上就埋单走人？止不住你来见我，就是为了让我替你办事的？做人怎么可以那么功利？"

这时，服务员拿着账单走过来问："哪位付账？"

冯宁应道："我。"

尤妮上前一把把账单拿了过去："我付。"

冯宁说："那怎么可以。"

尤妮说："怎么不可以？告诉你，我尤妮从来不吃势利眼的饭。"一边说，一边看了一眼账单，扔了一张一百元的大票给服务员，转过身就走了。

几个人走到街上，天下起了雨，尤妮气呼呼地向前走着。冯宁和那个年纪稍大一点的员工紧着追了上去。那个年纪稍大一点的员工："尤小姐……尤小姐，您别生气嘛……"尤妮连头都不回："找小姐，上洗头房去！"说着对一辆出租车招了招手。出租车一下准确地在她身旁停了下来。她拉开车门，刚要上车，冯宁忙上前按住了车门。

“尤姐，我道歉。”

“道歉？我尤妮从来不接受那种势利眼的道歉。闪开！”

“嗨，到底走不走？”司机见两个人只是在车门前推拉撕扯，而不上车，便忙问。

“对不起，我们还有点事，你先走吧。”冯宁赶紧说道。

出租车立即就开走了。尤妮转过身要走开。冯宁忙拦住她，说道：“您生气，也不能连别人找你的零钱都不要了，五十二块八哩。满可以再请我们吃两顿的，我们现在穷着哩！”

尤妮瞪他一眼：“穷？穷着就可以那么功利、势利了？”

冯宁说：“哪是功利，更说不上势利，只是着急。一两百万元的货压在手里，合同期一过，又不知道往哪出了。到那时候，还真得借您这五十二元八毛钱，去买上吊绳哩！”

尤妮“扑哧”一声笑了：“那现在就把这五十二元八给你吧，去死！”

冯宁说：“现在还不能上吊，现在就上吊了，中国将来会因此少一个伟大的企业家，深圳也会少一个纳税大户。”

尤妮哈哈一笑道：“哟哟哟，上吊绳都买不起，还伟大的企业家、纳税大户哩！纳你个头啊！”

这时，那个年轻一点的员工在尤妮手下的一个打工妹的带领下，气喘吁吁地找了过来。

打工妹自豪地说：“你瞧，我说他们在这儿吧，你还不信？！”

冯宁忙问：“怎么了，又出什么事了？”

那个年轻一点的员工说：“有人找你，特别着急。”

冯宁问：“找我？哪儿的？”

那个年轻一点的员工说：“东京的。”

冯宁说：“东京的？庞耀祖？庞哥？”

尤妮一惊：“庞耀祖？他在哪里？”

那个打工妹说道：“他在电话里哩。”

外头的雨越下越大，几个人赶紧赶回职介所。打通庞耀祖在东京的电话，冯宁问道：“庞哥吗？我是冯宁啊。我在尤姐这儿哩。你想跟她说话吗？”

庞耀祖说道：“告诉尤妮，我一会儿再跟她说话……今天东京的报纸都用重要版面报道了邓小平去咱们深圳视察的消息。你那儿有什么新消息吗？”

冯宁说：“暂时还没有。”

庞耀祖又说道：“冯宁，这可是件大事啊！中央对特区，对改革开放可能会有进一步的新举措和大动作了。”

冯宁问：“下一步，政策上你估计是要往回收呢，还是要进一步开放？”

庞耀祖说道：“邓小平三起三落都没有屈服，这一回，他是下了决心要改革开放，不会去做那种半途而废的事情的。”

冯宁赶紧说道：“那好啊……好啊！”

这时，外头的雨下得更大了。

第八十五章

晚上，陪同小平同志视察的市领导回到市委大楼，宋梓南对其他几位市领导说：“都早点回去休息吧，明天上午小平同志去蛇口视察。”

回到办公室，宋梓南显得异常疲倦，脱掉大衣，往沙发上一躺，就不想动弹了。这时，小马走了进来，替他沏了杯茶，然后说：“亭云阿姨来过电话了。要回话吗？”

宋梓南默默地做了个手势，让他出去。

小马走了。

宋梓南又默默地躺了一会儿，这才折起身给广州家中拨了个电话。

接电话的是儿子宋大康，冲着卧室的方向叫了声：“妈，爸的电话。”然后又赶紧问宋梓南，“爸，您这两天身体怎么样？”

宋梓南应道：“我没事。你妈怎么在家？”

宋大康说：“她有一点头疼，不过也没大妨碍。她来了，您跟她说话吧。”

顾亭云接过电话。宋梓南忙问：“你怎么又离开医院了？怎么又头疼了。”

顾亭云说：“嗨，老毛病了嘛。”

宋梓南说：“老毛病，你就不好好在医院里待着了？”

顾亭云问：“不是小平同志来了吗？”

宋梓南说：“小平同志来了，你就得开小差？”

顾亭云在藤椅上调整了一下坐姿，让自己坐得更舒服一点，然后赶紧又问：“快说，小平同志怎么样？他看了深圳以后说什么了？你感觉，他对你们的工作，是满意，还是不满意？”

宋梓南沉吟了一下：“咱们不说这个……”

顾亭云略略一惊：“怎么了？他感到不满意？”

宋梓南：“他还没结束整个儿的视察哩，而且首长在视察中间说些什么，也不是你该打听的。”

顾亭云不作声了。

宋梓南郑重地说了声：“别大意，还是赶紧回医院去吧。啊？”便放下了电话，但神情仍有点呆滞。不一会儿，电话铃又响了。他以为还是顾亭云在不厌其烦地追着打听小平同志对深圳的态度，便很有一点不高兴地拿起电话，不问青红皂白，就劈头盖脸地嗔责道：“你怎么这么不懂事，中央首长对深圳工作满意不满意，是咱们之间应该拿来闲扯和讨论的吗？”

电话里很快传出周副市长的声音：“喂喂喂，怎么回事？谁跟你讨论中央首长的态度了？”

宋梓南忙道歉：“老周啊，真对不起，我还以为是……”

周副市长笑道：“你以为是谁呢？”

宋梓南忙说：“没什么没什么。”

周副市长说道：“是不是有人来向你追问小平同志今天的态度了？谁那么不知趣？”

宋梓南轻轻叹口气：“不说它了……”

周副市长叹道：“我这儿也是，一回到办公室，就电话不断，老朋友、老同事、老部下，都来问，怎么样，小平同志对你们深圳说什么了？你们是要上天堂了，还是要下地狱了？不过，说实在的，我觉得老人家今天还是挺高兴的。”

宋梓南不动声色地说：“但愿如此。”

周副市长又说：“你也别太担心了，早点休息。也许就像他上午一开始听您汇报时说的那样，这回到深圳来，只是来看看，来听听的，暂时不会表什么态。我想，如果他觉得咱们的问题很大，一定会说话的。一般情况下，也许就不说什么了。”

宋梓南嗒然笑道：“也许是这样吧……你也早点休息吧。”放下电话后，在沙发上呆坐了一会儿，他又给迎宾馆值班室拨了个电话。为了保证接待工作做到万无一失，市委在迎宾馆设立了一个二十四小时的值班室，专门负责处理小平同志在深圳期间可能发生的意外事件。值班室由周副市长负总责，具体工作由市委接待处的主任在那儿牵头做。这时，接电话的就是接待办的张主任。虽然已是深夜时分，但张主任只是和衣而卧，仍亲自守在电话机旁。电话铃一响，他就忙折起身子，一把抓起电话，答应道："你好，市委接待处总值班室，请说。"

宋梓南问："是老张啊？"

张主任一听是宋梓南的声音，立即坐起："宋书记？是我，有事吗？"

宋梓南问："宾馆那头，没什么事吗？"

张主任应道："没事，一切正常。我盯着哩，您放心。"

"哦……"

"宋书记，您有事吗？"

宋梓南犹豫了一下说："我今天晚上不回家了，也在办公室待着，有什么事可以打电话到这儿来找我。"

张主任赶紧说："宋书记，您也这么盯着，哪受得了啊。这儿有我哩，您踏踏实实回家去休息一会儿吧。真有事了，我会打电话到您家里去的。"

宋梓南立即说："不，今晚我就在办公室里了。这样，有什么事，临时调度起来更方便一些。你记住，有事就往这儿打电话找我，千万不可掉以轻心。"

张主任忙答应："好的。"

宋梓南想了想："嗯……"

张主任问："您还有事吗？"

宋梓南又犹豫了一下说："小平同志吃晚饭的时候，你在旁边吗？"

张主任忙说："在，在，我一直在旁边伺候着哩！"

宋梓南试探着问："他老人家……胃口还可以吧？"

张主任笑道："我给他悄悄上了一瓶三十年藏的茅台。老人家喝得可高兴了。晚饭后，他一家人都去院子里散了好大一会儿步，我也一直陪着哩！"

宋梓南终于问道："老人家说什么了？有什么重要指示嘛？"

张主任说："老人家夸我们迎宾馆院子整得漂亮。"

"还说别的了吗？"

"再没说别的了。"

"哦……"

“不过……也没准他回房间以后，会给我们写两句，来肯定一下我们这个深圳特区。您不是让宾馆的人准备了笔墨纸砚，还准备了一张请他题字用的大案桌吗？我去瞧瞧，他题了字没有。”

宋梓南忙说：“不用去，这么晚了，老人家不会题的。”

张主任说：“那不一定，反正我觉着老人家今天是挺高兴的。您等着。我去瞧瞧。”不等宋梓南再说什么，张主任就放下电话，穿整齐了衣服，一路小碎步地，上桂园去了。

宋梓南嘴上说“老人家不会题字的”，心里却还是盼着老人家能写上两句的，哪怕批评的话、责备的话，总也比眼前这样不明不白的强啊。中国不能再按前三十年那模样走下去了，这一点，在党内可以说是已经取得比较一致的认识。“文革”的教训沉重地让大家看到了改革的必要性。但是继往开来，到底怎么才能走出一条强国富民的新路，而且还是“社会主义”的强国富民之路，就没有人可以说得清楚了。当下产生的“深圳争论”就充分说明了这一点。经验告诉他，这场争论所涉及的远远不是深圳某些具体工作的得失，而是整个中国改革的方向问题。如果中央对这一场“深圳争论”继续没有明确的态度，“特区建设”这场仗，下一步就很难打了。宋梓南所谓的“明确态度”，不是祈求中央全盘肯定深圳市委前一阶段的工作，也不是在奢望给予什么高度的评价。不是的，即便是批评，他所要的也只是两句话：第一，迄今为止，深圳前行的方向到底对不对？第二，允许不允许他们突破原有的框框条条，进行试错性的改革？如果说他们干的，方向错了，今后必须也只能在原有的框框条条中进行小修小补，那么……那么……那么，宋梓南觉得自己确实应该退休了，没有那个必要再周旋下去了……这一段时间以来，他是那么的盼望老人家能到深圳来看一看，说上几句话啊！用宋梓南这一个时期经常在心里翻腾的一句话来说，就是“你就是让我去死，也得让我死个明白啊”！老人家三起三落，当今又身系国家民族的命运安危，他应当是能理解像宋梓南那样跃马在改革最前沿阵地上的指挥员的心情的。说不定，今天回到宾馆，兴之所至，走到那张大案桌前，挥笔写下了一两句对深圳的评价和寄语之类的话，也是完全有可能的啊。放下电话，他颇有些焦虑地等待着。

不一会儿，电话响了。

他忙拿起电话。电话果然是张主任打来的。张主任说：“可能是没题，那张大案桌上的宣纸还是空白的。”宋梓南有些失望地说了声：“你休息吧。

快休息吧。”说着便慢慢放下了电话。

夜深人静。越发变大了的雨点铅弹似的击打在窗玻璃上，发出十分清晰而又密集的噼啪声，使这个本来就十分悠长而寂寥的夜显得越发的悠长和寂寥。宋梓南睡不着，也不想睡。电话铃突然又响了起来，是秦秘书长打来的。“哪位？秦秘书长？你在哪里？还在珠海？什么？小平同志今天给珠海题词了？题了什么？‘珠海经济特区好’？题得好啊！替我祝贺老梁他们，谢谢你给我传递这么个重要消息。”放下电话后，宋梓南却慢慢收敛起刚才那种由衷的微笑，神情一下变得十分的沉重，甚至都有一点呆滞了。是啊，老人家到珠海题了词，为什么不给深圳题呢？这里到底有什么玄机呢？

不一会儿，宋梓南桌上的电话再一次急促地响了起来，是周副市长打来的。周副市长说：“老宋吗？你知道邓大人昨天上午在蛇口给余涛题字以后，昨天晚上又在珠海题了字。”

宋梓南闷闷地答道：“知道了。”

周副市长说：“老人家给珠海题了七个字，珠、海、经、济、特、区、好。这七个字，字字千斤重啊。有这么七个字，什么问题都解决了！梁广大昨天晚上一定睡得特别舒坦。”

宋梓南不作声。

周副市长说道：“在蛇口虽然只是给他们那个‘海上世界’游乐园题写了园名，但在外人看来，也完全可以认为是他老人家对蛇口工作的认可啊。深圳、蛇口、珠海，他看了三个地方。两个地方都题字了，只有我们深圳，他没表态。”话说到这里，已经非常清楚了，周副市长没再说下去。

但宋梓南仍然没作声，只是脸色越发沉重起来。

不一会儿，常副市长有些冲动地走了进来。平时说话嗓门儿都不大的他，今天显得特别激动：“老宋，小平同志昨天晚上给珠海题字了，你知道不？”

宋梓南默默地对他做了个请坐的手势。

常副市长完全坐不下来，嚷嚷道：“我的宋书记……”

宋梓南又对常副市长做了个少安毋躁，请坐下的手势。

这时候，市里的其他几个领导不约而同地都来了，几乎每一个人手里都拿着一份当日出版的印有邓小平给珠海题字的特区报。常副市长有点按捺不住了：“给不给我们题字，倒还在其次，但我们总得搞搞清楚，老人家对我们这几年的工作到底有什么看法，我们深圳的工作到底出了什么问题？这样，心里才踏实。”另一位市领导说：“老人家对我们深圳的工作一定会有个总体评价的。为从今后的工作着想，我们也应该知道老人家到底是怎么评价我们的。”“这一个时期来，上上下下对我们深圳议论这么多，力度又那么大，矛头直指一些根本性的问题，比如说，深圳特区到底办得怎么样？这个特区到底还要不要办下去，如果要办下去，到底应该怎么个办法，方方面面都有截然相反的两种意见。在这种情况下，如果珠海、蛇口小平同志都给了说法，唯独我们深圳不给说法，有可能造成更大的波澜，甚至还会在社会上造成一定程度的思想混乱。”几个在场的领导都显得有些激动。

周副市长说：“虽然老人家一来就声明，这一回上南方来，只是休息，光听光看不说，但现在他老人家在蛇口、珠海都说话了。情况已经有了变化。我们能不能主动一点，主动请老人家给我们一个说法？哪怕是最严厉的批评，也让我们有个明确的改进方向。”

大家焦急万分地议论了一番，见宋梓南一直安坐着不作声，便渐渐地也都镇静了下来。宋梓南沉吟了一会儿说：“我已经给省里打过电话了，想问问到底是怎么回事。任书记没有正面回答，只是说，小平同志明天回广州，今年春节就在广州过了。关于没给深圳题字的问题，他也挺着急。办好特区，是中央交给广东省的重要任务。深圳特区又是所有特区中最大的，可以说举足轻重。小平同志对我们深圳这几年的工作到底有什么看法，他作为省委一把手，当然也非常想知道。但他确实也不好说什么，只对我重复了小平同志的原话，此次来深圳，原来就定了只看不说不表态的方针，没给深圳题字，大概没有别的意思。小平同志回北京以后，一定会有明确的说法下来的。让我们不要妄自猜测，自寻烦恼。”

这时，一位市领导忽然提议道：“我们能不能主动一点……”

宋梓南忙问：“怎么主动？”

那个市领导说：“派一个同志去，争取小平同志给我们一个说法。”

宋梓南一怔：“争取一个说法？”

那个市领导说：“能拿回一个题字也好。”

宋梓南沉吟了一下说：“能拿回个题字，当然好。那……派谁去？”

常副市长说：“这个同志应该比较熟悉小平同志身边的人，但又不是那么招眼的……最好和中央警卫局的同志也比较熟悉。这样比较好办事……当然，这个同志政治上一定要特别可靠和老练。”

周副市长笑了笑说："我倒有个合适的人选。"

宋梓南忙问："是吗？说说，你觉得谁合适？"

周副市长不慌不忙地说出一个人名来，果然让在场的常委和市领导都同声称是。

当天深夜一点多钟，市委接待处的张主任回到家里，刚躺下不一会儿，他床头的电话铃就急促地响了起来。多年忙于接待各方贵客的他，显然已经很习惯这种突如其来的"半夜电话"了。他立即翻身坐起，为了不干扰妻子休息，一边接电话，一边拿起座机，就向外屋走去。不一会儿他回到卧室里，放下电话机以后，匆匆穿衣穿鞋，并推醒妻子："我马上出差……"

妻子睡眼惺忪地说："出差？马上？"她本能地去看了看放在床头的闹钟。闹钟显示一点十八分。妻子显然也已经习惯了他这种突发性的外出，二话没问，立即起床替他收拾东西。

张主任接到的"立即出差"的电话，是宋梓南打来的，交给他的任务就是去广州，寻找机会，请小平同志为深圳题字。

"到广州后，千万要注意方式和方法，千万不可毛糙，更不可莽撞。"宋梓南郑重叮嘱道。

张主任意识到此行任务的艰巨和重大，再加上半夜里突然被叫醒，此时精神上仍然紧张万分，身上一阵阵战栗着，只是点了点头，"嗯"了一声。停了一会儿，他忽然好像又想起了什么似的，赶紧问："如果能见上小平同志，让他题啥字呢？"

常副市长说："如果能跟珠海一样，题一句'深圳经济特区好'，那也算是相当不错的了。"

一个市领导说："如果小平同志嫌字数多，就题'深圳特区好'这五个字也行。"

另一个市领导说："真要能给我们题这五个字，那就上上大吉了。"

宋梓南想了想说："如果小平同志愿意给我们深圳题字，题什么，当然由小平同志自己定。也可以让秦秘书长拟几句备用的带上。但是千万千万要注意的是，如果小平同志不愿意题，或者他有他自己要题的内容，我们一定不能表示出半点的勉强和不高兴……千万千万。这可是头等重要的政治纪律！在这一点上不能有疏忽和闪失！"

张主任忙点点头道："您放心，这个我懂，我懂。"

张主任连夜赶路，到凌晨时分，已到达小平同志下榻的珠岛宾馆。车身上溅满泥浆。宾馆里边，戒备森严，气氛也越发肃穆。这时，车慢慢地在宾馆大门口停下，张主任赶紧下车，向警卫人员交验证件。张主任当然不能说是来找小平同志的，只说是来找中央警卫局的一位副局长。警卫人员看过张主任的证件，又和警卫局的那位领导联系过以后，正要放行，发现那辆车太脏，便让张主任他们把车洗刷干净后，再进院子。张主任立即和司机一起，从大门旁拉过一个橡皮水管，起劲儿地把车冲刷干净了。

张主任提着一小筐南方的水果，找到警卫局的那位副局长时，这位副局长刚从外头查哨回来。“张主任，这一大早的，从哪儿来？”副局长热情地握着张主任的手问候道。

张主任却立即打了个立正，给副局长敬了个礼：“报告局长，我从深圳赶过来，来求您帮我们深圳人民一个忙啊！”

副局长笑道：“啥事呀，说得那么严重？！快进屋去坐会儿。”

张主任把来意给他说明了，把这件事对整个深圳的重要性也说明了。副局长答应在适当的时候，把张主任引荐给小平同志身边的人。然后，张主任立即打电话给宋梓南，汇报了情况：“我已经见到中央警卫局的孙副局长了。他挺热情的，答应见到老人家，替我们说一说……然后，我今天再去见省里的任书记，还有那些曾经在我们深圳工作过的老领导，请他们到尚昆副主席和王震、谷牧等领导跟前再做做工作，请他们再跟老人家说说。”

到第二天上午，张主任正和司机一起在收拾那辆车子。见中央警卫局的那位孙副局长匆匆走来，张主任便赶紧迎上去问：“有消息了？”孙副局长笑了笑说道：“走走走，上屋里去说。”

进到张主任住的那排平房里，孙副局长说：“昨天我去见老人家了，特地说到了你们这档子事。老人家很爽快，一口答应给你们深圳题字。”

张主任惊喜地差一点跳起来：“答应了？！好啊好啊！孙局长，您可为我们深圳人民办了件大好事啊！怎么谢你才好呢？”

孙副局长笑道：“谢我干什么？我感觉，老人家是早有考虑的。我一说，他都没犹豫，就应下这事了。他说，给深圳题个字？好啊。”

张主任心跳加快：“他怎么说的？您再说一遍。”

孙副局长放慢语速，又复述了一遍：“‘给深圳题个字？好啊’。”

张主任忙把这句话记在一个小本子上。

孙副局长接着又对张主任说道：“这下行了，你赶紧回去过年吧。老人家说，等他回北京写好后，再寄给你们。”

张主任一听，惊愣住了：“什么什么？等他回北京以后再给我们写？这怎么行呢？”

孙副局长说：“老人家说了要写，就一定会替你们写的。早写晚写，有什么区别？你们就别在这里傻等了。”

等孙副局长走后，张主任赶紧又给宋书记打了个电话：“小平同志答应给我们题字，但是要等他回北京以后再给我们写。”

宋梓南问：“他会题什么字，还不知道喽？”

张主任说：“那是。孙副局长的意思是，让我回深圳等，别再耗在广州了。”

宋梓南问：“你的意思呢？”

张主任说：“老人家人在广东，深圳的事就是他看得到、摸得着的一件大事。等他回到北京，全中国全世界那么多的大事都摆到他面前了，他虽然还是会重视咱们这个深圳，但什么时间才能腾出空来给我们题字，就难说了。我想我既然已经到广州了，当然不能轻易就走。我再去找找省里的任书记、吴书记，让他们通过其他领导同志去沟通一下，再请警卫局的孙副局长给想想法子……我就在这儿耗上了。老人家一天不离开广东，我就再在这儿努力一天。您看行吗？”

宋梓南立即答应道：“好，你全力以赴办这件事。随时跟家里保持联系。我们等你的好消息。”

第八十六章

深圳，长途电话局大厅里，许多打长途电话的人填完单子，交了预付款，挂了号，都在等待着。大厅里人头攒动、人潮涌涌。不一会儿，广播里传出叫号声：“国际长途……冯宁……国际长途……冯宁，到三号电话亭……”

冯宁忙收起手中的报纸，冲向三号电话亭。

说是“电话亭”，其实就是分成格子的通话间。那时候，虽然有了程控电话，但私人安装电话和往国外打电话，控制是比较严的。特别是拨国际长途，必须到长话局来打。在电话单上填清楚了你要拨的国外电话号码，由长话局的话务员替你拨通了对方，通知你到某一个通话间的电话上去说话。这样做，一方面当然是电讯事业在当时还不能说是很发达，再一方面，也未必没有国家安全方面的考虑。

冯宁今天主要是想问问远在东京的庞耀祖，日本方面对邓小平视察深圳有什么评价和分析。在深圳生活的这几年，他已经觉察到，国外对大陆某些重大政治事件报道的速度肯定要快于国内的媒体，内容也生动，所做的时评分析，往往有新颖的和让国人一愣或一怔之处，只是因为出发点不一样，他们往往是反着来看这些事件和问题。如果能不受这些政治方面的影响，还是能从国外的这些资讯里得到某种及时的启发。“庞哥……庞哥……我是冯宁啊……你听得清楚吗？东京方面对邓小平视察深圳有什么新的评论和分析？他们是怎么估计中国局势的下一步发展趋向？什么？我的嗓门儿太大了？让我说慢一点？我怕你听不清啊！你听得很清楚？对不起……我都忘了，国际线路有时候的确比咱们国内线路上的杂音要少得多……”打完电话，长途电话局，一直等候在门外的尤妮迎了上去，迫不及待地问：“庞哥怎么说的？”冯宁闷闷地说：“东京方面也还没有进一步的详细分析。”

回到货运编集站，老主任把冯宁打到办公室里，问：“听说你把推销电子元器件的全部收入都跟附近那个大队换了他们那块荒地了？你想干啥？那块荒地里出黄金了？它只长杂草！啥用处都没有！你是不是想翻了它种向日葵？让你的员工到秋天全上街上去卖葵花子挣钱？挺聪明的一个人，怎么想出这么个烂主意？”

冯宁不作声。

老主任又问：“听说你还要炒我这个服务公司员工的鱿鱼，说最少要炒掉一半以上？”

冯宁说：“这些都还只是计划。”

主任说：“你干这些事之前，能不能跟我这个顶头上司通个气？你要知道，你那个服务公司的员工多数都是我货运编集站干部职工的家属。我当初拿出那么些钱来办这个劳动服务公司，就是为了安置我的这些职工家属的。不安置我这些职工家属，我还要你办这个公司干啥用？你现在居然要开除我的这些职工家属？！冯宁，你头脑给我放清醒了，别尽干些本末倒置的事，当经理才几天，就不知道自己到底吃几碗干饭的了！”

冯宁说：“主任，你给了我一年自主经营权。”

主任气不打一处来，手哆嗦得连茶缸子都端不稳了：“行，冯宁，算你厉害。我的确给了你一年的自主经营权，你就拿它来跟我叫板吧。你厉害，不就是一年吗？你这么干下去，我看你一年后拿什么来兑现你的承包诺言？！”

冯宁再没说什么。他觉得现在说什么都不管用，关键还是老主任最后说的那句话，“一年后拿什么来兑现当初的承包诺言”。

出了编集站办公室，他和尤妮慢慢向他住的那个小工房走去。

尤妮问：“你们这个主任挺横的？”

冯宁感叹地笑了笑：“人是个好人，就是头脑简单点，书读得少点。”

那个年纪稍大一点的员工这时也有些担心地问：“咱们真的要把那块荒地拿下来做命根子？深圳的发展前景有你估计的那么大吗？邓小平不表态，国际舆论也摇摆不定，我们把这家当全押上了，万一……”

冯宁笑道：“万一押错了，你们就挖个坑，把我就地埋了，埋在那块荒地当中。”

那个年轻一点的员工说：“那我们咋办？”

冯宁苦笑笑：“你们？你们不是还有尤姐吗？她会给你们重新找个饭碗的。来年丰衣足食时，家祭勿忘告小冯哦！”

到了小工房，几个人一时都忐忑无语，谁也拿不准邓小平视察是否真的能给深圳带来巨大的发展前景。闷坐了一会儿，尤妮忽然想起了什么：“哎，庞哥走的时候不是给你留下了两封信，让在你最困难的时候，拆开看的吗？”

冯宁摇摇头说：“先别看，现在还不能算是最困难的时候。”

尤妮问：“他知道你要从那个大队手里拿下这块荒地的事吗？”

冯宁说：“他知道，我还带他到那儿实地看过。”

尤妮忙说：“那说不定他留下的两封信里，有一封说的就是要不要把宝押在那块荒地上这档子事。万一你押错了宝，深圳将来的发展没你想的那么快和大，就算要发展，也不向这边来，这块荒地就真成了你坟头上的一副十字架了，到那时候，你真的连回头路都没得可走的了……”

那个年纪稍大一点的员工说：“冯老板，尤姐的话，还是有道理的。做生意，都讲究不能把鸡蛋全放在一个筐子里，总得留点后路。”

冯宁说：“今天在电话里，我提到那块荒地的事了，他没吭气，也没提醒我要去拆看那两封锦囊妙计。”

那个年轻一点的员工问：“那你准备怎么着？”

冯宁想了想说：“咱们跟他们先签个意向书。再等半个月看一下形势发展，再签正式合同。邓小平既然来了，我相信他一定会对深圳问题表态的。这不是他个人愿意不愿意和想不想的问题，深圳不是一个普通的城镇。怎么定论深圳，跟中国今后向何处去有直接关系。因此，对深圳表态，这是一段历史，一个时代需要他做的事情……他作为国家的掌舵人，大政方针的制定者，一个领袖人物，必须要做的事。”

那个年纪稍大一点的员工说：“万一他的表态对深圳不利呢？”

冯宁说：“那我们还可以撤销这个意向嘛！”

那个年轻一点的员工说：“意向书能随便撤销吗？”

冯宁说：“这一点可以在意向书里写明嘛。写明将来可以撤销这意向，当然可能要拿出一部分保证金来做赔付。”

那个年轻一点的员工担心地说道：“那也得损失好多万吧？”

冯宁苦笑道：“十来万左右吧。”

那个年轻一点的员工轻轻地叫了一声：“十来万？我的妈！”

尤妮说：“那也比现在就签正式合同保险得多，终归不会倾家荡产。”

那个年轻一点的员工还在惊呼：“十来万啊……”

尤妮转身问冯宁：“问题是你有这么一笔现金来做保证金吗？”

冯宁想了想说：“我跟田叔商量一下，让他替我垫付一下……”

尤妮问：“有可能吗？”

冯宁说：“争取一下吧。我先给他打个电话探探他的口气。”说着，拿起电话。刚要拨号，门外进来两个人。

是编集站办公室的工作人员。

工作人员说：“冯经理，不好意思，这个电话，我们要拆了……”

那个年纪稍大一点的员工一愣：“什么意思？”

工作人员淡然一笑道：“没什么意思。我们主任说了，前些日子替你们装电话，是因为咱们是一家人。现在冯经理处处做出两家人的事，我们就没必要替你们负担这个电话费用了。”

那个年轻一点的员工气愤地说：“不就是一个破电话吗？我们自己交话费就是了。”

工作人员嘿嘿一笑道：“是啊，主任说了，你们现在阔了，完全可以自己去装电话了。”

那个年轻一点的员工还要说什么，被冯宁拦住了。冯宁走到那两个工作人员面前，说道：“行，你们拆。不过能让我打最后一个电话吗？有点急事，必须马上打这个电话。等我打完这个电话，你们再拆，行吗？”

两个工作人员稍稍犹豫了一下说：“行吧……”

冯宁说了声“谢谢”，立即开始拨号，但刚拨了两三个号，一个工作人员却上来一下掐断了电话：“你这是在拨国内长途啊？那不行，长途多贵！对不起，我们不能再替你们承担这个费用了。”

尤妮立即从口袋里拍出一张一百元的人民币：“这个长途电话的费用，我现付！”

两个工作人员一下愣住了，慢慢地从电话机上松开了手。冯宁立即拿起电话，开始重新拨号。

第八十七章

陶怡还是住进了张弓为她“买”下的新居里。她一再声明：“房租我将来会还的。一定会还的。”张弓只笑着不说啥，还替她买了不少粉红色的小玩意儿，放在卧室里做摆设。那天，下了班，陶怡正在厨房里做饭。张弓兴高采烈地冲了进来：“哟，好香啊！”陶怡红红脸说：“我不会做饭的……你别夸我……”张弓却直说：“好香好香，真的好香……”一边说，一边凑近过去，故意嗅着陶怡的头发，还在说：“好香……好香……”陶怡忙轻轻地推开他：“又不正经了……”张弓却笑道：“我今天就是想不正经！”

陶怡忙躲开，装着不高兴的样子啐嗔道：“张弓，不许这样不正经！我们说好的……”张弓追过去拉起陶怡的手：“来来来，别做饭了。”陶怡挣扎着想甩开张弓的手：“张弓……”但张弓还是把陶怡拉到了厨房外头客厅兼餐厅的那个空间里。

小小的餐桌上放着一大包东西。

陶怡一边揉着被张弓握疼了的手，一边啐嗔道：“又乱花钱。”

张弓从那个包里掏出许多吃的、用的和一个大蛋糕。

“你干吗呀？总是乱花钱，没人过生日，买那么大的蛋糕干什么嘛？”陶怡问道。

张弓异常兴奋地说："今天这日子比过生日还重要。你听我说，刚才金老板找我谈了，集团决定要做房地产生意，马上新成立一个房地产公司，让我去操作这个公司。"

"让你当房地产公司的老总？"

"暂时是副老总。可是现在那儿没有老总。我这个副老总等于是老总。陶怡，我的小陶怡，房地产公司的老总，这意味着什么？啊，这将意味着什么？你知道不？"

"那你也用不着一下乱花那么些钱呀！"陶怡一边说，一边粗粗地扫了那些东西一眼，心里快速地估算了一下，买这些东西大概要花多少钱。

"乱花这些钱？走。"张弓大声叫道，说着又要上前来拉陶怡的手。

"干啥？"陶怡忙躲开。

"我让你瞧瞧，一个房地产公司副老总是可以怎么花钱的！"说完拉着陶怡就要往外走。

"哎哎，你别急呀，让我把煤气灶上的火关了呀！"陶怡叫道。

半个小时后，张弓开车把陶怡拉到了一个新落成的花园式小区里。车停在了一幢连排别墅门前。张弓用钥匙打开别墅的门，打开古朴的壁灯和树枝状的水晶吊顶灯。

陶怡呆住了。眼前厚重的柚木地板所映射出来的那种典雅，陪衬着新家具华丽的光泽，她觉得自己被眼前的这一切都融化了。她不知道说什么才好，只是感到自己的心在一阵阵狂跳。张弓引领着她，慢慢地从一间房走向另一间房。一切都是按精装修的标准来做的，也就是开发商经常喜欢夸口的那样："你买了这房，到时候，你只要带一条洗脸毛巾和一把牙刷来，就可以入住了。"厨房是欧美那种开放式的，硬木长方形大餐桌上陈设着一个六个头的烛台。六根雪白的蜡烛都已经点着了，在那里幽幽地散发着淡定的烛光。然后，张弓又把陶怡带到附近一个高档的西餐馆里。一个年轻的女钢琴手在弹奏着舒缓的《Return to Love》。

餐馆里灯光幽微。

张弓一只手里拿着那套新房的钥匙（那钥匙的样式也是陶怡从来没见过的，它几乎有半根筷子那么长，一个"巨大"的齿形方头和一个同样"巨大"的圆洞状把柄，加上又粗又重又黑的本身，让人能想起十六世纪前英国古老城堡和私家监狱里才会使用的那种钥匙），另一只手举起那杯像血一样红的葡萄酒，深情地对陶怡说道："来，为我们的未来。"

陶怡的心又狂跳了一阵，但她还是犹豫了一下，一边举起酒杯，一边却说："为了你的未来。"

张弓强调道："为我们的未来。"

陶怡固执地更正道："不，为你的未来。"

张弓放下了酒杯，有点不高兴了："还在为那个兵哥哥跟我较劲儿？一个贫穷美丽但却饥饿的少女，一个纯朴善良强壮的年轻军人，一次三等小站上的邂逅，一个在风中飘荡的干粮袋……这个故事的确很美丽，也很浪漫。但是，人不能只为了一种虚幻的美丽而活着。人一生也就能活六七十年、七八十年。最辉煌的、最精彩的部分也就一二十年，甚至只有六七年、七八年而已。你知道现在世界上最流行的一种哲学是什么哲学吗？存在主义。存在主义的基本要领是什么？选择。人为什么是人？人，怎么才成为一个真正的人？就是因为他懂得选择，他可以选择，他知道维护自我选择的神圣不可侵犯性。你看看周围，拿着价值数万数十万，甚至上百万元一张的年卡，出入最高档的私密会所，从穿名牌、吃名馆、玩小秘到穿最土的土布衣服、土布鞋，吃最新鲜的环保杂粮野菜，把自己怎么活得好当作唯一人生追求的人，还在少数吗？他们还会在意雨花台的悲壮、渣滓洞的辛酸和那首在刑场上的婚礼中所唱过的《国际歌》吗？也许历史最终将证明，人类只是这样为自己的舒服而活着是错误的，但我们现在要不跟上这个趟，去获取别人已经得到的那一切，那么，我们就会像那首摇滚歌曲里唱的一样'一无所有'。中国人曾经一无所有，我的老子革命了一辈子，最后还是靠市委书记开恩才在家里安上了一部电话。难道我们还将继续一无所有、一无所能吗？"

陶怡呆住了。

"干了！"张弓拿自己手中那个酒杯用力地碰了一下陶怡手中的杯子。陶怡终于举起了杯子，并一口喝干了杯中那像血一样红的酒液……

"我们在自己的房子里。你要放松。再放松一点……"

从西餐馆出来，回到陶怡住的那套小单元房里，张弓用录音机播放了一曲优美的钢琴曲《Return to Love》。屋里的灯全关了，只有桌子上那个大蛋糕上点着的蜡烛，散发出那恬静和幽暗的光。张弓拉起陶怡的手，走到小小的客厅中央。陶怡开始有点不愿意，但在张弓的坚持下，还是跟他走了过去。张弓搂着陶怡，随着那钢琴曲的节奏在慢慢地旋转着，跳着慢四。陶怡的动作有点僵硬，脸上显露出很不自然的微笑。张弓继续轻轻地在她耳边说道：“放松……放松……对……就这样……你知道吗，学表演首先要学会放松……对……学做人也是一样……要放松……还要学会迎合……在迎合中去做出最符合自己愿望的选择……对……对……你很有舞蹈天分……”他显然已经有点喝多了，一只手里仍然举着那套新房的钥匙，把脸紧贴住陶怡的耳根儿，喃喃道，“……快去学车……拿驾驶证……三个月后我一定给你买辆新车……女式的跑车……跑车，明白吗？我给你请最好的舞蹈老师……最好的教练……你给我学跳舞……学钢琴……学礼仪……你会成为公司最出色的公关部副经理……我会向金老板推荐，你很快会成为公关部的副经理……成为张弓夫人……”然后他把那串钥匙挂在了陶怡的耳朵上，腾出双手，捧起陶怡的脸，重重地向陶怡吻去……

陶怡拼命挣扎了一下。

张弓愣住了：“怎么了，我的小陶怡？”

陶怡忙喘着说道：“对不起，我有点头晕……我去开一点窗。”说着便向窗前跑去了。但张弓却从身后，把她一把抱住了……

一个小时后，舒缓的音乐声还在继续。从窗外透进来的路灯光落到昏暗的墙上，显出一幅光怪陆离的图像。

一些男女外衣散乱地扔在床前那把椅子的椅背上，男鞋、女鞋、男袜和女袜，还有一些内衣散乱地扔在地板上……而那张并不算特别宽大的床上，陶怡背对着张弓，在那里默默地流着泪。张弓则显得有一点惶恐，又有一点愧疚和不知所措。过了一会儿，近乎半裸的陶怡突然裹着被单下床去，从地上捡起自己的衣物，向外走去。张弓忙起身，想叫住陶怡，但却没叫出声，只是怔怔地看着陶怡匆匆离去。

不一会儿，穿好衣服的陶怡坐在客厅兼餐厅里，无声地抽泣着。她已经把自己的一些日常生活用品和用具都收拾进一个蓝白相间的旅行包里。不一会儿，张弓也穿好了衣服，走了过来。“对不起……”张弓有些惶惶然。陶怡把单元门的钥匙往桌上一扔，拿起那个蓝白相间的旅行包，向门外冲去。张弓呆愣了一会儿，醒悟过来，跟着也追下楼去。陶怡已经上了一辆出租车走远了。

第二天，都快九点了，张弓到公关部一看，陶怡的位置还空着。

张弓做出一副漫不经心的样问：“陶怡去哪儿了？”

一个女职员答道："她还没来哩。"

张弓说了声："一会儿她来了，让她上我那儿去一下。"就进了自己的办公室。但到十点左右，陶怡还没有来，张弓有些不安了。他刚想上外间去看看，陶怡却走进来了。

张弓忙去把门关上，压低了声音问："昨晚你上哪儿去了？"

陶怡把一份辞职报告往张弓面前一放。

张弓问："什么东西？"

"辞职报告。"

张弓揉掉那份报告，往身后的字纸篓里一扔："别胡闹！"

陶怡又掏出一份报告，往张弓面前一放。

张弓拿起那报告撕了。

陶怡又拿出了第三份。显然她是有备而来的。

张弓呆住了，过了一小会儿说："如果你……只是因昨晚的那档子事，我向你道歉……"

陶怡听到"道歉"二字，一下叫了起来，眼睛里一下充满了泪花。她直直地看着张弓，逼问道："道歉？！"

张弓忙提醒道："轻点！"

两个人都不作声了。但陶怡的这一声叫喊，还是传到了外头的大办公室里，让所有的职员都暗自吃了一惊。

这时，张弓桌上的电话突然响了起来。张弓拿起电话，应答了一下后，忙对陶怡说："金老板叫我。我们之间的事，一会儿再说吧。"一边说，一边把陶怡那个第三份辞职报告再次撕掉后扔进了身后的纸篓里，便大步向经理室门外走去了。

张弓走进金德昌所在的总裁办公室，金德昌递给他一份打印的材料："你看看这份材料。"

张弓拿过那份书面材料，不觉心里暗自一惊。材料封面上印着"下一个五年深圳城市发展规划征求意见稿"和"绝密件"等字样。这样的内部未定稿，应属最机密的"经济情报"，轻易外传，闹不好是会在某一个社会层面上引起不稳心态，甚者还会引发社会动荡，是很不容易搞到手的。他忙问金德昌："您是怎么拿到的？是真的吗？"

金德昌冷冷一笑："笑话，我搞的怎么会是假的？至于我怎么拿到手，你就别问了。这些情报本来应该你们这些职能部门去搞来给我们这些集团高层决策时做依据的。现在好了，反过来了，我这个总裁去搞情报，为你们这些职能部门服务。”

张弓惶惶地说：“总裁能做到的事，当然不是我们这些人都能做到的。”

金德昌说道：“少拍马屁！市场和战场一样，搞不到情报，拿不到最有升值空间的地块，你做房地产就永远会落后人家一步。而做市场，落后一步，就会被动，输掉全盘棋，更谈不上做到最大、最强。”

张弓忙应道：“是的是的。”

金德昌说：“拿回去好好研究研究，要认真加强你的公关业务。集团决定，把原先的公关部划一半到你那个房地产公司去，切实加强你房地产公司的公关业务，要把你那个公关部实实在在做成一个情报部。要用各种手段，拿到政府方面和其他公司的最新经济信息，及时掌握他们的各种动态。”

张弓忙说：“知道了。”

金德昌说：“张弓，你自己心里一定要有数，论做市场，你在集团不仅算不上一流，恐怕连二流三流都算不上；论对公司的贡献，也谈不上是最大的，更别说其他方面的条件，比如资历，比如别的什么，但是对你的提拔，应该说是最快的了。知道为什么吗？！”

张弓不无愧疚地说道：“这一切都仰仗金总的栽培……我心里明白……”

金德昌屈起一个手指，敲着桌面问道：“你明白什么？我是谁？清楚吗？明白吗？我是个商人。我为什么要那么栽培你？”

张弓一愣。

金德昌说：“你有一个强项，就是和内地方方面面，特别是和政府方面的人脉关系，是我从外头带过来的那些助手所没有的。如果你不发挥你这方面的作用，那么，张弓，我可以明明白白地告诉你，你在我眼里就一分不值。市场经济的关键词是‘交易’。交易的关键词是‘利益’。如果你付出的和我付给你的不等值，不仅不等值，还让我觉得是亏了。那……”

张弓惶惶地说：“我知道。我知道。”

金德昌说：“根据这份绝密的未定稿显示，深圳马上要进行重大的经济结构调整。在这个调整中，将加强高科技工业的建设和引进。在深圳的西南郊将很快建起一个高科技园区，并且建成两条高等级公路。因此，那儿的地价很快会飙升。特别是货运编集站后头那块荒地，会很快成为最抢手的地块之一。但据我得到的情报，现在还没有什么地产商看上这块地。你要尽快地去拿下它。”

张弓立即答道：“好的。”

金德昌说：“还有个情况，这块荒地原先属于当地一个大队所有，但现在好像落在了一个叫冯宁的年轻人手里。现在还不清楚这个叫冯宁的年轻人为什么要拿这块荒地，他到底有多大的实力。据说他是个退伍兵，没有任何地产方面的经历和经验。”

张弓一愣：“冯宁？不会吧？”

金德昌问：“怎么，你知道这个冯宁？”

张弓忙问：“这个冯宁也是个退伍兵？”

金德昌说道：“我听说是的，你认识一个退伍的冯宁？”

张弓忙说：“不不不，我不知道……不知道……”

第八十八章

一直到大年三十的那天，从小平同志身边还没有传过来要给深圳题字的消息。张主任真有点着急了。那天，他房间里的电话铃突然响了起来。电话是中央警卫局孙副局长打来的：“老张吗？我是老孙啊。起床了吗？”

张主任忙应道：“起了起了，早起了。”

孙副局长说道：“那我马上过来。”

张主任一听，心一紧：“有新消息？”

孙副局长说：“也可以这么说吧。”

张主任忙说：“那还是我过去。”

孙副局长说：“你就别动窝了，我马上就到。”

不一会儿，做事精明又干练的孙副局长已经到了老张的房间里。出乎老张意料的是，他是来劝他回深圳过年的：“老张啊，你还是回去吧，今天已经是大年三十了，看来是不行了。”

张主任心里一凉：“怎么了？”

孙副局长说：“昨天晚上在白天鹅宾馆吃饭，几个老人家，包括王震老、尚昆老都跟老人家说了题词这件事。老人家一直不表态。看样子，老人家还是坚持原来的想法，要等回北京以后再表态。那就没办法了，你回去交差吧。”

张主任长长叹一口气说：“我这样回去，怎么交得了差？”

孙副局长说：“该做的咱们都做了。尚昆老、王老都做了工作，还能咋样？”

张主任又叹道：“看来不走是不行了……”

孙副局长说：“老人家虽然没答应马上就给你们题字，但也没说不题，这个门还是开着的。所以，还是踏踏实实回去，先把这个年过了再说。”

张主任激动地说：“孙副局长，您说我这样回去，这个年，怎么过？我个人没完成任务，过不好这个年，也就算了，我想深圳市今年也会有好多人都过不好这个年，甚至全国都会有一些人因为老人家没在深圳表一个态，而心里七上八下，过不好这个年……”

孙副局长说：“别说得那么悲壮嘛。”

“你说我夸大其词了没有？”张主任问。

孙副局长不作声了。看样子，他心里也是挺为深圳着急的。过了一会儿，他问道：“老人家认识你吗？”

张主任迟疑了一下，说道：“五十年代我见过他……这么些年了，印象肯定不会深了。”

孙副局长又问：“他身边的人呢？比如他家里的孩子们。”

张主任说：“肯定都见过，但他们都是大忙人，很难说对我还会有什么特别深刻的印象。”

孙副局长犹豫了一下说：“现在只剩下一个办法，也是唯一的最后的办法，就是你直接去找老人家。”

张主任一愣：“我直接去找老人家？我的天……可是，老人家住的一号楼我连门都进不去啊！”

孙副局长说：“那好办，我带你进去，但是有一条，我得先说明了，我只带你进去，别的，我什么也不管，也不能管。这是有纪律的。你也是搞保卫工作的，应该都知道。”

张主任犹豫了一下，鼓足勇气答道：“行……只要您能把我带进一号楼，别的，您就别管了。”

当天上午，由孙副局长带着，一号楼的警卫果然对张主任放行了。等老张走进一号楼，孙副局长向张主任示意了一下，转身就离开了一号楼，把老张一个人“撂”在了一号楼里。

张主任在空空荡荡的走廊里呆站了一会儿。他试着向走廊的那头走了两步。走廊里极其安静。走廊两旁的一些房间都开着门，但那些房间里显然都没有人，因为房门里一点声音都没有。这异样的安静，反倒使张主任不敢动作了。不一会儿，有脚步声传来。张主任有点紧张起来，第一瞬间，他甚至本能地找了个地方回避了一下。躲到那个角落里以后，他还是没动，只是呆呆地向传来脚步声的方向看了一眼。

走过来的是一个三四十岁模样的女士。

眼熟。

是邓家的一个人。

张主任忙向她走了过去："您好。"

邓家的那个人显然一眼就认出了张主任："不是叫你回去等的吗？怎么还没回去？今天都是大年三十了，家里的人不等你回去过年？"

张主任忙低声解释道："您说……您说我怎么回去？老人家对蛇口、珠海都说了话，表了态，就剩下深圳没说。您说，我要是就这样回去了，深圳上上下下，这个年怎么过？"

邓家的那个人想了想说："这倒也是。这样吧，咱们做好准备，文房四宝，宣纸，什么都准备好，桌子也铺好。老人家去散步了，等他回来我跟他说。你就在走廊里等着，他要答应写了，你再慢慢进去。哎，要让老人家写什么，你们准备了吗？"

张主任忙说："我们拟了几句话，您看看合适不合适？"

邓家的那个人看了看张主任递给她的那张小纸条，什么话也没说，把纸条又还给了张主任："这个，一会儿老人家要是愿意写了，让他自己来决定写什么吧。"

事情到这一步，都还顺利，老张一直紧张不安的心稍稍得以安稳了一些。但不一会儿，看到邓小平缓步从外走了进来，他又紧张了。稍镇静下自己，按刚才约定的，立即退到一个不显眼儿的角落里，站定了。邓家的那个人忙迎上前，挽住邓小平的胳臂，问候道："爸，您回来了？累不？"

邓小平微笑着摇了摇头。

邓家的那个人说道："深圳想请您题个词，写几个字。"

邓小平很敏捷地答道："不是说好了，回去再写的吗？"

邓家的那个人说道："您不题，人家怎么敢回去？没法交差啊，深圳上上下下连这个年都没法过了。”

邓小平笑了，往沙发上一坐：“没那么严重吧？那写什么东西啊？”他虽然这么问着，但很显然，对于深圳目前形势，对于深圳一贯以来坚持的大方向，他已经做了周密的考量，有了成熟的结论，也有了表态的准备，只是原先决定要回北京再说话的，才没有立即表态。邓家的那个人听到老人家已经松口，忙向站在不远处的张主任示意了一下。张主任立即走过去，把小纸条递了过去。

邓家的那个人看了一眼纸条上写的几句话，顺手把纸条递给了老人家：“您要是觉得可以，就像在珠海写的那样，写‘深圳经济特区好’，行吗？”

邓小平看了女儿一眼，不置可否地淡然一笑，根本没看那张纸条，就把那张纸条搭在一旁，吸了口烟，默默地想了想，然后搁下烟卷，起身缓步走到桌子旁。

这时，一些随行人员看到老人家要为深圳题字了，便都纷纷围了过去，有的赶紧为他磨起墨。邓小平拿起毛笔，从容不迫地在砚台上蘸了蘸，直起身，比照着这一段时间来，在心里早已酝酿好的题字内容，打量了一下纸的大小，俯下身子开始运笔。

最初出现在纸上的几个字是：“深圳的发展和经验证明……”

张主任一见，老人家写的并不是他们预料中的“深圳特区好”一类的语句，心里着实还有点忐忑，甚至连老人家的女儿脸上也显出一种十分意外的神情。但在场的人没有一个人敢出声的，空气好像是凝固了似的。等待老人家往下写的那几分钟里，张主任的额角上略略地渗出了一些汗珠。紧接着在宣纸上出现的题字的后半部分是：“……我们建立经济特区的政策是正确的。”

写下自己的名字后，老人家抬起头问：“今天几号？”

他的女儿告诉他：“今天是二月一日。”

老人家沉吟了一下，俯下身去却在题字最后的落款处，写上了“一月二十六日”。一月二十六日那天他还在深圳。老人家之所以要落这个日期，而不落题字当天的日期，大概是为了在历史上留下这样一个印迹：这个题字是他在深圳时写下的，是他对深圳的真切看法。或者是想说明这一点：题字虽然是离开深圳后写的，但题字的内容和对深圳的评价是他在深圳期间就已经思考成熟了的。

第八十九章

得到小平同志的题字后，老张那种欣喜若狂的心情自不待细说，他提着墨迹未干的题字，迅速走进一个小房间里，把门锁上，拿过一个小电风扇，对着写上题字的宣纸吹了起来，并吩咐司机："你赶紧回房间去收拾咱们的东西，并且把车发动着，一会儿，我们就往回赶。"

这时，小房间里的电话铃响了。

司机一愣。这个小房间是一号楼里平时没人使用的房间。他们前脚刚进，后脚怎么就会有人把电话打到这儿来了呢？

张主任却说："你别管，快去发动车。"

司机还惴惴着："你不接电话？"

张主任啐道："别多管闲事，快去发动车。"

司机急忙跑出一号楼，向他们住的六号楼跑去。留在那小房间里的张主任则继续用电风扇在吹着那幅题字。他必须得赶快带走这幅题字。过去他听说过，有的首长题字，评价一个人或一个地方的工作，题的时候兴致勃勃，遣词用语相当地褒扬，但题完后，或者是由秘书提醒，或者是听说了什么风言风语，后悔了，也有收回当初的题字的。他当然不能让这样的事情发生——这位张主任自然也没有想到，那种事有可能发生在别的当首长的人身上，但绝对不可能发生在邓小平身上。邓小平素来以思考缜密深邃著称。现在要他来题字评价全国改革开放的示范基地——深圳，他怎么可能草率从事，出尔反尔？但不管怎么样，把题字先拿回深圳，总是上上大计。

这时，那个电话却继续在响着。小小的房间里，除了这烦人的电话铃，还有那个老式的电风扇在呜呜地响着。老张小心翼翼地拿着那幅题字，只是警惕地看看电话，仍然不敢去接。而他的司机此时已经拿着收拾好的东西，跑出六号楼的房间，去发动车了。

题字终于吹干了。张主任关掉了电风扇，小房间里一下静了许多，只有那电话铃声依然还在顽强地刺耳地响着。老张卷起题字，用一张旧报纸把它细心地包好，便向门口走去。这时，他的司机把所有的东西往汽车里一扔，发动着车，已经向一号楼驰来了，而老张也已经走出一号楼的这个小房间的房门了。只听得那电话还在顽强地响着。张主任无奈了，多年的习惯和纪律的约束使他不能就这么一甩手走了。常识告诉他，这个珠岛宾馆，尤其是这个一号楼，从来都是接待省部以上最重要的首长的。特别是接待中央首长的时候，这个楼里的每一个安排，每一个动静都不会是偶然的，随意的。能够打电话到这个小房间里来的人，也一定是内部的人。他既然往这儿打电话，一定是发生了什么事。要知道，在接待中央首长的过程中，发生的任何事情都是大事，是没有小事可说的。如果因为他不接电话，而耽误了什么大事，这个责任他张某人是负担不起的。想到这里，他还是走回房间来拿起了电话。果不其然，电话是广东省委的吴书记打来的。吴书记已经听说了小平同志给深圳题字的事了，让张主任立即带着题字，赶到他家里去。

司机也有点愣怔了：“吴书记的消息怎么那么快？”

张主任忐忑地说：“不知道他的消息怎么那么快。”

司机担心地说：“省里不会扣下这个题字吧？”

张主任没有多大把握地说：“应该不会吧……”

吴书记反复看了两遍题字，兴奋又感慨地说道：“老人家的评价很高啊！‘深圳的发展和经验证明，我们建立经济特区的政策是正确的。’回去告诉你们宋书记，小平同志的题字什么时候发表，怎么发表，还是要等一等中央的决定。这件事非同小可！”

这时，两个记者带着一些照相器材走了进来。

吴书记向老张介绍这两个记者道：“这是《南方日报》的记者。我让他们来的。”

一阵闪光过后，两个记者把邓小平的题字反反复复地拍了十几张照片。拍完照，张主任赶紧收起题字，刚要走，吴书记家的电话响了。吴书记的秘书接了电话，对吴书记说：“中央警卫局的孙副局长请深圳市委接待办的张主任接个电话。”

张主任犹豫了一下，拿过电话后，显得十分勉强，有好大一会儿没说话，过后，却把送话器严严地捂了起来，低声向吴书记请示道：“能不能告诉孙副局长，我已经走了？”

吴书记笑了笑反问道："干吗？"

张主任忧虑地说道："您说有没有这个可能，老人家事后一想，要收回这题字，所以让孙局长打电话来找我？"

吴书记笑道："胡说什么呢？小平同志这个题字绝对不是因为有人催促了，更不是因为你来了，才写的，而是他深思熟虑的结果。统观全局，他才决定南下视察特区，一路上视察深圳，视察蛇口，又视察珠海，应该说看了一路，思考了一路，最后才得出这样的结论。而且，他根本就没按你们事先给他拟好的那些话写嘛……是不是？这么一个大政治家、领袖人物，当然知道自己给深圳题字是一件什么分量的事情，会怎么影响整个中国的明天，怎么可能如此轻率，题了又收回？！这也不是他老人家办事的风格。你们太不了解老人家了！"

张主任赶紧说："是的。我们给他拟了好几句话，他都没按那写。"

吴书记说："而且最后的日期，你们注意到没有？他没有写今天，写的是离开深圳的那天。他要向世人表明，在历史上留下这样的记录，是深思熟虑的，是成竹在胸的！这二十五个字，是他老人家对中国社会主义道路思考几十年，也是对今天的深圳进行全面考察后得出来的结论。怎么可能说变就变呢？再者，退一万步说，即便发生了老人家要收回这个题字的事情，老人家一定有他必须这么做的原因，那你也不能躲。躲了，在组织上和政治上，就是个重大错误！而且还是不可原谅的错误。快接电话。"

张主任无奈地拿起电话："孙局长，你好……"

孙副局长不是来"收回题字"的，而是来为老张"庆功"的："老张啊，你怎么拿着题字就跑了呢？中午你可不能走，在我这儿吃饭，要替你庆功哩！"

张主任忙说："我有什么功？我来不来，小平同志都会这么夸我们深圳的。饭我就不吃了，您的好意我全领了，我现在得赶紧把这题字送回去。家里人全在等着哩！"

孙副局长笑道："你小子是怕夜长梦多吧？"

张主任也笑道："孙副局长不愧是一直在首长身边工作的人，啥也瞒不住您呐！"

孙副局长笑道："老人家替深圳题字，又说得那么好，我们大家都高兴。这不光是你们深圳的大喜事，也是我们全党全国的大喜事。你小子立了一功。这杯庆功酒你得喝。"

张主任为难地说：“局座……”

孙副局长说：“听我安排。你马上回宾馆来。你要不回来喝我这杯酒，以后，别再找我办事了。”

张主任只得把车又缓缓开回到六号楼门前，然后他按孙副局长的安排，把房门钥匙递给服务员，让服务员拿着他房门上的钥匙去总台把房退了，对外声张：“深圳来的同志已经带着题字回深圳去了。”这样，不管是谁，也找不到张主任手上这幅题字了。

就这样，到当天的傍晚，张主任带着题字，赶回了深圳。听说老张带回了小平同志的题字，市委市政府所有的领导都在最短的时间里赶到了迎宾馆六号楼的会议室里。

当小平同志的题字展开在深圳市全体领导面前时，所有人都被这个题字震住了。会议室里几乎没有一点声音。晶莹的泪花在宋梓南的眼眶里闪烁着。他扶住椅背的那只手在微微地战栗着。

宋梓南尽量控制住自己激动的心情，急迫地问:“通知特区报的记者了吗？”

周副市长说：“已经通知了，他们马上就到。”

宋梓南回过身来用力握住张主任的手说道：“小张，你辛苦了。这一回你给深圳立了一大功。我看应该为你请功啊！”

在场的领导都不约而同地鼓起掌来。

周副市长感慨地说：“小平同志这个题字，不光肯定了我们深圳的工作，也肯定了中国这些年前进的方向和探求的一条发展道路。”

张主任忽然想起省委吴书记的嘱咐，便忙对宋梓南说：“离开广州时，吴书记叮嘱，何时发表这题字，要等老人家回北京后再说。”

宋梓南却斩钉截铁地说道：“不，让特区报马上发表，明天就见报！”

第二天，《深圳特区报》就在头版头条的位置发表了邓小平为深圳特区题字的消息，并刊登了题字的照片。紧接着，全国各大报纸、各大媒体都在最醒目的位置上发表了这个消息，刊登了题字的照片。中央电视台和香港各电视台的滚动新闻节目都在第一时间里播出了这条消息。而在深圳，在类似华强北商业街那样的繁华地段，各电器商店的大型橱窗里的所有电视机里都在播出着这条消息。橱窗前聚集了许多深圳市民在观看。邓小平的这一把火，不仅把深圳改革开放的温度提升到了空前炽烈的程度，也把整个中国改革开放的温度提升到了历史空前炽烈的程度上去了。

那天，冯宁的公司乔迁新居，他正带着几个员工在往一个新的写字楼里搬办公用具。冯宁下楼来接刚运到的家具，看到隔壁一家商店的橱窗里有电视机在播这条消息，便走了过去。其他几个员工也走了过去。看了一眼那橱窗里的电视新闻，冯宁的心跳加快，立即向楼里跑去。冯宁冲进办公室。那时，办公室还没布置好，还是空空荡荡的。有两个工人正在安装电话。

他立即打开电视机，电视机的画面上显现的就是这条新闻。不一会儿，两个工人抬着一个老板桌呼哧呼哧来到他的办公室门口，问："这张老板桌搁哪儿，先生？"他因为太投入了，只顾着看电视上的新闻，完全没有听到工人的发问。那两个工人便走进来，又问道："先生，这桌子要搁哪儿？"却没料到，冯宁回过头来，涨红了脸，大喊一声道："你们吵什么吵，都别出声了。听新闻！"

这时，陶怡在她居住的那套小单元房的厨房里正做着饭。外间的电视机里正在播放一部香港言情电视剧。张弓冲进房间来，呼哧带喘地说了句："你怎么还看这个？"马上拿起遥控器，把频道换到新闻栏目上。而何振鸿和金德昌也在一家新开张的五星级宾馆的董事长办公室里看着这条电视新闻。为人低调而内向，喜怒轻易不溢于言表的何振鸿这时也按捺不住地说道："这可是一条利好的重头消息啊！太重要了……太重要了……"

在冯宁新租的写字楼里，在冯宁不断催促下，电话局的工人用最快的速度安装好了电话。冯宁立即拿起电话，问那两个工人："现在能拨国内、国际长途了吗？"

电话局的工人说："已经设置了这个功能，但正式开通还得三天后。"

冯宁说："包括国际长途的功能也得三天后开通？"

电话局的工人："是的。市内的，马上就能用了。但国际、国内长途的功能，得三天后开通。"

冯宁立即拨了个电话给尤妮："尤妮吗？我冯宁。这是我公司新写字楼的电话。你稍稍等一下……"然后回头吩咐公司的一个女文秘，"你马上上街把所有的报纸都各买五份回来。"

女文秘不解地问："各要五份？"

冯宁斩钉截铁地说："对。各买五份。所有的报纸，中央的、省里的和市里的各种报纸，只要能买到的、今天出版的报纸，各要五份。”然后又对尤妮说：“你看今天的滚动新闻了吗？邓小平表态了，完全肯定了深圳特区。你马上替我打个电话给田叔……我这儿的电话得三天后才能打长途。你马上告诉他，不用那笔保证金了。我们立即跟那边签正式合同，马上把那块荒地拿下来。我现在就到那个大队去。你也马上赶过来。尤妮，放弃你那个职业中介所吧，到我这儿来，我们一起来经营这个公司吧。”

尤妮愣了一下：“马上就签正式合同？冯宁，你冷静一点……万一……”

冯宁立即打断她的话：“不能再冷静了，百年不遇，百年不遇的机会来了。”

尤妮尽量让自己放平静一点，她知道如果这时跟冯宁吵，他一定会显现得更猛烈的，那样就更说不清事情了：“冯宁，你把鸡蛋都放在一个篮子里，是犯了投资经商的大忌……万一……”

冯宁说：“百分之九十九的时候是应该把鸡蛋分别装在三个篮子里的。但是在遇到百分之一、千分之一、万分之一的大好机遇时，就得拼全力地冲上去，拿出所有的本钱去搏啊！现在我们手上的这副牌是草头同花顺，而且是大顺子，A、K、Q、J、10。尤妮，百年不遇、千年不遇、万年不遇啊！”

冯宁放下电话，大步跑出写字楼，冲进一辆二手的桑塔纳车里。车刚起步，那个被支去买报纸的女文秘抱着一大抱报纸回来了。

女文秘忙问：“冯老板，这些报纸怎么办？”

冯宁说：“搁我办公桌上。先替我分一下类，把刊发邓爷爷题字的版面全给我单独放。等我回来处理！”说着，车便箭一般地冲出去了。

这时，在那家新开张的五星级宾馆董事长办公室里，金德昌也极其兴奋地对何振鸿说道：“我已经督促新成立的那个房地产公司赶快运作起来。让张弓去把货运编集站背后的那块荒地拿到手。”

何振鸿问：“交付给这个张弓办，有把握吗？”

金德昌说：“应该可以吧。如果他不行，我还有一层关系……”

何振鸿问：“你还有一层关系？哪层关系？”

金德昌故作神秘状：“何叔，这你就别多问了。‘狡兔三窟’，那是我手里的一张秘密王牌哟！”

何振鸿说：“在大陆做生意，上层关系不能不用，但各种分寸也得把着一点。”

金德昌拍拍这位五叔的肩膀笑道：“放心啦，我的何叔，这边房地产生意上的事，你就统统交给我好啦。”说着，拿起电话，按了一个按钮。

一个秘书立即走了进来。

金德昌吩咐道：“你让张弓马上来见我。马上！”

第九十章

那天，很多人打电话到宋梓南办公室找他，都没找到，找秘书小马，小马也说不知道他去了哪儿。到中午时分，周副市长有事也没找到宋梓南，有点急了，把电话打到秘书室，找到小马，小马这才告诉周副市长：“宋书记他躲起来了……”

周副市长觉得不可理喻：“躲起来了？怎么回事？”

小马说：“他说他想清静一下。”

周副市长立即找到宋梓南“躲藏”的那个山间别墅，问：“想清静一下？为什么？”

宋梓南说：“这两天，我觉得心脏有点难受。”

周副市长问：“怎么会呢？所有人都说，小平同志题字以后，是你宋梓南最春风得意的时候。你怎么会难受起来了？你难受什么？”

宋梓南闷闷地看了一眼周副市长，问：“你也这么想吗？”

周副市长沉静下来说：“你说的心脏难受，是指生理上、病理上的，还是心理上、精神上的？”

宋梓南说：“先回答我的问题，你也觉得老人家给我们题字以后，我宋梓南因此就春风得意了？”

周副市长说：“总不能说，老人家给我们题字，你不高兴？我看小张从广州带回题字来的那天，你激动得都流泪了，晚上为小张庆功，喝了好几杯茅台，劝都劝不住。”

宋梓南说：“我当然高兴……”

周副市长笑道：“那你还‘心脏难受’？”

宋梓南说：“你仔细品品小平同志的题字，他说，深圳的发展和经验证明，我们建立经济特区的政策是正确的。重点是在强调中央改革开放路线和政策的正确性。”

周副市长说：“那当然啦。他作为一个掌舵的人，考虑的当然是全局的大方向问题。他首先要肯定中央的路线和方针，这样才能号召和带动全国都来进行改革开放，走一条具有中国特色的社会主义道路！你还能要他怎么写？他总不能像毛主席给雷锋题字那样，题一个‘向深圳特区学习’吧？”

宋梓南说：“所以，在这种时候，我们这些在深圳工作的同志，就得更加冷静地想一想，我们的工作中还存在一些什么重大的缺陷和问题……”

周副市长笑了：“哦，你躲到这儿是反省来了？前一阶段，乌云压城、八面来风时，你处处跟人拍桌子吵架，连国务院一些重要部委领导提的意见，你都不买账，照顶不误。现在，小平同志肯定我们的工作和大方向了，你倒又羞答答起来了。”

宋梓南轻轻叹一口气说：“当时我也没‘处处跟人拍桌子吵架’，你也不要夸大其词了。”说到这里，他稍停顿了一会儿，又接着说道：“当时，你们看我好像很不冷静，其实那会儿，我心里明白得很。你想啊，我怎么会不知道我们的工作还存在不少问题？我怎么会听不出来那些人发出的种种‘攻击’中，的的确确还包含着不少合理的成分？我也非常清楚，我们的工作，和中央的要求，和小平同志的要求，还存在很大的差距。但当时，我感觉到，有一部分人之所以要掀起那么一阵黑风狂浪，目的不是帮助深圳改进工作。他们要说的核心话语，恰恰是和小平同志要说的正相反，他们无非是想说这么一句话：深圳的现状和教训证明，中央建立特区的政策是错误的，中国的改革开放是错误的。中国不应该走这样一条具有中国特色的社会主义道路。如果这样，中国还有希望吗？深圳还有前途吗？我们这些人还有什么干头？”说到这里，他一下站了起来，再一次激动起来。

周副市长不作声了。

宋梓南大步走到周副市长面前：“我知道我的顶撞、反驳、声嘶力竭的喊叫，在政治上会被不少人看作不成熟，甚至会被人当作一种忌讳来对待，但当时，我觉得必须要有人站出来做这件事。我是深圳的一把手，我不做，谁做？！我必须站出来捍卫深圳所坚持的大方向。”

周副市长显然被宋梓南的这一番话打动了。

宋梓南继续说道：“但是，你也应该清楚，经验告诉我们，我一定会为自己那样的不冷静和顶撞，付出必须付出的代价的。”

周副市长忙劝慰道："这个你过虑了。"

宋梓南苦笑笑："你怎么也学会不说真话了？"

周副市长略为有一点尴尬地笑了笑。

宋梓南的神情突然变得沉重起来，沉吟了一会儿说道："还有我的身体……"

周副市长忙说："最近你老说你身体怎么怎么了。你身体到底怎么了？去北京彻底做一次检查吧。"

宋梓南轻轻地摇了摇头："所以，我在想，如果我不可能在深圳这个位置上久待下去，如果有一天，我必须得突然离开深圳……"

周副市长微笑道："老宋啊老宋，小平同志这么高度评价我们深圳，你作为我们这个班子的班长、带头人、一把手，却躲在这儿，忧虑自己什么时候会不得不离开深圳？老宋，你是不是也……"

宋梓南做了手势，打断了对方的话："听我说完。请你相信，我说这些话，不带一点个人情绪。虽然，通过这些年在深圳的工作，深圳在我生命历程中烙下的痕迹已经非常非常深了。我的确不想离开深圳……"说到这里，宋梓南眼眶湿润了，甚至略略地有一点哽咽了，"我前一阶段对待批评所持的那种暴烈态度，一定也伤害了那些本想善意地来帮助我们的领导和同志，给他们留下了很不好的印象。我现在真的非常后悔……"

周副市长劝慰道："天性使然。"

宋梓南长长地叹了口气："也许吧……真是白活了这六十多岁……"

周副市长忙说："哎，这话可说重了，说重了……"

宋梓南说："现在我着急的是，在我离开深圳前，我还能为咱们的深圳做点什么，弥补上一点什么……我这些想法当然不能跟别的什么人去说，但我需要你的帮助……"

这时，已快到傍晚时分。小马正准备下班，雕塑家潘教授轻轻地敲了敲宋梓南办公室的门，走了进来，问："对不起，我能请问一下，这是市委宋书记的办公室吗？"

小马热情地说："对对对。潘教授，您好。请进。"

潘教授忙解释道："是宋书记约我来的。他想在市委大院，或市民中心广场上立一个标志性的雕塑，约我来谈一谈有关雕塑的问题。"

小马一边让潘教授坐下，一边说道："知道，知道。宋书记交代过这件事。

可是非常对不起，情况临时有变。他有一点急事，出去了。”

潘教授略有点失望：“他大概什么时候能回来？”

小马说：“现在还说不准。”

潘教授有点焦急起来。

小马忙说：“要不，您先忙您的去？让宋书记跟您再约时间？或者，您就耐心等一等？一会儿他应该会回这儿来的。”

雕塑家正在犹豫着要不要再等一会儿时，宋梓南推门走了进来。

宋梓南大声说道：“我没迟到吧？真对不起啊，潘大教授！”一边说，一边把潘教授带进了里屋去了。

宋梓南稍稍问候了一下教授的生活近况，便说道：“我有这么个想法，前一阶段发动市民选市花，莲花已经入围参评了。我们何不立一个莲花的塑像，寄寓我们深圳人民和特区干部在改革开放中出淤泥而不染的精神追求？”

潘教授想了想说道：“莲花当然好。不过，您这污泥又指谁呢？指深圳河那边？如果有人做这样的联想，不好吧。”

宋梓南笑了：“当然不是指深圳河那边啊。”又想了想，“要不，塑一头雄狮，怎么样？”

潘教授说道：“狮子嘛……您觉得好吗？当年英国殖民者在上海外滩，他们的汇丰银行本部门前立的就是两头雄狮铜像，高高在上，傲视众小，霸气十足，拒人于千里之外，这种形象不管是放在市委市政府门前，还是放在市民广场上，我看都不合适。宋书记，我是不是说得太多了？”

宋梓南若有所思地点点头说道：“你这个意见好。我们的干部不能像狮子一样作威作福啊，特区精神，不能有那种高高在上的殖民者和封建达官贵人的官僚气息，倒是应该放下架子，贴近老百姓，贴近现实生活才好。应该是人民的公仆。要有为人民做牛做马的精神……”说到这儿，他突然叫了起来：“有了！”

然后，宋梓南和潘教授几乎是同时叫了起来：“牛！”宋梓南兴奋地说：“好，牛好，这个形象好。”但潘教授细细一想，又说道：“不过，牛在一般人印象中总是埋头苦干，垦耕不已，缺少一点昂首阔步的豪气。这个，会不会跟我们一贯提倡的特区敢闯敢干的创新精神，有点不符……”

宋梓南说：“改革开放，敢闯敢干的核心还应该是埋头苦干，甘为孺子牛嘛，还应该是把人民的利益置于一切之上。牛，好。你给画个草图看看。”

潘教授说："我带了个设想来，您看看行不行？"

宋梓南说："哦，你有个设想？怎么不早说？快拿出来瞧瞧。"

潘教授从他随身带来的画夹里，取出一幅画稿。画稿上展现的是一个昂首展翅、凌空搏击的大鹏鸟。"我们深圳又名鹏城，这几年它又搏击长空，冲杀在全国改革开放的第一线，大鹏展翅，一飞冲天，又寓意前程远大。在市府广场前立这样一个大鹏鸟的雕塑，我觉得不仅名至实归，也能让人睹物思情，追忆往昔而激励未来。"

宋梓南仔细地看着画稿，只是沉思着，不说话。过了一会儿，他又看了看画稿，然后，问潘教授："你今天带了几份画稿？"

潘教授答道："一份。"

宋梓南问道："这一份能留下来吗？我拿去请更多的同志看看，咱们再认真考虑考虑。"

潘教授忙点头应道："当然可以，当然可以。"

送走潘教授，宋梓南把画稿交给小马："复印一下，送每个常委。同时给城市规划设计院和社科院的有关方面也各送一份。请他们都提提意见。"

第九十一章

这两天一直在市里参加政协会议的高士达集团的董事长何振鸿先生，晚上一回到他的董事长办公室，就急于找金德昌。助理告诉他："金总在他自己的办公室，刚才还打电话来问您回来了没有。他好像有急事要找您。"

何振鸿又问："晚上安排有应酬吗？"

助理说："别的都替您推掉了，只安排了一个活动，会见加拿大的雅芒公司总裁。"

何振鸿说："这个也替我推掉，让李副董事长去出面。"

助理说："可是已经通知雅芒方面的人，今晚您亲自会见他们的总裁。"

何振鸿说："告诉他们我病了，突然发高烧。非常非常抱歉。"

助理说："晚上的洽谈，关系我们明年在加拿大的市场份额。"

何振鸿说："明天我再去拜会他们这位总裁。你现在马上替我把金总请来。"

不一会儿工夫，金德昌手里掂着一个公文皮包，风风火火走进何振鸿办公室：“怎么样，政协会开完了？有新精神吗？”

何振鸿说：“怎么会那么快就结束？还有两三天哩。我是请了假赶回来的。”一边说，一边从皮包里取出一份书面材料。

金德昌问：“什么好玩意儿？”

何振鸿说：“你看看。”

金德昌一看，是一份铅印的内部材料。封面上印着的标题是“关于深圳未来五年经济发展的基本构想（征求意见稿）”。

何振鸿解释说：“政协财经组发的内部文件，未定稿，让我们提意见的，还属于秘密级的文件，用完后要原样上交。你看，每一页都打上页码了。上交时，一页都不能少的。我一看，跟你前一段时间拿给我看的那份打印稿几乎是一模一样的。那一份，你是怎么搞到手的？当时还属于绝密级的啊！”

金德昌神秘兮兮地笑笑：“五叔，诧异了？”一边说，一边从皮包里拿出一本铅印材料，放在何振鸿面前。

何振鸿拿起来一看，竟然也是一本正式铅印的“关于深圳未来五年经济发展的基本构想（征求意见稿）”。从版本上来说，和何振鸿带回来的那本居然完全一模一样。

何振鸿惊诧了：“你哪儿搞到的？我们在会上领这材料时，一人只能领一份。还都签了字的。非财经组的委员暂时都还看不到。”

金德昌得意地说道：“制度在他们这儿从来都是约束执行这个制度的人，而不是针对制定制度的人的。”

何振鸿疑惑地问：“是政协内部的人给你的？”

金德昌微微一笑：“这，您就不用问了。我答应过对方，要对他负责，要守口如瓶。我还以为你在会上拿不到这个材料，所以特别着急地在找你。”

何振鸿说：“从这份材料来看，下一步，深圳要有个大发展是肯定的了。你的房地产公司要赶快在那两条高速公路沿线有所动作了，包括那个未来的高科技园区。”

金德昌说：“我已经派人去探听那块荒地的情况了。”

何振鸿说：“只有那一块地不够，远远不够！”

金德昌说：“我当然还在谋划拿别的地块。”

何振鸿说：“从政协会上传出的消息还说，市里很快要搞土地拍卖了。”

金德昌说："我们当然不去跟别人到拍卖会上去争地块。我不上宋梓南这个当哩。绝不跟着那些二百五一起去哄抬地价！"

何振鸿问："一旦开始拍卖后，你还能有别的途径搞到地块吗？"

金德昌说："我亲爱的五叔，别忘了，这是什么地方？大陆！大陆什么最厉害？不是法规，不是制度，不是廉政公署式的纪委，更不是舆论和狗仔队，而是官，当官的。在这儿，官指挥一切，官大一级压死人。我就不相信，他宋梓南真的能像我们香港那样，会把所有的地都只拿到拍卖会上出手。今后面对比他大的官的亲笔批条，他敢不给地！除非他横下一条心，不再想当这个深圳市委书记了。"

何振鸿说："不要听信境外那些媒体的说法。大陆的干部并非像他们说的那样，全都是那么糟糕。深圳的发展已经证明了这一点。中国这两年的发展也正在证明这一点。要谨慎，要守法……要多做一些对大陆发展有好处的事。"

金德昌敷衍道："行行行，我当然会守法依法行事。我是香港的好公民嘛！现在也要争取做大陆的好公民，深圳的好公民。"

这时，一个助手匆匆忙忙，甚至有一点慌里慌张地跑了进来。

那个助手喘着气说："那块地……那块地……已经被那个叫冯宁的小子拿下了。"

金德昌和何振鸿一惊："什么？！"便同时站了起来。

这时候，也有个消息传到货运站的主任那儿。有人告诉老主任，这一个阶段，那块荒地的地价疯了似的飙升了上去。毛估一下，它已经能值五百万左右了。

主任瞪大了眼睛，惊讶地反问那个来给他传消息的人："多少？你说那块地现在值多少？"

那个工作人员忙说："我也是听说的，说是闹得好，冯宁那小子至少能赚五百万。"

主任瞪大了眼睛，怀疑道："五百万？做梦呢？！那块地闹啥能值五百万？那地里能出金条？钻石？还是能出劳斯莱斯、宾利？"

这个消息显然也扰乱了高士达集团两位老总和新任地产公司副经理张弓的心。消息是公司一个工作人员带给他们的。

金德昌计算了一下说："搞得好，这块地上的产出不是五百万的问题，而是五千万，甚至更多。看样子，得尽快接触一下这个冯宁。"

张弓关心的却是另一档子事，他问那个带来消息的人："那家伙确实叫冯宁？"

那个助手说："那没错。"

张弓又问："一个退伍大兵？"

那个助手应道："是的，退伍军人。"

张弓追问："老家在东阳市，父亲是一个中学的副校长？家里还有一个妹妹？"

那个助手答道："我没问那么详细。但知道他一直在给货运编集站打工，最近才从站里承包了一个劳动服务公司。一开始干得还挺困难的。"

张弓说："那就是他了，没错，货运编集站劳动服务公司的经理，我知道他。他手里怎么可能有这么一块地吗？这事太夸张了嘛。最后一次我见到他，在内地一个电子元器件订货会上，他连会务费都出不起，混进会场，让人发现了，还给逮到派出所去了嘛。这么一个人，基本没有经商经验，更谈不上经商手段，在深圳也没任何人脉可利用。他从哪儿去搞这么块地？别制造神话了。天上就是天天在掉馅儿饼，也没有任何理由会掉到他头上啊！况且还是这么一块超级馅儿饼哩。"

那个助手说："我亲自到那个大队去了，找到他们的大队书记了，人家说得特别清楚，这块地已经交换给了这个冯宁。"

何振鸿忙问："他拿什么跟这个大队交换的？"

那个助手说："那个大队跟香港一家公司合作制造电子元器件。冯宁替他们推销产品，大队就答应把这块荒地当作推销的劳务费，交换给了这个冯宁。"

张弓仍坚决地摇着头说道："我不信，那是大队的人在搪塞打发你哩！"

那个助手拿出一份合同复印件："他把他们跟冯宁签的合同副本都给我看了。上面有他们的签名盖章，板上钉钉的！"

张弓忙拿过那个合同复印件。果不其然，文本下边，清清楚楚地显示着冯宁的签名和那个大队的公章。在场所有的人都不作声了。

那天傍晚，尤妮开着一辆二手车，上冯宁公司新搬的那个写字楼里来找冯宁。尤妮喜欢开快车。车子飞快地驰进院子，总把保安们吓一大跳。"冯老板呢？"尤妮一推开办公室的门就问。一个戴眼镜的女文秘却压低了声音告诫她："尤姐，冯总说过好多回了，不让我们叫他老板。"尤妮奇怪了："叫个老板又怎么了？”那个戴眼镜的女文秘说：“他说，就得按公司法来，该叫经理的就叫经理，该叫总裁就叫总裁。他不喜欢老板这个称呼。”尤妮笑道：“怪事了，现在许多部长书记都喜欢人家叫他们老板。他倒装腔作势起来了。他人呢？”那个戴眼镜的女文秘指指里间的那扇门，压低了声音说：“都在里头待了好大一会儿了，说是不让人去打扰哩。”尤妮说：“那，我还非得打扰他一回哩！”说着，便向那里间走去。

尤妮一下推门走进时，看到冯宁正呆坐在大写字台前。桌上放着那两个庞耀祖留给他的密封了的牛皮纸信封。听到门突然一响，冯宁本能地拿起那两封信就往抽屉里藏。等看清了进门的是尤妮时，冯宁又好气又好笑地说：“你怎么连门都不敲一下，真吓我一跳！”

尤妮很快地四下里环视了一圈：“你把啥藏起来了？一个人在屋里搞啥非法活动呢？”

冯宁笑道：“我能搞啥非法活动？”

尤妮问：“得到消息了吗？一条高等级公路，一条高速公路，今年内就要开工，都会从你拿下的那块地附近通过。那儿敲定要搞高科技园区了，那块荒地八成要变成黄金宝地了。”

冯宁说：“不是八成，而是九成九。”

尤妮笑道：“瞧你那得意样！”

冯宁苦笑笑：“我得意吗？！”

尤妮说：“几乎没费吹灰之力拿到的荒地，转眼间成了黄金宝地，这么大一个馅儿饼掉在头上，摊在谁身上，谁不得意？”

冯宁怔怔地打量了尤妮一会儿，突然从抽屉里取出那两封信：“你不是想知道我刚才把啥藏起来了吗？这是庞哥走以前留下的两封信。”

尤妮瞟了那两封信一眼说：“他不是说，要你在最困难的时候才去拆看它吗？”

冯宁说：“我现在就有点六神无主，感到非常非常困难。”

尤妮撇撇嘴道：“跟我矫情，是不是？现在谁都知道你冯宁一夜暴富。腰缠万贯、百万贯，跟我装大财主，钱多得发愁了？票子数不过来，我帮你数呀！”

冯宁激动了：“钱多？首先，你想过没有，这块地到底能不能变现，怎么变现，还是一个大大的未知数。如果在香港、在欧美，不管是私人手里的，还是公司手里的地，要变现是有一套完整的流程来实现，更有一套完整的法律来保证。

你只要有足够的法律依据来证明这块是属于你的或你的公司的就行。但在我们这儿，有没有可能变现，怎么变现，都是未知数。就算是能变现，最后它到底能变成多少现金，也是一个未知数。而且，更大的未知数和更可怕的事情还在于，我现在一分钱都还没拿到，可正如你刚才说的，现在几乎人人都把眼睛盯着我了。生意人都明白，一个公司的招牌和公司的产品，需要引人注意，但是操作公司的过程和操作公司的人是需要隐秘的，需要蔫儿不吱声的，是最害怕曝光和大声喧哗的……你看旧社会骡马集市上商人谈价钱，双方都是把手伸在对方的袖管里，用约定俗成的手势暗号，蔫儿不出声地在那儿讨价还价。谁也不会把这过程搞得众目睽睽，人人皆知！”

“所以你就有点惶惶不安了？就拿不定主意了？捏着这么个烫手山芋，丢也不是，吃也不是了？那就拆开信看看呗。看看庞哥到底跟你设计了什么过关绝招。他跟你交代了没有？遇到这种情况，该先拆哪一封，后拆哪一封？”

冯宁摊开那两封信。尤妮看到，信封上有标注得非常清楚的字样：（1）和（2）。尤妮拿过那个注着（1）的信封就要拆。冯宁却一把按住了她的手，不让拆。尤妮稍稍愣怔了一下，看了看冯宁。冯宁的脸微微地红了起来，显得有一点点歉疚和难堪，但还是没松手。尤妮立刻明白了，冯宁不想让她知道这封里的内容，便赶快把信交还给冯宁，知趣地一边往外走，一边笑道：“行行，这是你们之间的秘密，也是你的商业机密。我不沾边。你自己看吧。我来就是告诉你，那两条公路的消息……”尤妮本以为冯宁多少会给她留一点面子，还会叫住她（潜意识中，好奇的她也希望冯宁会叫住她，一起来筹划这块地的事），主动邀她一起来看看庞耀祖这封神秘的信的内容。所以，一开始，她故意放慢了脚步，等着冯宁来挽留。但一直等她快走到门前了，冯宁还是一动不动地坐在他那个老板椅上，没有发出任何挽留的信号。她有点失望了，甚至都有一点怨气了，便突然加快了步伐，快快地走了出去，并在关门时，有意加大了点力气，让门扇碰上门框时，发出很清脆的一声，以表示她的不高兴。

尤妮走出经理室以后，并没有立即离去。她仍然希望冯宁能追出来叫住她，她还是非常好奇、非常急切地想知道庞耀祖这两封信的内容。

但冯宁没有追出来。

窗外的天色已经暗淡下去。夜色渐浓。大街上华灯璀璨，员工们也都下班走了。这时，大房间变得越发空阔寂静，也越发灰暗。十秒……二十秒……

尤妮呆站着，但里间却毫无动静，好像那儿本来就没人似的。尤妮知道，冯宁是绝对不可能再追出来了，便极其失落地、快快地向楼下走去了。

而这时，冯宁依然面对着庞耀祖的这两封密封的“锦囊妙计”发着呆。他没有开灯，一直在黑暗中，默默地面对着那两封信，呆坐着。他听到尤妮走出办公室后，在外头停下过，也听到她在外头粗重地喘息着、等待着。但他没动窝。后来他也听到尤妮离去的脚步声。当时他微微地战栗了一下，脸上再度显示出刚才曾出现过的那一种歉疚和不安。但他还是没有起身去挽留尤妮，没有去满足尤妮那一点好奇和自尊。一直等到尤妮离去的脚步声完全消失在近晚寂静的空间中，他才慢慢地拿起那两封信，掂量了一下，最后还是把它们扔进了抽屉里，然后用很快的动作，掏出钥匙，锁起抽屉，并留意地拉了一下抽屉把手，在确认抽屉已经被锁严实以后，这才起身向经理室外走去。

第九十二章

这块荒地同样引起了市里高层的注意。那天晚间，在刚成立的高科技园区建设指挥部会议上，石长辛正在向前来视察的市委市政府领导汇报高科技园区的建设规划和筹备问题：“……由一号、二号、五号、六号、八号楼组成的建筑群，将构成我们未来的高科技园区。由三号、四号、七号楼组成的建筑群，将构成我们未来的留学生创业园区。这里还预留了一幢楼，做机动……整个园区的征地工作已经启动。有点问题的是，作为高科技园区核心地段的这块地流失到一家公司手里去了。”

常副市长问：“哪家公司？”

石长辛说：“说起来，也还是带有国营性质的，属于我们铁路上货运编集站下属的一个劳动服务公司。”

常副市长说：“只要是国营的就好办。”

周副市长说：“那恐怕也不能用过去那种平调的办法来征集了。”

另一个副市长说：“劳动服务公司，一般情况下是集体性质的。现在多数由个人承包经营了。产权性质比较难界定。属于你中有我，我中也有你那种，似鹿非鹿，似马非马……”

宋梓南问："那家劳动服务公司的老板叫什么？"

石长辛翻看了一下手边的资料说道："叫冯宁。二马冯，列宁的宁。是个退伍军人，非党群众。"

宋梓南说："这个名字好像在哪儿听到过。"

刘部长说："这是个很普通的中国名字嘛。在深圳叫这个名字的人，我想应该不下于五十个吧。"

黄部长说："冯宁……冯宁……好像在蛇口上报的一份材料里，看到过这么个名字。好像跟蛇口当时那个'四分钱劳动报酬风波'多少还有点关系……宋书记，你还记得吗？"

宋梓南说："记不得了。"

周副市长问石长辛："你们跟这个冯宁接触过没有？"

石长辛说："初步接触了一下。"

周副市长又问："接触下来怎么样？"

石长辛说："这个小伙子不简单……"

周副市长问："'不简单'是什么意思？要价很高？还是为人比较狡诈？"

石长辛想了想说："狡诈倒谈不上，就是让你觉得一时半会儿不容易摸得着他的底牌。"

周副市长笑道："市场经济嘛，随随便便让你摸着底牌了，还行？说明这小伙子还有点名堂啊！"

这时，进来一个工作人员走到石长辛身后低声对他说了句什么话。

石长辛便站起来问领导们："到晚饭时间了。指挥部准备了一点便饭，也只能算个工作餐吧。"

宋梓南站了起来，一边说一边往外走："我就不吃你们的工作餐了。不是嫌你们的工作餐不好吃，是大夫限制我在外头吃过于油腻的饭食。现在中央领导来视察，我都不陪吃了。外国总统议长来参观访问，不得不陪，也只是让厨师单独做碗西红柿面条吃两口表示个心意，其实我馋着哩！"

大家都笑了。

石长辛等送宋梓南到门外。宋梓南刚要上车，石长辛叫了声："书记，您等一小会儿。"说着，便匆匆跑回指挥部拿了一个小包出来，"我老家的一个著名中医，跟我推荐了一个秘方，专治您这种病。"

宋梓南忙说："哎哎，石长辛，你咒我呢？我有啥病，你到处替我找秘方？"

大家又笑了。石长辛不好意思地笑道："您试试。说是这个秘方特别管用，还特别便宜，这一包，只花了八块来钱。"

一个市委领导笑道："石长辛，八块多钱的药，你都好意思拿得出手？吃好了，书记也不谢你。吃坏了，人家就要说，你石长辛是故意拿这么便宜的药来害书记哩！"

石长辛忙说："嗨，俗话说，男人好不在身高，女人好不在脸蛋，药好不在贵贱。"

宋梓南却接过那包药说道："要是所有的病，只要花八块多钱都能治好的话，我想我们的中央领导，小平同志啊，总书记啊，还有总理啊，都会特别高兴的。现在看病贵，老百姓吃不起药，真是愁死人啊！这药，就冲这一点，我也要了。我先去做个试验吧。"

送宋梓南上了车，石长辛回来带各位领导走进指挥部附近的一个饭店里。周副市长笑着问："你不是说让我们来吃工作餐的吗？怎么又进了饭馆了？"

石长辛解释道："这里本来是我们指挥部的食堂，现在不是都搞成本核算，自负盈亏，多种经营吗？这个食堂也让人承包了，刚改成一个对外营业的饭店。我们的工作餐都让他们包了，也是肥水不流外人田的意思嘛。今天也想请各位领导看看我们这些搞城市建筑的，是不是也能把美食搞成另一种凝固的音乐。各位领导请稍稍等一会儿，马上就上菜。"

石长辛安排各位领导入座，然后急急地到厨房去催菜。到了门外的走廊里，刚走了几步，突然觉得胸胁间一阵疼痛，就喘不过气来了，也直不起腰来了。他踉跄了一下，忙伸手去扶住墙壁。这时，刚好，有两个工作人员从这儿经过，慌忙上前问道："石总指挥，怎么了？"

石长辛忙对他们做了个噤声的手势："别咋呼！岔气了……"

这时一个中年厨师走了过来："石总咋的了？"

一个工作人员忙说："岔气了。"

中年厨师说："没事没事，我来揉一下。"

那个中年厨师替石长辛揉了一会儿问："咋样了？"

石长辛挺直上身，深深地喘了一口气："行了行了，能直起腰来了，快上菜吧，领导们晚上还有会哩。"

那个中年厨师问："上一回我给你抓的那服药，吃了吗？"

石长辛反问道："我吃什么药？"

那个中年厨师说："这可是我爷爷的爷爷传下来的秘方。我爷爷他每年入冬前都按这个方子煎一罐膏汁。入冬后，每天吃那么两汤勺，都快九十的人了，腿脚还健着哩，眼不花耳不聋的……"

石长辛说："我把它送给更需要的人了。真要那么灵验，我一定重谢你。"

那个中年厨师说："什么叫真有那么灵验？我爷爷……"

石长辛忙挥挥手："得得得，赶紧去上菜。以后每年入冬前都给我抓这么一剂补药来。别忘了。"

第九十三章

那天从五叔那儿出来，金德昌把张弓也带回了自己的办公室。他问张弓："你有把握拿下这个冯宁吗？只有拿下这个冯宁，才能拿到那块地！"张弓说："我试试。"金德昌说："什么叫试试？刚才你在何董事长跟前，可是说得唾沫乱飞，又是保证，又是一定，又是绝对的，现在怎么变成'试试'了？你到公司来，还没做过什么特别大的贡献。公司就用你这一回，你还'试试'？"

张弓不作声了。

金德昌问："刚才在董事长跟前做的那番保证完全是假的？没根据的？"

张弓忙说："有根据。"

金德昌说："有根据，你只敢'试试'？"

张弓迟疑着。

金德昌催促道："你的根据在哪里？说呀！"

张弓犹豫了一下，说道："我们公司的那个陶怡，曾经是这个冯宁的小朋友。"

金德昌问："小朋友？小朋友是什么关系？是小情人？小蜜？"

张弓说："不……"

金德昌问："不是小情人，也不是小蜜，她对冯宁有什么杀伤力？"

张弓说："她的这种杀伤力，比小情人小蜜的还大。"

金德昌疑询道："你保证？"

张弓犹豫了一下说："我可以做保证，但你得答应我一个条件。"

金德昌说："你小子还要跟我谈条件？"

张弓突然怒了："金德昌，不要开口闭口地叫我'你小子'！请双方都放尊重点！"

金德昌一愣："你……你……你这家伙怎么了？"

张弓说："答应我一个条件，我就可以说服这个陶怡去做冯宁的工作。陶怡的父母姐妹很可能在香港，是当年逃港时过去的。你得答应我，让她去香港，找找她的亲人。"

金德昌说："当年不是所有想逃港的人都到了香港的。不少人半路上都淹死在海里了，或者让大陆警方抓走了，又遣返了。"

张弓说："但是她的家人没回来。"

金德昌说："那也有可能是淹死了。"

张弓说："那你也得让她做一回努力。"

金德昌想了想说："让我考虑一下。"

张弓有点急了："还考虑个屁？！这点鸟事都不能答应我，还口口声声说把我当心腹呢？"

晚上，张弓赶到陶怡住的屋子里，只见房间里放着两个皮箱，一个大旅行包，大件东西都已经整理好了，看样子，她想离开这儿了，正在收拾一些小件零碎。

"你真的要走？"

"我不想勉强我自己，请你也不要勉强我。你已经伤害了我一回，勉强了我一回，请不要再伤害我了！"陶怡说着，眼泪就涌了出来。

"陶怡，我是爱你的……"

"不要对我说爱！求求你了……"

张弓默默地站了一会儿，拿出一个精美的首饰盒子，放在陶怡面前。

陶怡看了那盒子一眼，没去动它。

张弓打开盒盖，里面放着一枚极精美和昂贵的钻戒。

陶怡一下叫了起来："你们以为所有的女孩儿都能用一枚钻戒就可以买下的吗？"

张弓说："不是，但我是爱你的。如果一定要说'买'，那我是在用我的爱在买。而且是用一生的爱。你愿意把它说成买，我也没办法。但我是爱你的，陶怡，你还要我说多少遍？我是爱你的！"

陶怡一下颓然地跌坐在椅子上，默默地呜咽起来。

张弓说："退一万步说，就算你不爱我，但你已经是我的人了，我俩已经发生了那样一种关系……"

陶怡再次跳了起来，涨红了脸，声嘶力竭地叫道："流氓！你流氓！流氓！土匪！骗子！强盗！"

张弓说："你还少说了我一个罪名……"

陶怡一愣。

张弓说："强奸犯，或者说是诱奸犯。"

陶怡呆住了，她没想到张弓会是这么个"无耻"的"无赖"。她一下脸刷白了，像看个陌生人似的看着张弓，然后吃力地拿起两个箱子和那个旅行包，跌跌撞撞地向门外走去。张弓立即冲到门口，一把夺下陶怡手里的箱子。陶怡扔下手里所有的东西，跑回房间，走到电话机旁："你再胡来，我就报警了！"

张弓说："报啊。告诉警察，有人在骚扰你、强暴你。你是谁？高士达厂著名的女工、前任团代表，现在公关部候补副经理，而且她有可能未婚先孕，怀的正是公关部前任经理的孩子……报啊，把这一切都告诉警察。"

陶怡被气得脸一阵红一阵青白，实在想不出什么话来回答这个"无赖"，便一气之下，冲到写字桌前，从抽屉里掏出一把剪刀对准了自己的喉头，再一次声嘶力竭地喊叫道："你走啊……走啊……走！！"

张弓说："你有这个勇气捅自己吗？我想你没有这个勇气。你还想见见你的父母姐妹。想去香港吗？一周之内，我保证把你送到香港，请香港警署替你寻找你的家人。"

陶怡大声叫道："骗子！骗子！"

张弓从皮包里取出一张盖有集团公章的证明，放在陶怡面前："你自己看吧，这是由集团人事部出具的派陶怡小姐去香港考察的证明。明天凭它，就可以到市公安局办理去香港的出境手续。是你自己去，还是我带你去？"

陶怡一下呆住了，过了好大一会儿，抬起头问："张弓，你这葫芦里到底在卖什么药？你又在使什么鬼花招？"

张弓："你这么信不过我，我就不说了。"

陶怡看看那份出境证明，又看看张弓。陶怡在公关部干了这一阵，当然知道，因为高士达厂投资方的身份，凭着它们出署的这份证明是完全可以到公安局办理去香港的那些手续的。假如真的能到香港去一下，去找找下落不明的父母亲，还有姐姐她们，这当然好啊。想到这里，她的心禁不住地怦怦跳。但是……但是……

“你想让我做什么？”陶怡压抑住自己激奋的心情问张弓。她当然明白，今天张弓绝不会平白无故给她拿来这份证明的。

“不是我要你做什么。我只要你留在我身边，别的一概没有奢望。这是厂里、集团有一点事要求你帮忙……”然后张弓就一五一十地把荒地的事跟她说了，也就是希望她去替集团跟冯宁之间搭个桥、牵个线。

“为什么非得我去？”陶怡问。

“你这不是废话吗？我去，冯宁会理我吗？换谁去，都不如你去。你说的话，在那位兵哥哥听来总是最可信的。”

“拿这个来交换？”

“你想说是交换，也可以。第一，这件事对冯宁并没有坏处。集团要拿这块地，绝不会白拿。而且也不会出低价。冯宁不是傻了，价钱低了，他也不干。第二，办了这事，你还可以去香港走一趟。两利而无一害的事，你考虑吧。”张弓坦然地说道。

最后陶怡答应了。

在路上，张弓一边开着车，一边对陶怡说：“一会儿你上去见冯宁。我就不上去了。我在车里等着。”陶怡不语。张弓从手包里掏出那个首饰盒，悄悄塞到陶怡手里。陶怡立刻把首饰盒又扔还给了张弓。张弓轻轻叹口气，收起首饰盒：“好吧，我先替你保管着。”

冯宁的公司里正在开晚饭。两个管后勤的员工搬进来一大兜盒饭，正给要加班的员工分发。“开饭了开饭了，海鲜的、鸡腿的……”一个女员工噘起嘴叨叨道：“哎呀，又是鸡腿，都吃腻了……”那个管后勤的员工说道：“不吃鸡腿，吃海鲜呀。这不是有海鲜的嘛！”那个女员工说道：“啥海鲜嘛，一坨螺肉，也叫海鲜！”那个管后勤的员工笑道：“海螺肉不叫海鲜叫啥？总不能叫它西红柿炒鸡蛋吧？我的挑食儿的娇小姐！”另一个管后勤的员工则拿着两个盒饭，敲了敲冯宁办公室的门。那时，陶怡已经到了冯宁的公司，正开始和冯宁谈话了。听到敲门声，冯宁应了声：“进来。”

那个员工轻轻推开门：“开饭了。经理吃哪样的？鸡腿？还是海螺肉？”

冯宁问陶怡：“要不要跟我们同甘共苦一下？”

陶怡不好意思地说："我吃过了，你别客气。"

冯宁笑着对那个员工说："把两盒饭都搁我这儿吧。今天不知道怎么搞的，特别知道饿。"

那个员工忙说："那是，人逢喜事精神爽，饭量也见长了呗。这两天，公司里多数员工都长了饭量，原先订的盒饭数都不够吃的了。"

冯宁立刻说："要不够数，给我一盒就行了。"

那个员工说："嗨，再不够，也不能让您饿着。"说着，放下两盒饭就出去了。

冯宁去关上门，转过身来问陶怡："真不吃？"

陶怡摇摇头。

冯宁说："那咱们接着说。刚才说到哪儿了？"

陶怡说："你先吃吧，要不，一会儿就凉了。"

冯宁说："没事。"

陶怡说："别没事，凉饭伤胃。"

冯宁说："高士达不是做电动玩具的吗？他们要这块地干什么？"

陶怡说："他们也开始做房地产了。"

冯宁着意地打量了陶怡一眼："哦……"

陶怡说："他们让我告诉你，如果能在这块地上成功合作，他们有意请你去担任他们新成立的那个房地产公司的副老总。"

冯宁故意地问道："不是正老总？"

陶怡脸微微红了："他们跟我说是副老总……假如你要当正老总，我可以……"

冯宁说："那我要当他们集团的董事长呢？"

陶怡认真地想了想说："董事长？董事长大概不行吧？他们的何董事长人挺好的，也挺能干。"

冯宁默默地笑了笑，并含意不明地轻轻叹了口气。

陶怡好像感觉出什么来了："你……你在要我？"

冯宁收敛起脸上的笑容，问："他们让你来做我的工作，给你许了什么好处？"

陶怡脸大红："没有啊……"

冯宁冷笑一下："连撒谎都不会！"

陶怡不说话了。

冯宁问："这么长时间为什么不来看我？"

陶怡慌慌地说："你也没去看我呀……再说，你都成了大老板了，连高士达那么大的老板都有事来求你了……我……"

冯宁说："在我没成为大老板前，你没来看我，在我成了大老板后，你也没来看我，今天不是高士达的老板让你来找我要这块地，你还不会来看我。为什么？"

陶怡愣愣地呆了一下，眼圈一下红了。

冯宁敏感地问："出什么事了吗？"

陶怡忙抬起头："没有。没有……"

冯宁沉吟了一下，又问："日子过得还行吧？"

陶怡不作声。

冯宁深情地叫道："陶怡……"

陶怡心里一热："什么？"

冯宁问："还愿意到我这儿来干吗？"

陶怡惶惑了一下，低下头去。

冯宁说："你总得告诉我，为什么……为什么你突然地不理睬我了……我怎么得罪你了？我做错什么事了？人不见了，电话也没有了，去厂里找你，也找不着了……有两回我明明知道你在楼上，但传下话来，说你不在。分明是你不想见我。"

陶怡忙说："今天我来说地的事。"

冯宁说："地，你回去告诉他们，那是根本不可能的！如果我愿意当谁的副手，我早一百年都当上了。我坚持到现在，就是要试一试，在中国，像我这样一个没有任何政治背景，没有任何经济实力，也没有大的家庭支撑的普通人，能不能凭着自己的努力做出一点事情来。中国允许不允许这样的普通人合法地成就一番自己的事业。人人都说，改革开放就是要把所有人的力量解放出来，让所有的人都活得更好，我就要试一试，说这种话，是实在的，还是仅仅是一种宣传。"

陶怡说："那，按你这意思，我俩就没什么可说的了？"

冯宁执着地说："到我公司来做吧……"

陶怡苦笑笑："我们这种人……在哪儿干不一样？都是在替老板卖命。

在高士达干，是给高士达的老板卖命，在你公司里干，不也是替你这个冯老板卖命？”

冯宁正色道：“你觉得这里没有任何区别？”

陶怡也冷笑一声：“哼……你说有什么区别？”

冯宁有点不相信自己的耳朵：“你真的觉得这里没有区别？”

陶怡背过身去，不作声了。

冯宁呆站了一会儿，从抽屉里拿出一个非常精美昂贵的鳄鱼皮做的女式小手包。打开包，从包里取出一个用印花蓝布包起来的小包袱。再打开那个小包袱，里面是那个绣着八一军徽的干粮袋。干粮袋已经洗得发白了，当年部队的番号也只能依稀可见了。唯有那个八一军徽依旧那么醒目和精神。

陶怡一愣：“它……它怎么会到你手里去了？”

冯宁说：“丢了这么长时间，你都没感觉吧？”

陶怡说：“我当然找过它。你什么时候拿的？”

冯宁说：“还是那天，我上你屋里去看你，你在收拾东西。我看到它掉在地上。你来回来去地从它身上踩来踩去的，走着、说着、笑着，根本也没觉得什么。我就把它捡了回来。”

陶怡忙说：“那绝对不是我存心丢掉的，绝对是不小心掉在地上的，我发誓，当天我就发现它不见了，我还到处找它来着……”

这时，电话铃突然响了起来。电话是尤妮打来的。她在大街上的一个公用电话亭里打的。“你吃过饭了吗？能马上出来一趟吗？”她着急地说道。

冯宁忙问：“出什么事了？”

尤妮说：“我刚从国土局出来。在那儿跟他们吵了有两个来小时，他们突然不给我们办那块地的产权转让手续了。”

冯宁一惊：“为什么？”

尤妮说：“见面谈。你要没吃饭，我们在外头一边吃一边说。”

冯宁放下电话，对陶怡说：“出了点不大不小的事，我得马上出去处理一下。”说着，把那个干粮袋往手包里一塞，放进抽屉里，锁上后，习惯性地又拉了拉抽屉把手，这才对陶怡说：“今天就谈到这儿吧。有车来接你吗？”

陶怡默默地点了点头。

冯宁忙说：“那咱们走。”一边说，一边拿起那两盒一点都没动过的盒饭，便要往外走去。但陶怡却没有走，依然低着头在那儿呆坐着。冯宁问：“还有话吗？”陶怡不作声。冯宁问：“下一回再约时间谈。行吗？我有点急事……”陶怡依然安坐不动。冯宁有点着急了：“陶怡……”陶怡眼圈发红，默坐了一会儿，突然站起身就向外走去了。冯宁刚要去追，电话铃又响了起来。冯宁只得对陶怡叫了声：“稍微等我一会儿，我接个电话，送你下楼。”便赶紧回到办公桌前去接那个电话。电话是货运编集站老主任打来的。“你在哪儿呢？能马上回来一趟吗？我们得谈谈我们那个合约的事。”老主任说道。

“合约？哪个合约？我们还有什么合约？”冯宁故意装糊涂道。

“你那个承包合同……”主任说道。

“我们的承包合同怎么了？”冯宁继续装糊涂道。

“这是一份不公平合约，如果不撤销，也得重新修改！”主任说道。

“主任，别用这种口气说话嘛。凡事都好商量。你总得容我考虑考虑吧。”冯宁给了对方一个软钉子。

放下电话，赶紧去送走陶怡，冯宁便和尤妮到了一个小饭店里，找了一个比较安静的角落里落座。冯宁把刚才老主任的电话内容告诉了尤妮。尤妮说道：“货运编集站凑啥热闹呢？他们是不是也想通过修改跟你之间的合同，从这块地上得到一些利？好嘛，都冲着这块地来了，看样子都红了眼了。”

冯宁默默地点了点头。

尤妮说：“但你跟他们签订的承包合同是有法律效力的，如果官司打到法院，法院应该会保护你的合法权益。”

冯宁苦笑了一下：“请注意，货运编集站是国家的。”

尤妮提醒道：“法律应该是公平的，不应该偏袒国营单位吧？”

冯宁长叹了一声：“照理说，应该是这样。但实际上，当个人和国营单位发生冲突时，法律会保护谁，还很难说。几十年来，我们的法律总是保护国家利益，不会保护私人利益。包括国土局突然不给我们办理产权证，我觉得这也是一个迹象，好像有人给国土局打了招呼似的，让他们也上阵来逼我们交出这块地。”

“你怎么办，冯老板？”尤妮问道。

“我不喜欢人家叫我老板，你不知道？”冯宁突然变得很不耐烦起来。

陶怡一上张弓的车，张弓就赶紧问：“谈得怎么样？冯宁怎么说的？你好好替我说了没有？”

陶怡没好气地说："我有没有好好说，你自己去问冯宁去！"

张弓碰了个不硬不软、不大不小的钉子后，不作声了。过了一会儿，张弓突然把车往路边靠了靠，然后就停下了。张弓看着车前边那片黑黢黢的林带，稍稍沉吟了一会儿，突然轻轻地说道："如果你心里真的还有这个退伍大兵，我劝你再好好地跟他谈一谈。"

陶怡说："我心里有没有他，跟这事有关系吗？跟你有关系吗？"

张弓说："冷静……我的陶怡姑娘……有一个事实，你一个小丫头可能还不太明白，我也一直没跟你明说过，不知道你那个退伍大兵，是不是有那个耐心跟你细细掰扯过。深圳的发展，牵涉方方面面各种各样各个层次的人的利益。在表面上的繁华和热闹背后，每天都在上演着'一江春水向东流'和'几家欢喜几家愁'那样的活话剧。市场是残酷的，来不得半点温情，它往往会逼得人不择手段去达到目的。你也亲眼看到过，你那位退伍大兵愣冲订货会会场的精彩表演……"

陶怡反驳道："那他也没伤害别人……"

张弓说："在迫不得已的情况下，伤害别人，也许是人们在市场这个大海里浮沉时可能采取的举措之一！可能还是不可避免的！"

陶怡立刻回过头来嗔责道："什么意思？伤害别人是不可避免的？你想干啥？"

张弓说："没什么意思……"

陶怡激烈地问："你们想打人？收拾冯宁？"

张弓苦笑一下："我可没那本事。"

陶怡再问："谁有那本事？"

张弓故意把话说得轻描淡写的："我想，总会有人是有那种本事的吧……"

陶怡愣怔了一下，一时间却不知道对张弓再说什么了。接下来的一段路上，两个人便再没说什么，虽然两个人心里都有许多话要跟对方说。汽车很快开到陶怡住的那个单元房楼下停下了。熄了火，张弓拔下车钥匙，先行下了车。看到张弓下车了，陶怡却坐在车上，不下车了。张弓冷冷地看了陶怡一眼，催促道："下车啊。"陶怡回应道："这儿又不是你的家，你下什么车？"张弓无奈地："好吧。我不下。"说着只得又重新上车坐到了驾驶位置上。

这样，陶怡才下了车，并很快地上楼去了。看着陶怡上楼去了，张弓才慢慢地启动了车，向小区的出口处驰去。但驰出小区出口不远，他把车停在了路边一处树荫下。从这儿可以很清楚地看到小区大门口车辆和人员的进出情况。果不其然，不大一会儿工夫，陶怡匆匆走出了小区大门，并在马路边拦了一辆出租，疾速地驰离了那个小区。

张弓立即发动着车，悄悄地跟了上去。

不一会儿，出租车开到冯宁公司楼下。张弓看见陶怡匆匆付了车资后，向楼上跑去。但很快陶怡又独自一人下楼来了，好像是没见着冯宁似的，一脸的失落，在楼门前默默地呆站了一小会儿，便向小区大门口走去了。等陶怡的身影快要消失在小区夜色灯影树丛中时，张弓才启动了车，向小区大门口驰去。

这时，冯宁被货运编集站老主任叫到他的办公室里谈话。冯宁最近整顿这个劳动服务公司，开除了一批员工，让老主任非常恼火。

老主任说："你接管我这个劳动服务公司后，开除了那么些老员工……"

冯宁说："不是开除，是间歇性待分配。"

老主任说："说得好听，净跟我玩新名词。"

冯宁说："不让这一部分人暂时下船，整条大船就得沉没。"

老主任说："可你把包袱卸给了我。这一百六十多名老员工被你刷下来以后，可天天上这儿来跟我闹。"

冯宁说："我没有不管他们，我是做了两项承诺的：一是，每月发给生活费……"

老主任说："你发给的那点生活费喂猫都不够！"

冯宁说："第二，我承诺公司形势一旦好转，将优先从他们中间选择人员上岗。我还委托一家公司对他们进行了再就业的技能培训。为开展这个活动，我花了不少钱。"

老主任说："你现在形势大好。你从他们中间选择了多少人重新上岗？三十个。还有一百三十个耗着哩。怎么办？想听听他们的呼声吗？"

这时门外突然就响起雷鸣般的敲门声和吼叫声："姓冯的，有种的就站出来，别跟缩头乌龟似的……"

老主任冲过去一下拉开门，冲着那些人吼了一声："吼啥吼？你们是要解决问题，还是激化矛盾？"

冯宁向外张望了一眼，空场上果然聚集了几十个男女，都是中年汉子和婆娘。看样子，文化程度都不太高。听到老主任这一声吼，便立马都蔫儿了。

老主任用力关上门，回到办公桌前："不要以为这些人是我叫来的。今天要不是我挡着，他们会杀到你那个漂亮的新写字楼跟前示威去的。冯宁，我一直很器重你……也一直在使我最大的劲儿帮衬你。"

冯宁点点头道："这个我知道。"

老主任把语气放平和了说道："不管从哪个角度说，你这个劳动服务公司还是我属下的一个子公司。承包合同可以不必修改，也别说什么撤销不撤销的事，咱们别伤了这和气。我可以不管你怎么经营，但我必须从你那儿提百分之四十的利润，大约二三百万就行了。要按以前的规矩，我们可以控制你们这些下属公司全部的财务收入。在内地，现在还是这样……"

冯宁答道："这儿不是内地。"

老主任说："所以我才那么客客气气地请你来商量嘛。"

冯宁说："子公司赚一点，母公司都拿走了，我们怎么继续滚动发展？这也就是前几年，这个劳动服务公司一直没法办好的主要原因。"

老主任说："谁说要都拿走？只提百分之四十。"

冯宁说："如果您拿走了这百分之四十，我只能维持，就说不上发展了。一个公司不发展，稍稍碰到一点风浪，就会翻船……"

老主任想了想："那……我提百分之三十五？我只要二百五十万？我来负责安排你开除的那些员工的生活。"

冯宁不作声。

老主任打量了一眼冯宁："二百万？"

冯宁还是不作声。

老主任有点不高兴了："那你说，你能给我们多少？"

冯宁说："现在不能提，要提，也得过了今年这个坎儿。"

老主任说："你有什么坎儿？"

冯宁说："深圳在转型，要往深层次发展，这对我们是个大好机会。我们不能只是替人做推销，干粗活儿，我们也要转型，要做自己的产品，创自己的品牌。就算我们在这块地能赚个五六百万、六七百万，拿去做转型用，还是远远不够的……"

老主任一下拉下脸："这么说，你是一分钱不给了？"

冯宁诚恳地说："老主任，请你替我们考虑一下……"

老主任火了："你老让我替你考虑，你替我考虑过没有？你想过我们这一群人吗？好歹你还是我们的子公司，好歹我们还有这一层关系。好歹你还是我派去的！你怎么……怎么……真的像别人说你那样的，就是一个……一个白眼狼？"

回到自己的办公室里，冯宁好长时间都平静不下来。他已经记不清这是他第几次被人骂作"白眼狼"了。他可以忍受别人说他是头"狼"，但无法接受"白眼狼"这顶"桂冠"。狼在觅食时的凶猛，尤其是在冬季，那个对绝大多数动物都极为困难的季节，为了摆脱饥饿和绝灭的困境，凶猛是它本能的必须反应，再加上坚韧、团结、锲而不舍、攻无不克，都是狼对生命膜拜，呼唤希望所应该具备的品性。这些"品性"都是冯宁不会拒绝，甚至还会蓄意地保留、磨砺和发扬的。冯宁不能做个老好人，更不能做个面团似的窝囊废，谁来捏他，他都跟着他人的意愿去改变自己。但无论是狼，还是冯宁，都不"自私"。他（它）有良好的群体观念。他更不会"忘恩负义""出尔反尔""过河拆桥""卸磨杀驴""恩将仇报"，就像人们说的那种"白眼狼"那样。

众口铄金。

这时的冯宁真想找个荒远的亘古森林把自己深深地藏起来，只面对蓝天白云和原始的纯净。他拿出庞耀祖给他留下的那两封信，呆呆地坐着，剪刀也已经拿出来了。有一会儿，他都已经拿起剪刀，要开封看这信了。但最后还是忍住了，把信又锁回到抽屉里去了。他觉得自己还没有到"山穷水尽"之时，他自己还能对付眼前的一切非议。他记得小时候看过一部电影，那里有一个老英雄爱说一句俚语，"出水才看两腿泥"。年幼的他只觉得这话说得特带劲儿，这里头到底蕴含什么样的人生辛酸和挣扎，体现一种什么顽强和自豪的生命特征，年幼的他当然不会知晓。而最近，他脑子里却常常会止不住地浮泛出这句话来，止不住地也会自言自语地念叨这句话……

刚才在编集站，冯宁还遭遇了一生来最大的一次冲击。和老主任谈完话，刚走出办公室，就被早就等候在那里的一大群"下岗员工"包围上了。

冯宁知道事情不妙，便声嘶力竭地嚷道："请大家冷静一点，听我解释……"但此刻没有人听他解释，只有一片起哄和詈骂声："光这一块地，公司就挣了好几百万，为什么还不管我们的死活？""我们不要听口头解释……"紧接着，有几个大汉状的人便一齐涌向冯宁，有的把拳头挥舞到冯宁的面前，还有的已经推推搡搡地，让冯宁已经站立不稳了。

冯宁当时大吼一声："你们是想打架，还是想干啥？"

冯宁的这一声吼，还真起了点作用，把现场那几个带头起哄的人一下都震住了。他们愣怔在那儿。那一阵潮涌般的吵吵声也一下静息了下去。而那时，一直站在人群后头的尤妮见事情不妙，赶紧回到办公室，对着主任和办公室里的工作人员叫道："你们不上前去管管？就等着外头出人命案呢？"

办公室里的一个文员不冷不热地说道："这让我们咋管？完全是冯宁这小子自找的嘛！"

尤妮见他们真有见死不救的可能，便冲过去，拿起电话，就呼叫110："是110报警台吗？我这里是……"没等她说完，办公室的那个文员冲上前一把掐掉电话，不让她报警。尤妮猛地推开那个工作人员，想再度拨号报警。有两三个编集站的工作人员一起冲上来要从她手里夺电话。尤妮一手抢过一个热水瓶，猛地摘掉瓶塞，然后把热水瓶高高举起，一手紧抓住电话不放，对着那些想冲过来夺她电话的人叫道："你们就是想扩大事态呢？对不？好啊，上来呀！我看你们谁有这个种再往前靠一步！"

摘掉瓶塞的热水瓶，在尤妮手里缓缓地往外冒着滚烫的热气。尤妮睁大了两只眼睛，瞪住那些人，呼呼地直喘着粗气。办公室里的人都在原地站住了，再不敢往前冲了。尤妮趁机赶紧拨通了110报警台。民警很快赶来了，驱散了想扩大事态的那帮人。事后，冯宁问尤妮："你怎么会赶到这儿来的？"尤妮告诉冯宁，是陶怡给她打的电话，让她赶快过来瞧瞧。等冯宁和尤妮开车回家，车开进冯宁公司新写字楼所在的小区里，缓缓行驶到写字楼前停下时，冯宁熄了火，拔下车钥匙，拿起手包，刚要下车，却被尤妮一手拉住。尤妮多少有点紧张地指着正前方公司写字楼所在的那个单元门洞的方向对冯宁说道："别着急……你看那边……"

冯宁忙收回已经跨下车去的脚，抬起头，顺着尤妮指的方向看去。果不其然，在那门洞外，转悠着两三个人影。冯宁犹豫了一下说："那帮人还不至于跟踪到这儿闹事吧……"尤妮忙说："你别大意！"一边说一边赶紧去关上车门。

这时，那两三个人中的一个，居然摇摇晃晃的，向这边走来了。冯宁仔细看去，那个带头的人好像是个熟人。正是那个外号叫"倭瓜"的年轻人。

"倭瓜"说："冯老板，少见！"

冯宁松了一口气，走下车来："干啥呢？"

“倭瓜”又说：“‘栾叔’想跟您聊聊。”

冯宁问：“啥时候？”

“倭瓜”说：“这会儿。”

冯宁觉得有点不可思议：“这会儿？都几点了？”

“倭瓜”说：“这才几点？最美妙的夜生活不才刚刚开始吗？”

冯宁说：“对不起，我可没那么多美妙。告诉‘栾叔’，有事，咱们改天找个合适的时间聊。”

“倭瓜”忙说：“别啊。‘栾叔’都来了，在那儿等着您呐！”说着朝留在写字楼门洞处那两个人指了指。

冯宁说：“既然他已经来了，那我去见他。”就要下车，尤妮赶紧拉住他。冯宁告诉尤妮：“没事。‘栾叔’是熟人。你先回去吧。”说着把车钥匙扔给尤妮，跟着“倭瓜”向那边走去。但尤妮没有马上发动车走，而是定定地看着冯宁走到那个‘栾叔’面前，看他们挺友好地握手，问候，相互还象征性地拥抱了一下，然后一边寒暄，一边向楼里走去，气氛还挺融洽，这才放心地发动着车，慢慢掉转车头，向小区大门口驰去。

尤妮开着车回到自己那个中介所，不知道为什么，总觉得有些心神不宁，在那个窄小的办公室里漫无目的地转了两圈，还是坐不下来，总惦记着冯宁那头，便决定下楼去。这种“握手楼”里没有电梯。尤妮一步步向楼下走去。楼道里很暗。有的楼道拐弯处，还堆放着一些杂物。快要走到最底下那一层时，从拐弯处突然蹿出一个人影来，把尤妮吓一大跳。尤妮背抵住满是灰尘的墙壁，心快要跳出胸口来了，正努力镇定下自己，想大喝一声时，那个人影却开口了：“是尤姐吗？我是陶怡。”一听是陶怡，尤妮又气又高兴，涨红了脸啐嗔道：“你要死啊？在这儿装神弄鬼的！”陶怡忙问：“见冯宁了吗？”尤妮答道：“见了，没事了。”陶怡又问：“他去哪儿了？”尤妮答道：“回他公司了。”陶怡一愣，说：“没有啊……”尤妮迟疑了：“什么没有？我看着他上楼去的。”陶怡说：“我刚给他公司办公室打过电话。那儿没人接啊！”

尤妮说：“不可能。我亲眼看他上楼去的嘛。离开那儿，我去吃了点炒粉，就回来了。就这么点工夫，他还能去哪儿？”陶怡忙问：“你走的时候，他办公室里还有没有别人？”尤妮说：“我没跟他上去，但有两三个人跟他在一起。他说是熟人，没关系的。”陶怡一跺脚叫道：“糟了，一定出事了！”尤妮说：“不会吧……”陶怡喊了一声：“快走！”拉着尤妮就向停车的地方跑去了。

离开陶怡那儿以后，张弓立即到集团总部向金德昌报告了陶怡找冯宁谈话的情况，张弓有些忐忑地问："您看，还要陶怡去找冯宁谈一谈吗？"

金德昌沉思了一下说："这件事，你就别过问了。看来，你我都低估了这个冯宁。"

张弓忙问："那我们就放弃这块地了？"

金德昌说："放弃？轻言放弃就永远不会成为一个好商家。再想想别的办法吧。"

张弓问："还有什么办法可想呢？"

金德昌说："这你就别问了。"

张弓说："这件事应该归我房地产公司操作的。您不告诉我，我怎么去操作？我将来怎么面对董事会的考核和质询？"

金德昌嘿嘿一笑道："张弓，你有时候显得很成熟，有时候又会显得特别幼稚。我让你别再过问这件事了，当然有我的原因。我没有主动告诉你这个原因是什么，就已经在表明这个原因是不能让你知道的，或者说是没有必要让你知道的。你作为我的下属，就不应该再追问了。我常常对你说，商场如战场。学会保守商业操作中的机密，有时关系全局的成败。在这方面，在过去战争年代，一些训练有素的共产党干部是有个很好的传统的，他们被告知，在秘密行动中，不该看的坚决不看，不该问的坚决不问，不该知道的坚决不去打听，不该说的打死也不说。这也是当年拿着土枪、土炮的共产党能打败用洋枪、洋炮武装到牙齿的国民党的众多原因中的一个吧。你这个出生在共产党干部家庭的年轻人，怎么就没有得到一点这样的遗风呢？"

这一番话把张弓说得哑口无言。其实在那样一个家庭里长大的张弓，有时候打心底里并不瞧得起金德昌这个人。他总觉得这个人俗、浅薄，除了挣钱，心里就没再装什么别的东西。但他毕竟拥有钱，这又使张弓无可奈何。身份的优越感和知道对方目前还离不开他，使他时不时会壮起胆反驳金德昌，但是渐渐增长的自卑，又让他越来越减少了这种胆量。他没再说什么，只沉默了一会儿，问了句："还有事吗？要是没有事了，我走了。"

张弓走后，金德昌立即背过身去，打开自己身后的一个保险箱，从里面取出一个小本子，找到一个电话号码，拨了个电话。这就是他刚才说的，他还要设法从另一个途径找人去把这块地搞到手的“关系户”。至于这个关系户到底是谁，他当然是绝对不能告诉张弓的。即便是自己的表亲“五叔”何振鸿，他也是不能说的。

尤妮一路上把车开得飞快，赶到冯宁的公司新址，上了冯宁公司所在的那层楼，只见冯宁公司的玻璃大门关着。尤妮焦急地敲着玻璃大门，也不见门里有任何反应。尤妮猜想：“兴许是冯宁请那个‘栾叔’到外头去吃夜宵去了？”陶怡却告诉尤妮：“有人告诉我，他们要收拾冯宁。”尤妮忙问：“谁告诉你的？”陶怡犹豫了一下。

尤妮催促道：“快说，谁告诉你的？”

陶怡说：“今天有人让我来劝冯宁交出那块地。冯宁当然不会答应。后来……”

尤妮忙问：“后来怎么了？快说呀！”

陶怡说：“后来，很晚的时候，那人又上我那儿去了……”

尤妮问：“谁？”

陶怡说：“张弓……”

尤妮说：“是你那个新的男朋友？”

陶怡委屈而痛苦地惊叫起来：“不……他不是我的男朋友！！”

尤妮忙说：“行行行，别管他是你的什么人，他跟你说什么了？”

陶怡说：“他劝我有可能还是去找冯宁谈谈。好汉不吃眼前亏，还是接受那些人提出的条件来得划算。他说眼下这地方也有各种势力。不要把特区想得太单一、太纯真。也许最早的时候，特区的确比较单一、比较纯粹，但是这些年几十万人进进出出，海内外各种人都想在这儿给自己挣上一把，它就不可能保持住原先的纯真了。再说，水至清则无鱼，如果对这个局势估计不足，就会让自己吃大亏的……”

尤妮打断陶怡的话，问：“别尽跟我说这些玄虚的。他后来跟你到底说了些什么跟冯宁有关的话？”

陶怡说：“他说他估计有黑道上的人看上了冯宁手上的这块地……”

尤妮忙问：“他估计？”

陶怡说：“他说他问他们的老板来着。但是他们的老板不肯跟他明说。但听口风，他觉得如果冯宁不肯交出手里这块地，这事绝对不会就这么轻易罢休的。”

尤妮又问：“那就是说是他的老板要收拾冯宁？”

陶怡说：“好像还不是他的老板……”

一直还没怎么听明白的尤妮着急地问：“到底是谁？难道还可能是黑道上的人了？”

陶怡跺着脚说：“他也说不清！后来，我就把他赶走了，赶紧给冯宁打电话……你知道我有好长时间没有主动给冯宁打过电话了。我也是犹豫了好大一会儿才下这个决心打电话的。但怎么打也打不通。他办公室里就是没人接啊……他还能去哪儿呢？他还住在货运编集站那个小工房里吗？”

尤妮说：“没住那儿了，前两天就让人赶出来了，这两天一直在办公室里凑合着哩。”

陶怡说：“如果像你说的那样，不到一个小时前他还跟人上了楼，办公室里应该有人接电话呀。可是，怎么会没有人接电话呢？”

越听陶怡说的，尤妮越害怕，忙找来了小区物业管理人员，希望他们能帮着打开锁着玻璃大门。物业管理人员告诉她俩：“我们当然有这些大门的钥匙，但我们不能随便替人开门。我们必须看到你们手里拿着冯先生亲笔写的委托书，才能替你们去开他公司的大门。”

尤妮跺着脚说道：“我们要能见着冯宁先生，能请他写委托书，还用得着找你们来开锁吗？实在不行，那我们只好通知110了。”物业管理人员无奈地笑了笑：“那更好！”

不一会儿在两名警察的监视下，物业管理人员用钥匙打开了玻璃大门。尤妮和陶怡迫不及待地冲进门去，眼前的景象让她俩大吃一惊：冯宁倒在地上，已不省人事，身上血迹斑斑。两个警察忙戴上白手套，一个人拦住尤妮和陶怡，也拦住物业管理员，不让他们继续往里进。另一个警察快步走到电话机前，拿起电话，拨通了警局：“分局值班室吗？我是西二管段巡警170533号。这儿发生了血案……”尤妮在一旁大叫起来：“赶快叫救护车呀！先打120！”陶怡看着倒在地上的冯宁，浑身哆嗦，脸色青白，眼前一阵发黑，都快站立不住了。

第九十四章

120急救车把冯宁拉到医院，在急诊室做了紧急处理。好在伤的都是皮肉伤。凶手似乎并没有想取冯宁性命的打算。得到大夫的允许，警察见冯宁也还清醒，便询问道：“被击打时你没有看清嫌犯？”

冯宁低声答道：“没有，我听到身后有脚步声，但还没有等我转过身来，头上就挨了那一下了。”

警察问：“有人说，当时有一个叫‘栾叔’的人和你一起上的楼？”

冯宁说：“事情发生的时候，‘栾叔’和他的那两位朋友都已经走了。”

警察又问：“你能确认伤害你的人不是‘栾叔’和他的那两位朋友？”

冯宁点点头说：“能确认！”

“你为什么不告诉警察，打你的就是‘栾叔’和他的那帮黑道朋友？！”尤妮开着她的那辆二手车，带着冯宁缓缓驰离医院大门，她不解地问冯宁道。

头上裹着绷带的冯宁只是半闭着眼睛，不作声。

尤妮问：“他们威胁你了？不让你指证他们？”

冯宁仍然不作声。

汽车开到公司写字楼门前了，该下车了，冯宁却坐着不动。

尤妮问：“不回公司了？”

冯宁说：“尤妮，你让我自己一个人待一会儿。”

尤妮低声叫道：“到底是谁打了你？他们打你的时候跟你说了些啥？你不能跟警察说，总能跟我说吧？或者我把陶怡叫来，你跟她说。”

冯宁执意说道：“让我自己一个人待一会儿……”

尤妮无奈地说：“那好吧，我送你上楼。”

冯宁一手扶住还有点晕晕乎乎的脑袋说道：“别……”

尤妮着急地说道：“你说你都这样了，能让你自己一个人上楼去吗？”

冯宁无奈地说：“好吧好吧……”

尤妮搀扶着冯宁走进大办公室时，办公室里已经集聚了一些闻讯而来的员工。他们都极其关切地围了上来，七嘴八舌地询问道：“怎么回事？”“没伤着骨头吧？”“这小区保安真有问题……”“您瞧咱们冯经理，一个帅小伙儿这一下都变成啥了。”……

尤妮忙说：“请大家各就各位。冯宁同志需要休息。”

大伙儿赶紧闪开一条道。尤妮把冯宁扶进里间，扶着冯宁在一张沙发上躺下。这时有几个员工关切地推开门来探望。尤妮冲他们挥挥手，让他们走开。

那几个员工立即知趣地带上门走了。

尤妮从自己的提包里取出好几瓶药：“这是吃的，这是喝的，这是外敷的。你先歇着，晚上我再过来。”

冯宁有气无力地说：“先别忙着过来。需要的时候，我会叫你的……”

尤妮说：“这是陶怡的电话号码。她本来想一起过来照顾一下你的，但她不好意思……”

冯宁苦笑一下：“这有什么不好意思的？”

尤妮说：“说实话，这一回还真多亏了她，她先看出苗头来，觉得你这儿有可能会出事，才会有后来一系列的救险动作。要不，你一个人昏迷在地板上，大门紧闭，二门不开的，再那样流血不止下去，就很危险了。”

冯宁又苦笑了笑。

尤妮说道：“我决定把我那中介所关闭了，过来跟你一起做这个公司。”

冯宁突然坐起：“你别冲动……现在下一步怎么做，能不能做得下去，还很难说……别再把你那个职介所再赔进去……”

尤妮一惊：“什么叫‘下一步怎么做还很难说’？什么叫‘下一步还能不能做得下去’？你真让他们这三拳两腿地吓住了？”

冯宁慢慢倒在沙发上，闭上了眼睛。

已经要走的尤妮，这时却又不想走了，她靠近冯宁坐着，俯下身，认真问道：“打你的到底是谁？这帮人到底有什么背景，有多大的威势？你说呀！”

冯宁一下坐了起来，像是要说什么，但只是张了张嘴，却并没有发出声来，然后又强忍着头部伤口的疼痛和阵阵晕眩，摇摇晃晃地站了起来，怔怔地看着尤妮，还是一副想说什么却因为被一种难言之隐阻挡着，而说不出来的样子，呆呆地站了一会儿，才低声恳求道：“让我自己待一会儿，好好地想一想……我需要冷静地想一想……行吗？”

尤妮不说话了，低下头沉默一会儿，替冯宁的茶杯里倒上一杯热水，最后又叮嘱了一句："可以的时候，一定别忘了给陶怡打个电话。她一直在惦记着你哩！"便转向走出办公室去了。

尤妮一走出里间，那些在外间一直等候着消息的员工们立刻都站了起来，把关切的目光都投向了她。尤妮轻舒了一口气，对大伙儿做了个安慰似的动作："经理的情况还算好，伤情稳定下来了。警方正在追查凶手。他现在需要安静。各位如果有什么追凶的线索，可以及时向警方提供。"然后转向对那个戴眼镜的女秘书说道，"经常进屋去看一看。有什么情况及时跟我联系。"

戴眼镜的女秘书应了声："您放心！"

而这时，一直在自己的办公室里呆站着的冯宁，突然抓起桌上一个玻璃茶杯，用力向地板上砸去，然后又抓起一只烟灰缸向墙上砸了过去。茶杯和烟灰缸碎裂时发出的巨响传到外头，让在大办公室工作的那些职员都震惊了。好几个人都要冲进里间去看个究竟，但被那个年纪稍大一点的员工拦住了。当冯宁再一次抱起一个非常漂亮的鱼缸要向地上砸去时，他好像有点清醒了，他没有再砸，只是摇摇晃晃地抱着那只硕大的鱼缸苦笑着，然后突然举起鱼缸，把缸里的水，都倾倒在自己的头上。水草、沙砾和那些小装饰物顺着他的身体流淌到地板上，有的则黏附在他的脸上、头发上和衣服上。几条鲜红晶亮的小金鱼也可怜地被甩了出来，在地板上挣扎着、蹦跳着。

外头大办公室里的人们屏息静气地等待着，等待里间完全平静下来。不一会儿，里间的门突然打开了。一身狼狈不堪的冯宁走了出来。他手里拿着一条大浴巾，一边向卫生间走去，一边对那个年纪稍大一点的员工说："去收拾一下。"那个年纪稍大一点的员工和戴眼镜的女秘书一声不敢问地忙向里间走去。

冯宁走到卫生间里，脱掉衣服，打开沐浴器，热水从莲花喷头里哗哗地喷射到他的头上。水很快湿透了头上的绷带。鲜血从绷带里渗透出来，慢慢地染红了绷带，也染红了他的半边脸颊。他一动不动地站在莲花头下，让热水连续不断地冲刷着自己。渐渐地，他完全清醒过来了。他关掉了淋浴器。水流消失了，嘈杂的水声也消失了，但窄小的浴室里依然气雾弥漫。他在这浓雾似的浴室里稍稍又呆站了一会儿，就回到一个专属他个人使用的一个小房间里。

半个小时后，头上换上了新绷带，身上也已经换上干净衣服的冯宁坐在办公桌前，慢慢地从抽屉里取出了那两封信。这时，桌上的电话机突然响了起来。

电话铃声在此时听起来，是那么的刺耳，甚至都有点骇人。冯宁愣怔了一下，外头大间的那些员工也都被这个电话铃声惊骇了一下。

冯宁慢慢拿起电话。

电话是尤妮打来的："你现在应该是已经取出庞哥留下的那两封信了吧？为什么还不打开来看？"

在沉闷了好大一会儿后，冯宁说道："我真希望这还不是我冯宁一生最困难的时刻……我真希望我冯宁可以永远不用去打开这两封信就可以顺顺当当地走向我事业的巅峰……可是我真的顶不住了……尤妮，我真有点后悔到深圳来了……我他妈的为什么不留在东阳求发展？为什么我冯宁要逞这个能？我冯宁有啥能耐可逞？留在东阳，我安安生生地在政府小车队里做一个司机，上有我老父亲那点人脉和历史渊源关系罩着，下有我多年的老同学、老战友、七大姑八大姨们捧着，我什么舒坦日子过不上？我犯什么葛儿抽什么风？啊？……你在听着吗？"

电话那头，尤妮却没作声。

冯宁大声地问道："你还在吗，尤妮？怎么不吭气呢？"

尤妮冷静地说道："说完了吗？抽风抽完了吗？"

冯宁眼眶湿润了。

尤妮说："照你这么说，我更不该到深圳来了。我他妈的都是地委书记的儿媳，我犯啥格儿抽啥风，要到深圳来受这罪？那么究竟谁应该到深圳来？乞丐、文盲、地痞流氓、小混混、走私卖淫抽大烟的？可你现在数数，深圳来了多少留学欧美的大秀才高级专家？有多少在内地政治地位和经济生活都相当稳定优裕的学者官员都涌到深圳来了？还有那么些高级技工年轻学子，著名作家、演员，他们都那么顺溜吗？谁到深圳没有一番辛酸的创业经历？告诉你吧，我那会儿让人从新园宾馆开除出来，连死的心都有！我在我老家受过这样的气吗？谁敢给我这样的气受？但那是另一种活法。咱不是不想那么活着吗？咱不是就想找一种新的活法吗？到深圳就是想重新开始一种人生嘛。你他妈的还用得着我这小女子来给你开导吗？我知道你现在已经把庞哥那两封信都取出来了，可又不甘心低下头来受人指导。瞧你那德行！打开它吧，别再打肿脸充胖子了。看看庞哥的信，不等于你就是服输了，不行了，更不说明你冯宁无能。一个好汉三个帮，一棵大树还得三根桩哩！"

尤妮一通数落，让冯宁清醒了。不大一会儿，尤妮又把他约到附近一个高档的茶室。在茶室的一个小包间里，冯宁把打开了的庞耀祖的一封信递给尤妮。

尤妮问："只有一封？"

冯宁说："庞哥说一封一封地看。"

尤妮笑道："他还真把自己当三仙姑了，弄得神神道道的！他说啥了？"

冯宁说："你自己看嘛。"

尤妮说："你先说个大概。我懒得一个字一个字地看。"

冯宁说："他估计到，如果我能拿到这块地，方方面面都不会放过我。"

尤妮说："你瞧瞧，你瞧瞧。多吃十年饭，在内地衙门里多混了些日子，这庞耀祖就是知根知底，了解我们这个体制的痛痒关节。"

"他说，中国当前还不习惯让个人拥有那么多的权益，但正朝着这个方向前进。他让我一定要坚持、一定要顶住。他说我现在保卫的不只是一块地所能给我的那点经济利益，而是每个人应该享有的那种生存发展权利。他说，几千年来，这种权利在中国总是得不到应有的尊重和重视。这种个人应得的权益，总是被各种各样貌似有理的说法和规定取代了掩盖了扭曲了。深圳的改革开放，中国这一回的改革开放，最终目的就是要彻底解放人的能量，让每一个人都能真正做了自己的主人和这个国家的主人，享有属于个人拥有的这种权利……"

尤妮忙说："打住！打住。这些都是他信里说的？"

冯宁眉头一皱："让你看你不看……给你说，你又不信。这些当然都是他信里说的。"

尤妮说："扯球蛋嘛，说那么远干啥？到底咋办，他说具体解决问题的办法了没有？"

冯宁说："说到具体解决措施，他只有一句话。"

尤妮忙问："怎么说的？"

冯宁说："找宋梓南。"

尤妮稍稍愣了一下，苦笑一下，轻轻地叹了口气，低下头去默坐着了。

冯宁问："怎么了？"

尤妮长叹一声："我以为他还能给你出什么高明点子哩。他庞耀祖也没法免俗啊。出了问题找清官，这都是中国人用了两千年的老办法了。"

冯宁也叹道："那你说咋办？你不找当官的，还有谁能解决问题？能找到清官，就算是我们的福气了。他说他接触过宋梓南这个人，有血性，敢作敢为，是个官，但少官僚气，头脑还清醒，是个大官，但心里还有小老百姓。”

尤妮说：“你现在遇到的阻力不光是货运编集站那个母公司和暗中对你动武的黑道，还有有关部门不也突然中断了给你办理产权转移手续吗？”

冯宁说：“庞哥已经料到这一些了。他说，如果政府有关部门也给了阻力，这很正常。千百年来，不管是哪朝哪代，改革的实质都是利益和权益的再分配。如果这场改革，它是真正的，而不是虚伪的，是决心取得成效的，而不是只想走走过场的，是给多数人雪中送炭的，而不是只为少数既得利益者锦上添花的，它在某些掌权者中引起的震荡和妒忌心理，必然是深层次的、广泛的，更多的时候还是隐性的和貌似合法的。现在有幸的是，我们这个中央政权是个真正想改革的政权，是个真诚为人民谋利益的强力集团，它挑选的这个深圳班子又是大力推行这个邓小平路线的。所以……”

尤妮说：“所以，我们还得去求这些‘白脸包公’‘包大人’来解决问题。”

冯宁再一次苦笑笑说：“那你说怎么办？”

尤妮站起来拍了一下桌子，大声说道：“我说怎么办？我这个小女子有啥办法？纯粹傻蛋一个！”

第九十五章

冯宁和尤妮走进市委办公大楼后，多少显得有些迟疑、踌躇。他俩先是在门厅的一个角落里观察了一会儿，看那些来找市委领导的人都是怎么办上楼找人的手续的。

尤妮悄悄地调侃冯宁道：“你都成了公司老板了，还不知道怎么才能找市领导？”

冯宁瞪她一眼：“你烦！”

尤妮说：“好像事先都得预约。”

冯宁苦笑笑道：“这真是个二律背反的规定。事先没建立一定的关系，就没法预约。事先没预约又怎么能建立这种关系？”

尤妮揶揄道：“我发现你这张嘴，最近越来越喜欢拽了，尽说些人听不懂的话！尤其在挨了那顿打以后，尽装深沉！讨厌！”

冯宁忙说："还是考虑考虑用什么办法才能进得了这个大楼吧。"

这时，尤妮突然眼睛一亮，"啊"的一声叫了起来。这一声叫，叫得那么的突然、那么的响亮，不仅让冯宁吃了一惊，还让大厅里许多来来往往和正在办进门手续的人都不约而同地向这边转过身来，投来诧异的一瞥。

冯宁忙拉了尤妮一下："干啥呢？"

尤妮呆住了，怔怔只是向着一个方向看去，而不作声。冯宁赶紧向那个方向看去，只见那个方向上，有一群人正缓步向电梯间走去。

尤妮两眼发直，人整个都呆愣住了似的，叫道："庞耀祖！庞哥！"

冯宁也一愣："你说啥呢？"

尤妮忙说："我好像看见庞哥了！"

冯宁推她一把："别说胡话了！"

尤妮喃喃地自问道："也许我看走眼了？我可是一点五的眼力！如果我看走眼了，那么，那个人也确实长得太像庞哥了。"说着，她竟大步向那群人走去，让冯宁都没来得及阻止她。这时，那群人已经走到电梯间门前了。恰好一部电梯缓缓驰下。电梯门轻轻打开后，这群人中间便有人陆陆续续地向电梯间里走去。眼看那个长得酷似"庞哥"的人要走进电梯间了，尤妮加快了步子，几乎是带着小跑一般地冲过去想叫住那个长得酷似"庞哥"的人，看个究竟。她的这个举动，自然引起了门卫的注意。门卫先是叫了一声："喂，那位小姐！那位女同志！"见尤妮没搭理他，他便对两三位正等着他验证的人说了声："对不起，请各位稍等一下。"便大步冲了过去，并拦住了尤妮。

门卫显得有一点生气："你怎么回事？！"

尤妮忙解释："对不起……有个熟人……"

门卫说道："这儿是你随便找熟人的地方吗？你是哪儿的？"门卫越来越严肃。

这时，那个酷似"庞哥"的人已经走进电梯间了。尤妮一着急，有点结巴起来，一边用手指着那个酷似"庞哥"的人的背影，一边说："他……对不起……他……"

门卫做了不容违背的手势："请你离开这儿！"

尤妮一时间竟有点语塞了："他……他就是……"

门卫提高了音量说道："我再说一遍，请你离开这儿。否则我就要采取措施了！"

这时，冯宁跑了过来。门卫立即也用手指住他："你给我站住！"

冯宁站住了。

那群人中没有进得了电梯的一部分人闻声都转过身来。门卫拉着尤妮向大门口走去。尤妮脸红耳赤地辩解道："我只是看到一个熟人……我能不能问问他们，那个是不是叫庞耀祖……喂，请问，刚才上电梯的同志中间，有没有一个……"

门卫声色俱厉地说："不许大声喧哗！"

尤妮执着地说："我只是问一下，刚才上电梯的同志中间，有没有一个人叫庞耀祖的？庞耀祖……"

那群人中没有上电梯的那部分人，此时以为自己已经看清大厅里只不过是两个上访的年轻人在喧嚣闹事，便纷纷又转过身向电梯走去了。听到尤妮这一声喊，他们都站住了，又回过身来。

其中的一个人忙问："谁找庞耀祖？"

尤妮忙踮起脚尖，向那个人挥动着手："我……我……我找庞耀祖。"

那个人说："老庞刚才上电梯了！"

尤妮忙叫道："我是他家里人。能替我给他传个话吗？"

第九十六章

到傍晚时分，冯宁和尤妮果然在约定的那个饭店里见到了刚从东京回国的庞耀祖。庞耀祖匆匆走进来的时候，尤妮激动得都快要流出眼泪了，几乎是扑过去的，抱住庞耀祖："你他妈的，怎么真的是你呢？"

庞耀祖笑笑："我他妈的，怎么不能真的是我呢？"

冯宁也忙上前用力地握住庞耀祖的手："你怎么连电报都不先发一个？"

庞耀祖解释道："我们也是突然接到国内的通知，回来赶紧筹办证券交易所。"

冯宁问："学完了吗？"

庞耀祖笑道："完？那玩意儿还有完的时候？证券交易，是一个深不可测的大海。玩一辈子，也到不了底！"

冯宁说："那就不学了？"

庞耀祖应道："说是帮着搞完这个筹备工作，还去继续我们的学业，但我看可能是够呛了。一部分人可能会继续回东京和伦敦证券交易所去做实习，有一部分人肯定要留下来了。这里基本没有懂证券的人啊。中国最早在上海搞证券交易的那一批人，能活到今天的也没几个了，活下来的，也都七老八十，路都走不动了，还能做什么具体工作呢？"

尤妮忙说："我们刚拆开你的第一封信……所有的情况，你都预料到了……庞耀祖，你他妈的怎么能三年前就早知道的？"

庞耀祖说："我他妈的比你们都大十来岁哩。这十来年的饭不是白喂了狗的！"

冯宁说："快点菜吧，咱们一边吃，一边说。我这儿的情况很不好啊！"

庞耀祖说："说说情况吧。饭，我没时间吃了……那边还有个会等着我哩……中央体改委和金融工委都来人了，听说还请了香港两位证券专家……"

尤妮说："庞耀祖，你跟我们牛皮啥！你今天就不吃晚饭了？你上那边去不也得吃晚饭吗？我知道他们那儿的饭比我们这儿的高级，但是……"

庞耀祖不高兴了："你这么说有意思吗？"

尤妮板着脸，扭过身去，不搭理庞耀祖了。

庞耀祖说："你他妈的……"

尤妮说："你才他妈的！"

三个人都笑了。尤妮自己也笑了。

庞耀祖说："尤妮，以后不许再说这话了。这话太伤人。你把我庞耀祖说成这一号人，不也骂了你自己吗？如果我是那种势利眼儿，你跟我交往这么长时间，你会是好人？"

尤妮哼了一声："谁跟你交往这么长时间？自作多情！"

庞耀祖："哎哎，我只说交往，没说别的。"

冯宁笑道："尤妮，刚才在市委大楼里，你喊什么来着？你说你是庞耀祖的家里人！"

尤妮脸一下红了，拿起菜单装作要打冯宁的样子："那是临时起急了嘛。不这么说，我们能见得上庞耀祖大官人吗？"

庞耀祖也说："冯宁已经受了一回伤了，你要真把他打糊涂了，我可就帮不了忙了。"

尤妮说："爱帮不帮！哼，你敢不帮？！"

冯宁忙说："行了行了，我们快说。说了，让庞哥忙他的大事去。"

庞耀祖说："我来就是告诉你们，我已经约了宋书记，明天晚上见面……"

尤妮兴奋地说："约他一起吃饭？"

庞耀祖笑了笑道："这不可能。"

尤妮忙说："行行行，不吃饭也行，只要能见着就行。"

庞耀祖说："宋书记的秘书特别关照了两条。第一，只去一个人……"

尤妮失望地问："为什么？"

庞耀祖说："请不要多问。要想进入高层政治生活，就得遵守高层政治生活的游戏规则。既然书记的秘书说了只去一个人，那就是只能去一个人。别问为什么。谁去？"

尤妮失望地说："那当然是冯老板去啦。"

冯宁笑笑说："尤经理去也行。"

尤妮瞪了冯宁一眼："你寒碜我、挖苦我？"

庞耀祖说："当然是冯宁去。第二，去以前，去以后，这事不能做任何公开张扬，必须做到绝对保密。马秘书说，宋书记听了情况的初步汇报，觉得这事带有普遍性，现在要解决的不是冯经理一个人的问题，会牵涉相当一批人的利益。所以，要谨慎处之，还不能心急。"

冯宁说："我是军人。军人是绝对遵守纪律的……"

庞耀祖笑道："不过，当年你可不是个特别优秀的军人。别老拿你那段'惨痛历史'说事！"

冯宁说："我当年不优秀，但也没到你说的那个'惨痛'的地步。"

庞耀祖拿出一张小纸条："这是宋书记秘书的电话号码，让你直接和他的秘书联系。"

冯宁惊喜："哦？"

庞耀祖说："市委书记秘书的电话号码可别随便瞎传。"

冯宁忙说："这我懂。"

庞耀祖感慨地说道："能给你秘书的电话号码，这应该是一种极大的信任。"

冯宁忙点点头说："我知道。"

庞耀祖说："高层对滥用他们信任的人是特别不能容忍的。一旦在得到他们的信任后又让他们失望，是很难再重新获得这种信任的。知道那个曾经为我党立下过丰功伟绩的情报专家潘汉年吗？”

冯宁想了想，说：“知道。”

庞耀祖问：“知道毛泽东当年是怎么高度赏识和信任他的吗？”

冯宁说：“听说过一点。”

庞耀祖说：“知道后来他又是怎么失去毛泽东的信任，而最终经历了自己后半生无比惨痛的遭遇的吗？”

冯宁点点头。

尤妮白了庞耀祖一眼：“你这个比喻不恰当。那是在什么时代？对敌斗争年代。两个阵营绝对是你死我活，刀尖对麦芒的。现在又是什么时代？大团结、大稳定、大和谐。我公爹经常对我说，现在不可能再像那个时代那样对待党内外的同志了。那个时候需要泾渭分明，非此即彼。现在需要包容和谐。”

庞耀祖说：“但因此就没有内外之别、上下之别、等级之别和好坏之别了？别天真了。只要有政治和政党，那是永远消除不了的。这种信任，来之不易，失去就不仅仅只是一种遗憾了。特别是对那种值得我们珍惜的信任更是要慎之又慎。”

在约定的时间，冯宁来到宋梓南办公室里。因为是第一次进市委书记的办公室，单独面对深圳的最高当权者，冯宁竭力要求自己平静，但进门的最初几分钟，他还是有点晕，头脑里一片空白。而宋梓南显得十分的悠闲，正在那张大案桌上挥毫写字。他挥挥手，让冯宁坐下。

宋梓南问：“你就是那个冯宁？”问话时，头都没抬。

冯宁忙站起来：“是的。”

宋梓南很随便地看了冯宁一眼：“挺年轻嘛！”

冯宁忙说：“看怎么比了……跟我们公司里那些刚大学毕业的小青年比，我都觉得自己老了。”

宋梓南笑了笑：“有危机感好啊，在深圳就得保持高度的危机感。”

冯宁说：“所以许多人说，深圳是全中国也是全世界最年轻的城市、最有朝气的城市，但也是幸福感比较低的城市。”

宋梓南停下笔：“哦，有这种说法？我不同意这种说法。不能把幸福只看成吃喝玩乐、安逸享受嘛。你说呢？年轻的冯经理。”

冯宁忙应道：“那是……”

宋梓南突然停下笔：“不想和我争论，还是不屑跟我争论？”

冯宁忙说：“不，我是同意您的观点的。”

宋梓南笑道：“是吗？我闺女就不同意我的观点。她说，吃喝玩乐、安逸享受是人的天性。幸福就应该建立在这个基础上。我闺女还有一种谬论，说二万五千里长征固然是伟大的，但是长征战士内心中对枪林弹雨、受冻挨饿、流血牺牲能觉得是一种幸福？他们就不向往安逸和享受？”

冯宁说：“她太小。再大一点，担负一定的社会责任了，就会明白真正的幸福还包含了某种付出，甚至是痛苦的付出。这和爱情一样。”

宋梓南认真地打量了一眼冯宁：“小伙子，你还不光有一个生意人的头脑啊？不对，不对，我这句话有问题，真正的企业家、优秀的生意人，也会是一个思想家和拥有相当水准的哲人、贤人。我这么说，是不是就全面一些了呢？”

冯宁忙说：“是的。”

宋梓南笑道：“你别老说是的是的。在我面前说‘是的’，待一会儿，一出门，就偷偷骂山门，这臭老头儿！老顽固！”

冯宁笑道：“不会不会……”

不一会儿，宋梓南的字写完了，冯宁的情况也说完了。

宋梓南丢下笔：“说完了？”

冯宁点点头：“大致的情况就这些。”

宋梓南说：“好吧，给我写的字提提意见吧。”

冯宁惶惶地说：“我可不懂书法。”

宋梓南说：“这可不行啊，书法是我们中国文化的精髓，一门大学问啊。可以养性修身，可以治国平天下啊！对了，我们准备在市民广场中央立一个标志性塑像，你看塑一个什么像好啊？大鹏鸟？拓荒牛？还是雄鹰？莲花？”

冯宁说：“这个我也不懂……”

宋梓南笑道：“那你懂什么？光知道做生意？这我可要说你了。你这样，也能赚钱，但充其量我看是只能赚小钱的。如果遇到好机会，也有可能让你猛赚一笔，也可能一夜暴富。但你成不了真正的企业家。成就一个伟大的企业是要有企业文化和企业精神支撑的。做一个伟大的商人，是要用思想支撑的。你看看这些年我们深圳的大企业，像华为、万科、中兴，还有许许多多正在崛起的高科技企业……怎么了，不想听我唠叨了？”

冯宁忙说："不不不，您说得特别好……特别好……"

宋梓南大笑起来："哈哈哈……小伙子，要把言不由衷的话说得非常诚恳圆熟而委婉动听，就像历史上那些祸国殃民的佞臣做到的那样，你的功夫还差得很远很远啊……"

冯宁问："您觉得我应该在这方面再下点功夫？"

宋梓南突然不笑了，然后又慢慢露出一点微笑，很诡秘地看了看冯宁："你以为这很容易？对某些人来说，一辈子都学不会的……一辈子啊，小伙子，要学会怎么说好言不由衷的话，首先是要学会怎么出卖自己的灵魂啊！而出卖自己的灵魂，这件事也不是人人都做得到的……"说到这里，那漫不经心的微笑，突然间从他脸上消失了……

出了市委大楼，冯宁就直奔庞耀祖住的地方而去。庞耀祖回国后，一直还住在新园宾馆那个集体宿舍里。冯宁先是在马路边找了个公用电话给庞耀祖打了个电话，约了他一下。庞耀祖却直劝冯宁过个一两天再去跟他谈。"今天我这儿太乱了，我也没法坐下来跟你谈。"从来没拒绝过冯宁约谈的庞耀祖却在电话里再三推拒，但冯宁还是执意要去。等冯宁赶到庞耀祖住的那个集体宿舍里一看，屋里果然跟大撤退似的，庞耀祖正在慌慌地收拾自己原先的一些东西，准备搬新居了。宿舍里没开空调，电扇颤颤地晃着头，"咔嚓、咔嚓"直响。庞耀祖忙得浑身直冒大汗，根本也没那个心思听冯宁细说。

"你能停一下手，好好听我说一说吗？"冯宁要求道。

"说呀说呀，我听着哩。"庞耀祖直起腰，擦了把汗，应付道。

"这是在听我说吗？"冯宁不高兴了。

"一会儿就来车了……他们让我搬到市政府的机关宿舍去住。"庞耀祖解释道。

"你要赶不上他们的搬家车，我替你派车。要没人替你扛行李，我叫人来替你扛。别跟我这么有一搭没一搭的……"

"行行行，你说。"庞耀祖终于停下手来。

"你要不愿意听，就算了。"冯宁不想说了。

"嗨，冯老板现在脾气见长啊！"庞耀祖调侃道。

"是你让我去见那个宋梓南的，对不？"

"啊，怎么了？能直接跟市委书记谈一下，你以为容易？"

“听着，刚才我去见这位宋大人了。宋大人压根儿就没心思听我说，一直就没停下笔写他那烂字，等我汇报完了，又让我评价他的字，又让我评价他什么雕像方案，然后又跟我大谈企业文化和企业精神……天南海北地胡扯了一通，就是绝口不谈我这事到底该怎么处置。你怎么跟他约的？你们这些当官的不是在耍我吗？纯粹找我去陪他闲聊天儿了？！”

“瞧你那躁性！他宋梓南要闲聊天儿，找你？你冯宁还不够那个格，肚子里也没那么些东西陪他宋梓南闲聊天儿哩。也许三五年以后有那个可能。但现在，哼！”庞耀祖冷笑道，“冯宁啊冯宁，说出这种话，你是不是也有点不知道自己到底有几斤几两了？”

这几句话，一下子还真把冯宁呛住了，让他一时无语。

庞耀祖接着说道：“你啊，还是不懂政治。我告诉你，完全不懂政治的人，很难在中国这个现存体制下做大、做强一个企业！所以你还得好好修行哩！你以为宋梓南是谁？中国社会历史大转型试验场的第一把手，中国第一大经济特区的一把手。这样一个人，能随随便便把自己秘书的电话号码给一个人？能随随便便把一个人叫到自己办公室去听他唠叨两小时？你知道不，他平时的工作日程是以分钟为计时单位来安排的。他把秘书的号码给了你，他又约你去谈情况，这足以证明，他非常重视你。他已经充分感觉到你这档子事的严重性了。他清楚地看到，这件事牵涉完善和深化深圳的市场体制改革这么一个大问题。他要解决的不仅仅是你这块地的归属问题，而是要通过解决这块地的归属问题，来推动深圳改革的进一步发展。这不是他一个人，下一道命令，或者给你一把什么尚方宝剑就能解决的。所以，他不能在你面前轻易表态。所以，他才会只听不说，才会做出一副一边写字一边听你汇报的样子，才会在你汇报完了就只跟你聊别的那些不咸不淡的事。你以为他真的很无聊呢？可以跟你这么说吧，你说的每一句话他都记在心里了！”

冯宁愣怔了一会儿，忙问：“那我那块地到底怎么办？”

庞耀祖说道“你看你，掰扯半天，心里还是只有你自己这块地。”

冯宁忙说：“我就是个生意人嘛。”

庞耀祖说：“你不仅仅是个生意人！从什么时候开始，你把自己仅仅定位在一个‘生意人’的坐标点上了？你过去不是经常宣称，我们到深圳来，不光是挣几个钱，不光是做一个淘金者。是不是这样的？搞清自己到底是为什么才活着的，才能算是一个真正的人、完整的人！这才是我们的目的。从大的方面说，不解决体制上一系列的问题，就不可能解决这个怎么活着的问题；从小的方面说，不解决体制上一系列的问题，同样也解决不了你这块地的问题。因为，按照老的条令和习惯做法，作为你的上级母公司，货运编集站是可以从你手里平调几百万资金，政府有关部门也应该拒绝给你办理产权转让手续。”

冯宁问：“要我们去解决这个体制问题，这难度是不是也有点太大了？！”

庞耀祖说：“据我得到的消息，宋书记在听你汇报以前，就已经下令政府有关部门，尽快着手调查处理这件事了。”

冯宁一愣，惊喜地说：“是吗？”

庞耀祖冷笑道：“是马，还是骡呐！而且据我分析，宋书记他很可能还要从你这么一个新兴民营企业家被打的案子着手，来整顿深圳的市场秩序，给深圳整个民营经济的发展营造切实良好的环境。想不到吧？别愣着了，赶快帮我收拾东西，办公厅的车马上就要到了！”

庞耀祖猜测得没错，冯宁一离开市委办公大楼，宋梓南就把市公安局局长叫到了自己办公室里，要求市公安局“要大张旗鼓地‘限时限刻’‘从快从重’地查处这起打人案件……”并且告诉市局领导：“特区报记者今天会来采访你们。”公安局的领导有些不理解：“这么一起案子还要马上见报？它只是一起很普通的致人轻伤案……”宋梓南马上纠正道：“一起普通的致人轻伤案？我的局座，你太不敏感了。我再说一遍，这个案子要马上见报。要彻查到底。”一直到离开宋梓南办公室的时候，市局的同志还认为书记只是说说而已，不会真的为了这么一起非常普通的“致人轻伤案”大动干戈。但随后的事态发展，却让他们吃了一惊。当天下午，特区报记者如约上门来采访，第二天一早，这个案子就上了报纸的法制版。市局不少同志看到报纸以后，都觉得不可理解：“太奇怪了。过去办案，都是要求内外有别，破案以前，尽可能保密，别声张。案子即便破了，也只能挑一些有典型意义的不会影响群众情绪和社会稳定的案子让报纸的法制记者报道一下。这一回是怎么了，一发案，就要大张旗鼓地报道，而实际上对付的只是一个致人轻伤案。简直就是拿高射炮打蚊子。”说这牢骚怪话的是局办公室的一个秘书，正巧黄局长路过，听到了，还挨黄局长一通训。局长训完了，最后说了声：“少说怪话多干活儿！”拿起报纸回到自己的办公室，就把冯宁公司新写字楼所在辖区的派出所所长李国良叫到局里来了。

局长先简单问了问这位李所长那天到冯宁被打现场勘察的情况。李所长说道："这案子太简单了，基本上没什么可查的，就是那个'栾叔'带了几个人，把那个冯宁收拾了一通。当时，有人报了警，110也到了现场。我们调阅了当时警队出现场的记录。冯宁受的确实是轻伤。他自己都没要求验伤。事情就在调解中解决了。这么一档子小事，值得在特区报上大张旗鼓地折腾吗？"

局长问："有人说那个'栾叔'背后还有黑手。"

李所长说："一起轻伤案，说得上啥黑手不黑手的？真有黑手参与，起码也得要了那个冯宁半条命！不卸他条胳臂，也得卸他一条腿。"

局长愣愣地打量了李所长一会儿，问："确实如此？"

李所长不明白今天局长观察他的眼神中为什么总带着一种过去从来没有过的冷峻和怀疑，便不由自主地有一点慌张起来，忙重复道："确实如此。"

局长又问了一声："真是这样？"

李所长勉强地笑了笑，答道："这……常规嘛……常规……"

局长又仔细打量了李所长一眼，然后站了起来，说了声："那就这样吧。"便走了出去。

李所长这才轻轻地松了口气，从桌上取了一张纸巾，摘下帽子，擦了擦帽圈里沾上的冷汗，点着一支烟，刚吸了两口，觉得局长走了，自己一个人还继续留在局长的办公室里，不太合适，忙戴上帽子，正要走，这时进来两个同样穿着警服的人。

这两个同志走到李所长面前问："你是李国良同志吧？"

李所长一开始根本没怎么在意这两人，因为从年龄和警衔上看，他们都是他的晚辈了，便漫不经心地问："是啊。怎么了？"

那两个同志自我介绍道："我们是139专案组的，想找你了解一点情况。"

李所长这时才稍稍有点紧张起来："139专案组？找我了解什么？"

那两个同志说："请跟我们走一趟。"

李所长心跳开始加剧。他本想对他们说："跟你们走一趟？瞎掰！要说啥，就在这儿说，我哪有工夫跟你们瞎转悠？！"但经验和本能都告诉他，这事发生在局长办公室，一定和局长和局党委的什么决定有关，再想到局长专门把他找来谈冯宁被打案，再加上局长刚才那含义复杂的眼神，心里本来就有鬼的他，再一次冒冷汗了，嘴里只是喃喃道："谈……谈情况？一会儿我还得回所里去呐……"

不等他说完，专案组的那两个同志从公文皮包里取出一张盖了公章的红头文件："你不用回你们派出所去了。因为你和冯宁被打一案有牵连，局党委已经决定对你进行停职审查。"

李所长一愣："啥？我和这个案子有牵连，要对我停职审查？什么局党委决定？我刚才还和局长在一起哩。他啥也没跟我说呀！"

那两个同志把那个红头文件往他面前一放。李所长呆掉了。

到傍晚时分，黄局长觉得情况比较严重，便亲自去向宋梓南汇报讯问这个李所长所得到的初步情况。"情况有点出人意料。这是讯问笔录。"黄局长把一份有被讯问者亲笔签名的笔录放到宋梓南面前。宋梓南戴上老花镜，拿起那份笔录时，黄局长说："瞧您那个费劲儿样。还是我来给您念吧。"宋梓南笑道："嫌我老了？想我赶快退休？"也是市委常委的黄局长忙笑道："行行行，您自己看，自己看。我还是省点劲儿吧，别好心让人当了驴肝肺！您可以着重看用红笔画出的段落，那都是要害的部分。"不一会儿，宋梓南看完了，脸色果然一下沉重起来。从初步讯问所得的情况看，这案子可能还牵涉一些让宋梓南根本没想到，也绝对不愿意想到的"同志"。

黄局长请示道："还要继续往下查吗？"

宋梓南没马上正面回答黄局的请示。他心情非常沉重地说道："看起来，我们摸到的还仅仅是冰山一角……"

第九十七章

第二天上午，一上班，小马就向宋梓南报告道："刚才高士达集团的何董事长来电话，他想尽快见到您。"

宋梓南问："什么事？"

小马说："电话里没说，他说见面时再谈。看样子挺急迫，一再地问，能不能今天就安排出一点时间来见他一见。"

宋梓南略略深思了一下："你答复高士达集团的何董事长，就说，我可以马上去见他。"

小马忙问："什么时间见？"

宋梓南答道："今天下午。"

小马犹豫了一下说："下午的日程……"

宋梓南断然答道："全部顺延。"

小马再问："请他到这儿来？"

宋梓南立即答道："不，请他定个地点，定一个比较方便谈事，又不为人注目的地方。告诉车队，下午替我换一辆车，或者把我那辆车的车牌号换了。不管是换车，还是换车牌号，都把更换以后的新车牌号通知何董事长，以方便他做相应安排。"

"更换车牌号？"小马一愣。或者换车，或者更换车牌号，唯一的目的是不想让别人认出这辆出行的车是市委书记乘坐的，不想让某些有心人觉察到今天市委书记的行踪去向。这样的行动，在宋书记是极少采取的。因为深圳大地毕竟是我们的天下。一般情况下不必这么神秘。再说了，一个市委书记的行为，多是正大光明的，也无须使用这种避人耳目的举动。但，今天是怎么了呢？自然，所有这些疑惑，小马是不会说出口的，也没多问，也不该多问。他只要照着办就是了。

下午，比平时午休起床时间早半个小时，遵照书记的吩咐，小马叫起了宋梓南。宋梓南稍事洗漱，把该吃的药吃了，立即乘坐那辆更换好车牌的车，向郊外驰去。车行驶到约定的一个地方，不远处的马路边停着一辆大黑壳的高档车，在那里不停地闪着危险报警灯。宋梓南马上指着那辆车告诉司机："你也打开危险报警灯，慢慢靠过去。他要是往前走了，你就跟着它。"

这些都是事先约定的暗号。等宋梓南的车靠过去后，那辆黑壳高档车果然不声不响地启动了。两辆车一前一后不远不近地相随着沿山区公路驰去。大约几十分钟后，它们越过一片连绵的丘陵区，眼前出现了大海。前车拐进了一片丛林。宋梓南乘坐的后车立即紧随其后，也向那片密密的丛林拐去。

这时，他们好像又离开了海岸线，向陆地的腹地走去了。但走了不多远，丛林豁然开朗，出现了一群度假村似的奇美建筑。但是前车并没有驶进这个度假村，而是从度假村后驰了过去，又进入了一片起伏不定的丘陵区。丘陵区里远远近近地总能看到一些精美小别墅的尖顶和大而亮的落地钢窗。在走过了一段密集的南方特有的灌木林以后，前车终于驰入了一个别墅区。

别墅区的仿古典式的大铁门显得古老而威严。前车按了两声喇叭。

一个保安一边看着监视屏上的图像，一边通过通话器向什么人报告着："张师傅的车回来了。但后面还跟着一辆车，那车的车牌号是×××××。”

通话器里马上响起回答：“放行。”

那个保安：“但后车的车牌号是个陌生牌号，又没有预约登记。”

通话器里的那个声音立即命令他：“让你放行就放行。”

那个保安赶紧按了一下桌上的一个绿色按钮。大铁门缓缓打开了。在两辆车驰入院区后，大铁门又缓缓关上了。当前车在这个并不大的别墅区一幢会所式的建筑物后门停下时，何董事长已经在会所的后门口等着迎候宋梓南了。两人寒暄一番。何振鸿通过一条极为僻静的甬道，把宋梓南引领到那个装潢古雅而又奢华的会所里，对宋梓南说：“这儿是绝对私密的。只有持白金会员卡的人才能进得来，而且还得预约。书记要用点什么？普罗旺斯的葡萄酒？还是哥伦比亚的咖啡？还是台湾的观音王？还是黄山的云雾茶？”宋梓南四下里环视了一下，感叹道：“你们这些大老板啊，还是很会过日子，很会享受的呀。给我来杯茶吧，绿茶，最好是今年的新茶。”

宋梓南随何振鸿进了那个密谈室以后，小马便在门外的过厅里装作若无其事的样子，四下里打量着墙上的和多宝柜上各种各样的装饰品，其实从他的眼神里可以看出，此刻他一直保持着高度警惕，不时向紧闭着门扇的密谈室方向投去关注的一瞥。

在密谈室里，何振鸿说道：“最近我在特区报上连续读到关于企业家冯宁被打，有关方面下大力气在侦破此案的消息……我很感慨……很感谢深圳市政府和有关部门能下这么大力气保护经商者的人身安全和合法权益。”

宋梓南微微一笑道：“何先生，我们是老朋友了。您又是最早一批到深圳来投资办企业的先驱人物。您今天有什么要说的，尽管说，就不要兜圈子了。”

何振鸿稍稍沉吟了一下说道：“很抱歉……关于这起案子，我有一点线索，可以提供给官方……”

宋梓南淡淡一笑：“好啊。感谢何先生的鼎力相助。”

何振鸿说：“这件事，本来不该直接来打扰你宋书记，但是直觉告诉我，事情背后可能会牵涉更复杂的人和事。我犹豫了许久，内心也翻腾了许久，觉得只有直接来麻烦宋书记你，才是比较保险的……”

宋梓南欠欠身说道：“请不要客气。其实今后也完全可以是这样，只要有事情，只要您何先生觉得需要，就尽管直接来找我，或者找我的秘书！”

何振鸿忙做了抱歉的手势说道：“我当然不会轻易来骚扰你的……我不

熟悉这位冯宁先生，但是他那块地，我还是知道一点的。我也曾经设法通过一些渠道，想过一些办法，试着去拿到这块地。在这过程中，也耳闻目睹了一些事情。这些事牵扯你宋书记身边的一些人，也牵扯我何某身边的一些人。拿香港和一些发达国家成熟的、规范的经商环境来衡量，深圳出现这些事情，就让人觉得有点不太正常。当然，内地有内地的特点。我们不可以强求一致，也不可能照搬境外的那一套做法。但是，现在中央不是也在强调和国际接轨吗？我看市里的领导也在强调要在深圳建立和完善一套市场经济的游戏规则嘛。我们这些生意人，来深圳投资，最大的愿望就是希望深圳早日建立并且完善这套游戏规则。要不然，心里多多少少还是不怎么踏实的。所以，我愿意把我知道的一些情况提供给宋书记，希望能有助于政府方面整顿好市场秩序，建立必要的游戏规则。但请宋书记一定为我保密。保密的原因，就是我刚才说过的，这些情况，可能涉及我身边的一些人，也可能涉及宋书记你身边的人，特别是你身边的那些人，还在位置上，现在和今后都会影响我们在深圳生意的好坏。而这一点恰恰也是我犹豫了这么长时间，没敢及早来找你提供情况的主要原因。”说着，拿出一个信封，慎重地放到宋梓南面前。

第九十八章

宋梓南是当场就看了何振鸿写的这封信的。他回到市里，立即把市纪委的乔书记找到办公室，把何振鸿的那封信交给了乔书记，并说：“情况比我们原先估计的还要严重得多得多。卷入这起案子的不光有我们一些职能部门的人，还有一些你我完全想象不到的人。你先看看这封信。这是高士达集团董事长何振鸿先生写的一些情况。”

乔书记拿起那封信问：“这件事和高士达集团还有关系？”

宋梓南说：“想象不到吧？何振鸿先生在谈话中，说得很客气，他觉得‘很可能’有我身边的人卷入了这起案子……现在看来，不是‘很可能有’，百分之七八十‘就是有’这样的人卷了进去！何先生说这个人经常向他的侄子金德昌提供我们内部的绝密文件和经济信息。”

乔书记默默地看完信，怔怔地问：“怎么会是他呢？”

“难以想象吧！？”宋梓南感慨道。

“真是难以想象……一个开发罗湖的功臣，建设特区的尖兵，省市两级党委确认的区、局、县级领导干部的标兵，下一届人大内定的副市长候选人……这样一个人怎么会发生如此触目惊心的变化，以致怂恿自己的亲戚去打人？”乔书记也感慨道。

宋梓南说：“这绝不是一起简简单单纵容亲戚的打人事件。马上组织力量核实这情况。你亲自抓这件事，直接对我负责。同时，要严格对外保密，对参加这工作的同志也要做好保密教育工作。”

乔书记说了声“您放心”，就立即回纪委去了。第二天上午，乔书记又给宋梓南打了个电话来，说：“还有件事，昨天一激动，忘了请示。按要求，市纪委在下一届人大会议前，要向省委、省纪委和中组部通报一个下一届市政府领导班子候选人员廉洁自律情况的考察报告。我们在这份报告中，还要不要继续写上这个同志？”

宋梓南说：“咱们不在电话里谈这事。你过来说吧。”

等乔书记赶到，宋梓南对他说：“我看在彻底搞清情况，拿到确实证据以前，不要做任何可能打草惊蛇的事情。不过……你可以亲自到省纪委跑一趟，先口头向省纪委的主要领导报告一下目前我们得到的这些情况，再说一说我们已经和准备要采取的一些措施。”

乔书记说：“宋书记啊，昨天晚上我折腾了大半宿都没睡着啊……真的是想不到……如果情况属实，真是太不可思议了……一个多好的同志……”

宋梓南点点头，苦笑道：“教训啊……昨天你走了后，我又想了想，觉得还是应该向在家的常委先通报一下这情况……你觉得怎么样？”

乔书记想了想说:“现在就把这件事提交到常委会上去，是不是有点早了？”

宋梓南说：“不采取正式上会讨论的方式。个别谈。用个别谈的方式，先通报一下情况。同时征求一下常委们的意见，看看他们对这件事有哪些建议和看法，另外，顺便也可以问一下，关于他，他们还掌握了什么情况。”

乔书记迟疑地说：“他们不一定会掌握什么更多的情况吧？如果有，应该早就向您汇报了。”

宋梓南摇了摇头说道：“不一定啊。一向以来，大家对他的期望值都很高。尤其这半年，在把他确定为区、县、局领导干部的标兵以后，加大了对他的宣传力度。在这种情况下，同志们即便听到什么有关他的负面情况，也可能会为了顾全大局，而不加以声张，甚至为了维护安定团结的局面，为了维护深圳这面旗帜，维护组织决定，而有意把这些情况压下不报。总之，这件事，如果属实，就太被动了，我是有责任的……”

乔书记走后，宋梓南又呆坐了一会儿，揉了揉觉得发闷的胸口，吃了几片丹参之类的药，走到外间秘书室对小马说：“你了解一下，市委常委哪些还在家？然后你排一下队，用一天的时间，我想跟常委们逐一做一次谈话。”

小马愣怔了一下：“逐一做一次谈话？”

宋梓南说：“对，分别谈。每个人大约花半个小时到四十五分钟时间。”

小马问：“在哪儿谈？您这儿？”

宋梓南说：“不，约到常委小会议室去谈。”

小马再问：“要派人做记录吗？”

宋梓南说：“不。不做笔录，更不录音。”

第一个应约来交谈的是周副市长。敏感的周副市长怔怔地一坐下就问：“出什么事了？为什么把今天下午和晚上所有的日程全都更改了？”

宋梓南把纪委整理的一份材料放到他面前：“你先看看这份材料。”

半个小时后，周副市长匆匆走了。傍晚时分，他到高科技园区建设指挥部检查工作，见到他的人都觉得今天周副市长跟平日里常见的那个周副市长有点不一样了，显得心不在焉，也显得有点急躁上火。他一走进指挥部就找石长辛。

在场的人都没作声。

周副市长有点不高兴地问：“怎么了？他没来？”

“来了。”有人答道。

“来了，问你们怎么一个个都不吭气？”

在场的人仍然不做正面的回答。场面上的气氛顿时显得有一点紧张和尴尬起来。

正僵持着，石长辛走了进来。

周副市长瞟了石长辛一眼：“正说你这个曹操哩！”

石长辛忙说：“对不起，我没迟到吧？刚才睡了一小觉，起得有点晚了。现在科技园区内所有的建筑方案都可以确定了，就只剩下冯宁手里把着的那块地，拿它没辙。到底怎么处置这根钉子？市里得赶快拿主意。这种事，如果不下决心，拖三五个月也是它，拖个一两年、三五年的，也是它。但，别说是拖一两年、三五年，根据现在的形势，就是拖三五个月，也会对我们当前这个高科技园区的建设产生重大影响，以至于影响到我们全市产业结构的调整速度。”

周副市长话里带话地说：“市里当然会下决心的。”

石长辛忙说：“关键是要快……”

周副市长突然显得有一点不耐烦了：“谁不知道要快？我都想明天就把这个高科技园区建起来哩。”

石长辛一愣，他和其他人的感觉是一样的，周副市长向来以聪慧、宽容和博学著称，从不随便向下属发火。在别人述说己见时，更少见他无故抢白。今天，这是怎么了？石长辛当然不会流露出自己的这点意外，只是不再出声了。

过了一会儿。周副市长稍稍缓和下口气又问道：“其他建筑用地还有什么问题没有？”

石长辛忙说：“应该没什么问题了。”

周副市长却又不耐烦了：“什么叫‘应该没什么问题’了，到底有没有问题，有就有，没有就没有。应该没有，算什么意思？”

石长辛忙说：“除了冯宁手里捏着的那块地以外，其他的都没有问题。”

然后，周副市长把石长辛找到另一间小办公室里。这时，他可能也意识到自己有些失态了，便对石长辛说道：“刚才我态度有点急躁，说话也有点冲动……”

石长辛忙说：“嗨，周副市长，您跟我这个当兵的说这干啥？我急起来，比您冲得多。这一点算个啥？！”

周副市长说：“还有件事，长辛，你现在不能光抓这个科技园区，还有土地资源管理，特别是土地拍卖会的事，都筹备得怎么样了？”

石长辛说：“不是要调雷半伍区长到市政府来主抓这个土地拍卖的工作吗？他到底什么时候到位？”

周副市长说：“你不要等……”

石长辛说：“半伍同志工作有魄力，也熟悉城市基本建设。他来抓这个土地拍卖，是非常合适的。”

周副市长说：“他能马上过来，当然好。不过，你还是不要等。他正在办交接，办完交接才能过这边来。所以，你先干起来。”

这时，一个工作人员进门来给石长辛送什么文件，听了一句半句地插嘴道："还是让雷区长早点过来吧……石总一个人扛着这么大一摊子事，的确够累的了。"

石长辛立即打断那个工作人员的话："有你什么事？忙你的去吧！"

那个工作人员立即把没说完的话，咽了下去，快快地走了。

在回去的路上，周副市长问他的秘书："你没觉得今天石长辛那儿气氛有点不太对头？"

秘书答道："我也有这样一种感觉。石总老不让他手下的人说话。而他手下那些人好像老有什么话要说似的……"

周副市长长叹了一声道："这个石长辛啊……"

等回到市政府大楼，快要走到办公室门前了，却看到有两个公务员模样的人站在办公室门前等着他，周副市长抬头一看，这两个人是石长辛指挥部的工作人员。周副市长不无有些疑惑地说道："你们来得好快。怎么了？有事吗？"

两个工作人员犹豫了一下："能给我们几分钟时间吗？"

周副市长立即说："当然可以，进来吧。"

这两个工作人员是来报告石长辛近来的身体状况的。

周副市长问："长辛最近情况很不好？经常发病？"

一个工作人员担心地说："他老说是岔气。一疼起来就直不起腰，透不过气。开始那几回，我们食堂里有个大师傅，在老家学过一点中医推拿，替他揉揉，这气很快就顺过来了。最近这段日子，同样的揉，都不管用了。得歇上一两个小时才能缓过一点气来。今天您上指挥部去的时候，他刚发过病，正在他办公室的长沙发上躺着哩……"

另一个工作人员补充道："岔气，我们老家也有这种说法。一般情况下，揉一揉，歇一会儿，就能好。但是，我们总觉得石总的情况不太像民间常说的那种岔气。而且它发作的频率越来越高，只要一发作，石总的脸色就变得青白青白的，挺吓人的。"

"这段时间，他实在是太忙了。光一个科技园区的筹建，就够他招呼的了，再加一个土地资源管理，市政建设施工……每天半夜一点钟以前能上床休息，就算是好的了。经常忙到后半夜两三点，他还不让我们说，谁说就训谁。今天听说您又要他负责土地拍卖的事，我们特别担心，这会不会成了骆驼背上最后一根稻草……"

周副市长沉吟了一下，问：“还有什么情况？”

两个人吞吞吐吐地请求道：“……就是……就是……别跟石总说，我们上您这儿来反映过他的情况了。”

周副市长笑着点了点头说道：“谢谢你们来反映石总的情况，以后有什么关于他的情况，还可以直接来谈。”

等这两位工作人员走了以后，周副市长马上给石长辛打了个电话，用训示的口气，要他切实注意自己的健康问题。到晚上，石长辛就把高科技园区筹建指挥部全体工作人员召集起来，追问道：“谁上周副市长那儿去告我状了？嗯？谁？”

会议室里没人敢出声。那两个工作人员赶紧低下头，屏住了呼吸。

石长辛严厉地扫视了大家一眼，说道：“我平时怎么跟你们说的？现在市里就这么几个领导，年龄也都比较大。眼下，无论是建设高科技园区，还是搞土地拍卖，或者马上要搞的证券交易和行政管理体制的变革，都是实现中央的调整方针，完善市场经济体系，进一步深化改革开放的重大战略措施。在这么一个关键时刻，我们这种相对来说还算是比较年轻的同志多干一点工作，能跟谁去叫苦吗？你们说，能跟谁去叫苦？”

周副市长走后，接着被约谈的是组织部的刘部长。听了宋梓南简单的情况介绍，刘部长说：“组织部也收到过一些关于他的负面反映。但是……但是看到市里一直在高调宣传他，所以就没太把这些反映当一回事。”

宋梓南：“教训啊！”

刘部长略显得有些歉疚地点了点头。

宋梓南接着又问：“你们得到的那些反映，有书面的东西吗？”

刘部长说：“有啊，但大部分是匿名举报信。”

宋梓南忙问：“你们没销毁吧？”

刘部长说：“那怎么会呢？”

宋梓南问：“带来了吗？”

刘部长从皮包里取出一个卷宗，放在宋梓南面前。

宋梓南没去碰那个卷宗，但却指着这个卷宗吩咐道：“你要亲自把它交给纪委乔书记，不要让任何第三者经手转交。”

刘部长点点头：“我明白。”

宋梓南长长地叹了一口气道："小刘啊，回过头去认真审视，在这一类事件上，确实有许多深刻的教训值得我们认真总结。往往是，人已经出问题了，群众已经反映了，有的反映甚至还很强烈，可这些有问题的人还在继续得到高高在上的我们提拔重用。为什么我们这些人的感觉，总是不能和群众的感觉同步？要完全同步，这个难度确实比较大，但能不能做到及时反馈呢？怎么才能把群众的监督真正落实到我们的人事干部工作实践中去？"

刘部长说："宋书记，我有这么一个考虑，不知道合适不合适。"

宋梓南说："今天我们之所以要单独谈，就是为了能充分进行交流各自的想法和意见嘛。有什么想法，你尽管说。"

刘部长笑了笑："那我就说了。"

宋梓南笑道："说吧。"

刘部长简单梳理了一下自己的思路，说道："这件事情现在还正在调查中。无论如何，深圳是中央的一个试点，改革开放的一面旗帜。大家伙儿不希望在这面大旗上看到出现这么一个破洞和这么一粒老鼠屎……我一直在考虑，怎么才能让这件事的负面影响减少到最小的程度。中央现在不是强调干部异地交流吗？我们能不能用这个办法，请省委组织部门出面，先把他调出深圳，然后再看案子的查实情况和大形势的发展态势，适当地进行组织处理。因为对他进行组织处理的时候，他已经不算深圳的干部了，这样对深圳产生的负面影响也许会小一些。我声明，我绝对不是只站在深圳的立场上说这些话的。假如，深圳只是一个普通的城市，我绝对不会提这样的建议。"

宋梓南说："最后怎么处理是下一步的事……"

刘部长说："我知道现在提这个建议好像是有点早了。不过，趁现在这案情还没有公开，还没有造成太大的负面影响，先把他调动一下，可能会比影响产生后再调动、再处理，对深圳更有利。"

宋梓南说："我的刘部长，问题不在时机早晚上。重要的问题是，即便在深圳，在中央的试点城市，在这么一个举世瞩目的经济特区里，出了问题，要不要用掩盖的方法来解决。现在是电脑时代、网络时代、高科技时代，不让老百姓知道这些家丑，不让老百姓议论这些家丑，可能吗？偷偷摸摸掩盖，只能失信于民。深圳不能干这种事，中央也不会允许我们这样做。对于任何腐败变质的人和事，我们必须站在人民群众一边进行彻底清除！除此以外，我们不能有任何别的考虑和举措。"

这时，小马急匆匆地跑了进来，神情紧张地报告道："宋书记，雷区长失踪了。"宋梓南和刘部长同时吃惊地站了起来。宋梓南简单问了情况，立即和周副市长、乔书记和刘部长赶到市公安局。宋梓南一进黄局长办公室就问："怎么回事？谁先说说？"

黄局长向站在一旁的139专案组组长示意了一下。专案组组长立即站起来说道："今天下午，我们约了雷区长见面，想请他澄清一下跟他有关的几个问题。"

宋梓南问黄局长："这位是……"

黄局长忙不好意思地说："哦，我都忘了介绍了。他是139专案组的组长。"

专案组长做了立正的姿势，报告道："袁秉义。原市局五处副处长。"

黄局长说："我们的经济侦查专家。"

袁秉义脸微红："谈不上专家……"

宋梓南说："继续。今天你们为什么要约雷半伍见面？"

袁秉义说道："因为我们发现，组织打人的那个'栾叔'居然是雷区长的一个近亲。从他调到这个区里来当区长后，这个'栾叔'在这个区里，有恃无恐地直接或间接地操控了好几个农贸市场和小商品市场，强卖强买。而且在那个区的基建市场上，通过内部活动，以远远背离正常市场价格的价格，把不止一个项目、不止一块地，搞到了和雷区长有关系的一些熟人手里。前两天，我们隔离审查了我们一个派出所所长。我们发现这个所长私下里放走了好几个打人的凶手。雷区长多次让他的秘书打电话来，为这个所长疏通。甚至说了这样的话：雷区长很快就会到市里去工作了，很可能会分管公检法，请你们重视雷区长的态度。还说，雷区长很了解这个所长，是个好同志。可根据我们掌握的情况，我们这位所长的确有问题。在这种情况下，我们觉得有必要正面接触一下这位雷区长了，最起码他已经在妨碍我们办案了。就向市局领导请示了一下……"

黄局长说："事先我跟乔书记和刘部长请示过。"

宋梓南说："继续！"

袁秉义说："我们约他今天下午三点见。雷区长说，他下午要给一家新开张的大型超市剪彩。我们就改约了五点。到五点，他还是没有来。我们打电话给他秘书。他秘书说，剪彩活动三点四十就结束了。雷区长告诉秘书，他想早一点去跟公安局的同志谈。因为晚上他还要接待一个从澳洲来的客家人回乡访问团。大约不到四点他就离开剪彩现场，说是上我们这儿来了。可是等到五点半没见他人影，我们就开始打电话找他。也派人出去找他。一直找到现在……”

宋梓南问：“所有地方都找过了？”

袁秉义答道：“能找的地方，都找了。”

宋梓南提醒道：“机场……”

袁秉义立刻答道：“发现苗头不对，我们第一个电话就是打给机场的，然后就给罗湖口岸和皇岗口岸打了电话。因为我们通过一些内部侦查手段，知道雷区长手里拿着四五本护照，而且是用不同的名字申请的。”

宋梓南一惊，忙回过头来问黄局长：“哦？这个情况你们一直没有汇报过。”

黄局长说：“这也是昨天才刚刚搞到的情况，还没来得及汇报。”

宋梓南问：“机场和两个主要口岸都没什么结果？”

袁秉义答道：“没有。”

周副市长问：“所有交通要道都布控了？”

袁秉义说：“布控了。”

周副市长说：“可是我们来的一路上没见任何异常呐。”

黄局长解释道：“因为拦截的是一位还在职的政府领导人，我们出动的都是一些便衣，只对有嫌疑的车辆进行检查。”

袁秉义补充道：“广州、珠海、东莞、惠州等地，我们都做了通报，请他们协助拦截。”

宋梓南纠正道：“不要用‘拦截’这个说法。他现在还是我们的一个区长，还是我们下一届政府副市长的候选人。所有这一切都还没有撤销。他的事情还没有查清，问题也还没有正式定性。有没有可能被人绑架了？暗害了？各种可能性都还是存在的。对外，说‘寻找’比较恰当。”

周副市长问：“没有发通缉令吧？”

袁秉义忙答道：“没有，那还没有。”

周副市长说：“对，事情一定要做得有理有节。”

黄局长马上下令：“马上按书记和周副市长的指示，去更正。”

袁秉义说了声：“是。”便对身边的一个助手做了个手势。那个助手立即向外走去了。

宋梓南说：“保持现在这种外松内紧的态势，不惜任何代价，下最大力气、最大决心去寻找。活着见人，死了见尸。发现任何情况，随时向我们汇报。”

宋梓南等人走出公安局办公大楼时，天色已经完全黑下来了。周副市长对秘书说：“你去医院，打听一下，这个‘岔气’是怎么一回事？”

宋梓南问：“谁岔气？”

周副市长说：“石长辛。”

宋梓南说：“这家伙壮得跟牛一样，还岔气？”

周副市长说：“这岔气，可不管你身体壮不壮。我以前，也有过岔气这毛病，胸这儿也时不时会疼那么一下。”

宋梓南说：“他的确是太累了。得给他减负了。”

周副市长说：“你给他减负，他还肯定不愿意。还是典型的军人那种好强的倔脾气。”

宋梓南说：“希望他不要出什么问题。”

这时，一直在一旁等着命令的秘书问道：“周副市长，还要我办别的事吗？”

周副市长忙说：“没有了，快去快回。如果大夫那里有什么治岔气的药，顺便就买一点回来，赶紧给石总送去。你身上带钱了没有？”

秘书说了声：“带了。”就向外走去。

周副市长忙叫了声：“哎，就这么走了？”

秘书说：“我打出租去。”

周副市长说：“打什么出租？坐我的车去。这样可以快去快回，抓紧时间给石总把药送去。”

秘书问：“我坐您的车，那您怎么办？”

周副市长笑道：“我怎么了？我可以跟宋书记挤一个车嘛。这儿还有刘部长乔书记。再不行，黄局长也不能不管我啊！”

黄局长笑道：“那当然，我还能让周副市长走着回去吗？”

上了车，周副市长感慨地说道：“石长辛、雷半伍，同样是在特区环境中成长起来的年轻干部，结果居然会如此不同。”说到这里，他斜过眼去悄悄地瞟了宋梓南一眼。一直默不作声的宋梓南似乎对周副市长所说的话一点都没听到似的，仍然保持着一种异常的缄默。周副市长又说道：“我能问一下吗，你跟所有在家的常委个别谈了一遍，结果怎么样？大家都是怎么看待雷半伍这档子事的？我这么问，不算是违反党内工作纪律吧？”

宋梓南仍然保持着沉默，充耳不闻地把头向着车窗外，好像是在观赏着窗外的什么景色似的——这时车子途经一些繁华商业街区，都已灯火通明，炫目的大型广告牌仿佛从半空中喷涌而下的火山岩浆似的突兀而出……但，再仔细看，他又好像只是沉浸在自己的某种思索中。过了一小会儿，他果然转过头来，冲着周副市长问道："为什么当年毛主席只抓了一个刘青山、张子善典型案例，就把全国的干部都镇住了，现在已经杀了不止几十个省部级司局级干部了，还镇不住雷半伍那样的人呢？"

周副市长笑了笑："你说呢？"

宋梓南狠狠地瞪了周副市长一眼，笑嗔道："滑头！"

周副市长收起笑容："我再问你一个问题，如果，查实下来，小雷确实像有些书面举报材料上写的那样，索贿受贿、培植亲信、养痈卖官，并为一些黑道势力充当保护伞，你打算怎么处置他？"

宋梓南刚想回答，周副市长又拦住了他，赶紧提醒道："我要听到你真实的想法，别跟我打那种官腔，说什么'一定以法律为准绳，事实为依据，坚决维护党纪国法的尊严和干部队伍的纯洁'之类的空洞套话。"

宋梓南扬起眉毛反问："'坚决维护党纪国法的尊严和干部队伍的纯洁'怎么又成了一句空洞的套话？"

周副市长说："说说你真实的打算吧。"

宋梓南说："我这个市委书记不能代替审判员来回答你这个问题……这档子事情，最后很可能是要移送司法机关处理的。"

周副市长淡淡一笑道："别把我当外国记者！"

宋梓南说："老周啊，不要逼我嘛。"

周副市长说："逼你的不是我。到最后，这档子事总还是要由你来拍板做决定的！这是我们深圳党政领导干部中，第一个出这种问题的。希望它也是最后一个，希望你我今后都能够不再为这样的事情去拍板去做决定。但是，可能吗？这些中青年干部都是这几年在深圳成长起来的，都是我们亲自培养起来的。现在又要由我们亲自批准把其中一个送进监狱，有的还可能送上刑场，送上断头台……"

宋梓南不作声了，周副市长的这句话显然触到了宋梓南内心深处的一个痛点，骤然间，他整个人都僵呆住了，一种极其痛苦的神情不由自主地从他眼底、唇边、眉梢处弥散浮现开来，而整个身子即刻间也止不住地战栗了起来。他扶在前座椅背上的那只手一下收紧了，用力地抓住椅背，手背上青筋直暴。

整只手也和整个人一样，在微微地战栗着。周副市长不忍心再追问下去了，也默默地转过身去，把茫然失神的视线投向了车窗外。

第九十九章

晚上，庞耀祖把尤妮和冯宁约到一个歌舞吧里说事。尤妮先到了。冯宁却迟迟不来。尤妮显然很不习惯歌舞吧里这种过分嘈杂热闹的气氛，略有点不安地问庞耀祖："你约了冯宁几点到？他怎么还不来？"

庞耀祖看看手表："应该快了。你还想喝点什么？"

尤妮问："你们在日本经常泡这样的酒吧？"

庞耀祖说："怎么可能呢？那时候太紧张了。白天在证券交易所实习，晚上还要看资料，补习日语，写当日学习小结。每天最多只能睡四五个小时。偶尔能早下两个小时的班，可以休息一下，想上哪儿放松一下，比如去泡泡酒吧，也泡不起啊。在东京的酒吧里，喝这样一杯酒，你知道得花多少钱？"

尤妮说："那你怎么老想带我们出来泡酒吧？这酒吧有啥好玩的嘛。吵死了。乱死了！"

庞耀祖说："我以前也跟你一样，想不通日本人怎么那么爱泡酒吧。后来，日本朋友请我们去泡过一两回以后，就体会到它的好处了。尤其像日本那种竞争非常激烈，生活工作节奏高度紧张的国家里，好像只有到酒吧里，端上一杯清酒，男人们才能完全放松一下……"

尤妮冷笑笑："哼，就是你们这种男人事多！还找理由哪！"

这时，冯宁走了进来。庞耀祖看看手表："兄弟，迟到了。"

冯宁忙说："该罚该罚，今天我埋单。"

庞耀祖嘿嘿一笑道："小子，现在可真是大老板的气势，一张嘴就是'今天我埋单'！那块地的事情，这两天有进展吗？"

冯宁落座后，忙说："进展太大了。土地管理局已经答应给我办理转让手续了。"

尤妮喜出望外地说："真的？这么大的事，为什么不先告诉我？"

冯宁说："这不刚得到通知吗？科技园区筹备指挥部也派人来跟我接洽，

谈这块地的出让问题，是一次性地让他们买断，还是愿意参加拍卖。”

庞耀祖忙问：“你怎么答复他们的？”

冯宁说：“我说让我再考虑一下，我总得来跟你们商量一下。”

庞耀祖说：“关于这个问题，回去看我当初留给你的第二封信。那里有答案。”

冯宁看了庞耀祖一眼，将信将疑地说：“真的假的？那会儿你就全预料到事情后续的这许多情况了？”

庞耀祖得意扬扬地说：“真的假的，你去看信不就清楚了嘛。哎，货运编集站那儿还追着跟你要那几百万吗？”

冯宁说：“就是那儿还有点麻烦。什么时候能替我再约一下宋书记，能不能请他出面帮我给货运编集站打个招呼……再搞 1958 年‘大跃进’时代共产主义式的平调，太不合适了嘛。”

这时，酒吧的一个男侍应生恭敬地走了过来：“庞先生，您的电话。”

庞耀祖忙对冯宁和尤妮说了声：“你们稍等一会儿。”就向吧台附近的电话间走去。

尤妮低声问冯宁：“这儿的服务员怎么会认识庞哥的？外边打一个进来，他们怎么知道谁是庞耀祖？也没听见他们广播找人。”

冯宁笑道：“用得着广播找人吗？你真逗！庞哥是这儿的常客嘛。他们怎么会不认识他？”

尤妮陌生地看看离去的庞耀祖背景，又看看那些在极其嘈杂的音乐和眼花缭乱的灯光中喝酒交谈和扭动的年轻人，不解地说道：“天呐，掏钱来遭这份罪受，都是一帮子啥人嘛？！”

这时，庞耀祖接完电话匆匆回到桌旁。冯宁忙问：“怎么这么快？啥事？能说吗？”

庞耀祖一口喝干自己杯中的酒，说道：“我得先走一步了。”

尤妮不高兴地说：“怎么了嘛？把我们叫来了，自己又先溜了？！”

庞耀祖说道：“真的非常抱歉。是宋书记的秘书打电话来，让我马上去见宋书记……”

尤妮和冯宁都有点吃惊：“宋书记叫你？什么事？”

庞耀祖说：“啥事？我猜，一定是跟你冯宁这块地有关。”

冯宁：“为什么一定是和我有关？他说了吗？”

庞耀祖匆匆说道：“好了，没时间再扯了，我得赶紧走了。”

冯宁赶紧问："要我们在这儿等着吗？"

庞耀祖想了想说："如果你们没有太急的事要办，就等我一下吧。"

尤妮皱起眉头说："要等也不在这儿等。吵死了！"

冯宁忙对庞耀祖说："行，我们就去那边山间半条溪茶室。不管你跟宋书记谈到多晚，我们一定在那儿等着听你的回音！不见不散。"

送走庞耀祖，冯宁去柜台上结了这边的账，又驱车赶到那个山间半条溪茶室。果然是个环境古朴淡雅且又十分幽静的好去处。透过镂空的格扇窗，可以看见，三五个身穿中式蓝印花旗袍的茶妹子似隐似现地或穿行或肃立在人工制造的枯藤小桥流水之间。他俩索性要了一个不大不小的包间，又要了一壶铁观音，要了几样小吃，便安安心心地在茶室里等待起来。不一会儿，略感无聊的尤妮端起茶杯小小地抿了一口："今年炒作龙井，听说一斤当年新采摘的龙井，能卖到三四千元。"

冯宁撇撇嘴道："一斤三四千元算什么？去年有人炒作'大红袍'，最名贵的那棵茶树上做出来的大红袍，一两能卖到五万。而水果中，一颗最贵的荔枝，卖了十二万。"

尤妮惊叫道："疯了！一颗荔枝卖十二万？纯金打的也不该卖这个价啊！"

冯宁笑道："市场经济，什么是该？什么是不该？"

尤妮说道："那也不能胡来！"

冯宁感叹道："是啊是啊，市场经济也不能由着性子来，否则还是会受到市场惩罚的。最近我抽时间读了几本书，发现西方的经济学家并不像我们一些偏激的学者所介绍的那样，对市场一味地捧场。他们早就很客观地说过，市场经济能充分激发人的创造热情，但它不能保证价值和价格的一致性，同样也不能保证分配的公正性。"

尤妮突然问道："冯宁，你对未来有过忧虑吗？"

冯宁想了想说："暂时还没有时间来忧虑三五年后的事情。"

尤妮再问："我们应该有所忧虑吗？"

冯宁认真地打量了一下尤妮，感动地拿起尤妮放在桌面上的那只手，轻轻地握了一下："尤姐，你真是一个难得的好女子。难怪庞哥会在你身上花那么多时间……现在还能提出这样问题的女孩儿，真的少之又少了。"

尤妮脸微微红起："说啥呢？"

冯宁笑笑："你知道今天这个约会，其实是庞哥的一个小小的'圈套'。

我的迟到也是事先设计好的。你别看庞哥那么个大智大勇的人，他一直不好意思公开单独来约你。就让我来当灯泡，然后让我迟到，他可以多一点时间来单独跟你说一会儿话……”

尤妮一惊：“真的？至于吗？！”

冯宁笑道：“至于，他还是有点心理障碍的。毕竟老家的那档子婚姻还没有了断……”

尤妮故意板起脸：“你告诉他，我可不跟有妇之夫乱搞！”

冯宁忙说：“你说什么呢？庞哥怎么会是要跟你乱搞呢？”

尤妮说：“怎么不是乱搞？老家还放着一个老婆，这儿又尽出歪心思来套别的女人上钩。”

冯宁说：“尤妮，庞哥真的很爱你。”

尤妮说：“少来这一套。你们男人啊，在把女人搞到手以前，说‘爱你’就跟嚼花生豆那么简单容易。一旦搞到手了，再让他说一声‘爱你’，比让他去杀人放火还难！”

冯宁说：“不能一概而论吧？”

尤妮哼哼道：“不能一概而论？你有多长时间没搭理人家小陶怡了？”

冯宁叹道：“这完全是两码事嘛！”

尤妮气呼呼地说道：“什么两码子事？你明明知道小陶怡是喜欢你的，而且特别看重你跟她之间的那点感情……”

冯宁委屈地说：“她现在不是有新欢了吗？”

尤妮说：“啥新欢！她一个小丫头，一下到了深圳这么个繁华世界来了，一时可能会有点眼晕，有点找不着北，跟错人，都是可能的，也是正常的。这就伤了你大男人的自尊了？就再不搭理人家了？”

冯宁说：“我没不搭理她……”

尤妮啐嗔道：“别跟我狡辩！”

冯宁无奈地叹了口气：“行行行，不狡辩，不狡辩……”

这时，由一个茶妹子引领着，庞耀祖走了过来。

“怎么这么快？没见到宋书记？”冯宁忙拉开一把藤椅，让庞耀祖坐下，又示意茶妹赶紧给庞耀祖斟上一杯茶，亲自给端了过去。

庞耀祖接过茶，习惯性地屈起中指和食指，用指尖轻轻搁在桌面上点击了两下，以示谢意，并说道：“怎么能没见着？是他叫我去的嘛。”

冯宁顺便也坐了下来，问："那怎么那么快就谈完了？"

庞耀祖端起茶，小小地抿了一口道："你还想要谈多长时间？"

尤妮也问："他跟你说什么了？"

庞耀祖犹豫了一下，然后对尤妮正色道："尤妮，有件事，我必须……必须得马上跟冯宁单独说……"

尤妮开始以为庞耀祖在开玩笑哩，后来再看，才知道庞耀祖是正儿八经地在要求她离开，脸上便马上露出一点不悦。

冯宁也说："你搞啥名堂呢，整得那么神秘兮兮的，有什么事要回避尤姐的？！"

庞耀祖很认真地对尤妮说："对不起……你必须回避一下……"

尤妮脸一红，拿起包，就向外走去。庞耀祖赶紧对冯宁说了声："你稍等我一会儿……"便追了出去。追到外头停车场上，庞耀祖连连叫道："尤妮……尤妮……你听我解释，这完全是公事。你别误会。"尤妮根本不理睬庞耀祖，径直走到自己那辆旧桑塔纳车旁，一上车，便发动着了车，向停车场外驰去。

回到茶室里，冯宁看出庞耀祖有一点沮丧，便笑道："有必要一定得把尤妮支走吗？我刚替你做了工作。这一下可好……"

庞耀祖叹了口气道："这件事，除了你和我，不能让任何人知道。这是宋书记交代的。所以，也只能这样了。"

冯宁说："你就是让尤妮留下来听一听，他宋梓南能知道啥？这是我们之间的事……何必让尤妮不高兴呢？"

庞耀祖一下变得十分严肃起来："冯宁，你小子给我听着，你现在已经不只是一个热血沸腾的退伍大兵，也不只是一个到深圳来寻找自身社会定位和个人价值的迷惘青年，更不只是当年蛇口那帮年轻人引以为自豪的那种'个体淘金者'。这块荒地引发的这场风波，从现在开始，将把你带进一个突击队里，这个突击队和你这个人的所作所为，不只是要决定你个人的前途和命运，还和成千上万个有志于改变整个中国命运的斗士一起，在这个历史关键时刻，从事一场决定深圳命运和中国命运的伟大事业……这件事还和国际共产主义运动的前途有关联。"

冯宁定定地看着庞耀祖，笑道："别吓唬我。我真的胆小。"

庞耀祖立刻指着茶室的大门对冯宁说道："你要不能认真地听我说，就给我滚！"

冯宁脸一红，不作声了。

庞耀祖稍稍停顿了一会儿，和缓下口气，继续说道："刚才宋书记叫我去，谈了他的一点设想……"

冯宁也正色起来，问："什么设想？"

庞耀祖说："你想过没有，为什么你的公司要发展，会遭遇那么多障碍？为什么中国那么多老大难的国有企业举步维艰？是那些数以百万计、千万计、亿万计的职工们没有好好干吗？不。他们一步一个血印，为这些企业献了青春、献子孙。有的祖孙三代人在一个企业里挣扎，到头来却面临破产的结局。问题在哪儿？"

冯宁反问道："你说问题的根源在哪儿？"

庞耀祖拿出一本打印的材料放在冯宁面前："你回去先看看这份材料。"

冯宁瞟了那本材料一眼："什么材料？"

庞耀祖说："宋书记在中央党校省部级进修班学习时写的一篇毕业论文。"

听庞耀祖这么一说，冯宁来情绪了，忙拿过那本材料看，只见封面上印着的标题是"关于当前所有制问题的一点粗浅看法"。"所有制问题？什么意思？"他问庞耀祖。

"扼要地说，宋书记认为，中国的问题，根本上是一个体制问题。要让劳动者真正拥有产权，人民才能真正当家做主，才能真正解决我们这个社会主义国家面临的各种老大难问题……"

冯宁想了想，说道："虽然我没有认真思考过这个问题，但直觉告诉我，宋书记这一针可能是扎到了穴位上。说得好！"

庞耀祖又说："宋书记准备在你的公司里先行做一个试点……用经济学上的一个概念来说，就是试行一种股份制……"

冯宁一怔："股份制？"

"对，股份制。"

"让企业的员工都拥有企业的股份。让企业的好坏跟每个员工的前途都绑在一起。"

"这个好！这个好！"

"别急着叫好，先回去认真读读他的论文。然后我们再考虑一个具体实施方案，报送他老人家审批。不过，有一点你要特别注意，这件事什么时候能做到哪一步，能让什么样的人参与进来，都是有严格限制的。随意扩散，就可能把好事办砸了。这是必须遵守的工作纪律。”

冯宁忙答道：“是！”

庞耀祖又说：“还有一点，我也必须告诉你，对宋书记的这篇论文，社会上有相当多的议论，有的反对意见还相当尖锐和激烈。所以我们搞这个试验一定要讲分寸，讲方式方法，用老爷子自己的话来说就是：我们这种人只能做半个理想主义者……”

冯宁忙问：“什么叫‘半个理想主义者’？还真没听说过。”

庞耀祖说：“剩下的半个必须是清醒的现实主义者，要清醒地处理现实生活中的一切矛盾和阻力，才能保证理想的实现。”说着却淡淡地笑了笑。

冯宁问：“你笑什么？”

庞耀祖说：“老爷子让我们讲究方式方法，把握分寸，只能做半个‘理想主义者’，他自己行动起来却往往像个热血青年一样，像个百分之百的理想主义者，有时还冒失得很。”

冯宁感慨地说：“是啊，一个比较可爱的老头儿。”

庞耀祖说：“不是比较可爱，而是特别可爱，也特别可敬，有时也特别可怕、特别固执的老头儿。最难得的是，一个人活到这个年纪，经历了那么多挫折和风浪，可以说从天堂到地狱，一切的一切他们都经历过了，也品尝过了，可以说，在当今中国，只有他们才最有资格‘看破红尘’，但居然还能保持这样一股探索精神和前进的热情……在这一点上，他和蛇口的余董事长、省里的任书记都是一类人，是我们党内真正的理想主义者。难得啊……而我们这一代人，包括下一代中的许多人，很可能都会变得越来越现实和世俗……也可能会变得越来越自私……”

冯宁一愣，怔怔地问：“是吗？”

庞耀祖：“我这次到日本去，一是真正体会了日本的发达和文明。绝对不是我们想象的轻视的那种‘小日本’。但是，也看到了他们青年一代陶醉在对物质享受的进取中，所发生的异化……也看到了日本老一代人，无论是左派，还是右派，对他们青年一代的忧虑……中国特色的社会主义，能避免这个趋势吗？”

冯宁说：“你觉得像我这样的人将来也会异化成一个非常自私的经济动物吗？”

庞耀祖说：“我不只是在担心你，也在担心我自己。市场经济的无情和残酷，有一点就是它一定会表现在对人的改造和人性的异化上。今天你听到有人叫你老板，还觉得反感，过一段日子，你会习惯，会感到舒服，到那时候，如果没有人叫你老板，你会非常生气。你也许会像巴尔扎克笔下的那个守财奴老葛朗台一样，把个人的金库看得重于一切。”

冯宁说：“这难道不好吗？只要奉公守法，不去伤害别人，每个人都看重自己的那个‘金库’，努力丰富自己的金库，负责任地把自己的日子过好了，国家不也就跟着富裕和强大起来了吗？”

庞耀祖说了声：“但愿吧……”却不再说了。

冯宁再问：“你这家伙怎么回事？你不是一向主张我要当好这个‘老板’，办好我这个公司。今天却说这些丧气话，到底想干吗？”

庞耀祖苦笑笑：“没什么，没什么……太遥远的事，不去说它了。”

说完事，两个人付了茶资，匆匆来到停车场上，找到自己的车，钻进各自的汽车（庞耀祖开的是一辆公家配给他的车），刚要发动车，却看到停车场外停着一辆车，突然向他们闪起前大灯。两人仔细一看，却是尤妮的车。两个人赶紧启动车，开到尤妮的车跟前停了下来。

冯宁放下车窗，忙问：“你没走？”

尤妮挖苦道：“首长们都没走，我能走吗？敢走吗？”

庞耀祖装作特别心疼的样子叫了声：“天哪，你就一直这么在车里等着？”

尤妮没好气地：“不在车里等着，还在树上吊着？”

庞耀祖忙说：“对不起，对不起。一会儿，我请两位吃夜宵！”

第一百章

晚上十点多钟，宋梓南得到纪委乔书记的报告，找到失踪的雷半伍了。

“他说这两天他去哪儿了吗？”宋梓南问。

“他说他哪儿也没去。”

“那怎么会找不到他呢？”

“他说他是开着车走的。走到体育场那儿，心慌得不行，怎么也没法走了。他是个聪明人，当然知道躲是躲不长久的。与其这么躲出去，最后被抓回来，从重惩处，不如主动回来，把事情弄弄清楚后，还可以争取一个主动投案自首，从轻发落的结果。所以，一进门，他就跟竹筒里倒豆子似的，‘哗哗哗’地说了个一溜够。不少事情都是我们原先没掌握的。最可气的是，他从个别人那儿得了点油水，就向他们透露了不少我们内部绝密的经济情报和党内的政治生活情况。甚至把我们一些没有公开或不能公开的绝密文件也拿来跟这些人做了交易。现在怎么办？”

“你的意见呢？”

“根据我们已经掌握的和他自己交代的东西，我看对他实行双规，应该是没问题的。”

“他人现在在哪儿？没让他回家吧？”

“当然不会再让他回家了。我找了个比较安全的地方，请他暂且去那儿‘休息’一下。”

“有人跟着吧？”

“放心，肯定是有人跟着，‘保护’着这位兄弟的。”

“马上给省委和省纪委报告一下这情况。同时你准备一个简单明了的材料，提交市委常委会讨论。”

“你准备什么时候开这个常委会？”

“今天晚上。”

“今天晚上？”

“对，尽快拿到常委会上去做个正式决定。给你一个小时准备材料。别搞复杂了。实际上也就是给常委会一个请求双规这个‘雷半伍同志’的报告。有些情况你在会上可以口头介绍一下。”

“好的。”最后乔书记转告了雷半伍的一个要求，要求见一下宋书记。

宋梓南非常干脆地回答道：“暂时先不见。看看整个案子的进展情况和他个人的态度再说。”

乔书记走了，办公室里只剩了宋梓南自己。他觉得有点疲倦，便不由自主地靠在椅背上，想休息一会儿，但刚闭上眼睛，却又想起了什么，便重新折起身子，走到书橱前翻找起来。他找了一会儿，好像没找到要找的东西，便按了一下呼叫铃。小马闻声赶紧走了过来。

“我一直放在这橱里的一些图片资料呢？”宋梓南问道。

小马弯腰从书橱下边的柜子里取出一包东西，问：“是这个吗？”

宋梓南打开那包东西一看："你怎么给收起来了呢？"

小马解释道："这里有不少雷区长各个时期陪同你在各地检查工作的照片和图像资料。我觉得让这些照片继续公开地放在你的橱柜里，万一让人看到了不太好，就收起来了。"

宋梓南从中取出一本画册，从头一页一页地慢慢地翻看起来，并十分感慨地对小马说道："开发罗湖时的功臣……建设特区的尖兵……你还记得不，我们来深圳的时候，他是这儿仅有的三个大学毕业生中的一个……泼辣、能干……不管给他什么任务，从来不讨价还价……有两天机关食堂里搞不到菜，他切半碗尖辣椒洒点盐拌拌，就能管一顿饭……从来不叫苦，从来不埋怨……深圳就是在这样一帮人手里干起来的……"

小马犹豫了一下，忐忑地问："一定得'双规'他吗？"

宋梓南不作声。

"不能给他一次改正错误的机会吗？"

宋梓南仍然不作声。

小马还想说什么，但抬头一看，发现宋梓南眼圈已经红了，眼眶也已经湿润了，心里顿时涌起一阵酸涩，眼眶也湿热起来了，便把已经涌到嘴边的话咽了下去。两人默默地发了一会儿呆。过了好大一会儿，宋梓南才自言自语地说道："当初小平同志要我们杀出一条血路来建设这个特区，也告诫过我们，打开窗子，是会飞进一些苍蝇和蚊子来的……可怎么能想到，居然还要付出这样的代价。"

小马见书记动了情，便趁机进言道："给他一次机会吧。"

宋梓南却说："你知道他干了些啥吗？"

"可他本质上还是……"

宋梓南突然激愤起来："本质上？他把他的七大姑八大姨都弄到深圳，把个别派出所的民警变成了他那些亲戚们的私人保镖，在好几个国外投资商建的大楼里无偿占了好几套公寓，在好几个商场里强买强卖。他怂恿他的那些亲戚撕毁原有的商业合同，或强行逼迫别人按他们的意愿修改合同，他还公开索贿……"

小马不说话了。

宋梓南声色俱厉地说："中国的改革开放不是为了把中国把深圳最终变成一小撮人的私有财产和为所欲为的私家后花园。小平同志让我们在姓'社'

姓‘资’的问题上不要争论，不是要让我们忘了我们说到底还是共产党，还是要讲为人民服务，还是要让大多数人都能过上好日子！如果忘乎所以，如果对这个大方向、大目标，始乱终弃，最后只能咎由自取！！”

小马点点头，说：“我明白了。”

宋梓南声色俱厉地说道：“要保持清醒……任何时候都要保持清醒啊，我的马秘书，这一点，太重要了……”

小马等宋梓南的情绪稍稍平静了一些，才问：“这些画册您还看吗？不看的话，还是让我把它们收起来吧。搁在外头总是不太好……”

宋梓南站起来说道：“替我保存好这些画册和图像资料。等这个案子结案以后，我想让纪委和宣传部搞一个内部材料，把雷半伍的过去和现在都印出来，再加上这些图片，发给我们这些在职的干部看看，尤其是要给那些年轻的干部看看，让他们清醒地看到，深圳的确是他们人生的一个大好舞台，但也是个充满诱惑和风险的雷区。”

小马答应了一声：“好的。”说完，便把那些图片资料都收藏了起来。然后宋梓南又让小马把庞耀祖找来。小马说：“这时候找人？要是没特别要紧的事，能不能搁到明天再找？您也该休息了。”

宋梓南瞪他一眼道：“我警告你，小马，最近你越来越不像样了，真把我当个病人那样在看着？！”

小马忙说：“没有没有……就是觉得今天晚了点嘛……”说着就赶紧去找庞耀祖了。

那时候，庞耀祖正在新分配给他的住房里翻译日文资料，接到小马的电话，听说书记找他，而且要他现在就去，便立即赶到市委大楼。

宋梓南急于想了解庞耀祖和冯宁谈话的情况，想知道冯宁对在他的公司试点搞股份制的态度和决心。一见庞耀祖，宋梓南就问：“跟那个冯宁谈过了？怎么样？”

庞耀祖忙答：“谈过了。他当然很高兴。我也已经开始在查找国外一些搞股份制改造的资料。”

宋梓南又问：“你给他看了我那篇论文？”

庞耀祖忙说：“给了，当然给了。”

“他愿意在他的公司做这样一个试点吗？”

“百分之百愿意。”

“你告诉他，国内对我的这篇论文是有争论的……”

“我跟他说了。”

“说得详细吗？”

“我觉得没必要跟他说得那么详细……”

“为什么？怕吓着他了？”

“那倒还不至于。不过……说实话，我多多少少也还是有这样的一点意思。冯宁年轻、有血性、有闯劲儿，但他毕竟不是搞理论的。政治上的历练也不是很够，万一看到那些颇有些来头的批判文章中那些恶狠狠的语句，会不会哆嗦、犹豫，也很难说……”

宋梓南马上说道：“去，把那些批判我那篇论文的文章都找出来，让他好好看一看。”

庞耀祖愣了一下：“稍稍过一段时间再让他看也不晚……”

宋梓南斩钉截铁地说道：“必须现在让他看。马上就给他。那些批判文章还在你那儿吗？”

庞耀祖说：“在。”

宋梓南说：“那你今天晚上就送给他看！快去！”

庞耀祖把那些批判文章的复印件送到冯宁那儿，冯宁都已经睡了。叫了好大一会儿门，才把冯宁从床上叫起来。冯宁一开始还以为发生什么了不得的事了哩，一听，却原来只是为了送几篇批判文章的复印件，心里老大地别扭起来，嘀咕道：“这位宋大人也真是，想一辙是一辙。你老哥也是，在书记面前百依百顺……”

庞耀祖啐道：“市委一把手让你办个事，你敢说不字？又不是让你去杀人放火！”

冯宁打了个哈欠，一边随手翻了翻那些文章，一边问道：“他干吗那么着急，非要我看那些批判文章？”

庞耀祖猜测道：“我想他是为了让你有充分的思想准备，不要以为，跟着深圳市委书记干，一定就万事大吉了，也一定是前途无量的。当然也有那样一层意思……”

冯宁问：“什么意思？”

庞耀祖说：“要是觉得风险太大，不愿意拿你的公司来冒这个险，完全可以打退堂鼓。”

冯宁冷笑一声道："你是在用激将法？"

庞耀祖忙说："哪有啦，我只是奉命行事而已。书记本意很简单，就是要告诉你，搞这个股份制改造试点，是有风险的，而且这个风险还可能比较大。他必须把话说在头里。"

冯宁发了一会儿呆："他们是怎么批判他的？"

庞耀祖说："你自己看。"

冯宁说："你先拣最重要的跟我说说。"

庞耀祖从带来的卷宗里取出一些剪报："仔细听着：他们说，宋梓南的这篇论文是精心炮制出来的一份彻底改变我国社会主义改革方向的政治宣言和经济纲领，是一股反马克思主义的修正主义浊流……"

冯宁笑道："哦？这帽子可真不小啊！"

庞耀祖说："别笑。这绝对不是一件开玩笑的事。说这些话的人也不是一般搞理论的，有一些在体制内还是相当有地位的大人物。你看，这篇文章的标题就是'宋梓南意欲何为？'。通过一番推论，他们的结论是，宋梓南'从根本上否定了现实社会主义制度的历史必然性和优越性，否定历史辩证法，要毁掉我国全民所有制，搞私有化'。再看这一篇，标题是'团结起来保卫宪法'。他们认为宋书记的这篇论文是'反宪法派的代表作'……"

冯宁忙问："这些人都是什么人？"

庞耀祖说："刚才我已经说了嘛。能在这样一些大型报纸杂志上发表这样的重头文章的，当然不会是等闲之辈。除了公开发表文章批判，还有联名给中央写信的……"

冯宁有点搞不清了："那宋书记怎么还能在书记位置上干着呢？"

庞耀祖说："当然，在高层还是有人支持宋书记的嘛。这件事闹到中央党校校长那儿。校长说，在党校内部应该发扬理论探讨的精神。在探讨中，要贯彻'三不原则'：不扣帽子、不打棍子、不揪辫子。北京的许多部长，还有新闻界、理论界、学术界都是支持宋书记的，咱们省的社会科学院还专门开了研讨会，来支持宋书记的这篇论文。"

冯宁立即说道："那行了，那些狗屁文章我就不看了。"

庞耀祖说："这是宋书记让你看的。"

冯宁说："中央党校校长不是政治局常委吗？"

庞耀祖忙点点头："当然啊！"

冯宁说："他都表态了，我还怕个啥？"

庞耀祖笑了："看来你小子还是懂点政治的？"

冯宁得意扬扬地说："你以为呢？！"

庞耀祖故意板起脸："别嘚瑟！"

冯宁说："谁嘚瑟了？实事求是嘛！"

然后，庞耀祖又问冯宁，以前读过一点经济学和经济史没有。冯宁不好意思地告诉庞耀祖，这一方面的书，他读得不是太多。庞耀祖笑道："不是太多？好像你还读过一些似的。到底读过没有？"

冯宁红红脸，笑道："在连队里听指导员讲过课……在家里也听父亲唠叨过一点……"

庞耀祖笑嗔道："那你就算是个白丁。改天，我给你送几本过来。"

冯宁说："那就太谢谢了。我早想着能找个机会，上哪儿去脱产学两年哩。"

庞耀祖说："人类文明史里往往会有一些很难解释的突发现象，在某一个历史阶段会突然产生一批伟大的政治家、哲学家或企业家。比如说，公元前六世纪前后，中国出了孔子、老子，印度出了释迦牟尼，在欧洲出了亚里士多德……这样的人物，出一个都有可能改变一个国家或一个民族、一个时代的精神面貌和历史进程，而那一个时期却像扔集束炸弹似的，扔出了一批。在美国，也有一个神奇的1886年。那一年，同时出现了雅芳香水公司、可口可乐公司、柯达公司、花旗集团，还有强生公司。知道强生公司吗？"

冯宁说："有点耳熟……"

庞耀祖笑着捶了冯宁一拳："不知道就说不知道，啥耳熟？！说邦迪创可贴，知道吧？"

冯宁忙说："那知道，知道。"

庞耀祖说："这个强生公司就是做邦迪创可贴的。这一年还出现了奔驰汽车公司……"

冯宁惊叹道："奔驰公司也是出在那一年的，哦，这个'1886年'可是够伟大的。"

庞耀祖说："我听说，那天你看到邓大人来咱们深圳视察时，说过这样一句话：中国人干大事的时候到了。是吗？"

冯宁忙问："谁告诉你的？又是尤妮吧？她可够勤快的，有啥都往你那儿捅！"

庞耀祖说：“别管是谁告诉我的。我很赞赏你的这种政治敏感和社会激情。要成就一个大企业，成为一个大企业家，必须具备这种政治敏感和社会激情。我和你有同感。中国的‘1886年’已经到来，或者说，即将到来。在中国，在深圳会出现一批将来可能会载入史册的大企业。我们生逢其时，只要好好干……”

冯宁突然沉默起来。

庞耀祖问：“为什么不说话？”

冯宁轻轻地叹口气道：“成为一个大家……你行，我不行。”

庞耀祖笑道：“怎么突然又谦虚起来了？”

冯宁又轻轻地叹了一口气：“我要是能读过两年大学就好了……”

庞耀祖说：“要我给你举国内外十个二十个没有读过大学，但最后同样成了世界级大企业家的例子吗？”

冯宁忙说：“是啊，爱因斯坦在发现他那伟大的相对论时，也就是一个小税务所里普通得不能再普通的税务员，还不如我呐！”

庞耀祖说：“对嘛对嘛，这种心态才是正确的、健康的嘛。有没有文凭不是最重要的，但一定要多读书，多学习，多思考，多总结经验教训。”

冯宁正色道：“这个我能做到。”

庞耀祖说：“能做到这一点，你将来就一定能成气候。当然，得加上勤奋、努力、不断纠错……”

冯宁忙说：“行了，别预支明天的幸福了。还是说说今天要干的事情吧。如果没有别的事，我要睡觉了。明天，我那儿还有一大堆事哩！”便把庞耀祖“赶走”了。

第一百〇一章

这段时间里，陶怡一直感到自己不太舒服，乏力、头晕、心潮，怕人打扰。但毕竟年轻，真的没人来找她了，却又寂寞得慌。那天晚上，她早早地就躺在床上歇着了，突然听到有人按门铃，心里还一阵暗喜，便勉强支撑起酥软的身子去开门。但门外站着的是张弓，陶怡立即想关门。张弓忙顶住了门，不让陶怡把门关上。陶怡毕竟力气不如张弓，况且又在病中，不一会儿，便顶不住了。她只得松开手，抽身往卧室走去，本想赶在张弓之前，进了卧室，把卧室门锁上的，却还是没来得及。张弓赶在她之前，先一步横在了卧室门前，挡住了她的去路。

张弓贴心地问："听说你病了。"

陶怡回到客厅里，往沙发上一坐，背对着张弓，生硬地答道："我病不病，没你什么事！"

张弓却说："你可以不要我管，但我不能不管。"

陶怡的脸一下涨红了，并站了起来："张弓，你给我留条活路，行不行？"

张弓说："我是来给你送去香港的手续的。"

陶怡愣了一下，但她还是很快地拒绝道："我不去了。"说着，又坐了下来，仍然背对着张弓，都没有去看一眼张弓带来的那些手续。

过了一会儿，张弓轻轻地叫道："陶怡……"

陶怡再一次大声叫了起来："求求你，饶了我，放过我，行不行？"

张弓说："我知道你不爱我……"

陶怡叫道："请不要再污辱'爱'这个字了！"

张弓说："可我是爱你的！我是真心的，我喜欢你……虽然在深圳有许多年轻人盼着能找到爱，但又很怕轻易地说出这个字，我张弓是确确实实爱你的……"

陶怡说："你没看到我连吵架的力气都没有了吗？你能不再气我了吗？"

张弓说："难道你对那样一次性爱，真的就那么在乎？"

陶怡再一次从沙发上跳了起来，几乎是歇斯底里般地叫了起来："流氓，你别再恶心人了！"

张弓忙摆摆手："行行行……不说了……我不说了……"

陶怡瘫软般地坐了下来。

张弓说："我马上就走……"说着，把随身带来的一些食品和衣物放到茶几上，又拿出一个装钱的信封放到陶怡面前，"这是你今后一年该付的房租钱。"

陶怡断然说道："拿回去！"

张弓说："明后天，我可能要外出一段时间，也许有那么几个月的时间，不能来替你交这房租。"

陶怡坚决地说："拿走！"

张弓迟疑了一小会儿，坚持说道："你听我说……"

陶怡拿起那个信封，走到窗前，打开窗子，做出要把那个信封扔出窗外的样子："你拿走不拿走？"

张弓说："我不会拿走的。"

陶怡转过身去就要向外扔去。

张弓一个箭步蹿过去，一把抓住陶怡拿信封的那只手，大声地吼道："陶怡，你听我说！"

陶怡挣扎着："走开，你给我走开！我不要你碰我！"

张弓却一把抱起陶怡，回到客厅里，把她一下扔到沙发上，然后站在她面前，大声说道："今天很可能是我最后一次来见你了！不管你怎么讨厌我、恨我，你也必须听我说完！"

听张弓说，这一回很可能是最后一次来见她，陶怡稍稍地冷静下来，不自觉地抬起头打量了张弓一眼。张弓放缓了口气，在陶怡面前坐了下来："我出了点事情，可能要离开深圳一段时间，什么时间走，还没定，但早晚是要走的。走以前，可能就没有时间，也没有那个可能来跟你告别了。我一时冲动，让你遗恨终生，我对不起你。但我的冲动，确实不只是欲望所使，我也完全没有想到自己会做出这种类似强暴的举动……但当时我确实是爱你的，我以为你也是爱我的……"

陶怡再一次叫了起来："张弓！"

张弓眼眶有点湿润："如果因为我这一次过失，让你整个后半生都会在遗恨和羞耻的记忆中度过，我张弓真的无话可说了……因为没拿到你的身份证，我是用另一张身份证，用了另一个人的名字，替你办了去香港的手续。这另一张身份证，也在这小包里放着。那张身份证上用的是你的照片。证件的真实性，是可以不用担心的。我甚至可以告诉你，这是他们内部的人帮我做的。拿着这张身份证，拿着这些手续，你就可以大摇大摆地去香港了。这里还有香港的一个电话号码。如果到那时你还愿意，通过这个电话找到我。我想，我那时，可能也会在香港的。你要记住的是：不管你在香港还能不能找到你的家人，不管那时候我在不在香港，你打这个电话，都能得到某种帮助。"

陶怡呆住了。

张弓无奈地苦笑了笑，站了起来："俗话说，舞台小人生，人生大舞台。人一生也无非是在演一出戏罢了。有的得了满堂彩，有的被喝了倒彩，有的成了角儿，站在了舞台中央，吃香的喝辣的，有的只能跟着摇旗呐喊，辛辛苦苦跑一辈子龙套，混一个‘三个饱一个倒’也就算万幸。命耶？运耶？命运耶？走了……走了……本自混沌中来，还到混沌中去！”说着，苦笑着向门外走去。

走到门口，他突然转过身来，又对陶怡说道：“最后有件事要拜托。今后这一个来月，假如有人来找你了解什么，你一定不要告诉他们，我曾经领你上一个叫雷半伍的区长家里玩过。”

陶怡一愣：“雷半伍？”

张弓也一愣：“你已经忘了？忘了更好……那个‘栾叔’你总还能记得吧？”

陶怡忙问：“怎么了？”

张弓说：“你也不要告诉任何人，说你认识‘栾叔’，更不要告诉他们，我跟‘栾叔’之间的那点关系。”

陶怡有点紧张起来：“那个雷区长和‘栾叔’怎么了？出事了？”

张弓苦笑了一下，说道：“更详细的你就别问了，一时半会儿我也跟你说不清。当然最重要的是，你不要告诉任何人，今天我还到这里来见过你。这一点，对我，已经是无所谓的了，但对你还是很重要的。今后，在所有人面前，你都应该装得完全不认识我，从来没有跟我打过照面，就像从来也不知道这个世界上还有一个叫张弓的人似的。一直到我回深圳……如果我张弓还有可能回深圳的话……”张弓说完，又恋恋不舍地看了陶怡一眼，转着圈打量了这套小单元房一眼，便赶紧下楼去了。

屋里只剩了陶怡自己一个人。天色越来越黑。屋里又没有开灯。她面对着张弓送来的那些东西呆坐着，脑子里一直在回响着张弓最后说的那几句话：“你不要告诉任何人，我曾经领你到雷区长家去玩过，也不要告诉任何人，你认识‘栾叔’。今后在任何人面前，你都得装着从来也不知道这个世界上还有过一个叫张弓的人……”此时，陶怡的眼前不断地泛现着张弓在说这几句话时脸上出现的那种绝望的但又不甘心的神情……

过了一会儿，门铃又响了。陶怡一惊，她以为又是张弓来了。但这一回，她没有显示出一点反感、抗拒，而是赶紧上前去开门。她希望是张弓返回来了，她想跟张弓核实澄清他那几句绝望的话的真正含意。

但门外出现的却是尤妮。

陶怡有些失望，但她马上控制住了自己的情绪，还表现出一种应该有的欣喜，叫了声："尤姐！"并赶紧把尤妮让进了屋里。

尤妮进得屋来，一边把带来的许多东西放到茶几上，一边去开灯，笑嗔道："天黑了也不开个灯！就缺那点电费？不至于吧！"

陶怡一边勉强地笑道："我喜欢黑灯瞎火地一个人待一会儿嘛。"一边赶紧把张弓送来的那些东西塞到桌子底下去。

这个动作当然瞒不过机敏的尤妮。尤妮只是不想正面去戳穿陶怡，只是不轻不重、不咸不淡地装作很随便的样子，问了声："有人来看过你了？"

陶怡立马脸红了起来："谁还记得我？"

尤妮这时才问道："是那个张弓吧？他还在缠着你呢？"

陶怡不作声了。

尤妮有点不高兴了："你到底图他什么？"

陶怡委屈地说："我没有……"

尤妮说道："我跟你说过多少遍了，你缺什么、要什么，不好意思去找冯宁，找我这个尤姐也行啊！"

陶怡忙辩解道："我没去找他……"

尤妮说："你没找他，他还一个劲儿地来缠你？母狗不摇屁股，公狗是没法……"

陶怡一听尤妮说出那么难听的话，而且又是特别刺她心的话，忙叫了声："尤姐！"制止了她继续往下说。

尤妮没把那特别难听的话说到底，默默地坐了会儿，还是说了句："小丫头，告诉你，既然命中注定了今生今世要做女人，就要有勇气对男人说'不'！要不然，你总得吃亏！"

陶怡眼眶里一下涌出了泪水："我说了！"

尤妮说："真说了？"

陶怡呜咽着说道："刚才还差一点跟他打起来。"

尤妮长叹了一声："唉，男人……有些男人就是无赖！"

陶怡不想跟尤妮再就这些扎心窝的话题再絮叨下去，便赶紧说道："你坐一会儿，我烧点水，给你沏点茶。"

尤妮摆摆手说道："别沏茶了。我看你楼下新开了一家快餐店，那儿有热咖啡。咱们上那儿去坐一会儿。"

陶怡说："那也得烧点开水。我都有两天没点火，没烧过一壶水了。"

尤妮怜惜地说：“可怜的丫头啊，都两天没点火了？你干啥呢？住尼姑庵面壁修行呢？”

陶怡笑笑，没说话，就站起来向厨房走去，但刚刚站起，一阵头晕袭来，脚底下的地板也跟着直打旋儿，眼看着人要倒，忙伸手去抓椅背，看巧抓住了尤妮伸过来的手。

尤妮一惊，忙上前抱住她：“你怎么了？”

陶怡忙抱住自己的脑袋说道：“没事没事……”

尤妮忙把她放倒在沙发上：“饿的吧？这两天你吃东西了没有？肯定没有！你看你吧，年纪不大，事还真不少！什么稀奇古怪的事情全出在你们这一代人身上！”

陶怡躺下后，喘着粗气说：“别光说我们这一代人，现在哪一代人不出点古怪事？”

尤妮笑道：“还不认账？不认账，晕死你！”

陶怡忙说：“尤姐，我认账……一定认账……快上小药柜里替我找两片晕海宁……我一定认账……我们这种人有什么本钱不认账……除了认账，我们还能怎么样？”

不大一会儿工夫，尤妮便赶到了冯宁公司里。虽说已经到了晚间，但还有不少人正等着冯宁签字批条办事。尤妮匆匆走了进来。冯宁从面前那一大堆杂务中抬起头看了一眼尤妮：“刚回来？吃晚饭了没有？”尤妮瞟了那些来找冯宁办事的人一眼：“你们都先出去。我要跟冯总说点事。”那些人忙拿起自己的票据等东西，准备往外走。冯宁有点不高兴了：“你什么事？一来就把大伙儿都往外赶？我一天没来公司了，一直在家憋着搞庞哥的那个股份制改造的试点方案哩。刚坐下来办几件急事，你就稍稍等一会儿吧。”

尤妮没搭理冯宁，还是责令那些来找冯宁办事的人：“对不起，请你们在外边稍待一会儿。两句话的工夫，但我必须跟冯总单独说。”那些人都知道这位“尤姐”可不是好惹的，无奈地看看冯宁，看看尤妮，见冯宁也不再坚持了，便赶紧拿起自己的东西，走到外头大间去了。

冯宁只能无奈地看看尤妮：“又怎么了？”

尤妮去把门关紧，回过头来一字一顿地告诉冯宁：“陶怡怀孕了。”

冯宁一震：“谁怀孕了？”

尤妮说：“陶怡！”

冯宁一愣："你跟我开什么玩笑？"

尤妮说："我跟你开什么玩笑？你看我像是在跟你开玩笑吗？我有那个心思跟你开玩笑吗？"

冯宁呆站了一会儿，心里忽然冒出一股无名的火，说不清是嫉恨，还是烦恼，只觉得一时间心乱如麻，他站起来，来回走了几大步，想以此压压心火，然后自嘲般地说道："她怀孕了，好啊……好啊……祝贺她……"

尤妮狠狠地瞪着他："你说什么呢？"

冯宁恶笑道："我说什么？她怀孕了，不值得庆贺吗？她怀孕了，你来跟我说什么？你找那个让她怀孕的王八蛋去报喜呀！"

尤妮说："你说的这是人话？"

冯宁大声地叫嚷着："我这不是人话，难道还是鬼话？不是我让她怀孕的，我不管！"

尤妮说："你吼什么吼？想不想上广播电台去嚷一嗓门儿？"

冯宁稍稍平静了一点，气呼呼地往老板椅上一坐："她怀孕，来找我？哼，找得着吗？！"

尤妮真生气了，逼到冯宁座位前，也大声喊叫了起来："冯宁，你他妈的真不是个东西！"

冯宁不作声了。而在门外那些来办事的员工都静静地听着他俩在里头争吵，虽然听不清吵的是什么，但都不敢出声来干扰这两个"头头"的争吵。

冯宁心里一股忌恨的怨火泄出后，也稍稍平静了下来，过了一会儿，问道："谁是孩子的爸？那个张弓？"

尤妮说："你知道还问？"

冯宁再一次恶狠狠地问："为什么不去找那个王八蛋？"

尤妮说："要找得着还会来找你吗？"

冯宁冷笑道："真可笑！找不着那个王八蛋了，再来找我？我成啥了？"

尤妮说："不是陶怡让我来找你的。她也不让去找张弓！"

冯宁冷嘲道："到这份儿上了，她可真有骨气了。"

尤妮说："我知道你心里不好受……"

冯宁哈哈一笑道："我心里有什么不好受的？她又不是我老婆，也不是我妹妹，我难受什么？"

尤妮用力拍了一下桌子："你要再说这些浑话，我就走了！"

冯宁不作声了。

尤妮说："今天我去看她，她状况极糟，几次都要晕倒。小小年纪，她根本不知道自己身上到底发生了什么，已经有好几天都吃不下东西了。人都跟生了一场大病似的……"

冯宁又冷笑一下："能不跟生一场大病似的吗？"

尤妮说："你能不插嘴吗？"

冯宁不作声了。

尤妮说："还是我强迫她去医院挂了个急诊，做了检查。那个老中医一号脉，就一个劲儿地恭喜祝贺……"

冯宁嘿嘿冷笑道："可不嘛……"

尤妮又叫了一声："冯宁！"然后说，"小丫头听说自己怀孕了，当时差一点昏死过去。人整个都傻了，浑身直打哆嗦，眼睛也都发直了。好不容易把她弄回她住的地方，劝了半天，也不肯说张弓的电话号码。后来还是我从她的手包里找到一个电话本，翻到张弓的电话号码，打过去，说人已经走了……"

冯宁一惊："人走了？去哪儿了？"

"他办公室的人说，他出远差了。"

"再远的差，也总有个地方啊！"

"奇怪的是办公室的人谁都说不清……"

"这个王八蛋一定是知道陶怡怀上了，就开溜了呗。真他妈的不是个男人！"

"可是，下午我去陶怡那儿时，发现张弓刚去过她那儿。"

"是吗？"

"我又打电话到张弓的公司去问，他们的回答特别蹊跷，给人的感觉是这个人突然就那么失踪了，而且就在一两个小时前失踪的……"

"既然他下午还去过陶怡那儿，陶怡一定知道他的去向。"

"我问陶怡了，逼了她好一会儿，她才吞吞吐吐地说，她真不知道他去哪儿了，她也不想知道他去哪儿。她说，连她自己都不知道自己怀孕了，因此张弓根本不知道有这么一回事……"

"如果这个张弓不是因为陶怡怀孕才跑掉的，那么，他是为了什么才跑的呢？"

"这，陶怡哪说得清？不过据陶怡回忆，张弓最后跟她说过一番话。从那一番话里分析，张弓的失踪，很可能跟一个叫雷半伍的区长和一个叫‘栾叔’的人有关。”

冯宁一惊：“‘栾叔’？你没听错？”

尤妮忙问：“你认识这个‘栾叔’？”

冯宁赶紧催促道：“你继续往下说。”

尤妮问：“感兴趣了？”

冯宁再一次催促道：“快说！”

不一会儿，冯宁大步走到外间，对那些还在等着他签字批条的人说道：“有没有明天上午办也不会碍大事的？”

那些人都愣了一下，不明白冯总这么问到底是什么用意。但没等他们回话，冯宁说了声：“行了行了，都明天一早来办吧。”和尤妮匆匆下楼去了。

陶怡得知自己怀孕的那一瞬间，觉得就像是天塌地陷了。她不知道命运为什么会是那么的残酷、那么的不公，为什么要让如此多的不幸都让她这么一个弱小的女孩儿来承受，为什么一下子就把自己逼到了这么一个“绝路”上。当时，两眼一黑，天旋地转般就倒在尤妮的怀抱里。回到家，在尤妮的劝说下，她总算稍稍平静了一点，便躺在床上，默默地流着泪。

这时门铃响了。陶怡以为是尤妮来看她了，便抽了块纸巾，擦去泪水，强撑着下了床，一边问着一边向门口走去：“是尤姐吗？我这就给你开门。”走到门前，她本能地从猫眼里向外张望了一下。猫眼里显示的是两个人，而且另一个人恰恰是这时候她最不愿意看到，也是最怕看到的那个人——冯宁。

她一下呆住了，两腿一软，差一点又要摔倒在地上。

尤妮见屋里迟迟没动静，便再次拍了拍门，叫道：“陶怡，开门，是我呀！”

这时，陶怡痛苦地倚靠在门框上，无声地哭泣着。她没想到尤妮会这么快就把事情告诉了冯宁。老天爷如果非得逼着她陶怡带着这么个“丑事”去面对全世界的人，她也不愿意面对冯宁……

尤妮又叫了：“陶怡……陶怡……”

陶怡哭得越发的伤心了。她哭自己，哭命运，哭这世道，哭茫然的未来……

尤妮还想敲门。冯宁却一步上前，取代了她。冯宁敲了两下门，叫道：“陶怡，快开门。别犯傻……听话，快开门……”

屋里没有动静。

冯宁又叫道："这件事真的有那么了不得吗？现在医疗技术那么发达，你想想，有什么问题不好解决的……"

尤妮一听，冯宁居然说到那儿去了，真是哪壶不开偏提哪壶，这不是在火上浇油吗？便忙对他做了个手势，让他别说这些，别再火上浇油。冯宁略略地愣了一下，似乎意识到自己说岔了，便赶紧改口："不管出什么事，我们都会帮你来一起解决的。你先开门。"

但屋里还是没有动静。冯宁有点着急了："陶怡，听到没有？千万别干傻事。再不开门，我真要砸门了！"

屋里突然传出一声叫声："你走……你走……我不要你们来可怜我……"

冯宁忙说："谁在可怜你？谁？你犯什么糊涂？我是来带你去看病的！"

门突然开了。出现在冯宁面前的陶怡头发散乱，但目光却灼热，脸上还带着泪痕，但神情已经变得十分地坚决。陶怡说道："我做的事，我自己来处理。我不要任何人可怜，也不需要任何人来施舍，我更不会做什么傻事。"

冯宁忙说："挺好，这才像个深圳的女孩儿。坚强、睿智、豁达，特别是坚强……人就是要学会坚强地面对一切……谁都会遭遇千难万难的事……"一边说，一边去卧室里收拾陶怡的东西，把她的内衣外衣什么的，一股脑儿地往一个旅行袋里装。陶怡冲过去夺冯宁手中的东西："谁让你乱动我的东西的？放下！请给我放下！"冯宁再一次从陶怡手里夺下那些东西，继续往旅行袋里装，"药呢？尤姐今天带你上大医院拿的药呢？哦，在这儿……"

陶怡急得直跳脚："放下……都给我放下……你们没权利这么做……这是我的家……"

冯宁却故意"耍着无赖"地说道："对，我们知道，这是你的家……我们又不要你这个房子，你着什么急……帽子呢？有帽子吗？现在可千万不能着凉啊！"

尤妮忙说："别找帽子了……这会儿戴什么帽子……"

冯宁拉上旅行袋的拉练，然后把旅行袋交给尤妮，四下里又打量了一下："还要带什么不？"

陶怡往卧室里躲去："你们想干什么？干什么？我哪儿也不去！我不要你们可怜我……"

冯宁上前一把扛起陶怡就往外走去："对，我们不要任何人可怜……我们干吗要别人可怜呢？深圳的女孩儿就得这么坚强才行……"

冯宁把陶怡往那辆新买的本田车上一扔，让尤妮看住她，自己赶紧发动着车，很快地就把陶怡送到尤妮住处，便走开了。他知道，这时候，他的继续在场会使陶怡加倍地感到尴尬和窘急。他得给她留下足够的时间，独自平复心头的这点创伤。走到楼下，他却不知道自己还要去哪里。去办公室？不。找个洗浴场所，去蒸一下桑拿？不。找几个员工凑一桌，搓上几圈麻将？不。那还能去哪儿？或者，去K歌？去蹦迪？去飙车？去他妈的……干什么？他只觉得心头憋得慌。他哪儿也不想去。深圳那黏糊糊的夜空，总在你需要清爽空气的时候，却显得如此的吝啬和压抑……陶怡啊陶怡，你……你……

冯宁最终去了庞耀祖那儿。

庞耀祖这回得到了一间独自享用的房间，差不多有二十来平方米大，真不算小了。特别让冯宁吃惊的是，三十几岁小四十的男人居然还这么会收拾房间。庞耀祖把房间“有机”地分隔出好几个功能区，一切都归置得井井有条、井然有序。庞耀祖开了一瓶红酒，听冯宁仔细讲述了刚发生的这段“故事”。庞耀祖端起酒杯，对冯宁说：“哥儿们，你真行，向你致敬！”

冯宁伤心地摇了摇头：“他妈的这个张弓，要让我逮住了，非把他千刀万剐了！”

庞耀祖问：“把陶怡安置在哪儿了？”

冯宁叹了口气道：“送到尤妮那屋里了。让尤妮看着，会好一点。”

庞耀祖淡淡地笑了笑说道：“我以为你直接就把她接到你屋里去了呐。”

冯宁苦笑一声道：“老大哥，这时候就别拿兄弟开涮了！听到她怀孕了，当时我真的一下全蒙了，脑袋瓜全炸了……她才多大？”

庞耀祖却说：“这跟多大有关系吗？下一步，你打算怎么对待她？”

冯宁说：“等她稍稍平静一点再说吧……”

庞耀祖再问：“等她平静了，你打算怎么办？”

冯宁沉吟了一下说：“怎么办？我再也不会让她离开我！绝不！”

庞耀祖说：“如果她不愿意打掉肚子里的那个孩子呢？有些小女孩儿挺看重上帝给她的第一个生命的。”

冯宁反问：“难道这一点很重要吗？我不能再让她受到任何伤害，当然也包括她……属于她的一切……”

庞耀祖怔怔地看了看冯宁，然后真诚地、敬佩地说道：“兄弟，你是个男子汉，真正的男子汉！”过了一会儿，庞耀祖好像突然想到了什么似的，忙问冯宁："那个张弓突然'失踪'，是不是跟雷半伍、'栾叔'那一档子事有密不可分的关系？"

冯宁略略一怔后，说道："我还真没往那儿想。"

庞耀祖说："他们也许还不知道张弓逃跑了。"

冯宁说："他们？他们是谁？"

庞耀祖沉吟了一下，没顾得上回答冯宁的询问，就拿起电话拨了个号。他这电话是打给宋梓南的秘书小马的。"马秘书吗？对不起，这么晚了还来打扰……"

小马应道："没事，你说。是找宋书记吧？"

庞耀祖迟疑了一下，问："他在吗？我这么突然地打电话来太不好意思了……"

小马说："事情急吗？他正在跟人谈话哩。有什么事，我可以替你转达吗？"

庞耀祖又犹豫了一下，说道："哦……是这样的，刚才从一个朋友那儿知道一个情况，跟雷半伍的案子有点关系。一个关系人还可能是涉案人，跑掉了。不知道宋书记是不是知道这情况……"

小马忙说："哦。那这样，你稍等一下。等书记谈完话，我跟他报告一下。"

庞耀祖说了声："那就谢谢了。"说完，就放下了电话。

一直在一旁听着的冯宁，忙问庞耀祖："张弓染上什么案子了？"

庞耀祖只是怔怔地看了看冯宁，却一句也没说什么。

这时候，宋梓南正在听市公安局的黄局长汇报公安部组织的一个全国性的打击金融黑市倒卖外汇行动的情况。一起听汇报的还有周副市长。小马悄悄地走进来，本想报告庞耀祖那事的，看黄局长正汇报得起劲儿，便什么也没说，只是给在场所有人的茶杯里续满了水，又把黄局长面前那个已经积满了烟头的烟缸清理了一下，然后悄悄地走了出去。

黄局长说："最近公安部连着来的几个文，要求在全国开展一个打击金融黑市倒卖外汇的行动。他们还派了个调查组专门到深圳来做了些调查。他们认为我们深圳这方面的现象，比较严重。"

周副市长说："一些外汇贩子在银行门前搞那种外汇黑市，倒汇切汇，扰乱外汇市场，确实应该打击。但是随着改革开放的深入进行，也要看到的确出现了一些新情况。一直以来，各地各大型企业可使用的外汇额度，都是计划配给的。但随着改革开放的深入，外贸活动越来越频繁，就出现了一些始料不及的新情况，比如说，一些大型企业手里会积攒一些外汇额度用不了；而另一些企业，急于从国外购买必要的设备和原材料，一时又批不到外汇指标，严重影响了生产的发展。完全靠中央计划来控制和分配外汇的使用，随着对外经贸活动的进一步扩大，肯定不适应当前这个初步形成的对外开放的经济局面，有时还会严重影响经济的正常运转和健康发展。”

黄局长说：“但是国务院和公安部发的所有的文件，都是要我们坚决打击私自倒卖外汇的行为的，也是绝不允许私自倒换外汇的。”

周副市长说：“这一点没错，国务院的文件是要坚决执行的。在银行门口，私自倒汇和切汇，或者非法经营地下钱庄，进行了牟利性的倒汇活动，都必须坚决打击。我只是讲一点我们在抓经济工作中遇到的一点新问题，出现的新现象……完全靠计划来分配使用外汇额度，的确已经很成问题了，再不解决的话，它会成为越来越多的涉外企业发展的瓶颈。”

宋梓南问黄局长：“你们发现了什么值得注意的问题了吗？”

黄局长：“最近我们通过一个阶段的工作，还是发现了一些案子，私自倒汇，金额巨大，有个别的数额高达几百万美元。更严重的是，这些人员中，有个别人还是我们政府机关的工作人员，或者是金融界的从业人员。”

周副市长问：“比如说……”

黄局长说：“比如说，最近我们发现一个刚被派到国外去学习回来的‘专家’，就干了这么一档子违法的事……”

周副市长微微一惊道：“刚从国外回来的专家？谁？”

黄局长看了一下面前的书面材料，说道：“这个人叫庞耀祖……”

宋梓南和周副市长顿时都吃了一大惊地叫了起来：“谁？庞耀祖？”

黄局长忙问：“怎么，二位领导都认识这个人？”

周副市长忙说：“你说，继续说。”然后黄局长把市局经侦处初步掌握的一些情况，汇报了一下。等黄局长走后，宋梓南问周副市长：“庞耀祖倒汇？你信吗？”

周副市长却很肯定地答道：“我信。完全有这个可能。”

宋梓南不觉一愣，半信半疑地看了周副市长一眼。

周副市长解释道：“据我所知，实际上，我们有些银行早就在参与这种所谓的‘倒汇’活动。有一点，你也是了解的，长期以来，我们由国家控制外汇。

这在过去，当所有的外贸活动也都严格控制在国家手里的时候，还勉强过得去。但是现在许多企业都获得了外贸权，就暴露了这种制度某些方面的弊病。经济活动是瞬息万变的。有的商机和战机一样，错失了那关键的几分钟或几小时，可能就会全盘皆输。有的企业就是因为一时间调不到外汇头寸，而丧失了发展的机会。要重新申请外汇额度，在我们这个旧体制下，又是一件极费时费力还不一定能解决的事。所以，这些企业往往就在私下进行外汇调剂，互补有无。在汇率上双方也可以做适当的浮动，让调出外汇的单位能有所得，而紧缺外汇的单位，又可以用这些外汇去办他们想办的事，挣更多的钱。完全是双赢的事情。”

宋梓南问：“银行怎么会参与这些活动呢？”

周副市长说：“外汇额度是要用人民币去换的。这些稀缺外汇的企业有时手里不一定攒着足够的人民币去换别人的外汇，就要向银行借贷。”

宋梓南又问：“那庞耀祖夹在中间又干啥呢？”

周副市长说：“他做中介人呀！给上下家牵线搭桥，或者替上下家跟银行去牵线搭桥。”

宋梓南想了想道：“这么说来，这是一种合情合理而不合法的行为？”

周副市长忙说：“是的，在目前来说，它是合情合理但却不合法的行为。因为我们现在还沿用着许多十年二十年前制定的法规和体例，这些法规体例都是为了维护计划经济的需要而制定的。它们中的一大部分已经完全不适用当前向市场经济转轨的新形势和新需要了。为了建立好社会主义的市场经济，人们就必须去突破那些旧的条条框框。可是，制定新的法规体例又不是那么简单的一蹴而就的事。于是就出现了大量这一类合情合理但不合法的人和事。其实庞耀祖干的这种事，应该由我们政府来干。我们应该成立一个外汇调剂中心，替各企业来调剂外汇的有无，让他们从地下走到地上来，替他们摘掉‘非法’的帽子，让他们在政府的帮助下，光明正大地进行外汇调剂。这对促进深圳的外贸和经济发展，是非常必要的，也是急需要做的一件事，也是把深圳建成重要的金融市场所必须要做的事情。”

第二天，宋梓南就接到了市公安局报来的一个材料，要正式逮捕庞耀祖。说已经查清，庞耀祖参与的倒汇活动，涉及金额达三百五十万美元，已经达到和超过金额巨大的程度。他们觉得有必要拿这件事来抓一个典型，以遏制一下当前十分猖獗的外汇黑市活动。

宋梓南拿过材料大略地翻看了一下，问："检察院呢？检察院方面有什么意见？"

小马说："检察院方面也已经批捕了。"

这时，外间秘书室的电话响了。小马忙跑过去接电话。不一会儿，小马接完电话过来给宋梓南报告道："是市局的电话，催问逮捕庞耀祖的报告什么时候能批下来。他们担心，这个案子涉及一些公务员，时间拖长了，会走漏风声，增加结案难度。"

宋梓南沉吟了一下说："告诉李局长，这个案子涉及一些政策问题，市委要研究一下。我们会抓紧时间研究的。让他们不要再催了！"

小马又报告道："美院的潘教授来了。在外头等着哩。"

潘教授根据上一回和书记讨论所得，做了一些雕塑的小样和图纸，过来征求宋梓南的意见。

"对不起，让你久等了。"宋梓南匆匆走到秘书室，握着潘教授的手，致意道，"都做了小样了？真下功夫了。"

潘教授说："在市中心广场立一个标志性雕塑，对一个城市来说，是百年大计，甚至也可以说是千年大计的事。有幸参与其中，对于一个艺术家来说，也是百年不遇的创作机会，莫大的荣幸，下一点功夫当然是应该的。做成小样，更直观一些，也便于你们当领导的下决心。"

宋梓南用力握了一下教授的手说道："你想得很周到。"

潘教授拉着书记向那些小样走去："要不，占您一点时间，我先给您讲解一下？我做了三个小样，大鹏、孺子牛和莲花……"

宋梓南忙说："潘教授，很抱歉，本来今天是应该认真听您讲解一下的。不过，刚出了一点事情，很重要，必须马上去处理。这样吧，我们另外再约个时间，我一定得好好听您讲一讲。"

潘教授只得说："当然要以您的工作为重。那……我等您的电话？"

"真是太对不起了。有车送你来吗？"宋梓南诚恳地问道。得知潘教授还是像上一回那样骑自行车来的，他立即告诉小马："让车队派个车，送一下潘教授。"

潘教授笑道："不用不用，我自己走，我还得把那辆自行车骑回去啊！"

宋梓南坚持道："不不不，把自行车搁在后备厢里，很方便的。马秘书，通知车队，调个车来！"

宋梓南一直把潘教授送上电梯。等电梯门关上了，电梯开始往下走了，宋梓南这才转过身，一边向办公室走去，一边吩咐小马："马上请周副市长到我办公室来一下。另外，你记住了，最近这一两天里，另约个时间，请潘教授来谈谈这个塑像的问题。今天让教授白跑一趟，真的是很对不起他。"

周副市长一来就向宋梓南汇报他所了解到的有关庞耀祖的情况："我详细了解了一下，庞耀祖确实为几个企业换汇做过中间介绍。大家都以为他到东京去学了一回，熟悉金融市场的一些操作方法，在国内的几家银行里又都有一些熟人，就都去找他了。但是有几点，是应该说明的，也是很重要的：第一，他帮助换汇的那些企业所做的项目都是经国家批准的；第二，向银行借贷的那些资金都是走正规渠道，经过银行信贷方面的正式手续审批的；第三，他本人并没有拿什么所谓的佣金或回扣。而按各国在这方面通行的游戏规则，他本应可以拿一定比例的佣金和回扣。按过去的规定，作为个人，他介入了换汇活动，的确是非法的，甚至可以说是一种犯罪活动，但是，我昨天说了，他做的，正是我们政府应该做的事情。我们没有在各企业需要的时候，为大家提供一个正当的调剂外汇的平台。如果抓了这样的同志，我作为主管工交财贸金融的常务副市长，内心会非常不安……十一届三中全会以来，这样的事情已经不止发生过一起了嘛。当年安徽的那个傻子瓜子，一开始使用雇工，不是也被抓了吗？各地都有一些因为搞长途贩运的人也按计划经济时期的《刑法》条例，被用'投机倒把罪'的名义逮捕判刑了，后来也都一一改正了。听人说，那个冯宁的父亲当年就是因为搞什么长途贩运而被错抓的嘛。我们不能再做同样的傻事。"

宋梓南问："你的意思，这个庞耀祖坚决不能抓？"

周副市长说："不仅不能抓，还要很好地保护培养使用。没有这种敢于对老框框、旧体例发起冲击的人，光靠我们这几个人不行啊……我们头上戴着大大小小的乌纱帽，多少年来已经习惯了，动不动就要看上司脸色办事，是很难真正开创一个全新的局面的。要突破，还得靠下边这样一股力量！"

宋梓南沉吟道："从某种意义上来说，杀出一条血路推进改革，必须还得依靠下边广大的群众和先进分子。"

周副市长感慨道："老宋啊，他们才真正是在'以身试法'，用自己的身家性命去跟那些过了时的条条框框和旧的体例在较劲儿，打开缺口，以便让后续的大部队顺利通过。这跟当年谭嗣同的悲壮是如出一辙的！伤害这些改革先行者的事，绝对不能发生在我们深圳！即便他们做错了一些事，也要按‘下不为例’来处置。自然科学研究从来是允许人们犯错误的，在社会改革方面，也得允许先行者犯错误，否则，就不会有人来和我们一起做这些改革的事情了。”

宋梓南不说话了。

第一百〇二章

下午，尤妮提着一些东西，向庞耀祖住的那幢楼的楼门洞走来时，忽然觉得今天这里的气氛有点不对头，但一时又说不清到底什么地方不对头。特别冷清？特别空旷？特别……总之，她说不出个所以然来，就是觉得非比寻常。她迟疑着索性站下，四下里环顾，除了看到有那么三两个陌生人在楼前的空地上无所事事地游逛，似乎也没发现什么特别不对头的事情，便在略一怔之后，又自嘲般地笑了笑，就向庞耀祖的房间走去了。

“你没觉得你这儿今天有什么不对头的？”进了房间，尤妮一边把带来的一些食品给庞耀祖放进新买的冰箱里，一边问道。

庞耀祖放下手里的书，走过去，帮她存放东西，也问道：“怎么？你有什么感觉了？”

尤妮迟疑地说：“也没什么，就是……”

庞耀祖问：“就是什么？”

尤妮说：“我也说不清楚。今天一过来，总觉得院子里有什么地方不大对劲儿似的。”

庞耀祖嘿嘿一笑：“是吗？这种感觉，昨天晚上我就有了。”

尤妮有点诧异地问：“你也有这种感觉？怪了，怎么回事？”

庞耀祖淡然一笑道：“不说它了。说了，会吓着你的。”

尤妮转过身来，盯住庞耀祖，催促道：“说说嘛。你怎么也会有这种感觉的？”

庞耀祖只是说道：“不说不说了。说了，会吓着你的。”

尤妮略一沉思，觉得更不对头了：“会吓着我？什么事会有那么严重！”

庞耀祖试探着问：“你真不怕？”

尤妮有点不耐烦了：“卖啥关子嘛！爱说不说，不说拉倒！”

庞耀祖笑着走过去，悄悄拉开窗帘的一角，示意尤妮去看。尤妮走到窗子前，从撩开的窗帘一角顺着庞耀祖示意的方向往外看去。初看上去，院子里仍然是刚才那副空空荡荡的样子，仍然只有那几个年轻的“闲人”在那儿无所事事地游逛着，并没有什么新动静。尤妮疑询般地看看庞耀祖。

庞耀祖问：“你不觉得那几个年轻的陌生人有点特别吗？”

尤妮一愣：“陌生人？他们不是你们小区的？你不认识他们？”

庞耀祖嘿嘿一笑道：“不是。而且你注意到了没有，他们老在我这幢楼前晃来晃去。”

“他们是……”

“便衣。”

“便衣警察？”

“YES。”

“便衣警察干吗要在你楼前晃来晃去？”

“你说他们在干啥？”

“你这楼里有犯罪嫌疑分子？”

“YES。”

尤妮愣怔了一下，心里忽然一紧，似乎明白了些什么，便赶紧问：“他们……他们是在监视你？”

“YES。”

尤妮大声叫道：“开玩笑！”

“你轻点！”庞耀祖赶紧放下窗帘，并提醒道，然后长长地叹了气说道：“开玩笑？无语愁说三千雪……你看看，这是什么？”尤妮顺着庞耀祖手指的方向看去，在卧室的门口放着一个带拖轮的真皮拖拉旅行箱，里边已经塞满了东西，箱把上还挂着一个小包，那小包里显然放的是全套的洗漱用具。还有一个用旧报纸包着的圆柱状的东西，不知道里头包着的到底是什么了。

尤妮迟疑地问：“你要出差？”

庞耀祖笑道：“也可以理解为出差吧。”

尤妮真着急了：“到底怎么一回事嘛！别跟我打哑谜了！”

庞耀祖沉默了一小会儿说：“不跟你开玩笑，这些便衣警察就是来监视我的，防备我逃跑。”

尤妮忙问："他们要抓你？"

庞耀祖说："也许吧……"

尤妮呆住了："你干了啥事了？"

庞耀祖笑了笑："合情合理的非法买卖。"

尤妮半信半疑地说："非法买卖？你会干这种下三烂的事？我不信。"

庞耀祖坐了下来，提起暖水瓶，给自己的茶杯里续了点水，又从冰箱里取了一瓶果汁，打开瓶盖，放在尤妮面前，然后在一张帆布沙发椅上坐了下来，说道："大多数的非法买卖的确是'下三烂'的，但不能说全都是。尤其在特定的历史时期，特别是在历史大转型时期、思想大转型时期，更是这样。孙中山要让皇帝老儿下台，在当时是合法买卖吗？毛泽东带人上井冈山，拿当时的法律条文来衡量，大概也应该算是一档子非法买卖。哥白尼说地球是绕着太阳转的，这个理论公开背叛当时的教廷。而邓小平说的那句话，'深圳应该杀出一条血路来'，在《宪法》和党章上可能都找不到什么依据。他老人家居然鼓动深圳的党和政府在社会主义的中国大地上杀出一条血路来，你说他合法吗？但没有这些先贤哲人的'非法行为'，就不能推动中国前进……"庞耀祖越说越激动，"只是我有点错误估计了形势。我以为十一届三中全会都开了这么些年了，思想解放运动也早就深入人心了，尤其在我们深圳，更应该允许人们在言行上做更深层次的探索和试验。但看来我过于乐观了……"

一阵阵的凉气从尤妮心底往上冒出："你到底做什么了？"

庞耀祖说："以后你去问冯宁吧。他清楚。"

尤妮呆住了，过了一会儿怔怔地问："难道你还真干了一件违法的事？"

庞耀祖点点头说："是的，我承认，它是违法的。"

尤妮略略愣怔了一下，又问："干以前，你就知道它是违法的了？"

庞耀祖再一次十分肯定地答道："是的。"

尤妮说道："那你为什么还要这么干？你傻呀？！"

庞耀祖嘿嘿一笑道："我也在问自己，庞耀祖，你是不是真的很傻呀？"

尤妮真着急了，她一下站了起来，无所适从地在庞耀祖面前转了两个圈，然后站定在庞耀祖面前，怔怔地问："别跟我逗乐了。他们真是来抓你的？"

庞耀祖说："谁逗你乐了？"

尤妮说："你是公派出国留学的。现在就缺你们这样的人才，他们怎么会抓这样一个人？"

庞耀祖说："为什么不会？也许他们眼下正需要这方面的一个反面典型……可以告诫所有从海外留学回来的人，不要自以为是，更不要翘尾巴，只要翘尾巴必定不会有好下场！"

尤妮忙问："你去找过宋书记吗？你不是挺能跟他说得上话的吗？"

庞耀祖低下头，不作声了。

尤妮一下蹲在庞耀祖面前，用力推推他，催促道："赶快去找找宋书记呀！在深圳，他说话还是算话的！"

庞耀祖苦笑着摇了摇头："这些便衣，应该就是深圳方面的人。我不能说他们就是宋书记派来的。但是，官，总归是官，他们有他们的难处。就别去为难他了……"

尤妮站起来说："我替你去找宋书记去。"

庞耀祖也站起说："别胡来！"

尤妮脸涨得通红："不胡来，你就真的在这儿干等着进拘留所了？"

庞耀祖稍稍沉吟了一下，突然轻轻地吟诵道："古来多被虚名误，宁负虚名身莫负。欲将沈醉换悲凉，清歌莫断肠……"

尤妮冷笑道："啥时候了，还跟这儿穷酸个啥嘛？"

庞耀祖笑笑说："这是我有一回去看宋书记，他给我写的……"说着，走到那个拖拉箱前，拿起那个圆柱状的东西。这时，尤妮才看清，这是用旧报纸包裹着的一卷什么东西。打开旧报纸，里边是一个卷轴。再展开卷轴，上面用行书体的毛笔字写着刚才庞耀祖吟诵的那几句词。庞耀祖指着那字面，又给尤妮念了一遍，并解释道："这是北宋著名词人晏几道写的词集句。什么叫集句懂吗？"

尤妮问："什么叫集句？"

庞耀祖解释道："就是从不同的诗里选择句子，组合成一首新作品。前两句，应该比较明白，我们人类，尤其一些有抱负、有成就的人，往往会被虚名所负所累。比如，当官的过于执着乌纱帽，做学问的过于顶礼膜拜职称和社会地位，女人过于执着美貌，学生过于执着分数，等等，但是人世间最最重要的东西恰恰是人本身，是抛却这些身外之物后的自身。后两句，翻译成现代白话，大概的意思就是：为此，在坎坷的生命历程中，哪怕你把无奈的自我麻醉只能换成满腔的悲愤和苍凉，以哭当歌，也别丧失了往前走的信心和力量。"

尤妮呆住了，怔怔地看着庞耀祖："你没吓唬我？"

庞耀祖淡淡地笑道：“我吓唬你什么？”

尤妮说：“你说外头那些陌生的年轻人都是便衣警察，他们是在监视你。而且，他们最终的任务是要逮捕你。”

庞耀祖不作声了，只是瞠瞠地看着那个准备好的真皮背包和那一袋洗漱用具。过了好大一会儿，他突然抬起头问尤妮：“一百年后的中国人，会理解我们今天的这种尴尬和艰难吗？就像今天的年轻人，怎么也不能理解‘文革’时期的年轻人会因为把一张印有领袖像的报纸当垫子坐在屁股底下而遭受牢狱之灾，更不会理解当年的布鲁诺因为坚持说地球是围绕太阳转的而被疯狂的宗教信徒绑在柱子上活活烧死一样……”

尤妮突然扑过去拿电话。

庞耀祖忙压住电话：“干啥？”

尤妮说：“我告诉冯宁……”

庞耀祖问：“有用吗？”

尤妮说：“总不能就这么眼巴巴地等着他们来抓你！总该想点办法！”

庞耀祖苦笑一下说：“法网恢恢啊……什么叫法网恢恢？如果有人决定要用这张网来对付你的话，你唯一可行的办法就是等着，静静地等着……”

尤妮跺着脚叫喊道：“你他妈的也真是太傻了，明明知道干的是一档子违法的事，还要用自己的脑袋去硬碰……”

庞耀祖一下激动起来：“没有这样一些敢于硬碰的脑袋，中国会有希望吗？知道当年谭嗣同在同样的时候，说过一句什么话吗？中国的革新之所以至今还不能成功，就是因为一直还没有人为革新而流血。那就从我开始吧！要不，邓小平怎么会说出‘去杀出一条血路’那样的话？你以为邓小平在作秀？耍浪漫？在写诗？难道他历来喜欢说这种浪漫兮兮的话？不。他是一个无比冷静、无比现实的人。这样一个人，都在提醒和告诫我们，中国要真正向前走出一步，是必须得‘去杀出一条血路’的！”

尤妮声嘶力竭地叫了起来：“傻！傻到底！傻死你！！”

庞耀祖看着急得满脸通红的尤妮，忽然间颓然坐下了，缓缓地说道：“也许吧，我们这些人真的是挺傻的……尤妮，有一句话，我本来不敢说的……”

尤妮眼眶里一下充满了眼泪，她哆嗦起来：“你还有什么事要吓唬我？你他妈的今天是怎么了，真活腻了？”

庞耀祖说：“尤妮，一向以来，我一直在偷偷地喜欢着你……从那年调到你公爹身边当秘书那一刻起，就一直在为你而心动……”

尤妮捂住自己的耳朵，大声叫道：“我不听！庞耀祖，你今天真是疯了！”

庞耀祖却依然慢慢地说道：“我知道这不可能……你有你的家庭，我也有我的拖累，但我知道你在你的家庭里不幸福。而我和我的妻子已经分居好些年了……也许我们都有更重大，甚至重大到伟大的理由，才抛家别子来到深圳这个人生战场，但是，不能不说，为了寻获自己应有的那一点点生活幸福，也是我们来到深圳的一个重大动力。而对于我来说，知道你在深圳，这几乎是我当时想一步就迈到深圳的唯一原始推动力，一只无法抗拒的上帝之手……”

尤妮恳求道：“我们不说这些了，行吗？我是别人的妻子，而你早就是孩子的父亲……”

庞耀祖说：“我知道你的丈夫是一个非常好的工作者……”

尤妮再一次声嘶力竭地叫了起来：“别说了！别说了！！求求你……求求你……”

庞耀祖说：“我的妻子也是一个非常好的女子，但我们不幸福，他们也不幸福……”

尤妮说：“谁告诉你我不幸福？”

庞耀祖说：“尤妮，这里没有你的公爹和父母，也没有一个伦理法庭的法官在。请你真实地面对一个真实的自己……”

尤妮突然低声抽泣了起来。

庞耀祖说：“我一直把这种感情深深地埋藏在自己心底。我甚至都没有祈望过要把它付之于行动。这一点，上天可以为我做证……但是……”

尤妮突然中止了哭泣，拿起自己的小皮包，掉转身就向外跑去。但她刚跑到门外，却站住了，呆呆地看了周围一下，又十分慌张地跑了回来，一把抓住庞耀祖说：“他们走了……他们不见了……”

庞耀祖稍稍愣了一下，忙回到窗户前，撩开窗帘看了一下。

院子里那些陌生的年轻人果然一个都不见了。

庞耀祖慌慌地说：“你快走……”

尤妮忙问：“怎么了？”

庞耀祖脸色一下变得青白：“他们可能要动手了。”

尤妮说：“那我更不走了！”

庞耀祖几乎要哭了：“尤妮，能给我留一点尊严。行吗？我不希望你看到我戴着手铐在逮捕证上签字的场景，也许到那一刻，我根本做不到像那个谭嗣同那样，我自横刀向天笑。我会发呆，我会心虚，我会浑身上下都颤抖，我会冒冷汗，脸色会发灰……”

尤妮冲过去，一把抱住庞耀祖，扑倒在他的怀里，出声地呜咽起来。

庞耀祖不知所措了，浑身甚至都僵直了起来，不知道此刻，自己是应该接受尤妮的拥抱，也去抱她一下，再很理智地对她说一些鼓励的话，还是保持这最后的一点“礼俗”，去轻轻地推开她，什么也不说，抽身而去……在僵持了一小会儿以后，他还是冲动地抱住了尤妮，并感动地用自己的脸颊轻轻地抚慰般地贴吻了一下尤妮的额发和额角，而尤妮这时浑身上下所发出的战栗，也已经使她那一下下的呜咽变成了绝望的窒息般的哀鸣了……

但是，忽然间，庞耀祖好像清醒了过来。他松开环抱着尤妮的双臂，又轻轻推开尤妮，走到门外，仔细地打量了一下，然后跑回房间来，吩咐尤妮：“你待在屋里别动，我上外头再去看一看。”

尤妮忙擦擦脸颊上的泪水，问：“怎么了？”

庞耀祖说：“好像……好像……不像是有后续行动似的……”

尤妮问：“为什么？”

庞耀祖说：“如果有后续行动，现在外头应该有警车和法警了。可是……”

尤妮赶紧跑到门外，仔细一看，果不其然，不仅在院子里看不到庞耀祖所说的那些“警车和法警”，就是在小区门外，也看不到任何这样的迹象。

庞耀祖忙说：“我再到小区大门外去看看……”

尤妮忙说：“你别去！你在屋里待着。我去！”不等庞耀祖答应，尤妮便冲出了房间。几分钟后，在房间里怎么也待不住的庞耀祖也跑到了小区大门外。果然，无论是小区的院子里，还是在大门外，没有要逮捕人所必需的那种安排和布置。便衣们撤走后，只是留下了一个无比清静的世界。让云自在地低低地拂着高耸的树梢，让庄重的雷声闷闷地掠过楼群，让柔曼的雨痛痛快快地淋湿了洁净的大街，让庞耀祖渴望的那种自由留在了这雨里、风里、雷声里，留在了他的疯狂里……此时，他再也无法忍住心底的呜咽，便捧起自己那个早已被雨水淋湿了的脸庞，大声哭泣起来……庞耀祖如此放肆地哭泣，一下把尤妮惊呆了，紧接着，也引发了她埋在自己心底多年的委屈和怜悯，便冲过去，不顾一切地把庞耀祖紧紧抱在自己的怀里，跟他一起哭泣了起来……

第一百〇三章

是的，那些在庞耀祖院子里“闲逛”的年轻人，的确正如庞耀祖猜测的，是来监视他的便衣。监视的目的，也确实是防备他逃跑。当时市公安局已经报送了逮捕庞耀祖的材料，市检察院也已经正式批捕庞耀祖，更严重的是，北京有关部委也要派人来整顿深圳的外汇市场，并且一心要在这儿抓个反面典型。这件事，因为牵扯涉案的主要嫌疑犯是市里派去留学刚回国的“专家”，黄局长觉得有必要和市委市政府的主要领导通一下气，却遭遇了市委一把手宋梓南的“犹豫”，市局也就没敢马上下手。但是，如果不把这个庞耀祖抓起来，市局的同志又觉得没法面对北京方面来抓典型的同志，所以轻易又不敢撤去对庞耀祖的监视，一直在等待着宋梓南下最后的决心。

那天下午，北京方面来的工作组终于到达深圳。而也就在那天下午，宋梓南最后的决心也下定了，必须要保住这个庞耀祖。他本来准备亲自出面去跟北京来的工作组解释庞耀祖实际上是做了一件深圳市政府正准备要做，但还没来得及做的大事。虽说违法，但所违的是深圳在深化改革中已然觉得必须废除的一个旧法规。从司法程序上讲，庞耀祖的举动是冒犯了法的尊严，但从改革的实际需要来说，如果今天逮捕了庞耀祖，不仅会伤害一大批真心要把中国的改革做到底的同志，而且将来也难以向历史交代。宋梓南准备以市委主要领导的身份向北京来的同志担保，不出两个月，深圳就会建起外汇调剂中心，这个中心所要做的事情就是庞耀祖今天所做的。宋梓南相信，他能和北京来的同志沟通好，顺畅地解决这个事情……但那天，周副市长没让宋梓南出面去见北京来的工作组。周副市长说：“这件事，你暂且别出面。大帅嘛，还是在中军帐待着比较稳妥。剩下的事，让我们这些先锋官先去协调。”

协调的结果，果然很理想。到下午时分，黄局长就亲自对周副市长报告道：“我已经下令撤销对庞耀祖的监控了。”但黄局长还是有点不理解，他说道：“周副市长，干了几十年的公安，我还没下过这样的命令。对一个证据确凿的违法分子，到了该收网的时候，由我来下令，让他继续逍遥法外……”

周副市长劝慰道："老黄，你应该知道，我们实行土地拍卖政策，是公然违反国家根本大法——《宪法》的。我们在深圳建立社会主义市场经济，允许私人在这儿雇工开工厂做买卖，也是违反这个根本大法的。我们带头在深圳取消统购统销政策，取消凭票供应粮油肉布，取消干部福利分房，放开物价，让几百种商品的价格按市场规律自由浮动，等等，这一系列做法，即便是到今天，仍有一些人觉得，都是'违法行为'，是在公开挑战我们国家仍通行的各种法律条令和规则。我们不仅允许，而且还欢迎帝国主义资本家在这儿买地建工厂雇用我们的劳动人民，这简直就是违背我们多年必须奉行的党章上写明的基本纲领。但我们都做了……"

黄局长故意问道："那能不能说，今后在深圳一切违法行为我们都不要管了，不能管了？"

周副市长笑道："你跟我抬杠？"

黄局长笑笑说："开个玩笑，我的周大市长。"

周副市长却严肃起来了："这种话出自一个刚上岗的小片儿警嘴里，尚可原谅。但出自你这么一个主管局长的嘴里，任何时候都是不允许的。现在国内外都有人就是这么歪曲和攻击我们的改革开放政策。"

局长不作声了。

周副市长缓和了神情说道："老黄，说一句实话，在这个非常时期，合法与非法的界线有时候的确不太好把握，但这不等于说我们就不要严守法律防线。相反，我们还要加强它。但是，有一些，我们是必须加以突破的，而且要在人大没有通过相应的新法律前，就加以突破。这是中央赋予我们特区的一个特权，也可以说是给我们的一个任务。让我们做试验。试验，当然会有风险、有阻力。就像空军的试飞员一样，有可能摔飞机，个人也会付出重大代价。但是，为了我们这个民族，为了我们这个国家，为了这场空前的改革，为了正遭遇极为艰难环境的国际共产主义运动，我们一起来承担这个风险。况且我们还有那么好的一个班长。宋书记经常说，如果做错了什么事，中央要打屁股，他脱了裤子，上北京替我们去挨，一切责任由他来负。"

黄局长点点头说："这一点，我不怀疑。"

周副市长说："那你还担心什么，怀疑别的什么？"

黄局长嗒然一笑，不再说什么了。

第一百〇四章

两天后的一个清晨，宋梓南还没起床，一阵急促的电话铃声把吃了安眠药好不容易才睡着的宋梓南从困顿中惊醒。电话是常副市长打来的。他告诉宋梓南：“刚才我得到报告，说石长辛突发心脏病，送医院抢救了。”

一个小时后，宋梓南赶到了医院。“他什么时候得的心脏病？从来没听他说起过。”宋梓南一边向急诊室走去，一边问主治大夫。主治大夫解释道：“这种情况已经不少见了。特别是在一些中年人身上，他们上有老下有小，自己又在工作岗位上挑大梁，只知道忙里忙外的，就会在连他们自己都不知道的情况下，发作心血管方面的病。这种情况，屡见不鲜了。突然倒下，又突然走了的中年骨干不少了啊！”

这时，医院院长也匆匆赶来见宋梓南。

宋梓南忙嘱咐道：“你们要不惜一切代价，用一切手段替我抢救这个同志。只要需要，你说上哪儿请技术力量来支援都行！”

院长忙说：“我知道我知道……”

高科技园区筹建指挥部的一个领导介绍道：“石总几乎每天都只睡三四个小时，这样的工作强度，已经持续两三个月了，就是铁打的汉子也扛不住啊。怎么劝也不听。他那岔气的毛病也发作得越来越频繁……”

院长忙问：“岔气？他经常岔气？”

高科技园区筹建指挥部的那个领导说：“是啊，一发起来，脸色发灰，直冒冷汗，疼得都直不起腰，喘不上气……”

院长忙说：“哎呀，早该来治疗的嘛。这个民间所谓的‘岔气’，实际上就是心绞痛。我们许多病人就是耽误在这个‘民间说法’上的，以为‘岔气’不是什么病。一旦病情加重，查出大面积心梗，心肌坏死，就已经晚了。”

宋梓南听院长这么说，情不自禁地去摸了摸自己的胸肋间，问道：“心绞痛？”

院长忙说：“宋书记您没有岔气的毛病吧？要是有，千万千万要做全面检查，及早治疗。不可掉以轻心。”

宋梓南赶紧答道：“没有，我没有……”

回到市委大楼，宋梓南一直显得心神不定，不断地打电话到医院询问石长辛的病情。到傍晚时分，他又要给那位主治大夫打电话，小马劝阻了他。小马说：“今天从医院里回来，半天时间里，您已经给这位主治大夫打过四五个电话了。已经向他们明确过了，有什么新情况，让他们立即向您报告。他们会这么做的。如果他们没打电话，就说明石长辛的病情暂时还是稳定的。”

宋梓南忙说：“那就不打了……不打了……别去干扰大夫的工作了……”过了一会儿，他突然又想起什么，忙问小马：“他们指挥部派人去看望长辛夫人和孩子了吗？是不是应该提醒他们一下……另外，让各委办局、各科室都认真查一查，看看同志们中间有没有经常犯岔气这毛病的。尤其是那些中年同志，都认真地检查一下。不要再发生石长辛那样的悲剧了。这回要是抢救不回来，那代价就太大了。不堪设想！让他们一定要认真对待这件事……”

晚上，冯宁打了个电话，把在家守候陶怡的尤妮叫到公司里。见尤妮匆匆走了进来，冯宁便招呼道：“少见啊，我的尤副总。”尤妮脸微微一红，啐嗔道：“别跟我阴阳怪气的，什么少见？我不就是昨天一天没来上班嘛。还给办公室打了电话，请了假的……”冯宁打趣道：“怎么的，也怀孕了？”尤妮生气了，一下站了起来：“冯宁！你说啥呢？”冯宁忙说：“开玩笑开玩笑……”这玩笑有点开大了。尤妮涨红了脸，一声不吭地怔怔地站了一会儿，扭头就向外走去。冯宁忙上前拦阻：“尤姐，别别别……”尤妮说：“冯宁，你好歹也是这么个大公司的老板了，说话知道个轻重不？扛了个陶怡回家，轻飘飘的，就不知道好歹了？”

冯宁忙做出一脸讨好的笑容，连声说道：“检讨，检讨。”

尤妮把手包往一旁的沙发上一扔，气呼呼地往椅子上一坐，说：“快说，啥事，催命鬼似的催我来？”

冯宁说：“听办公室的人说你请假了，我当然着急啊。当然要关心一下啊……”

尤妮说：“着急？关心？你要真着急，真关心，那应该是上我屋里去看我，也不该是催我来呀？！”

冯宁说：“我当然是去了的。但尤姐您不在屋里呀。您，去哪儿了？”

尤妮脸又微微一红：“我还能去哪儿？”

冯宁说：“后来我才知道，尤姐您是陪了我庞哥一整天。”

尤妮有点着急了：“谁陪他一整天了？”

冯宁说：“准确点说，陪了他六个小时零二十五分钟。”

尤妮嘲讽道：“情报搞得还挺精准？！”

冯宁问：“庞哥现在怎么样？”

尤妮说：“他怎么样，你去问他自己。”

冯宁说：“我要去找他，就得跟他生气，干仗了。”

尤妮问：“你跟他生什么气干什么仗？”

冯宁说：“他摊上那么大的一档子事，都不跟兄弟我说一声，也太见外了嘛。”

尤妮问：“他摊上什么大事了？”

冯宁说：“还跟我装？”

尤妮犹豫了一下，不作声了。

冯宁说：“今天要不是内部有人跟我通风报信，我还一直被蒙在鼓里哩！”

尤妮问：“谁跟你通风报信了？”

冯宁说：“这你别问！”

尤妮解释道：“庞哥也是为你好。他不想让你卷进他的事情里……”

冯宁还是不认账：“他还是没把我当自己兄弟嘛。”

尤妮说：“问题是，那两天里他这档子事闹得太大，把你卷进来了，既解决不了问题，又白白把你也搭了进去，成本太大。”

冯宁笑道：“可他怎么就让你卷进去了呢？是亲疏有别，还是重色轻友啊……”

尤妮脸红起来：“又胡说，什么重色轻友？”

冯宁笑笑说：“不过，这也是可以理解的嘛……”

尤妮一跺脚：“冯宁，你今天哪根筋搭错了，尽说胡话！”

冯宁忙说：“好，我们说正经的。你坐，消消气，坐。”

尤妮打量了一眼冯宁，见他确实是想说正事了，便慢慢又坐了下来。

冯宁说：“有人让我给他捎话，要他这两天里，安心在屋里待着，别上外头乱转悠，少安毋躁，静待事态发展变化。院子里监视他的人撤走了，不等于事情已经完全解决了……”

尤妮一愣：“你知道有人监视他？”

冯宁说：“你俩把我当外人，不告诉我实情，自有人把我当自己人……”

尤妮说：“又来了？！谁不把你当自己人？他原先也没打算告诉我。我也是有事去看他，才发现他被监视了，有人要逮捕他。你想，他是那样一个人吗，有点事就赶紧哭着、喊着在朋友们中间求援？你泛啥酸呢？”

冯宁说：“我不泛酸。他轮上这么大的难，事发当时，有你尤姐在他身边安慰着、帮衬着，我作为一个朋友、兄弟、哥儿们，心里踏实、欣慰，怎么会泛酸呢？你告诉他，我要转告的信息，是相当重要的人让我转告的，请不要掉以轻心……”

尤妮说：“那你也得说清楚，到底是谁告诫他，这两天别轻举妄动的。”

冯宁说：“当然是不便说出幕后这些人的真实姓名，才不说的。这一点庞哥会理解的。”

尤妮说：“你自己为什么不去跟庞哥说？”

冯宁说：“这也是那个重要人物的意思，近期内不要有太多的人去接触庞哥，静待事态变化再说。他们拐着弯来找我，我也只能拐着弯来找你，共同的目的只有一个：让庞哥尽早渡过这一劫难。”

说到劫难，尤妮的眼眶竟然立刻就湿润了：“谢谢……”

冯宁忙说：“谢嘛，就不用啦，到时候，有我们一杯喜酒喝喝就行了……”

尤妮的脸马上大红，啐嗔道：“冯宁，你又不正经了？！”

尤妮当然不敢怠慢，马上就赶到了庞耀祖的住处，把冯宁要她转告的口信，带给了庞耀祖。庞耀祖沉吟了一下，问：“冯宁到最后也没说出是谁让他传递这个口信的？”

尤妮说：“没有……”

庞耀祖笑了笑说：“神秘啊……”

尤妮问：“你估计可能是谁？”

庞耀祖说：“很难说，冯宁现在也是朋友众多，关系复杂，说不准是哪条线上的人给他递的这个口信。他不说清这个让他递口信的人是谁，就很难判断，这个信息准确度有多大……”

尤妮说：“但他还是特别强调了是个很重要的人递过来的口信，请你一定要把这个口信当一回事，千万千万别掉以轻心了。”

庞耀祖点点头道："哦……"

尤妮说："那你这两天就别上班去了，也别上外头去乱转悠了。"

庞耀祖问："这两天市里还有什么大事发生吗？"

尤妮说："你就改不了了？能一天不想着外头吗？一天不想，就真憋死你了？"

庞耀祖说："你看看，这两天我这里的有线电视也突然瞎火了。看不到电视，看不到报纸，听不到广播……"

尤妮说："那又能把你怎么了？"

庞耀祖说："这就是说，实际上，对我的监控还没有彻底解除。"

尤妮说："有我陪着，还不够？"

庞耀祖忙点头说："当然、当然……"

尤妮白了庞耀祖一眼，从皮包里拿出一摞报纸。庞耀祖喜出望外地说："你买报纸了？为什么不早点拿出来？"

尤妮说："早点拿出来，你眼里还会有我吗？"

庞耀祖说："瞧你把我说得！"说着，却已经去翻阅那一大堆报纸了。突然间他又问："你没买咱们的特区报？"

尤妮说："怎么会落掉特区报？"

庞耀祖又翻了一下那摞儿报纸，忙说："哦，看到了，看到了，在这儿……"

尤妮又从包里拿出一些食品和饮料。庞耀祖一边翻阅着报纸，一边拿起一个点心来吃，一边笑着说道："不记得是谁说的了，说假如到了世界末日，他只希望能有一个美女和一个卖大饼的跟他在一起……"

尤妮笑嗔道："就你们这些自私的男人，会这么考虑！"

庞耀祖忽然间放下手里的报纸："冯宁没有告诉你，这一天之内，究竟发生了些什么事情，才让我这件事一百八十度拧了过来？这里边的变数到底是什么？"

尤妮说："他哪儿会跟我说这些。好了，你慢慢吃吧，我也得去公司上班了。我要再在你这儿耗下去，不知道冯宁这坏小子还要说我们什么呢！"

庞耀祖忙问："他说啥了？"

尤妮脸微微红了："狗嘴里还能吐什么象牙？"

庞耀祖追问："他说啥了？"

尤妮说："昨天我就一天没去上班，他就说，是不是因为……因为也怀孕了……”

庞耀祖哈哈大笑起来。

尤妮气呼呼地瞪了庞耀祖一眼：“有那么好笑吗？！”

庞耀祖问：“他没问是谁让你怀的孕吗？”

尤妮脸大红：“你！”说着，一跺脚就向外走去。

庞耀祖忙去拦阻：“尤妮！”

尤妮气不打一处来：“你们这些男人怎么都那么浑蛋呢？！”

庞耀祖忙说：“检讨，检讨。”

大夫们给石长辛会诊完毕，悄悄用英语议论了一会儿，然后，那个主治大夫对石长辛说：“病情相当稳定，采取的治疗措施已经收到很好的效果。关键还是石总你配合得好，你原先的体质也起了相当的作用。咱们继续努力，争取一个更好的前景。”

石长辛有气无力地：“谢谢各位。”

主治大夫嘱咐道：“现在很重要的一个环节是，静养，要抛开一切杂念和冲动……”

石长辛问：“可是……为什么我浑身上下一点力气都没有呢？”

主治大夫说：“你能有力气吗？心脏严重受损了。好比一辆汽车，发动机供不上油了，这辆车的动力还会充足吗？不熄火就已经很好的了。别再逞能了，一定不要满装快跑。一定要听话，好好休息。”说着，对一直在旁边站着的莫然示意了一下，莫然便跟着这些大夫们走了出去。

到重症监护室门外，他又对莫然嘱咐了一些。不一会儿，莫然回到监护室里。石长辛马上问：“大夫跟你说什么了？”

莫然装作轻松的样子：“没有啊，没说什么。”

石长辛说：“蒙我。”

莫然说：“我干吗要蒙你？”

石长辛说：“你发誓。”

莫然说：“我对老天爷发誓。”

石长辛忙说：“不，你对着我们俩共同生活的这十五年岁月发誓！”

莫然不说话了，眼圈一下红了。

石长辛挣扎着从床上坐了起来：“大夫刚才跟我没说实话？我的情况很

危急？”

莫然抽泣起来。

石长辛说：“嗨，有什么好哭的嘛。现在组织上让我住的是深圳最好的医院，派深圳最高明的大夫在替我治病，大夫刚才不也说了，我的体质一级棒！”

莫然说：“再一级棒管什么用？你的心肌大部分已经坏死……”

石长辛说：“大夫刚才是这么对你说的？”

莫然马上意识到自己说漏嘴了：“不……不是……是我自己估计的……”

石长辛默默一笑：“你自己？打死你也说不出‘心肌大部分坏死’这样专业的术语。好了，说实话吧，大夫说，我还有多少时间？”

莫然立刻叫了起来：“他没这么说……”

石长辛眼圈也红了：“老婆，你总不能希望我什么准备都没做，突然间就……就……”

莫然忙说：“不会的……你不会的……”

石长辛说：“那你告诉我，大夫到底跟你说我还能活多少时间？”

莫然难过地又把头低了下去：“他确实没说到这一点。”

石长辛追问道：“那他到底跟你说什么了？”

莫然不作声。

石长辛拉起莫然的手：“老婆，你无论如何得让我有个准备……”

莫然紧紧握着石长辛的手，再也忍不住地哭出了声。

石长辛诚恳地说道：“莫然，对你，对我们的闺女，我有责任；对深圳，对我的部下，我负有同样的责任……我还有许许多多必须要做的事情，我不能突然间地就那么走了……你必须理解我这个心情……告诉我，刚才大夫对你说了什么？他判了我死刑吗？”

莫然呜咽着：“别这么说……”

石长辛说：“如果你不跟我说实话，我今天就出院。我马上就回指挥部去处理我那些没处理完的事情。”

莫然突然抬起头问：“长辛，你愿意多跟我和女儿生活一些时间吗？”

石长辛瞪她一眼道：“说啥傻话？”

莫然说道：“那你听大夫的话，在这段时间里，啥也别管，啥也别想，让生活回到它原来应该有的那种样子……让我们一家人平平静静地在一起……”

石长辛的眼眶湿润了。他紧紧地拉着莫然的手说：“当然……当然……”

“大夫说，你的病情还是危重的。任何一点疏忽都会在一瞬间夺去你的生命。”

“这一点，我早有感觉……”

“长辛，为了我，为了我们的女儿，你一定要平静平静再平静。你不要再激动了，不要再忧虑了，不要再去谋划什么了，也不要再想着去争取什么了……我们什么都不要了，只要你能好好地跟我和女儿生活在一起，哪怕一天三顿都喝玉米糊糊……我真的什么都不要了……”莫然说着又呜咽起来。

石长辛的眼眶也再一次地湿润了。他一把把莫然搂在了怀里。他俩当然不知道已经在上初中的女儿，早就到了医院，一直在重症监护病房门外等着，听到他俩在病房里说这样的伤心话，特别懂事的她也禁不住泪如雨下。

石长辛继续说道：“别的我都不管了，有一件事……”

莫然立即打断他的话：“一件也不管！”

石长辛恳切地说：“莫然……”

莫然激动地说：“你听听大夫说的，有任何一点疏忽，都会在一瞬间夺去你的生命。听清没有？是‘任何一点疏忽’和‘一瞬间’。这里没有任何‘但是’和‘也许’的可能。你不是说要对我和女儿负责吗？”

石长辛：“莫然……”

莫然：“你就是要对你的事业和部下们负责，你也应该有一个尊重生命的意识！人是不能跟天斗的，人也是没法征服生命的。马克思够伟大的了吧？爱因斯坦够聪明的了吧？拿破仑、列宁、毛泽东够能创造奇迹的了吧？他们现在都在哪儿？长辛，到了你低头认输的时候了，你已经干了不少了。留下这最后一口气，给你自己，给我和你女儿吧……”

石长辛不说话了。

到晚上八点多钟光景，市委大楼传达室给小马打来一个电话，说：“有个女同志坚持要见宋书记。”小马问：“她事先约定了吗？”传达室的工作人员说：“没有。”小马说：“还是请她走正常程序……”传达室的那个工作人员说：“她说她是石长辛的妻子。”小马一惊，忙问：“谁？她说她是谁的妻子？”传达室的那个工作人员重复了一遍道：“她说她是石长辛的妻子。”小马向宋梓南报告后，宋梓南一听是石长辛的妻子莫然要见他，而且已经到了外间的秘书室里了，便立即起身到秘书室，把莫然迎进自己的办公室。

落座后，莫然免不了会有些拘谨：“对不起，这么突然来打扰你。”

宋梓南毫不在意地说道："别说这种客气话。长辛今天怎么样？"

莫然说："大夫早上查房以后，对他说，病情是稳定下来了。但后来又对我说，还是相当危重的……"

宋梓南沉重地点了点头："长辛是太累了……我没照顾好他……只想着一个劲儿地使唤他。就算是一头牛，也得让它喘口气呀……但他是个人啊……我们太大意了、太疏忽了，只看到他年轻、有冲劲儿……"

莫然眼圈红了："这不怪您……"

宋梓南又问："女儿怎么样？"

莫然说："这两天突然就变得特别懂事……"

宋梓南眼圈隐隐地也有点红了："是啊是啊……"

莫然说："长辛也许意识到自己不能再像过去那样玩命儿干了，今天一直争着要回指挥部去处理一些事情……"

宋梓南马上说道："那怎么可以？他要不听话，我去跟他说！必须安心养病！必须放下一切工作！这样的教训我们不能再有了。多年来，我们总是在宣传带病工作，坚持到最后一口气。这种提倡，不准确嘛。千重要万重要，人是最重要的。当然，有时候也是身不由己、迫不得已……是身不由己、迫不得已啊……"

莫然说："我没答应他。他最后也接受了我的说服，答应在住院期间不再考虑工作。但是，嘴巴上是答应了，就瞧他这一整天，一直在病床上翻来覆去的，长吁短叹的，辗转不安的，怎么也安静不下来。我想这样折腾下去，反而可能加重他的病情。晚饭前，我又跟他谈了一回。我让他把哪几件事是特别重要的，必须马上办的，整理一下，写在纸条上，由我去转达。他果然很高兴，人也轻松起来，一下分门别类地写了七八件事情。其中有一件是特别叮嘱我，要我亲自转交给您的。"

宋梓南忙问："是吗？"

莫然很郑重地从皮包里取出一个封了口的信封交给宋梓南："信是他写好后，封了口以后交给我的。他还特别严肃地叮嘱我，不仅我不能看，也不能让任何人碰这封信。一定要亲手交给您，而且由您亲启。"

宋梓南扫了那封信一眼，但没急于看，只是对莫然说："这一段时间，你就主要在医院里替我守着长辛。单位里需要我们出面去请假，市委替你去打招呼……"

莫然说道："不用。单位里都支持的……"

宋梓南说："那就好。特别是，长辛要是不听话，不能静心治病的话，需要我出面去做他的工作，你及时告诉我……"

莫然感激地点点头，眼眶止不住又湿润了。

宋梓南歉疚地说道："我们现在只能做一点补救的事情了……但一定要把这个补救的工作做好，绝对不能再出半点差错。你多费心……"说着深情地握了握莫然的手，又说道，"家里有什么困难，直接找我。"

莫然忙说："不用……不用……家里一切都挺好的……"

宋梓南感喟道："别说那种'一切都挺好的'话了……我们不是'一切都挺好'，不是的……"

送走莫然，回到办公室，宋梓南马上看了石长辛的那封信，然后就去找周副市长。但周副市长那会儿正和政研室的几个同志在起草建立外汇调剂中心的方案。市委常委急等着他们这个方案讨论。周副市长的秘书要去里间把周副市长叫出来，宋梓南没让，只说："别叫他了。一会儿等他散会了，告诉我一声，我再来。"

但宋梓南一直等到夜里十点多钟，也没等到这样一个电话，刚想主动打个电话过去问一下情况，周副市长却匆匆走了进来。

宋梓南不无意外地问："你怎么来了？不是说好我上你那儿去的嘛。"

周副市长笑了笑道："让书记连续跑两次，成何体统？！又发生什么急事了？"

宋梓南拿出那封信："你先看看这个。"

周副市长问："谁的信？"

宋梓南说："石长辛写的。"

周副市长忙问："哦？长辛他怎么样了？今天我还没去看过他。情况稳定下来了吧？"

宋梓南说："总的来说，还是不太好，只是暂时稳定下来了。心脏这个玩意儿，你要欺负了它，它最终是不会给你好果子吃的……你先看看他写的这个情况，咱们再说。"

周副市长立即坐了下来，从信封里抽出信纸细细地看了起来。越看，脸上的神情越是紧张和严肃。看完后，他怔怔地看了一下宋梓南，发了一会儿呆，说了一句："居然会发生这样的事？太不像话了嘛！！"

第二天上午，宋梓南又把纪委乔书记叫到办公室里，让他也看了石长辛写的这封信。看完信，乔书记的反应也和周副市长的一样，也是怔怔地坐了一会儿，神情极为沉重地说了一声：“如果属实，那就太不可思议了。”

宋梓南说：“立刻组织人核实！”

乔书记问：“如果情况属实，怎么办？”

宋梓南用力一拍桌子，一下站了起来：“如果情况属实？如果情况属实，我早就说过这样的话，不管他是谁，只要他在深圳想拆改革开放的台，我就要拆他祖宗八代的台！”

第一百〇五章

陶怡“被迫”住到尤妮这儿来以后，几乎把尤妮这儿的家务活儿全包了。她的乖巧和勤快，让尤妮既心疼她，又无比地欣赏她。尤妮老说这样的话：“唉，今后哪个男人有福气娶你做老婆，一定是他们家祖上积了阴德了！”但每每听到尤妮说出这一类话来，陶怡都会表现得特别不自在，脸上都会泛出淡淡的羞怯的红晕。后来，尤妮便不再说了。那天，陶怡像往常那样，一早起来，做好早饭，摆放到餐桌上，再去卧室里，轻轻推醒尤妮：“尤姐……尤姐……太阳晒屁股了……”

尤妮懒洋洋地坐起，一看闹钟，忙跳起来：“陶怡啊陶怡，我的小陶怡，你怎么才来叫我……”

陶怡说：“刚才我就想叫你来着，看你睡得那么香，不忍心叫。”

尤妮一边慌慌张张地穿着衣服，一边唠叨着：“你呀你，什么‘不忍心’？！你这人的毛病就是心太软。做女人心不能太软，做女孩儿心更不能软。但是，天底下不管是女人，还是女孩儿，偏偏有一个通病，就是心太软！”说着，赶紧冲到卫生间，一边刷牙，一边又回过头来问，“昨晚我跟你说的那事，想得咋样了？再不下决心打掉这个胎儿，可就没机会了，到那时候，就是想做引产手术，风险也太大，对你身体的伤害也太大。说不定还会给你一生都留下很大的后遗症。别再固执了！”

陶怡低下头，小声地说道：“我正想跟您商量这事哩！”

尤妮含着满嘴的牙膏沫子问道："说，快说，你是咋考虑的？"

陶怡说："我想留下这个孩子。"

尤妮一震，把手中的水杯往水池边上一搁，大声嗔责道："陶怡！刚才还说你心软，看来你的毛病还不只是心软！怎么那么迷糊？完全是一个迷糊蛋嘛！你还留恋那个张弓？他跑掉了，找不见了，你还留恋他什么？"

陶怡忙说："我不是为了他……"

尤妮怔怔地问："那你为了什么？"

陶怡说："为了孩子……"

尤妮说："他还不是个孩子，只是个胎儿。在生物学的意义上，他虽然可以说是个生命，但是在社会学的意义上，他还不是个'生命'。"

陶怡说："尤姐，我不懂生物学，也不懂社会学，但他是我的孩子。这，跟张弓没有关系。"

尤妮挥了下手，好像在赶走一只苍蝇似的说道："笑话！怎么跟张弓没有关系？你这不是在自欺欺人吗？你留下这个胎儿，以后一辈子只要看到他，就会一次次撕开自己心里的这个伤口，你就会痛一辈子、恨一辈子……何必呢？"

陶怡固执地说："不，他是我的孩子！"

尤妮说："是是是，他当然是你的孩子。可是你以后还是可以再有的呀！"

陶怡眼眶湿了："不可能了……我不会再要孩子了，也不会再要男人了。"

尤妮一瞪眼："说啥呢？"

陶怡不说话了。

尤妮草草地结束了刷牙的工序，抓起一块毛巾，把嘴边残余的牙膏沫子擦干净，说道："别再跟我犯葛儿了。明天跟我去医院。冯宁也一起去……我们已经安排好了。"

陶怡忙说："别再扯上冯宁！"

尤妮说："傻丫头，冯宁是真心爱你……"

陶怡说："我不要这种可怜。"

尤妮说："可怜，可怜，可怜，你除了这两个字以外，不知道人与人之间还存在着别的什么情感状态吗？你不，你完全不知道。再过一两个月，肚子大起来了，人们会用一种什么眼光来看你？你以为我们这儿已经和发达国家一样了，已经能那么宽容地接受一个未婚母亲了？"

陶怡低下头，咬着牙说道："我知道我那样会让你们特别难堪……"

尤妮苦笑一声："又来了，你老觉得是我们不能接受你这样……"

眼泪已经慢慢渗出陶怡的眼眶："我……"

"你想干啥？"

陶怡不作声。

尤妮犯疑地看看陶怡，又看看四周，突然发现，在那个小卧室门口，放着两件已经收拾好的行李。尤妮冲过去翻看了一下行李，又冲到陶怡面前："你想走？"

陶怡说："我不想给你们添堵……"

尤妮惊讶地问："你上哪儿去？"

陶怡说："天下这么大……"

尤妮揶揄道："'天下那么大'！空话！我警告你，别再跟我犯傻。你上哪儿去，都得跟冯宁说一声。"

陶怡忙叫道："我跟他没关系！"

尤妮说道："你再大声跟我说一句，你跟他没关系？"

陶怡跺着脚叫道："我跟他没关系！没关系！没关系！"

尤妮坏笑一下，问："你心里从来没这个冯哥？"

陶怡的说话声一下低了八度下去："没有……"

尤妮又坏笑一下："再说一句！"

陶怡咬咬牙，把声音又提了起来："没有！"

尤妮两手往自己腰间一叉，问道："你不爱张弓，对不？为什么不爱他？张弓那么样地追你，给你那么好的生活条件，你都不从。你心里有谁？说呀！"

陶怡忍住眼泪叫道："我心里谁也没有！"

尤妮逼问道："你敢说你心里谁也没有？！"

陶怡不说话了，只是轻轻地抽泣起来。

尤妮说："是的，张弓那小子糟蹋了你，因此你就觉得自己不是人了？一个现代女孩儿，小脑袋瓜里怎么就装着那么多封建的东西？要知道，你被人祸害了，这责任不在你。你完全还有那个权利去爱这个世界，爱你所爱的人！"

陶怡终于哭出了声："我不能了……"

尤妮大声地嗔责道："糊涂虫！小小年纪怎么一脑子的糨糊？！"嗔责完以后，她又一把把陶怡心疼地搂进自己怀里，眼眶也红润起来。

第一百〇六章

那天市委常委们讨论市民广场中央的那个雕塑方案。桌上放着一些雕塑小样，其中有大鹏鸟，有拓荒牛，也有雄鹰和莲花。常委们觉得，各有所长，都挺不错的，很难下决心。组织部的刘部长就笑道："那就每样都做一个吧。好在深圳地方大，再做十个也有地方搁。"宣传部黄部长说："做十个二十个，那是今后的事。现在要我们定的是中心广场上到底竖哪一个，而且要把它当作我们深圳标志性的东西，确立下来。"常副市长问："老宋呢？他今天怎么不来？"周副市长说："他去医院了，午饭前接到医院的电话，说长辛又发病了，又抢救了一回，他就赶去了。"一个市领导问："他倾向于竖哪一个塑像？"周副市长说："临走前，我还真问过他。他感慨地说，如果可以，他真想替所有像石长辛那样的同志，在我们的中心广场立一个英雄群像。"

会议室里顿时沉默了下来。

过了一会儿，常副市长长叹一声道："是啊，应该立这样一个英雄群像。"

这时，宋梓南走了进来。

常委们忙问："长辛怎么样了？"

宋梓南长叹一声："暂时是没问题了……但很难保证明天、后天会怎么样……"

会议室里又出现了那种几乎令人窒息的沉默。

宋梓南环顾了一下各位与会者，就问："塑像的问题，各位是怎么议论的？"

周副市长说："大家简单交换了一下意见，各有各的理。这三个塑像最后立哪一个都不错。大家想听听你的看法。"

宋梓南说："刚才从医院回来，一路上，我心里特别难过。我细数了一下，这几年，在深圳，像长辛那样，倒在工作岗位上的同志，已经不止十个、八个了。如果说深圳是一棵大树，那么，这棵大树，就是成千上万个像长辛那样的同志顽强耕耘、赤诚耕耘的结果，感天动地啊！"说到这里，他转过身对着黄部长说道："老黄，我记得刚到深圳那会儿，你填过一首词，那首词里好像有这么几句：山动影，柳飞丝。吹凉双鬓孤城晚，犹自南天寄远思。

很深情，也很有文才。几年过去了，当深圳这个‘孤城’今天已不再苍凉时，我们每一个依然还活着的深圳人，毫无疑问地应该把这份远思寄托在像长辛同志那样的垦荒牛身上……我想，耸立在我们深圳中心广场上的，应该是这样一头永远扬鞭奋蹄的垦荒牛。没有了垦荒牛精神，大鹏飞不高、飞不远。不能持续发扬垦荒牛精神，我们也不可能像莲花那样坚守心灵的纯洁。深圳精神的实质，应该就是这感天动地的垦荒牛精神啊！不用再讨论了。这件事就这样定了，在市民广场中央立一头垦荒牛的雕像！”

这时，小马来找周副市长。到了常委会议室门口，他又不敢去打扰，犹豫了一会儿，没有马上去敲门。他显得焦虑而又有点颓丧。他在小会议室门口稍稍徘徊了一会儿，一个在常委会上做记录的秘书恰好走出来。小马忙上前，一把把他拉到一旁，低声请他去给周副市长传个话，那个秘书立即回到会议室里，悄悄走到周副市长身旁，附耳低声对周副市长说了句什么。周副市长立即低声对宋梓南请了个假：“有点急事，我去去就来。”说着，都没有等宋梓南答复就走了出去。

周副市长一见小马，神色也特别紧张地问：“怎么一回事？”

小马突然呜咽起来。

周副市长控制住自己的情绪，急问道：“冷静一些，亭云大姐到底怎么了……”

小马强忍住悲痛说：“刚才接到大康和块块的电话，他们说……他们说……”

“镇静！”周副市长喘了一大口气说道。

“他们说亭云阿姨快不行了。他们要宋书记赶快回去。要是去晚了，就见不上亭云阿姨了……”

周副市长一下呆住了，眼泪也一下从眼眶里涌了出来，但嘴里却依然在说着：“镇静……小马，你我都要镇静……”

周副市长回到会议室里后，宋梓南狐疑地看了他一眼。周副市长忙探过身去，低声对他说：“发生了点急事，今天的会议就这样吧。”

宋梓南忙问：“什么事？”

周副市长说：“散了会再说。”

但一直等回到宋梓南的办公室前，周副市长都不肯对宋梓南说实话。因为机关大楼的走廊上，或电梯里始终有人在走动。这让宋梓南越发着急起来，一进办公室门，他就迫不及待地催促周副市长：“你卖什么关子，到底什么事，快说吧！”这时，小马陪着常副市长等其他几位常委也走了进来。所有常委的脸色都显得异常的沉重。

宋梓南稍稍地愣愣了一下，看看周副市长和随后走进来的那几位常委，又看了看小马。小马这时再也忍不住地低声抽泣起来。

周副市长严厉地制止道：“马秘书！”

小马赶紧转过身去了。

宋梓南呆住了：“怎么回事？”

周副市长说：“老宋，你先沉住气。你得马上回广州一下……”周副市长说这话的时候，办公大楼已经把送宋梓南去广州的两辆车开到了大楼门前等着了，而且派了办公厅的一个副主任带一个工作人员，陪同去广州，以便在需要时，可以帮着料理一些后勤方面的杂事。

在问清情况后，宋梓南再没说什么，只是心里一阵发闷，沉沉的，好像有一大块铅似的东西突然压在了胸口上。常委们立即送他上车。一路上，宋梓南神色凝重，一动不动地端坐着。车速一直保持在一百二十公里以上，时不时甚至跑到了一百三十、一百四十公里。这让一直坐在副驾驶位置上的小马，有一点紧张起来，他的手不由自主地握紧了车座上方的把手。

这时，顾亭云已经陷入深度昏迷。大康和块块一直守候在病床前。监护仪上显示的血压数字在不断地下降着。显示心脏跳动状况的波纹也时见平缓。块块紧握着母亲的手，不断轻轻呼唤着：“妈……妈……爸已经在路上了……妈，爸一定会赶回来看您的……妈，您坚持住……”

顾亭云毫无反应。大康焦急地看看手表。大夫们束手无策地在一旁呆站着。块块慌乱地看看监视仪，看看脸色灰白依然没有任何知觉反应的母亲，握着母亲的手，绝望地喃喃道：“妈……妈……”

这时，从门外突然传来清晰的脚步声。

脚步声越来越响。

大康先听到了这脚步声，本能地向门口的方向转过身去。一直坐在顾亭云床前的块块也抬起了头，向门外的方向看去。听到脚步声逼近到门口了，块块泪流满面地冲了过去。

门开了。宋梓南一脸急切地冲了进来。

块块一把抱住宋梓南，泣不成声地说：“爸……爸……”

宋梓南痛苦地抱住块块，视线却越过块块的肩头，迫不及待地投向了病床上的顾亭云。几秒钟后，他松开块块，慢慢走到顾亭云床边。

“顾大姐一直是靠呼吸机在维持着……”大夫告诉宋梓南。

宋梓南忙握住顾亭云的手，说道：“她没有昏迷……”

大夫想说什么，但市委办公厅的那位领导立即暗示地看了大夫一眼，让他别去打扰书记。大夫便知趣地不再作声了。

宋梓南怔怔地看着顾亭云完全没有了血色的脸，一边轻轻地替她撩开垂到眉梢的那一绺灰白头发，一边继续喃喃道：“她没有昏迷……”

这时，奇迹突然发生了。顾亭云的眼角处突然慢慢地渗出了两颗硕大的泪珠，顺着她消瘦的脸庞向下滚落。

宋梓南立即呜咽起来：“她没有昏迷……她确实没有昏迷……”

泪珠不断地从一动不动地躺着的顾亭云眼角往下滚落。

块块惊呆了，大康惊呆了，大夫们也觉得不可思议，纷纷向病床前围了过来。宋梓南大声地叫了起来：“她没有昏迷……她没有昏迷……”

这时，一个护士突然尖叫了一声。所有的人立刻本能地把视线都投向监护仪的显示屏。显示屏上那条显示心脏跳动情况的示波线在痉挛般地抖动了一下后，突然变成了一条直线……

块块疯了似的挣脱扶持着她的大康，扑了过去：“妈……”

大夫护士们也都扑了过去，进行最后的抢救……

料理完亭云的丧事，回到广州那个家里，已是凌晨时分。当时，所有人都不希望宋梓南回这个家去休息，担心他睹物伤情，为他在省委的一个接待宾馆里安排好了一个套间。但他不去，他执意要回自己的家，而且还不要块块和大康陪着，独自把自己锁在卧室里。他问块块：“妈妈最后离开这个家，去医院，是从这个卧室里走的吗？”块块说：“是的。”宋梓南又问：“妈妈走以后，再没人来动过这卧室里的一切吧？”块块说：“没有。”宋梓南不再问了。过了一会儿，他说：“你们走吧。我想一个人在这卧室里，和你妈妈待一会儿。”块块和大康听他这么说，眼泪一下又涌了出来。块块本想说一声，妈妈已经不在了，但大康忙向块块示意了一下，拉着块块赶紧走了出去，并把卧室的门替父亲轻轻带上了。一出房门，块块便抱住哥哥，不出声地呜咽了起来。

宋梓南的胸口里郁结得厉害，他在无比的怨恨中谴责着自己。他责备自己，在亭云还清醒的那一刻，没有握住她的手，给她一点最后的慰藉。他一遍又一遍地想象，那时候亭云是怎样地在盼着他能出现在她面前，能拉着她的手，轻轻地跟她说一句鼓励的话、安慰的话。他知道，她是不愿意离开他的，不愿意离开女儿和儿子，她一定是有话要嘱咐的。在那样诀别的时刻，他偏偏不在场，她会感到怎样的一种绝望和痛苦……离开医院的时候，这些日子一直在特别护理着亭云的一个护士，红着眼圈告诉宋梓南，亭云在昏迷中，反复念叨过一句话，说："家里有封信……有封信……在床头柜里……"宋梓南找到了这封信。他一个人颓然坐在床前的那张旧藤椅上。他手里拿着这几页信纸，信封滑落到地上，他都没有感觉。

室内光线暗淡。室内的陈设一切都还是顾亭云生前布置的那样，原封不动。

"梓南，我希望这不是我留给你的最后的一封信，但是，种种预感在告诉我，我可能要先你而走了……"

这封信是顾亭云最后一次进医院前，在家里分多次才写完的。她一直不想让老宋和儿女知道她那几天里被剧烈的疼痛折磨着。这种疼痛几乎已经让她失去了和病魔抗争的勇气。她用尽了一切办法，都无法使这种疼痛稍稍有些减缓。只有在信纸而前，在和远在深圳的老宋倾心诉说时，她才能有片刻的工夫从那巨大的疼痛里超脱出来，找回继续活下去的愿望和勇气。她支撑着坐起，在一张方便小桌上写着这封信。从窗外的夜色看，常常已是深夜时分。顾亭云总是一边写，一边忍住不时从心底涌出的哽咽，以免它们打断了自己的思绪。

"我们说好，等你退休后，要一起到俄罗斯去看看红场，到托尔斯泰的庄园里去，走一走那条著名的林间小道；要到纽约去看看那条不可一世的金融街，要在那曾经操控世界命运的阴影下感受一下风光不再的威严……但看来，我是去不成了……"

读到这儿，宋梓南慢慢地抬起头，怔怔看着放在书架上那一帧顾亭云中年时的黑白照片。照片上的顾亭云文静、秀美、大方、自信。她同样那么专注地在看着处于极度悲痛中的宋梓南，显得那么的豁达和平静。

"遗憾吗？我们一起生活了几十年，天堂地狱，雨雪冰霜和红肥绿瘦，是没法只用'无怨无悔'这四个字来概括的。"

写到这里时，一颗泪珠滴落到信纸上。顾亭云拿过枕边的一块十分干净、却已经很旧了的毛巾，轻轻拭去信纸上的泪痕，再拭去自己眼角的泪迹。

"我不想说我得到了人世间最好的一个男人，但在我不得不告别这个世界的时刻，我可以向全世界证明，我的确是一个十分幸运的女人。"

宋梓南再一次哽咽了，眼泪无法制止，从眼角涌出。

“这些年，由于种种原因，我已经不可能像当年那样，和你一起并肩出没在大街小巷、十字街头，出没在工厂农村，或集会的讲台上，但我觉得我是一直在注视着你的。即便是背影，也是依旧的亲切和熟悉。你也一直在顾盼着我。即便是往往不可久久逗留，也总是那么的眷恋和深沉……现在我特别恨我自己的是，我也许应该早半年告诉你，我病了。我如果能早争取到这半年的治疗时间和机会，也许今天我就用不着来写这样一封让人既无法下笔，又无处停笔的信了。”

写到这里，顾亭云感到疼痛好像突然消失了似的。她十分惊喜地挣扎着下了床，稍稍挪动了两步……挣扎着走到窗前，去环视窗外那似繁星点点的城市灯火。是潜意识地在向城市告别？还是在这无意识的告别中去寻找翻检一生的回忆？现在已经没有人能说得清楚的了……

“我说过，在我老之将至，已经不能为我们这个国家和民族做更多的事情的那一刻，剩余的唯一愿望，就是要在你最困难的时候，留在你身旁，看着你，握着你的手，陪伴你在种种的责难和詈骂声中，去迎接最后的掌声。”

宋梓南的眼眶里再一次闪动着泪花。他闭上眼睛，让眼泪尽情地淌出，默坐了一会儿，以便让自己还能坚持着把这封信读完。

“现在我要先你而走了……今后，女儿会陪伴你吗？儿子会陪伴你吗？同志们会陪伴你吗？即便所有的人都不陪伴你，冥冥之中的我也一定会陪伴你，去迎接那最后的掌声……梓南，因为深圳，我为你自豪。因为深圳，我们永远不会分离……因为深圳，我们无愧于共产党人这个崇高的称号……梓南……”

第一百〇七章

宋梓南没有在广州多待。当接他的车子回到市委大楼前停下时，小马按常规要做的那样，赶紧下车，去为宋梓南开车门。

车门打开了。

但宋梓南却久久没有下车。他只是呆坐在车里，两眼直直地看着那正在泛出第一缕霞光的东方，看着眼前这一座自己亲手建造起来，此刻又淋浴在霞光中的新兴城市。他耳边响起的是顾亭云信中最后的两句话：“……梓南，因为深圳，我为你自豪。因为深圳，我们永远不会分离……因为深圳，我们无愧于共产党人这个崇高的称号……梓南……”

现在，他又回到了这个曾经让他呕心沥血的“伟大的城市”，一时间五味杂陈，眼泪泉水般从宋梓南的眼眶里涌出。站在车门旁的小马见状，心里一酸，眼泪便也涌了出来。

第二天上午，就有不少人集聚在宋梓南办公室的外间，等着要见宋梓南。小马告诉他们：“宋书记今天是不是会来上班，我还不敢肯定。如果不是十分紧急的事，请各位把你们的报告和待办件，都放在我这儿。”

这时，乔书记和周副市长走了进来。小马忙把他俩带到里间。

里间没有人。宋梓南不在办公室里。

周副市长和乔书记默默地环视了一下空无一人的办公室，看到在宋梓南的办公桌上，放着那块黑纱。

两人都难过地沉默了一会儿。

周副市长问：“书记后来是什么时候回家去休息的？”

小马说：“他一直把自己关在这儿，待了一天一夜，直到今天早上才回去的。”

乔书记说：“那就别去打扰他了。”

小马问：“事情急吗？”

周副市长犹豫了一下，说道：“就这样吧，我们先处理着。他来了，你看情况，如果觉得他精神上缓过来了，就告诉他，我和乔书记有一点事在找他。”

小马说：“要是特别着急，我可以给他家打电话的。”

乔书记忙说：“别别别……让他好好歇一歇……还是让他好好地歇一歇。”

周副市长和乔书记说着刚要走，宋梓南却推门走了进来。

周副市长一愣：“你怎么又来了？”

宋梓南做了个手势，说道：“两位请坐。”

乔书记和周副市长却还愣在那里，站着不动。

“坐。”宋梓南一边说，一边收起办公桌上放着的那块黑纱。

乔书记忙说：“刚还在跟小马交代，让你多歇上一歇的。”

宋梓南默然，然后叹道：“一个人待在家里更难受。”

周和乔二人都不说话了。

宋梓南勉强笑笑：“坐呀，怎么了，坐！”

这时，门外有人敲门。小马忙出去一看，敲门的是那些来找宋梓南办事的各部门的工作人员。小马赶紧把他们请离通往里间的那扇门前，然后压低了声音对他们说："一切事情都放到明天再办。好吗？只要不是天塌地陷、恐怖袭击、海水倒灌，所有的事情，我们都放到明天再说，行吗？"

那些同志犹豫了一下，虽然手头的事都挺着急，有些事还必须有他批示才能办理，而且书记好几天没在了，有的事越拖越难办，但大家还是非常懂事地走了。有的同志在走以前，还关心地问了声："宋书记没事吧？听说他家里……"

小马一面送大家走，一边答道："谢谢，他没事，谢谢。"

等外间终于又安静了下来，宋梓南催促周、乔二位："说吧。"又犹豫了一会儿，乔书记便说："那我就先说了。"

宋梓南问："你们是不是去核实了长辛那封信上的事？"

乔书记点点头道："是的。我和老周一起去找雷半伍谈了一次。"

宋梓南问："他承认有那么一件事？"

周副市长说："承认了。我们一问，他就承认了。他说他当时没觉得这是一个多么大的问题。现在想想非常后悔。"

宋梓南很激动地说："后悔？总算还知道一点后悔！"

乔书记补充道："现在查下来，他这一两年，在批地的问题上，侵犯了不止一个外来投资商的利益，因此也气跑了不止一个外来投资商。他希望请求组织上能看在他初犯、年轻的份儿上，再给他一次重新做人的机会。"

宋梓南激烈地反问："年轻？他多大了？"

乔书记说："过年就四十五了吧。"

宋梓南说："四十而不惑，五十知天命。四十五还年轻？这都是我们宠出来的！五十岁还说自己是年轻干部呐！人家石长辛也不过四十来岁，人家是怎么干的、怎么活的？"

乔书记和周副市长都不说话了。

跟周、乔二位谈完雷半伍的事，宋梓南想起回到深圳还没去看过石长辛，便吩咐小马赶紧备车，赶到医院的特护病房里。石长辛一见宋书记来了，忙从病床上坐起。这两天，他听医院里的人议论，已经知道宋梓南家出事了，便问："宋书记，听说您家里……"

宋梓南忙做了个不要再说这件事的手势，石长辛只得不说了。两人默默地坐了一会儿。这时莫然沏了杯茶给宋梓南送了过来。

宋梓南对莫然做了个手势，说道：“小莫，你也坐。”

莫然坐了下来。

宋梓南说：“这次我回广州料理家事，顺便向一些专家大夫打听了一下国际上治疗长辛这种心脏病的最新进展，听说有一种搭桥和安支架的办法。”

石长辛不解地问：“搭桥？安支架？在哪儿搭桥，在哪儿安什么支架？”

宋梓南说：“在心脏附近。”

莫然忙问：“在那里头搭啥桥？”

宋梓南说：“心血管病中有一种是因为血管堵塞，引起心肌缺血、缺氧坏死，而致人死亡。过去的办法是通过吃药打针来疏通血管，而现在这种新办法就是把堵塞的血管换掉，或者是在堵塞的血管里，安个支架，把它撑起来，让血液重新流动起来。”

莫然惊异地问道：“在心脏附近换大血管，再在血管里安支架，这玩意儿，保险吗？”

宋梓南说：“风险当然是有的，新技术嘛。这就像当时你们试验那个滑模提升法一样，总是有风险的。”

石长辛和莫然不作声了。不言自明，在心脏附近做换血管的手术，一旦发生风险，代价会是什么。

沉默了一会儿，石长辛问：“咱们国内能做这种手术吗？”

宋梓南说：“目前还只有个别一两家大医院能做。即便能做，也还是试验性的。”

石长辛长长地“哦”了一声，便没再说下去。显而易见，他是在等宋梓南说下去，想听听宋梓南到底有什么想法。

宋梓南接着说道：“如果你愿意做这个手术，我想送你出国去做。”

石长辛有些意外地说：“出国做手术？”

宋梓南说：“比如去美国，或者德国，听说荷兰做这种手术，成功率也比较高。”

石长辛迟疑道：“出国去做手术……有这必要吗？”他还没出过国哩，现在却要因为治病出国，他不知道这符合不符合有关规定。

宋梓南毫不犹豫地说道：“当然有这必要。我说过了，要不惜一切代价，治好你的病。”

石长辛忙说："能在国内治治就行了。花那么多钱干什么？"

宋梓南苦笑一下："我们一年花在各种各样接待宴请方面的钱，大概能造十个、二十个、五十个大型汽车厂。那么花钱，谁也不心疼。我花一点钱，为一个因为工作而累垮的同志找个好大夫，救救他的命，不行？！"

石长辛颇有些感动地说道："可是，接待宴请，是有规定可报销的。出国做手术，是没有规定可报销的。"

宋梓南断然说道："他不报，我报。他没这规定，我深圳定一个这样的规定！这就不用你操心了。我们现在有些财务上的规章制度真是笑话，能掏钱让人买棺材办葬礼，就不能掏钱让人去买药治病。这是什么事嘛！不管他是怎么规定的。这么点事，我这个市委书记还是能做得了主的。"

石长辛担心地问："您让我出国去做手术了，今后，别人也来找您要求出国去治病，您怎么办？"

宋梓南把手一摊，提高了音量说道："来呀，来找呀。我巴不得他们都来找啊。关键是，他得是'石长辛'！只要他是'石长辛'，谁病我送谁出国去治！现在的问题是没有。这边刚出了个'石长辛'，那边就出了个'雷半伍'……深圳要有一千个、一万个石长辛，那才好哩。"

石长辛呆滞了一会儿，不好意思地问道："雷区长的那档子事，我一直不敢多嘴……可见我的党性也有问题……"

宋梓南说："这件事上，我们都有缺陷、问题，都好好总结教训吧！"说着，他站了起来，对石长辛和莫然说："你们两口子好好商量一下，最后拿个主意，到底是做不做这个手术。如果决定做，我就安排人送你们走。"

莫然一愣："送我们走？让我也去？"

宋梓南说道："你当然得陪着。他出国去做手术，你让谁陪着？当然是你自己啦。这份差旅费还能省？"

莫然忧心忡忡地问："您觉得长辛是做这个手术好，还是不做这个手术好？"

石长辛瞪了莫然一眼："这事你也让宋书记拿主意！他又不是大夫，更不是病人家属。"

宋梓南嗒然一笑道："对，这事，最后还得你们自己拿大主意。不做这个手术，是还可以凑合着过的，但病根儿不除，难保突发变故。即便不发生突发性的变故，从此以后，长辛多数时间大概是要在病床上过了。做手术，在相当长的一段时间里，能恢复正常的生活和工作，但手术的风险和术后的并发症，同样是必须考虑的因素。你们好好权衡一下，尽快告诉我你的考虑。”

石长辛忙说：“我们考虑一下，尽快答复您。”

宋梓南转过身来又对莫然说道：“我跟长辛还有点工作上的事要单独说一下。你……”

莫然忙知趣地说道：“没事，没事，你们谈。”说着，就快快地走了出去。莫然在外头待了一会儿，正巧乔书记和小马匆匆走了过来。乔书记问：“莫然，你怎么在走廊里待着呢？长辛怎么样了？”莫然忙应道：“他好着哩。”小马问：“宋书记在这儿吗？”莫然连连说道：“在，在。他说要跟长辛单独说个事，就把我赶出来了。马秘书，宋书记这些日子瘦得太狠了。你这个当秘书的，可得要把把关了。”小马忙应付似的点点头道：“是的是的……”乔书记显得有点焦急，问：“哦……他们说了有多大一会儿了？”莫然说：“我没看时间。大概有十来分钟了吧。”又等了一会儿，乔书记显然有点等不及了，刚要闯进病房去，只见病房的门“吱呀”一声开了，宋梓南说完事走了出来。乔书记忙上前，低声告诉宋梓南，雷半伍出事了，自杀未遂。

宋梓南忙问：“什么时候出的事？”

乔书记答道：“二十来分钟前吧。”

宋梓南问：“他手里怎么会有那样的利器的？”

乔书记答道：“他砸了个汤勺，用碎瓷片割腕的。”

宋梓南问：“事先怎么就想不到，这些陶瓷和玻璃器皿打碎了都是可以用来自残或自杀的？专案组的同志在这方面应该都是很有经验的嘛！”

乔书记说：“每回送饭送水，都有人在边上陪着。不会让他有机可乘。今天吃了一半，他说要上厕所……”

宋梓南问：“上厕所就没人看着了？”

乔书记说：“也有啊，但没料到他偷偷把一个汤勺塞在袖子管里带进了厕所。上厕所，我们的同志一般都只在门口待着，门还是虚开着的，但一般就不再守在他跟前了。他就利用这几秒钟的间隙，砸破那个陶瓷汤勺，向自己手腕上割去。完全是迅雷不及掩耳，真的是一两秒钟之间发生的事。然后，他还拒绝抢救，说是一定要见您。只有见到您，才肯接受抢救。”

宋梓南一愣：“不抢救怎么行？这二十来分钟，一直让他这么流血，会有生命危险吗？”

乔书记说：“现场的同志当然不会由着他性子来的，还是想办法强行着给他先把伤口包扎了起来，采取了相应的止血和防备他再次伤害自己的措施。”

宋梓南想了想，问：“你说我现在应该去见他一下吗？”

乔书记说：“见一下吧。虽然今天这事情，他也不过是装装样子，完全是威胁性的，并不是真正想自杀，但他用这样一种方式来求见你，也许是真有什么事情要说呢？”

宋梓南又想了想，说道：“那就去见一下，看看这位年轻的副市长候选人，肚子里还有啥名堂！”

第一百〇八章

纪委双规雷半伍的地方，风景优美，环境相当雅静。这是当年省里某一个部门原先在这儿盖的一个“培训中心”，后来因为部门扩大了，眼界也提高了，就嫌它规模太小，设施落后，在别的地方搞了一个更高档的“培训中心”，把它转让了出去。后来怎么又转到市纪委手里，拿它当双规审查的场所，就不太清楚了。因为是山沟里的一座隐蔽的独幢别墅，所以不管从哪个角度看，它的僻静、安全和小空间里的舒适，都是非常适宜用来双规审查相当一级干部的。

“为什么不说话？”宋梓南问雷半伍。

雷半伍脸色苍白，浑身只是微微地战栗着。

宋梓南又问：“想谈什么？”

雷半伍说：“我错了……”

宋梓南问：“什么事情你错了？”

雷半伍突然号啕大哭起来：“宋书记，你救救我……”说着“扑通”一声跪倒在宋梓南面前。宋梓南一下站了起来，控制住陡然从心底涌出的一阵阵战栗、怜悯和厌恶，本能地向后倒退了半步，忙呵斥道：“起来。”

雷半伍跪着不动。

宋梓南用力拍了下桌子，大声吼道：“起来！”

因为雷半伍提出要单独和书记谈，宋梓南也答应了他这个条件，纪委的同志和小马都在门外等着。这时听到书记突然一声吼，全都吃了一惊。

这时，有人进到别墅里来，告诉小马，说是市委机关机要室的同志来送机要急电。小马忙收下这机要急电，并在签收簿上签收。机要室的那个同志刚想开口说句什么，小马就一点都不客气地，也不容对方做任何解释把对方轻轻地推出了客厅，并立即关上了门。机要室的那个同志莫名所以地苦笑了笑，无奈地耸了耸肩，走了。

这时，宋梓南对雷半伍说道："去，站到小平同志的题词面前，你告诉老人家，你错在哪里。去呀！"

房间里正贴着邓小平的那幅题字。

雷半伍一哆嗦，没动弹。

宋梓南说："不要跟我说是你老婆心软收了人家的东西……"

雷半伍忙说："我确实是事后才知道，张弓在北京前三门也给我老家的人搞了一套房子。"

宋梓南问："这件事还有谁知道？"

雷半伍说："没有人知道。连我太太也不知道……张弓事先都没跟我商量……"

宋梓南揶揄道："你太太？叫得好顺口！"

雷半伍忙改口："我老婆。"

宋梓南问："你给他们什么好处？"

雷半伍说："为了支持高士达集团，在八十二号地块的竞标中，地价下调了百分之四十……"

宋梓南问："少收了人家多少钱？"

雷半伍支吾了一下，说道："七千万吧。"

宋梓南立即大声说道："你用国家的七千万，换了人家一套北京前三门八十平方米的单元房！那一套房官价是多少？二十万？三十万？五十万？国家的七千万换了人家的五十万，很划得来啊！"

雷半伍忙叫道："不是交换的，真不是交换的。给他们八十二号地块时，我心里想的只是您在一次会议上说的话，我们要在工作上支持那些热心到深圳来投资办企业的境外商户，要给他们创造种种方便条件……我没有向他们提出任何要求……事后才知道，他们在北京给我买了那么一套房子。"

宋梓南问："房子呢？"

雷半伍不作声。

宋梓南再次提高了声音：“房子呢？”

雷半伍吞吞吐吐地说：“我没有住……”

宋梓南冷笑道：“你当然不会去住。”

雷半伍声嘶力竭地叫道：“我真的没有去用过。”

宋梓南说：“张弓那小子替你安排了五个亲戚在他们的企业里吃空额，其中一个名字写的是你十四岁的闺女，每月照领两千元劳务费。”

雷半伍说：“张弓做这些事，的确没有经过我同意。这些钱从来也没有转到我和我老婆手里，没有，真的没有。我可以站到小平同志的题词前去发誓……”

宋梓南这时颓然坐倒在椅子上。心力交瘁的他，真有点顶不住了。

雷半伍忙扑到宋梓南面前，弯下腰对宋梓南说：“宋书记，我知道我错了，但我的确不是有意为之。”

宋梓南不想再对他说什么了，极其伤心地闭上了眼。

雷半伍以为自己说动了书记，便继续大声说道：“我没有管住自己，我交友不慎，我的一些亲戚到深圳以后，打着我的旗号，为非作歹，我负有管教的责任。但是我的确不知道他们在背后会搞那么多名堂……”

宋梓南低声问：“只是听之任之？”

雷半伍说：“是的是的，我的错就在听任他们做了这一切，就像对待我过去的老战友、老朋友一样，只是觉得在新时期，我们应该有一批新朋友、新战友共渡难关……”

宋梓南痛苦地说：“可是国家的七千万到底值多少，你不明白？”

雷半伍再一次声嘶力竭地说：“宋书记，我向小平同志他老人家保证，向下浮动八十二号地块单价时，我的的确确没有想到要用这些去交换什么……”

宋梓南痛苦地说道：“你还在撒谎……”

雷半伍叫了起来：“没有……我真的没有……”

宋梓南冷冷地看了雷半伍一眼，站了起来。雷半伍颓然地坐倒在椅子上。

沉默，短暂的沉默。宋梓南走到雷半伍面前，雷半伍忙站了起来。宋梓南问道：“雷半伍，我们这些人为什么要到深圳来？”

雷半伍答道：“执行中央改革开放的方针，建立深圳经济特区，为全国闯出一条富民强国的经济建设新路。”

宋梓南说：“你说得头头是道……”

雷半伍一哆嗦。

宋梓南接着说道："但做得阴暗卑鄙。如果我们这些人到深圳来，不是为了执行中央的战略大转移方针，不是为了中国十三亿老百姓寻找一条能够过上好日子的出路，离开了这一点，玷污了这一点，歪曲了这一点，损害了这一点，就没有资格身处这个权力核心，在这儿喘气！就不配说自己是深圳的干部！"大概是说得太激动了，他突然感到心口一阵刺疼，即刻间，气就喘不上来了，胸间好像被压上了千斤巨石一样，人也直不起腰来了，捂着胸口，就要向前栽去。

后来进屋来的乔书记立刻扑过去，搀扶住宋梓南。雷半伍也扑了过去搀扶。两个人都叫着："宋书记……你怎么了……怎么了……"一直在门外监听着的小马也赶紧冲了进来，一把抱住正要往下倒的宋梓南，大声叫道："宋书记……宋书记……"

情况立刻报告给了周副市长。他是常务副市长和副书记。他立刻回到自己的办公室，问了一下情况，知道急救车和大夫已经赶过去了。大夫嘱咐，目前还不宜搬动宋书记，只能在现场采取一些急救措施，等病情稳定下来后，才能转送到医院救治。

"怎么搞的嘛。"周副市长焦急万分，马上驱车赶到了那个山区小别墅里。其他几位市领导得知这情况后，也驱车赶到了那儿。但他们并没有闯进客厅去，他们知道大夫正在里边做紧急救治，不便去打扰，就都静静地在门厅里等候着，等候着里头急救的消息。

不一会儿，小马知道市里的领导都来了，便赶紧走出来向他们报告救治的最新情况，然后又回到客厅里，代那些领导去"请示"大夫，什么时候能够进来看望一下宋书记。这时，大夫刚给宋梓南做完心电图，正给他输液。

大夫听了小马的转告，皱了皱眉头，低声地回应道："让市领导们再等会儿吧。刚输上液……"

已经醒过来的宋梓南低声问："谁来了？"

小马忙说："没人……"

宋梓南立即提高了声音再问："谁来了？"

小马无奈地说："市委和市政府的几位领导。"

宋梓南说："请他们进来。"

大夫忙阻拦："宋书记……"

宋梓南又说了一遍："请他们进来！"

大夫无奈地只好向小马示意了一下。不一会儿，周副市长等人就都进来了。宋梓南挣扎着想坐起："真不好意思……"

周副市长忙摁住他："你干吗呢？躺着！"

宋梓南说："我没事……"

周副市长说："你是没事。走啊，起来跟我打高尔夫球去？！"

宋梓南无奈地笑笑："打高尔夫球，那还得歇两天……"

领导们都会意地笑了。

宋梓南喘了一口气道："大夫刚才说了，所幸，不是因为心脏方面的问题引发的……"

常副市长说："行了行了，别充医学专家了。您呐，免开尊口吧。话多伤气。"

在场的领导又都笑了。气氛也顿时缓和不少。宋梓南也勉强地笑了笑。这时，周副市长向大夫示意了一下。大夫跟着周副市长走到外头的门厅里。周副市长问："能确诊吗？到底是哪方面的问题引起的？"

大夫说："确诊，还得回市里认真检查一下才行。不过，从刚才心电图的情况看，这次发病，好像还不是心脏的病变引发的……"

周副市长忙说："别好像啊！"

大夫说："现在我只能这么说。等情况稳定下来，马上回院里，我们再好好做一次全身检查。"

这时，从楼上的一个房间里突然传出一阵吵吵声。周副市长一惊，在门厅里站着的那些市领导都听到了这阵吵吵声。宋梓南也听到了。不一会儿，楼上的吵吵声越来越响。周副市长恼火地大步向楼上跑去。刚跑到楼梯的第一个拐弯处，只见雷半伍和两个专案组的同志一边拉拉扯扯着，一边往下跑。看到周副市长，雷半伍一下站住了。这时，常副市长、乔书记和其他的市委市政府领导也都跑了过来。

雷半伍呜咽着说："我没有别的想法，就是想见一下各位领导，对领导们说一声，我错了，请给我一次机会……"说着，又跪倒在地。

所有的领导都一怔。

乔书记忙说："雷半伍，你这是干什么呢？有事说事，搞这名堂干什么呢？"

雷半伍抬起头来看着周副市长和各位市领导说："我知道错了……我真正知道错了……我有罪……"

常副市长责备道：“你还闹呢？你差一点把宋书记闹过去了，还闹？！”

雷半伍恳切地说：“我不是闹。我就是想跟各位领导说一句认错的话。我雷半伍不是坏人。我是你们一手栽培起来的，是在你们眼皮子底下一点点成长起来的。我忘乎所以了，我罪有应得，我知道错了，我对不起你们各位领导。请你们一定给我一次机会……”

这时，客厅的门突然开了。宋梓南从客厅里走了出来。他的手背上还带着输液的针头，一个护士替他举着输液的瓶。他步履艰难地一步一步向楼梯口走来。

雷半伍一下愣住了，再不“闹”了。

所有人都不说话了。周副市长和常副市长赶紧过去搀扶宋梓南。宋梓南走到楼梯口瞪着雷半伍。雷半伍颤抖了一下，便慢慢地站了起来。又过了一会儿，雷半伍便低着头慢慢向楼上走去，回到“监护”他的那个房间里去了。

第一百〇九章

一个星期后，常委会专题讨论“雷半伍问题”。宋梓南主持会议。他沉重地说道：“‘雷半伍事件’，我作为一把手，负有不可推卸的责任。如果中央和省委要追究领导责任，我负全责。给什么处分，我都心甘情愿……”说到这里，他眼眶略略地红润了。会议室里气氛极其沉重和严肃。除了一些常委同志粗重的喘息声和偶尔的咳嗽声外，整个会议室里静得像深夜的天空一样。“这件事必须彻查到底。”稍作停顿后，宋梓南又继续说了下去，“不管涉及谁，都要一查到底。触犯法律的，坚决移交司法机关处理。深圳现在繁华了、富有了，已经拥有了世界影响，它将来还会更繁华、更富有、更出名，我们这些人在工作中也会做错事，也会留下种种遗憾和不足之处，我们也会一个个离开这个权力核心，但深圳将永远存在。我们这批人必须创建并留下这样一个传统，那就是，我们这些共产党人，到深圳来工作，跻身深圳的权力核心，只有一个目的，也只能有一个目的和动机，那就是：执行中央的战略部署，为中国，为中国老百姓寻找一条真正的强国富民的出路。离开了这一点，玷污了这一点，歪曲了这一点，损害了这一点，不管他是谁，就没有资格处身于这个权力核心，就不配做深圳的干部！”

开完常委会，宋梓南本该回医院去的，但他没有回去，直接回了自己的办公室。一直到很晚了，他还沉沉地独自在办公室里闷坐着。室内没有开大灯，只开着一盏台灯。他怔怔地盯着挂在墙上的那幅邓小平题词，视线缓缓地再次移到在一个角落里安放的那几尊雕塑小样，最后落到那尊拓荒牛的身上。

这时，周副市长悄悄地走了进来。宋梓南做了个手势，请他落座。

周副市长坐了下来。

两人沉默了一会儿。

周副市长说：“建委的工作和批地办，都是我分工管的，现在出了雷半伍这样的问题，应该由我来负直接责任……如果要做检查，也应该由我来做。”

宋梓南立即做了个手势，打断了他的话。

周副市长只得不作声了。但过了一会儿，周副市长又说道：“下午，我去接触了一下国务院调查组的同志。他们也觉得目前沿用的这种外汇管理体制必须改革，否则就会严重影响到进一步发展外向型经济。他们也支持我们试点办这么一个外汇调剂中心，但是，并不是所有的同志都赞成这个观点，并不是所有的同志都同意对庞耀祖可以不给予相应的处置。这些同志的理由是，如果这样，国家的法规条例就会失去应有的严肃性和权威性。这样就很难管理这么大的一个国家……”

宋梓南揶揄道：“即便明明知道有些法规条例已经在阻碍我们的经济发展，我们还要用它来惩罚那些有开创性的工作人员？”

周副市长说道：“当然，这个意见不代表整个调查组的态度，只是他们个别同志的看法。这些个别同志也是出于一片好意，他们不希望我们深圳的同志把事情搞僵了。他们说，最起码，可以暂时别做什么决定，既不说庞耀祖做错了，也别说他这么做有多么好。先把这件事挂起来，进行冷处理，或者让我们的继任者来处理。当然最保险的办法，还是按现有的规定，让市局逮捕庞耀祖，哪怕以后再给庞耀祖平反，也比现在硬顶着某些还没撤销的老规定，不让逮捕庞耀祖要聪明……他们说，这里切切实实要讲一点政治智慧才行……”

宋梓南立即笑道：“哈哈，好一个‘政治智慧’！不就是搞折中、搞骑墙、搞模棱两可，最终是要搞妥协嘛！”

周副市长立即说道：“老宋，你在这个位置上多年，难道还要我这样的人来跟你讲政治和妥协之间的关系吗？最高明的政治智慧就是善于在妥协中去为己方争取最大的利益……”

宋梓南立即反驳道：“你我都很清楚，外汇管理的现行制度必须改革，庞耀祖他们只是在这个应该得到改变的旧城墙上自发地捅了一个小洞……”

周副市长说：“但是当前国务院的某些规定还没改。我们这么干，个人是要冒很大风险的。尤其是作为一级党委和政府领导机构……更何况……”

宋梓南马上接口说道：“更何况，我宋梓南就要下台了，何必再做这种没把握的事情，给自己的后半生平添麻烦呢？”

周副市长皱起眉头说：“老宋，谁说你就要下台了？最近你为什么老说这样的话？这样不好！”

宋梓南喟叹道：“我的年龄、我的身体，还有……”

“还有什么？”

“还有，这些年，我也得罪了不少人……”

“得罪人的那些事情，是我们整个班子决定要做的嘛。再说，这些事情后来都得到了中央的肯定。”

宋梓南苦笑笑说：“好了，你就不要为我开脱责任了，也别再拿‘中央肯定’来为我做挡箭牌了。最后，中央是肯定了，但人头还是让我给得罪了嘛。这也是事实。你把人家给得罪了，就得承担这个后果嘛。我们都是搞了这么多年政治的人，难道还不明白这一点吗？我很想得通，也有所准备……”

“这……”

宋梓南摆了摆手说：“好了好了，我们不争论这个问题了，好吗？宋梓南总有一天是要离开这个岗位的。这总是个真理吧？”

周副市长默然一笑道：“这当然不会有错。我周某人总有一天也要下嘛，谁都一样嘛。我们取消终身制了嘛。”

“所以，最近我一直在想一个问题。深圳从无到有、从小到大、从弱到强，我们这批人是有足够自豪和骄傲的理由的。但是作为第一代深圳人，第一代的深圳市领导，我们不能仅仅留下高楼和马路，不能仅仅留下一些足以傲人的GDP数字和惊人的经济增长比例。‘雷半伍事件’已经提醒我们，我们这第一批深圳建设者中，有人已经开始忘记我们是为什么才到深圳来的了，还有一个问题也在等着我们解决，而且它比前边一个问题对多数深圳人来说显得更重要，那就是深圳怎么样才能永葆它的活力？等全国都普遍地实行改革开放了，‘特区’这顶帽子总有一天会从我们深圳头上摘掉的。中央不来摘，现实生活也会逐渐地把这个‘特’字从我们头上淡化掉的。到那时候，深圳和全国所有那些大中城市一样，也就是一个普通的城市了，深圳人、深圳的干部，往下还怎么干？难道我们这些人忙活了半天，只不过是给中国增加了一个普普通通的大城市而已吗？作为第一代深圳人，在思想作风上，我们到底应该留下些什么？留下一个什么传统？”

周副市长愕然地问：“这跟逮捕不逮捕庞耀祖有很大关系吗？”

宋梓南忙说：“老周，你好像还没听懂我说的话。我现在不想跟你具体讨论到底要不要逮捕庞耀祖。按照现行的国家外汇管理规定，庞耀祖的确已经触犯刑律，这一点，是没有问题的。要逮捕他也是可以的。对于我们这些当领导的，也是保乌纱帽的最保险、最有效的一个做法。但是事实是，国家经济形势已经发生巨大变化。庞耀祖他们所做的，恰恰是我们政府应该做而没有做的事情。你可以说他们钻了空子，也可以说他们打了擦边球。对于这种打擦边球的先行者，我们敢不敢站出来保护他们？要不要站出来保护他们？在深圳要不要提倡这种敢为天下先的精神，不仅提倡这种风气，并且切实地保护这种风气？这才是我想跟你讨论的。老周啊，我们永远不要忘记，当初中央是在什么情况下，下了多大的决心才派我们来建立这个深圳特区的？你应该知道，中央多位领导都说过这样的话，中国不是缺深圳那一点财税上交款，也不是缺我们这一点 GDP 数字，才让我们来建深圳特区的。他们需要我们在这儿创造一种探路的勇气和精神，也就是说，丢掉了这种勇气和精神，也就从根本上失去了深圳存在的最大价值……没有这种精神，中央就是给我们一百顶特区的帽子，我们也成不了真正的特区，有了这种精神，将来中央就是摘了我们头上这顶特区的帽子，深圳还是可以为中国的进步继续做出伟大的贡献。”

周副市长不作声了，说心里话，他是愿意举一百只手、一千只手、一万只手来赞成书记说的这番话的。但是，作为一个执政的政治领导人，是“只能做半个理想主义者”的，这也是你宋梓南自己说的话呀。

宋梓南见老周一时不做反应，便问：“还想不通？”

周副市长迟疑了一下，问：“允许我犯一点自由主义吗？”

宋梓南笑道：“同志之间促膝谈心，只有‘自由’，遑论‘主义’！”

周副市长说道：“我……我是听到一点小道……”

宋梓南立即说道："我这人不爱听小道。"

"是关于我们班子调整的事。"

"这种议论，这些年一直也没停过。"

"这一回好像是有点来头了。"

"班子调整，不是你我私下该琢磨的问题。"

"但这次调整班子，据说可能主要是调整你……"

宋梓南做了个坚决的手势，没让周副市长再说下去。周副市长只得把没说完的话咽了下去。两人稍稍沉默了一会儿。宋梓南问："没别的事情了吧？"

周副市长只是看了看宋梓南，没再说话。

宋梓南站了起来，很坚决地做了个送客的手势，但看起来周副市长仍有些不甘心就这么结束谈话。宋梓南于是再次做了个"请走"的手势。周副市长只得向外走了。宋梓南送他一直走到通外间的那扇门前，宋梓南突然站了下来。周副市长也站了下来，慢慢地转过身来，面对宋梓南站住了。这时，宋梓南稍稍沉吟了一下，缓慢地、感慨万端地说道："我老了……不中用了……中央的考虑是正确的……"

周副市长心里一沉，同样百感交集，万般思虑，一时间无法表达内心的激荡，稍稍呆站了一会儿，便走了。宋梓南没再往前送，只是在通外间的那扇门前又呆站了一会儿，然后他缓缓地转过身来，向桌上那几个雕像看去。莲花……雄狮……大鹏……最后，他的目光落在了那个拓荒牛雕像身上。艺术家把牛的肌肉表现得十分粗犷有力。人们由此完全可以想象出它身后笨重的犁铧正在顶开亘古荒原的厚土，把那盘根错节的草根、树根都兜底儿翻了起来；而宽厚粗糙的牛背在木制挽轭的来回摩擦下，隐隐地往外渗出一颗颗鲜红的血珠。透过弯曲的牛角，还可以看到一望无际的田野在粗大的牛蹄下缓缓地向后倒退。甚至凭此还可以听到辽阔的天空上飞掠过一群群欢快鸣叫着的黑雀。这头牛，这头老牛，这头不肯稍微歇息的老牛，筋疲力尽的老牛，昂起头，粗重地喘息着，从那张大的鼻孔里，冲着冬日，喷出一股股热气。而正前方，在缓缓隆起的地平线上，那一轮金黄火红的落日周围，所有的云彩像是被火烧火燎的一样，呈放射状地铺展开来……

此情此景，此时此刻，他想到了谁？自己？还是亭云？是几十年来先他而牺牲在各种各样"战场"上的先烈？还是这几年来跟随他在深圳拼命工作而一个个相继倒在工作岗位上的那些中年干部？还是……像石长辛那样，虽然还不能说完全倒下，却也殚精竭虑，奉献所有的中流砥柱们……或许想到了未来，想到了自己不可能做完的那些事，想到了万事开头难，但最难过的大概还要算是已经开了头，却不能把十分想做的事做到底，等等，我们无法知道他这一刻心里到底在涌动着些什么，我们只知道，这一刻当他把目光怔怔地锁定在那头“垦荒牛”身上时，他那布满密密的皱纹的眼角里，真实地涌动着晶莹的泪珠……

这时，周副市长突然又跑了回来。宋梓南忙把视线从那个拓荒牛身上收了回来。周副市长稍有点气喘地对宋梓南说道：“忘了给你说件事。你还是得抓紧时间，去医院好好检查一下。这可是常委会上做了决定的，还指名让我来督促检查你执行这个决定的情况。你可别当儿戏了。”

宋梓南嗒然笑道：“执行，执行，坚决执行。”

周副市长故意板起脸说道：“不行的话，就去北京、上海，上那儿找最好的大夫做一次彻底的全身检查。”

宋梓南又笑道：“干吗非得去北京、上海？常委会的决定里没说非得去北京、上海嘛。”

第一百一十章

庞耀祖在一个已经用了很多年的煤油炉上下面条。由于心不在焉，由于心有怨气，又由于事情总没有个最后的了断而多少有点惴惴不安，因此，他老分心，一不留神就溢了锅，把炉火淹灭了。只得重新点火，重新放水，重新再煮……

这应该是第三回重煮了。这一回，他死死地盯着煤油炉，下决心不让它再灭了。这时，冯宁带着一大包超市里买的方便食品走了进来。

庞耀祖问：“外头有便衣吗？”

冯宁笑道：“有个鬼！特安静。”

庞耀祖颓然地坐下，发了一会儿呆，突然举起面条锅，把刚煮好的那些面条全砸地上了。

冯宁一惊：“你疯了？”

庞耀祖叫道：“我他妈的真受不了了。多少天了？这不死不活的，到底算个什么嘛！要抓要毙，要关要杀，赶紧！别这么软磨硬泡嘛！纯粹是在折磨人嘛！”

冯宁掏出一个牛皮纸信封放到庞耀祖面前。

庞耀祖一愣：“啥玩意儿？”

冯宁淡淡一笑道：“当年我也有那么一个时刻，被人折磨得快要进入歇斯底里状态时，有一个自称是诸葛半仙的朋友给了我两个锦囊妙计，还挺管用。我没舍得全用了，留了一个，看看能不能解救你老哥于水火之中。”

庞耀祖抄起那封信一下就把它撕碎了，然后涨红了脸叫道：“你小子这会儿来挖苦我？你那会儿的情况能跟我现在的相比吗？你老说，现在不是几年前了，他们不会像对付你父亲那样，仅仅因为一个政策问题，再来抓人了。你懂什么！几年时间就能祈望改变一个社会的千年传统和陋习吗？看来，你父亲的死，并没有让你这个做儿子的变得更聪慧、更明白一些！”

冯宁的脸色一下变了。他不愿意别人这样来说他父亲，更不愿意在这种情况下，别人用父亲的死来揶揄自己。他一下站了起来，喘着粗气，怔怔地瞪着庞耀祖，然后一下转过身向外走去。

天色阴沉得很厉害。冯宁走了十来步，庞耀祖追了出来。庞耀祖拦住了冯宁：“对不起，兄弟……”冯宁断然决然地要求道：“道歉。”庞耀祖忙说：“道歉。我真诚地向兄弟您道歉，并做深刻检讨。”冯宁依然没给庞耀祖好脸色，但还是回到了庞耀祖的房间里。这时，外头淅淅沥沥下起小雨来了。

他俩刚回到房间里，电话铃响了。庞耀祖接完电话，突然发起愣来。冯宁忙问：“怎么了？”

庞耀祖发了一会儿呆，说道：“我们单位的头头让我马上去单位。”

冯宁说道：“那就是有结果了。”

庞耀祖不作声。他无法判断这个电话在向他预示什么。人有时就是这样，发生在别人身上的事情，他可以分析得头头是道，但对于发生在自己身上的事，有时却总云里雾里的，处在茫然的状态中。这跟高明的大夫往往不能清醒地给自己和直系亲人诊治的道理是一样的。

冯宁问：“电话里再没说什么？”

庞耀祖怔怔地说：“没有……”

这时，电话铃又响了起来。

庞耀祖拿起电话，问了一句，有点失望地对冯宁说：“是尤妮，找你的。”

冯宁不无意外地问："尤姐？找我？"

庞耀祖有点不耐烦，又有点失落地说："找你！快接吧。"接完电话，冯宁居然也急着要走了。外头的雨越下越大了。他俩赶紧上了冯宁的那辆新车。车一启动，庞耀祖就问："尤妮刚才跟你说什么事了？"

冯宁只说道："没什么……"

庞耀祖不满意地说："什么'没什么'？我在电话旁边都听到了，尤妮说陶怡可能先兆性流产，已经送医院了。是不是？"

冯宁不想在这时跟任何人讨论这件事，只说道："我先送你去单位。别的少说！"

汽车行驶到银行门前停了下来。庞耀祖刚要下车，却被坐在驾驶员位置上的冯宁一把轻轻拉住。冯宁向银行门前不远处指了指。庞耀祖抬头看去，只见那儿停着好几辆黑壳子的轿车，好像也是刚到的。这时，从车里走下来五六位穿便服的人，挟着公文皮包，大步走进银行。

冯宁迟疑地问："这些人会不会是来执行任务……逮捕你的？"说着，不等庞耀祖回答，就又发动着了车，准备快速离去。

庞耀祖忙叫了声："别走。"

冯宁疑惑地看了看庞耀祖，坚持着把车往前开了几米，但最后还是把车停下了。

庞耀祖叹了口气道："天要落雨娘要嫁人，躲是躲不掉的……我下车后，你赶紧去医院，就别在这儿等着了……"

冯宁说："那边有尤姐。她替我看着陶怡，我就得在这儿替她看着你。"

庞耀祖苦笑笑说："你看着我？怎么看？如果这些人真的是冲着我来的，今天他们真的要逮捕我，带我走，你又能怎么着？"

冯宁说："那我也得知道他们最后怎么处置你了才能走。"

庞耀祖挺不耐烦地说："叫你别等，就别等。"

冯宁不作声了，但也不走。

庞耀祖无奈地说："你小子就是倔。到时候我会打电话让你来接我的嘛。你赶紧去医院，尤妮和小陶怡那儿说不定什么时候需要用车。不能误了她们那头的事。万一今天晚上我回不来了……那你就把这封信替我交给尤妮……"说着拿出一封信来交给冯宁。

冯宁看看那封信说："你小子还是有准备的啊！"

庞耀祖沉默了一会儿说："当然……"

冯宁叹道："如果我们总是等着别人恩赐一点做事的自由，才能去做一点事，中国还会有特别大的发展前景吗？"

庞耀祖也叹道："一步步来……冯宁，一步步来……命运总是要用代价换来的。已经有了一个相当好的开头了，等熬过了这一关，面包会有的，牛奶也会有的。你小子会在深圳办起一个让全中国人都不敢小看的大公司，成就一番事业的。"说着，他紧紧地握了握冯宁的手，毅然决然地推开车门走进雨中去了。

一到经理室，已经有人在等着庞耀祖了。是银行人事部的主任，他立即把庞耀祖带到楼上的小会议室里。刚才在银行门口看到的那一群"便衣"，也已经在那里端坐着了。他们是专门办理这个案子的专案组的同志。被同时叫到会议室来的，还有和庞耀祖一起"涉案"的两个银行的工作人员。

"庞耀祖？"专案组的组长开口了。例行公事，总得先验明正身。

"是的。"庞耀祖答道。

"你们的问题，应该说还是很严重的。你们这个擦边球打得太惊心动魄了。实话告诉你们，如果早一个月，在你们面前，放着的绝对就会是手铐和逮捕证。你们在挑战固有的金融秩序和外汇管理制度。你们都是多年在金融界工作的人了，庞耀祖你还出国专门学习过，应该知道，这两样东西是任何人都不允许随便去碰的。"专案组组长说道。

专案组的另一个同志马上补充道："也就是在当前这么个特殊年代、特殊阶段……"

组长说："在深圳这样一个特殊的地方，有这样一种特殊的需要……"

另一个同志又补充道："不要以为自己干的事情多么有理，就可以去违法。合理而不合法，同样会受到法律的制裁。"

庞耀祖想解释些什么。"同案"中一个年纪更大的同志赶紧在下边踢了他一脚，让他不要辩解，老老实实听着。

专案组的组长吩咐道："你们先认认真真写一个检查。下一步怎么处理你们，要看你们对自己错误认识的程度和态度。另外，把你们这次私自换汇倒汇的经过详详细细地写一个书面材料，并且写上你们对当前外汇管理制度的真实看法。这个看法，包括现有制度存在的问题和如何解决这些问题的建议。不要有任何保留。必须通盘托出。"

庞耀祖忙说："我们的看法，可能会有许多不全面和偏颇的地方。"

组长说道："偏颇不偏颇，不由你们来判断，也不由你们负责。你们只要把自己的观点完完全全地说出来就行。"

庞耀祖问："什么时候交稿？"

组长说："当然越快越好。庞耀祖，我知道你的笔杆子相当了得，也读了不少书。要你写的这些情况和问题，大都是你亲自经历和亲手干过的事情；那些看法更是你烂熟于胸的。所以，你没有任何理由拖延，拖延了对你们也不会有任何好处。"

庞耀祖忙说："我们一定认真地写，尽快地写。绝对不会拖延。"

说完这些，专案组居然就让庞耀祖他们走了，既没有扣留，更没有拘押。庞耀祖虽然事前也估计到这种可能性，但真正走出会议室，走到还在下着小雨的街道上，他满心欣喜，一脸的轻松。他毕竟在市级机关工作过多年，有过这样的常识和经验，如果专案组只是要他们写个检讨和情况总结，那么事情已然在被当作"人民内部矛盾"处理了。

哦，那天的小雨在庞耀祖看来，应该说是他一生中淋到过的最清新、最和美，也最温情的小雨了……一走出银行大门，他就看到冯宁还在那儿等着，便冲了过去。一开始，庞耀祖还比较能控制住自己的情绪，一等过了马路，冲到冯宁的汽车跟前了，他再也控制不住自己了，便捏紧双拳，猛地向前跑了几步，仰头大叫了一声："没事了……我他妈的没事了……"

冯宁忙摇下车窗拉了他一把："你疯了？！"

庞耀祖大叫了一声，把周边过路的人都吓了一大跳。他叫道："我疯了……真的要疯了……要疯了……要疯了……"

冯宁赶紧把他拉进车。两人一起到新开发区的一家通宵营业的西餐厅里，叫了一大扎黑啤酒。冯宁举起杯说道："老哥，说点什么吧。咱们为什么干杯？啊？为今生的再次脱险？为专案组那些同志的通情达理？还是为咱们自己的好运？咱们到底为什么而干杯？嗨，老哥你干吗不说话了？"

庞耀祖慢慢地举起酒杯，眼眶里突然涌满了泪水。

冯宁心里也一酸。

庞耀祖长叹一口气道："兄弟，假如不是国务院也已经在考虑改革现行外汇管理制度，假如不是咱们市里正积极筹办外汇调剂中心，假如不是有人在上头替我们扛了这么一下，这一回我就死定了！少说，三至五年的有期徒刑是肯定跑不掉的。专案组的那个组长说的是实话啊，不说别的，就是早一个月，他们也绝对不会放过我的。命运啊……也许这就是命，就是运吧……”

冯宁慢慢放下了手中的酒杯。

庞耀祖又说道：“七搞八搞，人生的路终于越来越宽了。兄弟，也许这就是我们这一代人的幸运。银行门前切汇的黑市和黄牛队伍，将成为一去不返的历史记忆。我们有幸参与了埋葬这个丑恶的金融现象的历史行动，成为这段历史的书写者之一，还能完好地把自己保存下来，我们有幸啊，兄弟！干了！”庞耀祖说着，一口气把手中一大杯黑啤酒全喝了下去，从杯沿和嘴角溢出的啤酒濡湿了他胸前的衣襟，也噎得他连连地咳呛起来。

庞耀祖和冯宁醉意醺醺地走出西餐厅。他们走过一家卡拉OK厅。那里五彩斑斓的霓虹灯光闪烁不定。他俩相视了一眼，心照不宣地走进歌厅大门。歌厅的领班带他俩走进一个小包间里。

领班讨好似的介绍道:“这个包间一小时一百六,送一个果盘、两瓶啤酒……”

庞耀祖连连说道：“太小太小，你们这儿就没有更大的了？”

领班忙应道：“有，有，当然有。”

庞耀祖说：“找一个最大的。”

那个领班犹豫了一下，问：“请问老板，你们几位？”

庞耀祖眼一瞪，啐嗔道：“你管我几位？快给我找个最大的包间！”领班带着他俩向最大的那个包间走去时，路过前台，庞耀祖拿起前台的电话，一边拨号，一边对冯宁说：“你先过去。我叫我那两个‘涉案’的朋友一起来放松放松。这一段日子来，他们也给吓得够呛。”冯宁犹豫了一下，对庞耀祖说：“你们玩吧，我去医院瞧瞧。”醉意渐浓的庞耀祖又瞪他一眼道：“你现在想起小陶怡了？晚了。待着，在这儿陪我们唱一会儿！”冯宁无奈地又多留了半个小时，等他们大呼小叫地折腾上了道儿，他悄悄地移动到庞耀祖身旁，在他耳旁低声说道：“你们好好玩，好好放松。我真得到医院去了。”说着不等庞耀祖回答，便径直向歌厅外头走去了。走过前台时，他去提前结了账：“三号大包间，我现在结账。一会儿，你们再送一箱啤酒、两瓶干红和两个大果盘过去。这些都一起结在账里。”一边说，一边掏出钱包，往外数钱。

冯宁走出歌厅，雨已然停了，由于时间也过了午夜，马路上已经没有什么行人和车辆了。一切都显得那么的从容和静谧。他深深地吸了一口夜晚室外雨后清新的空气，在寂静的人行道上稍稍地呆站了一会儿，便开着车走了。

到医院，冯宁轻轻推开陶怡病房的门。尤妮忙对他做了个噤声的手势。冯宁蹑手蹑脚地走到病床前。尤妮用极低的声音告诉冯宁：“她已经从麻药中醒了，后来又睡着了。庞哥那边的事情怎么样了？”冯宁做了个“V”字形的手势。尤妮握紧两个拳头，高兴地挥动了一下。冯宁马上也对她做了个噤声的手势。尤妮控制住自己的兴奋，立即搬过一把椅子，让冯宁坐下。冯宁先小心翼翼地替陶怡掖了一下被子，甚至还替陶怡整理了一下额前的刘海儿，这才坐下，然后细细地端详起安睡中的陶怡。尤妮有意要把这个时间和空间留给冯宁单独和陶怡相处，便对冯宁指指自己的皮包，又指指门外，意思是自己还有点事要去办，也不等冯宁回答，就急急地走出病房去了。

冯宁没有去挽留尤妮。他也想单独和陶怡待一会儿。当病房里只剩下他和陶怡两个人时，他久久地端详着熟睡中的陶怡。

老式的日光灯管在天花板上发出低微的嗞嗞声。

默坐了一会儿，他取出那个“干粮袋”，在手中慢慢摩挲了一会儿，然后，掏出一支笔，在那干粮袋上画了起来。他画了一个穿军装的大男人，还画了一个系着蝴蝶结的天真烂漫的小女孩儿。这一大一小两个人面对面地站着，真情地相望着。然后他把干粮袋折叠整齐，轻轻地塞到陶怡的枕头底下。当他的手刚要离开陶怡的枕头时，突然听到陶怡那边发出一下极微弱的窒息般的哽咽声，忙抬头看去，但陶怡好像仍然在熟睡着，神情也相当安详，整个身子的姿态也没有发生任何变动。他正在怀疑刚才那一声哽咽是不是自己的幻听的时候，却看到，有两颗硕大的泪珠正从陶怡的眼角处慢慢往下淌出。

冯宁心里一阵酸热……他呆坐了一会儿，轻轻地从床头柜上撕下一块纸巾，又轻轻地去为陶怡拭去那眼角的泪水。不料，他这一举动，引发了陶怡更大的悲恸。她忙把脸往另一边躲去，忍不住地大声哭泣了起来。

第一百一十一章

桌上其他的塑像都拿走了，只剩下了那头拓荒牛。办公室里也没有其他的人，只有宋梓南自己。他坐在离塑像大约有四五米远的地方，面对着塑像，久久地打量着它。这时，小马悄悄走了进来。

“那个老庞来了。”小马轻声地报告道。

宋梓南忙收回视线：“让他进来。”

宋梓南在做通了主要方面的思想工作后，他没有过多地去具体干预办案的进程，但他一直密切地关注着庞耀祖这个案子的进展情况。今天找庞耀祖谈话，当然还有更重要的事情。

宋梓南问：“你们行长找你谈过了？”

庞耀祖应道：“谈过了，市委组织部的领导也跟我谈过了。”市委组织部找庞耀祖谈话，是在专案组跟他谈话以后的一个星期发生的事。

宋梓南说：“经国务院批准，我们要新成立一个商业银行。让你参加这个银行的筹备小组，负责筹备小组办公室的工作，是办公室的副主任？”

庞耀祖忙说：“是的，副主任，组织部的领导是这样向我宣布的。”

宋梓南淡淡一笑道：“那你已经是副处级干部了。”

庞耀祖说：“宋书记，我一直没告诉过您，我来深圳前，在内地，就已经是个副处级干部了。”

宋梓南问：“什么意思？”

庞耀祖忙说：“没什么意思。”

宋梓南问：“没什么意思，你跟我说这事干什么？嫌官小了？”

庞耀祖说：“要是计较官大小，我就不到深圳来了。我是在新园宾馆当普通会计时认识您的。在此以前，我在内地，已经领导过几十个会计了。”

宋梓南哈哈地笑道：“那又怎么样，这也成了你夸口的本钱了？我们许多老同志，奉命到深圳来任职以前就是副省级干部，来了以后，还是个副省级干部。辛辛苦苦拼杀多年，把特区建起来了，为了改革开放，冒了许多炮，上上下下得罪了许多人，也许到离岗退休时，可能仍然是一个副省级干部。”

庞耀祖说：“这情况我知道。”

宋梓南问：“你的意思，这一回应该直接把你拿到办公室主任的正处级位置上去？”

庞耀祖忙说：“不不不……不不不……我知道这个办公室目前还没有主任。我这个副主任在那儿实际负全责。我非常感谢组织上对我的充分信任和放手使用。”

宋梓南很不高兴地说：“那你跟我说那个干什么？”

庞耀祖说：“我只是说……只是说……我并不在乎级别的问题……”

宋梓南冷笑一下说："不在乎？假话吧？"

庞耀祖说："准确地说，也在乎，但也不在乎。我只是希望在咱们深圳能做成几件在内地暂时还不能做但又必须做的事。"

宋梓南点点头说："这么说，还像个真话嘛。"

庞耀祖说："书记对我们这个筹备领导小组的工作，有什么指示吗？"

宋梓南说："由一个城市来筹备成立一家商业银行，这在我们共和国的经济发展史上和金融史上，还是破天荒头一回。让我们深圳试点，这是我们的荣幸。但也事关重大，也可以说，事关改革开放的全局。这件事，只许成功，不许失败。下个星期国务院金融工作领导小组要来人见你们筹备小组的全体同志。说到有什么指示，第一听党中央的，听国务院的。到那天，我当然也会说一点市委市政府的想法，说一点我个人的想法，但以党中央、国务院的为准。今天叫你来，只是想还给你一样东西。"

庞耀祖忙问："还给我一样东西？"

宋梓南从抽屉里拿出两本书，往庞耀祖面前一扔。

庞耀祖拿起那两本书一看，原来还是当年他给宋梓南送的那两本书。一本是《制度经济学》，另一本是《政治与市场》。书已经翻看得相当陈旧了。书的字里行间，也画上了或红或蓝，或粗或细的杠杠。书页的空白处也写上了许多的批注，甚至还夹着不少小纸条。庞耀祖惊叹地看了看宋梓南："书记……这些……您……真看了？"

宋梓南嘿嘿一笑道："什么屁话？！"

庞耀祖忙说："其实，我自己都没有看得这么仔细……当时我只是觉得，这两本书还是值得一读的，尤其是我们开始要搞市场经济了……你们这些当领导的应该知道一些基本的经典理论。"

宋梓南说："以后，有什么值得一读的书，请不要忘了我。"

庞耀祖忙说："当然。当然。"

宋梓南稍稍沉吟了一下，淡淡地笑道："如果有朝一日，我不在位了，也请不要忘了哦！"

庞耀祖一愣，赶紧应道："那……那怎么会呢？"

这时候，小马接到市委秘书处尹处长的电话，让他马上到他那儿去一下。小马忙应了声："行，行。我去跟书记说一下，马上就来。"放下电话后，小马简单收拾了一下桌上的文件和东西，把该锁上的柜子一一锁上，然后去敲了敲宋梓南里间的门。听到宋梓南允许后，他便轻轻推门走了进去，对宋梓南说：“秘书处的尹处长让我马上到他那儿去一下。他说时间不会太长。”

宋梓南好像知道这么一回事似的，便马上允诺道：“好的，认真考虑一下秘书处那边的安排。知道不？”

小马答应后，回到自己的办公桌前，不知道为什么，某种预感让他忽然地有些不安和忐忑起来，一时间甚至有些手足无措了，默默地呆站了一会儿，这才匆匆走了出去。

小马走后，宋梓南把庞耀祖带到那尊拓荒牛的塑像前，问：“如果在市委市政府大楼门前，或者在市民中心广场上，立这样一尊塑像，你觉得怎么样？”

庞耀祖谨慎地答道：“已经决定了吧？那就应该是不错的……”

宋梓南回过头来打量了庞耀祖一眼道：“什么叫‘已经做了决定，那就应该是不错的’？”

庞耀祖犹豫了一下答道：“既然已经有了决定，我就没必要再说什么了……我们当然应该听市委、市政府的。”

宋梓南一愣，然后干笑了两声：“哈哈……哈哈……好一个称职的办公室副主任！”

庞耀祖听出了宋梓南话里反讽的味道，脸微微一红：“不是……不是……”

宋梓南不说话了，脸色一下有点阴沉下来。庞耀祖略略等待了一会儿，见宋梓南仍然不说什么，便略有些尴尬地问：“书记，还有事吗？”

宋梓南干干地说道：“没有了。没有了。”

庞耀祖忙起身：“那我就走了……”宋梓南没起身，只是做了个“有请”的手势，甚至都没有看一下庞耀祖。庞耀祖指着那两本书，问道：“这书……”宋梓南又做了个“请带走”的手势。庞耀祖拿上书，赶紧向外走去。但没等他走到门口，宋梓南却起身来送他了。

庞耀祖忙拦阻：“书记，您留步，留步。”

宋梓南没停下，还是把他送到门口。这时，小马已经回来了，却在秘书室的座位上呆坐着，看到宋梓南送庞耀祖出来，忙站了起来。等庞耀祖走出门，宋梓南回到里间，小马又心事重重地呆坐下了。过了一会儿，呼叫铃响了。小马好像没听到似的，仍然呆坐在那儿。

呼叫铃响了第二遍。他这才惊跳了起来，赶紧走到里间。宋梓南吩咐道：“通知潘教授，塑像已经定了，就搞这个拓荒牛。”

小马呆呆地说：“好的……”

宋梓南说了声：“就这样吧。”低下头去批阅文件去了。

小马仍呆呆地说：“好的……”

过了一小会儿，宋梓南发现小马没走，还呆站在那儿，便有些诧异地问：“你怎么了？”

小马眼圈一红：“尹处长通知我马上办理交接手续……”

宋梓南轻轻地叹了一声：“哦，正式跟你谈话了……你怎么表态的？”

小马眼眶湿润了。

宋梓南说：“你早些日子不是一直在说要跟我说点什么吗？”

小马忙抬起头说道：“我要说的就是，在您离开书记岗位前，我绝不离开这个秘书岗位。”

宋梓南问：“可能吗？”

小马忙说：“怎么不可能？”

宋梓南又问：“应该吗？”

小马不说话了。

宋梓南说：“我怎么可能在自己正式退下来前，不正经安排好你的出路？”

小马忙说：“这时候让一个新手到您身边工作……”

宋梓南立即做了一个手势，打断了小马的话：“我肯定要退了，现在重要的是你的未来。”

小马说：“我已经跟尹处长说了，只要组织上觉得我还胜任这个秘书工作，我希望能一直干下去……”

宋梓南立即厉声地说：“糊涂！”

小马不作声了。

宋梓南问：“他们把你分到哪儿了？”

小马说：“高科技园区物业管理公司。”

宋梓南问：“干啥？”

小马说：“公司副总经理。”

宋梓南问：“知道怎么当一个副总经理吗？”

小马摇摇头。

宋梓南说：“所以呀！你还得有个适应的过程，学习的过程，长见识和长本事的过程。能当好一个秘书，不等于能当好一个基层领导。晚走不如早走，懂吗？”

小马怯怯地说：“可是……”

宋梓南再一次打断了小马的话：“别再‘可是’了！”

宋梓南稍稍停顿了一下，语重心长地说道：“到新岗位上好好工作，不要丢了我们初创期那种革新的锐气。这可是我们深圳的特产啊！几年来，我们做错过一些事情，也有许多事情没能做得更好。但是我们曾经有过的这种锐气是最宝贵的。现在深圳像一个大城市了，给许多人创造了许多的机会，他们在深圳或者当了官，或者发了财。这当然都是很正常的事情，也是必然要发生的事情，也是未尝不可的事情。下一步，对某些深圳人来说，很可能最重要的已经不是继续革新了，而是怎么保住头上的这顶官帽，保住箱子里的那些金票、银票和股票。深圳有可能慢慢地变得跟内地极少数的某些城市一样，弥漫起一种惰性……不是不存在这种危险性的啊，小马。我希望你这个深圳人，创业者，到新的工作岗位上去了以后，不会丢了这一点锐气。当然也不要随随便便就忘了我这个老头儿。”说到这里，宋梓南也有些伤感了，淡淡地苦笑了一下，“会吗，到某一天，马总会忘掉我这个臭老头儿吗？”

小马的眼眶湿润了。

这时，电话铃响了，是秘书处尹处长打来的。

“小尹，怎么了？”宋梓南问。

“刚才跟马秘书谈了，他不愿离开您啊！”尹处长报告道，“我看，从工作出发，留他在您身边……”

宋梓南立即打断尹处长的话，一边看了一眼小马，一边厉声答道：“你看啥看？！他不愿离开就不离开了？告诉他，必须限时限刻到高科技园区去报到。今后，发展高科技，是我们深圳新发展、新希望所在。为研究和生产高科技的专家学者们服好务，是公务员的光荣任务。一个接受组织培养教育这么多年，在核心岗位上工作了这么多年的年轻同志，不服从组织决定，那还得了了？！”

第一百一十二章

金德昌正在高士达玩具厂本部大楼里召集高管们开会，集团董事长何振鸿匆匆走了进来。一见何先生来了，所有的高管都立即站了起来，恭恭敬敬地招呼道：“董事长，您来了？”

何振鸿问：“说事呢？”

金德昌一边给五叔让座，一边答道：“正在谈今年第一季度的销售情况哩。”

何振鸿沉吟了一下说道：“让他们都回避一下。我有点事要跟你说。”

金德昌犹豫着对在场的人说：“你们先去休息厅等着。”

那些高管们立即都走了。

何振鸿又对金德昌说道：“关上门。”

金德昌忙笑了笑，问：“什么事，那么神秘？”一边还是去把写字间的门关上了。

何振鸿这才问金德昌：“你把那个张弓藏到香港去了？”

金德昌一怔：“五叔，我……我……这……这怎么可能呢？”

何振鸿站了起来，用不容违抗的口气命令道：“我告诉你，三天之内，你给我把这个张弓叫回来。叫不回张弓，我立即中断集团跟你这个工厂的所有财务往来。”

金德昌忙说：“五叔，你听我说……”

但何振鸿根本不听他解释，立即转过身，向外走去了。

金德昌忙追了上去：“五叔，你听我说……”

何振鸿：“昨天政府方面派专案组的人到集团总部来找我了，你知道吗？！”

金德昌：“他们无非是在吓唬吓唬你罢了。想通过你来给我施加压力。你别过问这事。所有这一切跟你老人家没任何关系。你一推六二五就行了。他们还能把你怎么样？他们手里没有任何证据，你也确实没跟这些事发生过任何关联……”

何振鸿：“以后，我们还要不要在深圳办事？”

金德昌：“以后再说以后的，先把这一关过了再说。”

何振鸿：“你以为你过得了这一关吗？你到底让那个张弓办了些什么见不得人的事？”

金德昌：“什么见不得人？现在大陆做生意赚钱的人，不都在这么干吗？不拉人情关系，不走后门，不找靠山，你办得成事吗？你以为我愿意让张弓去做这种事？不这么做，我们能拿得到那块地吗？”

何振鸿：“地块是公开拍卖的……”

金德昌：“如果去参加公开拍卖来拿这块地，我们就得多花七千万港币！

我的五叔，七千万啊！”

何振鸿：“你这几年，在深圳赚了多少？”

金德昌不作声了。

何振鸿：“就算是走合法程序，通过拍卖，你多花了七千万，拿到这块地以后，你还能赚多少？恐怕不止这七千万吧？”

金德昌无语。

何振鸿：“你这后半辈子，老老实实合理合法地做生意，还能赚多少个七千万？你一定要拿自己的后半生做代价来省这七千万？”

金德昌：“我无非就是送了一点大礼罢了。他们不找收礼替我办事的人，光盯着我……”

何振鸿：“那个收了你的礼、替你办事的那个雷区长现在在哪儿？你不知道？”

金德昌不作声了。

何振鸿：“他已经被他们‘双规’了。你也害苦了这个姓雷的！”

金德昌：“事情都是张弓经办的。他不在，他们还能把我怎么了？”

何振鸿：“如果他们通过香港廉政公署和国际刑警组织，从香港把张弓抓回深圳，你觉得张弓会向他们说出一点什么有关你的情况来？”

金德昌：“有这可能吗？”

何振鸿：“德昌啊德昌，如果几年前，我们听信了台湾、香港和欧美某些报刊的言论，对大陆官员治理大陆的能力和决心还有所怀疑的话，那么，这几年下来，我们应该很清楚，大陆官方这方面的能力和决心是绝对不容我们怀疑的。”何振鸿说完后就走了。金德昌独自一人闷坐在老板椅上。他的女秘书走进来，小心翼翼地说道：“部门经理们还等着哩。”金德昌不动，也没回答，好似没听见似的。女秘书鼓起勇气催促道：“老板……”这一回，金德昌好像听到了，闷闷地说了句：“让他们先回去。”女秘书问：“可以告诉他们，什么时候再接着开吗？”金德昌恼火了，嗔责道：“你烦不烦啊？这个会什么时候可以开了，我会说话的！”

女秘书忙退了出去。这时，电话铃响了。金德昌不耐烦地拿起电话：“金德昌。哪位？”电话里传来何振鸿的声音：“是我。”金德昌忙谦恭下来：“哦，五叔……”何振鸿已经回到集团总部他自己的办公室里了。一路上，在车里他仔细地想了想，觉得有些话还是要跟德昌说清楚。为生意，为家族，为现在，为将来，他都得把该说的话跟他这个非常能干，但有时又有一点自以为是，思考也常常欠缜密，缺乏一点大局观的晚辈说说清楚。于是，一到办公室，他就马上打了这个电话：“我一直对你说，大陆有今天这个局面，我们香港人应该为之感到欣慰。从长远来说，背靠大陆，以大陆为经营的腹地，是我们香港生意人得天独厚的优势。就是从生意的眼光来看，我们也不能得罪了大陆官方，也要配合大陆发展好眼前这个改革局面。更不要说，作为一个中国人，对中国当代的进步做一点我们应该做的贡献，也是我们做人的福分和责任……这些话，你从来是听不进去的。”

金德昌叹道：“不是听不进去啊，我的五叔，你不清楚啊，交出张弓，麻烦多多啦……”

何振鸿说：“这个绳扣是你自己打上去的。现在，再麻烦也得由你自己去解！现在不解，有朝一日，等这个绳结变成套在你脖子上的一根绞索的时候，做什么事都晚了！”

金德昌犹豫了一下说：“实话跟你说……我在这件事情里，已经陷得很深了……”

何振鸿马上说道：“我告诉你，等他们把张弓从香港搞回来，再来找你，那就是另外一回事了。到那时候，你跑得了吗？你能丢下高士达那么大一个家产上哪儿去？如果你能主动采取行动，他们是有宽大政策的。”

金德昌长长地叹了一口气说：“当时是我让张弓跑的，现在又把他交出去，这不是太不仗义了吗？”

何振鸿有一点不耐烦了：“我说你脑子是不是进水了？怎么就跟你说不明白？深圳方面是一定要把这个案子办到底的。你自己琢磨吧，是主动交出张弓对你对高士达有利，还是等他们把张弓从香港抓回来，再来找你算账，对你对高士达有利？德昌啊，你一定要清醒，不管你交不交出张弓，他都是跑不掉的！”说着，“啪”的一声把电话挂断了。

第一百一十三章

陶怡终于要出院了。护士长问她："一会儿你先生来接你吗？"陶怡正在收拾自己的那点东西，听护士长提到"先生"，便略有点尴尬地答道："先生？哦……还不知道哩。"护士长笑道："男人就是这德行！他今天要不来接你，回去可不能轻饶了他！"陶怡不置可否地笑了笑。不一会儿，东西已经全收拾好了。陶怡略显得有些不安地坐等着。冯宁说要来接她，还要替她办出院手续。他会来吗？他来了，以后怎么办？真的就跟他走吗？就这样跟他走，他会瞧得起她吗？现在他说得挺好，以后，时间长久了，会慢慢地怨恨她、计较她、瞧不起她吗？越想，她越是不安，好几次她都想趁冯宁还没来之际，赶紧脱身。但没有出院手续，她是走不出这个病房门的。如果让护士长知道了，她怎么跟这位大嫂似的好护士解释呢？再说了，这么一走，以后真的就再不见冯宁了？正在左右为难之际，护士长欢快的叫声从门外传来了进来："陶怡，你先生来接你了。"

陶怡忙站起来。

走进病房的是护士长和冯宁。冯宁早就到医院了，在楼下收费窗口前结了账，替陶怡办了出院手续。冯宁拿起陶怡所有的东西："走。咱们回去。"陶怡浑身微微地战栗起来，都没敢正眼看一下冯宁，但还是不由自主地跟着冯宁往外走去。

上了车，冯宁默默地替坐在副驾驶座上的陶怡扣上安全带。陶怡依然不敢正眼看他，依然一声不响地坐着。替陶怡扣好安全带，冯宁看了陶怡一眼，轻轻地说道："咱们回家……"

陶怡没作声。

冯宁又说道："我把我妈和小妹都接来了。她们今天就到。我想，她们会喜欢你的。"

陶怡还是没作声，但眼泪却一下涌出，默默地呜咽起来。

冯宁的眼眶也湿润了，一把搂过陶怡，紧紧地拥抱着她，喃喃道："咱们回家……回家……"

第一百一十四章

新任的孙秘书早上八点左右就来报到了。小马跟他办完交接，说道：“要交代的，大概就这些了……还有这个柜子，都是存放书记练字用的笔墨纸砚。书记轻易不给人题词。所以，你千万别轻易答应别人的题词请求，特别是别答应那种题词，对方拟好了要提的词，让书记来照抄。书记最反感这种题法。写完字，一定要用清水把笔清洗透。这一点，书记特别计较。你也别老替他换新笔。对于自己用过的笔，特别是用顺手的笔，不到非得换的时候，他是不肯轻易丢弃的。就是用秃了，到了非换不可的时候，你也得经他允许才能换。而那些换下来的笔，也不能随便丢掉……”说着，小马从柜子深处取出一个扁扁的烙花山水木匣子，打开匣盖，匣子里全是大小不等的旧毛笔。“对这些他用过的笔，就像他身边用过的干部一样，书记都是非常有感情的……”说到这里，小马突然叹了一口气，若有所感地对这位新来的秘书苦笑了一下，“还有一点，也是要记住的，书记写字时，一般不喜欢喝浓烈的铁观音，喜欢喝口味比较清淡的绿茶，也不是绿茶中的毛尖和毛峰，而是绿茶中的碧螺春和龙井那一类的……当然，最好是当年的新茶。”

这时，宋梓南走了进来。

小马和那位新来的孙秘书都站了起来。

宋梓南问：“还没交接完？”

小马忙答道：“完了，已经完了。”

宋梓南对孙秘书说道：“你别听马秘书的。我这儿没那么多臭讲究，也没那么些麻烦事，替我守好电话，就行！”

孙秘书笑道：“那行，守电话我最在行。”

宋梓南也笑了，对小马说：“一会儿，你进来一下。”说着，就进里间去了。小马忙对孙秘书示意了一下，让他先别走，在这儿等他一会儿，跟着书记进了里间。

见小马进来了，宋梓南很客气地对他做了个手势，让他坐下。书记突然变得客气起来，让小马非常不习惯，也多少有一点不舒服，便迟疑了一下，才坐下。

宋梓南端起茶杯，小小地抿了一口，问：“为什么还不去新单位报到？”

小马不作声。

宋梓南：“问你哩！”

小马：“刚才我去找周副市长了。”

宋梓南：“干吗？”

小马：“我去向他报告，您这两天尿血了。”

宋梓南：“他怎么说？”

小马：“他非常吃惊，也非常气愤……他说他一会儿就来看您。”

原以为，听到自己这么说，书记会大发其火的。小马也准备接受这一场“晴空霹雳”般的轰击。他是想好了的，也豁出去了，反正要走了，无论如何也要把该他管的事管到最后一刻，再也不能让书记带病拼下去。但出乎小马意料的是，今天宋梓南却没有发火，不仅没有发火，还闷坐着完全不作声。宋梓南在这种让小马不知所措的气氛中，闷坐了一会儿后，只是苦笑笑，问道：“你非得把市里所有领导都惊动了，才满意？”

小马激动起来：“宋书记……”

宋梓南立即做了个手势，打断了小马的话。小马无奈地坐了下去。过了好大一会儿，宋梓南低下头，慢慢地摇了摇头，说道：“你不理解啊……”

小马再次激动起来：“可是……”

宋梓南再次做了个手势，制止了小马接着往下说：“你要走了，而我，很快要走了……我不想留下太多的遗憾给深圳……我没能把事情做得更好……我很想把事情做得更好一些，可是……我还是来不及做了……”说到这里，宋梓南的眼眶略略地有些湿润了。

小马呆呆地听着，一动也不敢动。

宋梓南抬起头长叹一声道：“我现在的心情，就像老狐狸驱赶小狐狸一样……希望小狐狸赶紧能独立生活，去创造他们自己的新天地……”

小马的眼眶也湿润了：“书记，您别这样说……”

宋梓南深情地看了小马一眼说道：“可是老狐狸自己也实在是干不动了。”

一时间，两个人都不说话了。

这时，周副市长走了进来。一进门，他几乎二话不说，就冲着宋梓南“下令”道：“你马上给我去北京，或者去上海……”

宋梓南忙说道：“老周……”

周副市长斩钉截铁地说：“别跟我说什么‘老周’‘小周’。马秘书，你暂时不去科技园区报到，马上陪宋书记去北京或上海……”

宋梓南忙说：“你这又是干啥呢，非得把小马牵扯上？！这头已经有孙秘书了嘛。”

周副市长说：“孙秘书不了解你身体情况，也不了解你日常起居习惯。”

宋梓南说：“小马现在是高科技园区一家公司的副总。你……”

周副市长说：“我一个市委副书记、常务副市长，还不能临时调动支配一个什么公司的副总？”

小马忙说：“当然可以！”

宋梓南说：“你这样做，不是就耽误人家小马在公司那边的工作了吗？”

周副市长说：“告诉你，我这是在执行市委常委的决定！也是为了让你更好地执行这个决定。”

宋梓南无奈地重复道：“孙秘书已经来了嘛……”

周副市长断然决然地说道：“不说了，这件事就这样定了。”转身对小马，“你马上去安排这件事。联系医院，确定行程，然后给我汇报。这件事，只听我的，我说了算。你只对我负责，我对常委会负责！”

小马高兴地说：“是！我只听您的。只对您负责！”说着，赶紧走了。

宋梓南忙叫道：“小马！小马！”

小马没理睬他，径直走了出去。

宋梓南无奈地说：“老周啊老周，你这么搞突然袭击不行啊。这等同于宫廷政变呐！”

周副市长忙摆摆手说道：“不说这件事了。你准备一下，动身。”

宋梓南无奈地说：“老周……”

周副市长说道：“你这人，一辈子就没学会听话！对你有利不利的都不听！那怎么行？”

宋梓南只好不作声了。

停顿了一会儿，周副市长又说道：“另外还要向你汇报一件事。”

宋梓南苦笑着：“你还用得着跟我汇报呢？”

周副市长笑道：“你以为我真的要搞宫廷政变呢，书记同志？！刚才，我接到庞耀祖的一个电话……”

宋梓南笑道：“这小子又活跃起来了？”

周副市长说：“他是替那个冯宁找的我。冯宁的公司股份制以后，发展很快，重点放在了军民两用电子产品的开发研制和生产上。前两天，有一个从美国回来的年轻人找到他门上，说是要加盟他的公司。这小伙子把自己吹得挺厉害，说他是普林斯顿大学的博士生、贝尔实验室的博士后，还是好几项顶级电子仪器的发明人和专利拥有者，等等，让人很难相信他说的都是真话，冯宁公司负责接待他的人就多少有点冷落了他。结果发函到美国去一调查，这小子还真有这样的学术背景和发明背景。”

宋梓南立即感兴趣了：“哦？”

周副市长说道：“可是再去找，人家已经生气了，怎么说也不愿意再见我们的人。”

宋梓南忙说：“继续去敲门，跟人诚恳地赔礼道歉！三顾茅庐啊，毕竟是咱们冷落了人家嘛！”

周副市长说：“冯宁自己都上门去过了。人家还是不见。冯宁没辙了，想请市里去个领导，出面做做工作。”

宋梓南立即说：“去，只要能把这样的人留在深圳，让谁出面都行！”

当天晚上，周副市长就带着市科技办的两个同志，和冯宁一起去见那个“普林斯顿大学的博士生、贝尔实验室的博士后”了。在冯宁的指引下，他们乘坐的那辆大奥迪车缓缓驰进市内一条老街巷里。街巷特别窄，黑壳子的大排量轿车小心翼翼地以极慢的速度在这条街巷里爬行、蠕动，就像是生怕一不留神就会碰碎了什么珍奇古玩似的。街巷两旁耸立着一幢幢我们在前边已经介绍过的那种“深圳特产”握手楼。握手楼的底层是一家家各式各样的小吃店和小杂货铺，人来人往，热闹非凡。非常熟悉这场景的周副市长却心生疑惑了。坐在后座上的他一边不断向车窗外探望着，一边问坐在副驾驶座上的冯宁：“你没搞错吧？这位海归博士、贝尔实验室的高才生，确实住在这儿？”

冯宁肯定地答道：“没错，我们来过。他自己在深圳没房子，来以后，暂住在他一个远房叔叔家。”

周副市长问：“他这位远房叔叔在深圳是干什么的？”

冯宁说：“好像是卖炒粉的吧……”

这时，车行驶到一家炒粉店的门前了。冯宁忙说：“就是这儿了。”车停下了。周副市长最后又左顾右盼了一下，笑着问道："真没弄错？"冯宁说："除非他自己说了假话。我有他亲笔留的地址。"说着掏出一张写有地址的纸条递给周副市长。周副市长接过那张纸条，对照着检查起这巷名和楼号。还真没错，这位拥有多项发明专利的"普林斯顿大学的博士生、贝尔实验室的博士后"，还真就住在这小街陋巷里。

又前进了几十米，这大排量的车再也动弹不了了。这一行人只得下车步行。

这幢"握手楼"里居然还有电梯。这让周副市长一行人喜出望外。电梯间里灯光昏暗，电梯老旧，运行过程中，它总在发出嘎吱嘎吱的声响。每停一次，都会猛地向上冲击一下，似乎用这种方式来勇猛地宣示自己的"顽强"。

终于到了那位博士后住的楼层，也终于到了他住的那个单元门前。这是个极其普通的单元门。防盗门上还贴着广东一带民间常见的春节年画，但由于是隔年的旧年画，不仅颜色暗淡，而且也多有破损了。这时，冯宁回过头来看看周副市长，提醒道："这位邝先生年纪不大，可有点狂傲不羁，周市长，您得有点思想准备。"

周副市长微笑着做了个"请敲门"的手势。

冯宁举起手刚想敲门，突然从门里传出一阵悦耳动听的吉他弹奏声。弹的好像是门德尔松的《无言之歌》。在连续的三联音后，那舒缓平静高雅的旋律缓缓地像一条清澈见底的小溪似的，在门外那幽暗杂乱的楼道里流淌着。也许因为他弹得非常好，周副市长不忍心打断他，忙又做了个手势，不让冯宁去敲门，就这么静静地等待着。但不知什么原因，吉他的主人并没有把整首曲子弹奏完，大约弹了七八小节后，突然停下了。

这时，周副市长才示意冯宁去敲门。来开门的是一个干瘦干瘦的中年人。经介绍，他就是那个年轻的博士后的远房叔叔。进得屋去一看，这是一个两室一厅的房子。因为是老式的格局，兼作客厅餐厅和门厅使用的过厅，非常罕小。（那时候，人们都希望把卧室做得大一点，和后来多数人希望把自己的住房做成大客厅、小卧室的想法正相反。）客厅里一下子进来这么些客人，大部分人就只有站着了。

那个电子奇才叫邝世浩，是个三十岁左右的年轻人，个子矮小，脸色苍白，头发凌乱，戴着一副高度眼镜，穿着一身中式裤褂和老头儿布鞋，手里拿着一把电吉他。

邝世浩的远房叔叔端来几杯茶。周副市长的秘书端起其中的一杯，给周副市长。邝世浩却一下从周副市长手里夺下那杯茶，很不高兴地对远房叔叔说："Uncle（叔叔），我跟你说过多少遍了，你这种已经反复用过一千次的杯子，又没有严格消过毒，无论如何也不能用来招待客人。"然后他转过身对周副市长说道，"我建议你们不要喝这杯子里的茶水。你们完全可以回去以后再解决口渴的问题。因为Uncle这儿完全不具备招待客人的条件……"

冯宁忙介绍道："邝先生，这位是我们深圳市的常务副市长周副市长……"

邝世浩瞟了一眼周副市长，然后对冯宁说："冯先生，我那天已经把话说得非常明白了，不管你们派谁来谈，我的条件是不会降低的。我必须占未来这个公司的百分之五十一的股份。我必须控股。我之所以要控股，主要是因为我对你们中国大陆、大陆人办事，很不放心……"

回去的路上，车里几乎所有的人都对这个"邝世浩"先生，愤愤不平："太狂了嘛，不就在外面吃了几年洋面包吗？一口一个'你们大陆人''你们中国人'。我真想上去狠狠扇他几个耳光！""一张嘴就要百分之五十一的股份，凭什么？深圳也不是没见过普林斯顿、哈佛、耶鲁回来的高才生。上一回我们接待从硅谷来的一个华裔科学家访问团，一多半都是普林斯顿、哈佛、耶鲁毕业的，也没见有人像他这样！"但不管大家怎么议论，周副市长却一直没作声。回到机关，他立即把情况去向宋梓南做了汇报。他知道宋梓南非常看重这个"电子奇才"。

宋梓南听了周副市长的汇报，嗒然一笑道："这年轻人真还有点狂。"

周副市长感叹道："你没在现场，在现场的感觉更强烈。这年轻人确实很狂。太狂了。"

宋梓南不作声了。

周副市长长长地叹一口气："从他递给我们的个人档案资料看，这家伙的确是一个电脑软件和电子技术方面的天才……而且，吉他也弹得相当不错。"

宋梓南默默地笑笑："这么一个狂人居然还专门去找过冯宁？"

周副市长说道："是，他说他只希望和民营企业家合作。他很钦佩冯宁。"

宋梓南问："那他还要控股？！"

周副市长说："冯宁说，只要政策允许，他愿意让他控股百分之五十一。问题是他公司还有军用的那部分……"

宋梓南立即说："那倒好办，只要把军用的那一部分单列出来，另外成立一个公司就行了。这事没那么复杂。”

周副市长问：“你觉得这事可以办？”

宋梓南说：“让我再想想……”

到晚上，孙秘书匆匆走进来报告道：“宋书记，余董事长来了。”

宋梓南正在看周副市长带回来的关于邝世浩的人事背景材料，一时没转过弯来，便问：“哪个余董事长？”

孙秘书答道：“蛇口的余董事长。”

宋梓南忙放下手里的材料，说：“哦？快请他进来。”说着，自己也起身迎了出去，“余大个子，余大嗓门儿。稀客。”

余涛用力地握着宋梓南的手问道：“听说你身体不好？”

宋梓南笑道：“这真叫好事不出门，坏事传千里。你看我像身体不好吗？”

余涛说道：“别跟我装了。这一套，我玩得比你好！”

宋梓南大笑起来：“那是，那是……”

余涛劝道：“书记同志，不服老是不行的。不认真对待自然发展规律，也是不行的。”

宋梓南立即反驳道：“你还比我大两岁哩！”

余涛说：“可我比你活得潇洒轻松！”

宋梓南问：“听说你最近去了欧洲一趟？”

余涛说：“是啊，专程去了趟欧洲，考察了几个港口，鹿特丹、阿姆斯特丹、哥本哈根和布莱梅……颇有点感触。咱们要发展对外型经济，一定要加速港口建设。深圳在这方面有得天独厚的自然条件。过两天，找个时间，我给书记同志好好汇报一下我这方面的心得体会。”

宋梓南忙说：“好啊，你来给我们市委和市政府机关的干部讲一课吧。我安排一下。”

余涛立即说：“不不不，是汇报，绝对不是‘讲课’。你要说讲课，我就不说了。”

宋梓南说：“哎，你这个余大个儿，你可以给中央领导讲，可以给全国人大代表、全国政协委员和许多兄弟省市的领导讲，还可以给全国许多大中城市的市长、书记当顾问，怎么就不能给咱自己家里的人讲一讲，来顾一顾，问一问呢？”

余涛说：“这不一样啊，我的书记同志，现在这样，已经有不少说法了，说我余某人身在深圳地面上，不服深圳管啊！”

宋梓南笑道：“一样啊，余涛同志，说我宋某人不服这个管，不服那个管的议论还少吗？”

第一百一十五章

这时，为了确保能把宋梓南动员到北京或上海去做检查治疗，小马建议，从广州“搬”救兵，把块块和大康叫来。在得到周副市长的同意后，小马立即和块块大康兄妹通了电话。第二天，冒着从太平洋上袭来的今年第六号台风，大康驾着车和块块赶到了深圳。在深圳市中心，有一个小区的房子是专门供市委市政府领导居住的。那里，既没有独幢的别墅，也没有独门独户的小院，只是两幢很普通的七八层高的公寓楼。和别的居民小区唯一有所区别的，可能是这儿的绿地面积更大一些，小区大门口有武警战士警卫，还有一个传达室。当大康的车子缓缓驰近小区大门口时，小马早就在传达室里等候着了。一见面，大康就迫不及待地问道：“定下是让我爸去北京，还是去上海做检查了吗？”

小马答道：“初步意见是去北京，最后还得宋书记本人确认一下。”

块块说：“别再问他了。你要问他，他肯定是哪儿都不想去。”

小马说道：“可是，不经他确认，这事情就肯定办不成。你父亲的脾气，你们还不清楚吗？”在屋里稍稍歇了一会儿，小马又把兄妹俩带到周副市长办公室。市里好几个领导闻讯也都赶过来看望这兄妹俩。周副市长对这兄妹俩说：“这回希望你俩也做一点努力，动员你们的爸爸去北京、上海彻彻底底做一回检查。”

块块说：“不行，就得跟他来硬的了。”

常副市长笑道：“怎么跟他来硬的？”

块块说：“跟他耍赖呗。”

周副市长和常副市长笑着摇摇头：“耍赖？那恐怕不行吧？”

大康说道：“我爸最怕我妹妹耍赖了。”

常副市长说道：“那就试试吧。我担心，这一回，恐怕闺女耍赖也劝不走他了。”

大康、块块忙问："为什么？"

常副市长说："他跟我说过好几回了，不把这次经济结构调整搞好，他绝不离开深圳一步。他说他绝对不留下重大遗憾给自己的继任者。"

块块说："真是个老小孩儿！让不让你留下遗憾，这是你自己能决定得了的事情吗？说不定什么时候上头来一个调令、免职令，你能赖着不走？"

周副市长想了想说道："实在不行，让省委领导出面说话吧；再不行，找谷牧副总理。他听谷牧副总理的。"

这时，电话铃响了起来。是冯宁打来的，说他刚才又去邝世浩家了，没见着人，单元门紧闭着，怎么敲也敲不开。"听他一个邻居说，这个邝世浩和他的远房叔叔好像是出远门了。很奇怪，上午我还来了一趟，还见到他了。可刚才再去，就都不见了。"

周副市长忙问："好像是出远门？知道去哪儿了吗？"

冯宁在电话里答道："听说是去上海了。"

周副市长一怔："去上海了？能确认？"

冯宁说："邻居是这么说的。"

周副市长立即把这个动态报告给了宋梓南。宋梓南忙问："能肯定是去上海了？"周副市长说道："刚才我让市科技办的同志通知机场有关方面查了一下旅客名册，他们确实去了上海。"

宋梓南忧虑道："去上海了……如果他是转向上海去找落脚地的话，那就很难办了。上海市委、市政府这些年在招聘人才安置国内外专家学者方面的工作，一直做得非常好。上海的同志对待他一定会比我们热情，在这方面，他们更有经验。"

常副市长说："不过，这小子也不一定是去上海找落脚地了。据科技办的老孟说，听他的邻居介绍，他们在上海还有亲戚，也有可能只是去探亲访友去了……"

宋梓南说道："但愿吧，但事情不会那么简单。"然后又赶紧问道，"能找到他们在上海的那个亲戚家的地址吗？"

周副市长说："如果一定要找，还是有办法找得到的。"

宋梓南沉吟了一会儿。

周副市长忙问："你还有什么高招？"

宋梓南反问："你有什么高招？"

周副市长说：“听说，他去上海以后，还有可能去杭州和大连考察。”

宋梓南断然说道：“不能让他再这么四处乱转了。”

周副市长说：“我也是这么想的。老宋，我去一趟上海，就是大海捞针也设法找到他，然后再跟他好好地谈一谈。”

宋梓南不作声。

周副市长迟疑地问：“你觉得由我这个常务副市长亲自出马，规格有点高了？显得我们有点迫不及待了？”

常副市长说：“那我去吧。”

宋梓南又想了想，说道：“你们俩谁也别去。”

常副市长忙说：“那你看谁去合适？”

宋梓南说：“你们俩最近都挺忙，我看还是找一个病号去吧。反正所有的人都吵吵着非要他去治病，他也干不了什么太大的事了。就让他去，再说这个病号现在还顶着深圳市委、市政府一把手的大帽子，出去招工，也挺能唬人的。”

常副市长有些意外地说：“你去？”

周副市长忙说：“你亲自去，没那个必要吧？出动一把手……不至于吧！”

宋梓南笑了笑说：“为什么？”

常副市长笑道：“深圳的一把手，亲自追到上海去，万一传出去，总好像不太好听。”

宋梓南问：“丢我这个副省级干部的脸面了？”

常副市长忙说：“那倒也不是。”

周副市长沉吟道：“你以市委书记兼市长的身份，去亲自挽留他，这个分量当然是任何人都没法比拟的。我考虑，这个狂妄的年轻人到了上海万一看花了眼，又看到我们方面去人追到上海去挽留他，他可能会提出更苛刻的条件。到那时候，对那些更为苛刻的条件也许真的只有你才能当场拍板是否可以答应。不过……”

宋梓南问：“还有什么要犹豫的？”

周副市长想了想，接着说道：“不过，你能到上海一起把身体检查了，这倒也是个一举两得的好事。”

常副市长说：“让市委秦秘书长跟着去，监督着把检查身体的事情一起办了。”

宋梓南笑道：“那你们还不如派两个法警押送我去算了！”

周副市长一下兴奋起来："就这样定了。我马上让他们通知驻上海办事处……"

宋梓南忙说："别！千万别惊动上海方面任何人。也不要给我们驻上海办事处通报什么。让科技办派一个掌握情况的同志跟我一起去，到上海带个路就行了。再加上孙秘书，这就不少人了。我们此行，只能悄悄地去，悄悄地回。别让媒体给爆料了，闹得沸沸扬扬，让上海方面的同志知道了，就不好了。关键是只要在上海能见到那个邝先生就行，越是低调越是好。"

周副市长说："不过，你一定要保证，到上海同时把病给查了。"

宋梓南犹豫了一下说："这个保证嘛……"

周副市长断然说道："别'嘛'。你要对着亭云大姐的遗像保证！"

宋梓南一战栗，脸上的笑容顿时敛去，说话的声音也马上低沉了下去："别把话说得那么沉重……我到上海一定去看病就是了……"

晚上，由大康开车，他们到大康一个同学开的餐馆吃了顿西餐。回到家，块块便忙着替父亲准备行装："这是消炎药，一天三次，每次两片。这是六味地黄丸，一天两次，每次二十粒。这是肾气右归丸，一天两次，每次一丸……"

大康在一旁也捎带着帮忙，劝慰道："爸，您对自己的病，不用过分紧张，我问过大夫，血尿的原因也是多种多样的，损伤、炎症、结核、结石等，或者由于邻近的器官疾病涉及泌尿系统，也有可能造成血尿。只有少部分是由全身性疾病引起的，比如血液病……只要及早查明原因，对症治疗，是完全可以治好的。"

宋梓南似乎并没有很用心地在听儿女们的叮嘱。他看到块块整理行装时的一举一动，以及悉心叮嘱的语调，太像亭云年轻时的模样，他心里一阵阵酸涩和绞痛，但又不能说出来。

块块发现父亲走神了，便嗔责道："爸，你用心听着嘛！到上海，别吃错药了！"

宋梓南忽然叫了声："等一等……等一等……"

块块直起腰，问道："又怎么了？"

宋梓南应道："我总觉得还有件什么特别重要的事忘了交代给周副市长了……"

大康忙劝道："别想了。你肯定还有一百件一千件事没交代完哩。你就是再交代一辈子两辈子，也是没法交代完的！”

宋梓南突然大吼了一声：“别吵！”

块块和大康吓得一愣。

宋梓南不安地说道：“我确实还有一件特别重要的事……一时间想不起来了……刚才还在脑子里闪过……”

块块和大康不敢再作声了，乖乖地低头只做他们的事，留出一份安静，让父亲去追索刚从脑海里闪过的那思虑。

宋梓南呆呆地坐了下来，认真地想着。突然间，他站了起来，走到电话机旁。拿起电话，拨了个号：“老周吗？我想起来了，差一点都给忘了，你千万别给忘了。一定要安排一个合适的人，护送长辛去国外做好这个手术！让他的夫人小莫也陪着去！”

第二天一大早，送宋梓南去广州机场的车就到了。宋梓南匆匆走下楼时，小马立即上前替他打开车门。宋梓南上车后，小马也紧跟着上了车。宋梓南问：“你上车干什么？孙秘书呢？”

小马说：“块块和大康都说，孙秘书初来乍到，还不太了解您的生活起居习惯，他们希望您这一回去上海，还由我跟着，便于一路上照顾您。”

宋梓南立刻嗔责道：“胡闹嘛！你是我私人雇的贴身侍从？还是旧军队里的马弁？啊？你是国家干部，是新任的科技园区物业公司副总经理。你现在的任务是什么？”

小马忙说：“块块和大康说……”

宋梓南说：“块块和大康他俩是市委组织部长？还是你们公司的总经理？他俩有什么权力支使你干这干那？去，叫孙秘书来！”

小马倔强地坐着不动。宋梓南二话不说，就下车去了。小马一看这事要闹大，赶紧拉住宋梓南，说：“我去叫孙秘书。您别生气了。”

等把孙秘书叫来，宋梓南再也没说什么，只是不再理睬小马和在车外站着的块块和大康。一直等车要开了，他才摇下车窗，对块块和大康说了声：“你们也赶快回广州去忙你们自己的事。到了上海，我会给你们打电话的。”

宋梓南的车走了没多大一会儿，坐在副驾驶座上的孙秘书突然回过头来对宋梓南说：“宋书记，好像有一辆警车在追我们……”

宋梓南忙回头去看。果不其然，车后不远处有一辆警车快速地向他们靠近。宋梓南忙叫了声：“停车。”宋梓南的车立即靠在马路边，慢慢停下了。那辆警车很快也贴了过来，并在他们车后停了下来。从那警车里下来一位警官，走到宋梓南车跟前，向宋梓南敬了个礼。

警官说道：“宋书记，我们是市局五处的，也就是市局拘留所的。有一点急事要向您报告……”

孙秘书立即下车：“我是宋书记的秘书，有什么事？”

警官说：“对不起，我们必须直接向宋书记报告这件事。”

孙秘书说：“你们这样直接找书记，而且半道拦车，不仅不礼貌，而且违规。”

警官说：“实在对不起……事情非常紧急……我们知道这样直接上路上来拦宋书记的车，可能是违规的，也非常不礼貌，但的确没有办法。”

这时，宋梓南已经下车来了：“什么事？快说。”

警官说：“宋书记知道雷半伍吧？”

宋梓南说：“知道。怎么了，他？”

警官说：“他今天天亮前自杀未遂，现在还没有脱离生命危险，时而昏迷，时而清醒。清醒的时候，他一再请求要见您一面，他还有话要跟您说。”宋梓南一惊，问清情况后，得知专案组已经把雷半伍送到医院抢救，便立即命令车子掉头向医院驰去。

等宋梓南赶到医院的抢救室，市局的黄局长也刚赶来，向宋梓南敬了个礼，十分抱歉地解释道：“我们也是刚得到报告，没想到他们会这么不懂事，直接去找您了。”

宋梓南忙问：“雷半伍情况怎么样？”

黄局长说：“又昏迷了。”

宋梓南快速走到雷半伍病床边，只见雷半伍戴着氧气面罩，喉头部位被血染的绷带裹得严严实实的，身上插满了各种各样的输液针管。“他还会苏醒吗？”宋梓南问。

“现在很难说。”大夫答道。

“要尽力抢救，不惜一切代价抢救。”宋梓南吩咐道，然后又转过身来对黄局长说，“这里是不是还应该采取一点什么警卫措施，以防范新的意外事件发生？”

黄局长说：“好的，我马上去安排。”

这时，一个民警走过来，把一份笔录呈递宋梓南：“这是一个小时前，雷半伍在一次清醒时，说的话。他可能担心我们不会让他再见您，要求我们记录下来，转交给您。”

宋梓南打开笔录。笔录上写道：“宋书记，我知道我现在说什么，您都不会相信了。但是，我真的知道，我错了。我对不起您，对不起我过去的那些老领导、老同事，对不起深圳市的老百姓。曾经的光荣和梦想，全毁了，全毁在我一时的贪婪和冲动中。现在我只能说，该交代的我全交代了，我说的都是实话。我接受党和人民对我灵魂的审判。最后有一个请求，这两年，妻子一直和我分开过着的。她是一个很恬静的人，不习惯在政治的和各种各样的漩涡中心生活，也不是个任劳任怨的好母亲。这几年，女儿一直跟着我过。所以，我走后，请别把我女儿送到她身边去，更别把她送孤儿院，也别把她送回我老家去。请求您把她留在深圳，让她在深圳这个她爸爸妈妈艰难创业、艰难玉成却又自己把自己毁灭了的地方学习成长，做一个真正有用的人……她喜欢深圳、热爱深圳，让她留在深圳做一个真正的深圳人。”

看到这里，宋梓南的眼圈红了。

孙秘书悄悄走过来说：“宋书记，我们该走了。”

宋梓南不动。

等了一会儿，孙秘书又上前低声说道：“要不就赶不上飞上海的航班了。”

这时，监视器突然鸣叫起来。监视器上，表示雷半伍心脏搏动的图形刹那间变成了一条直线。大夫护士立即一拥而上，采取各种措施进行抢救。不大一会儿，监视器上的图形线又规律地跳动起伏起来。大家似乎松了一口气。黄局长上前劝道：“书记，您走吧。这儿有我们哩。”

宋梓南在雷半伍病床边又默站了一会儿，抬起头问大夫：“他现在还能听得到别人说话吗？”

大夫说：“应该是听不到了，而且……”

宋梓南没再听大夫的判断，径直走到病床边，对雷半伍说道：“雷半伍……雷半伍……我是宋梓南……你能听到吗？”

雷半伍完全没有反应。

宋梓南说道：“你不是要见我吗？我来了……”

雷半伍的眼皮突然有一点微微的颤动。大夫和护士立即过来调整了输液的给药量，又采取了一些别的措施。宋梓南在雷半伍前坐了下来，弯腰贴近雷半伍，说道：“如果你能听到我说的话，那么，你给我记住，你没有权利这样对待自己的生命。你还年轻，你还有重新站起来的可能。所以，你一定要坚持住，你要给自己争取这样的机会，用实际行动向党向人民表明，你确实知道错了，你是有本事有决心站起来重新起步的，你必须向所有的人证明这一点！懂吗？你得证明自己是一条好汉，懂吗？！！！”

宋梓南刚说到这儿，监视器却再一次尖厉地鸣叫起来。所有人都把目光投向了监视器。监视器上心跳的示意线再次变成了一条直线。大夫护士再次投入了紧张的抢救。但这条线再也没有波动起来。大夫、护士无奈地看了看公安局局长和宋梓南，等着他们发出停止抢救的指示。

黄局长看了看宋梓南说道：“宋书记，您走吧，剩下的事情我们来处理。”

宋梓南没作声，走过去最后看了一眼雷半伍，默默地站了一会儿，这才慢慢往外走去。走出抢救室，他看到走廊里站着一个十四五岁的女孩儿。有人低声地向宋梓南介绍道：“这是雷区长的女儿。”

他慢慢走到雷半伍的女儿面前。

雷半伍的女儿抽泣着叫了声：“宋书记。”

宋梓南搂着雷半伍的女儿，说道：“叫爷爷。”

雷半伍的女儿哽咽着叫了声：“宋爷爷。”

宋梓南抑制住从心底涌上来的悲痛，再一次更正道：“叫爷爷。”

雷半伍的女儿叫了声：“爷爷。”

宋梓南这时紧紧地搂着雷半伍的女儿，微微地颤抖起来，眼眶顿时也湿润了。

第一百一十六章

宋梓南乘坐的出租车驶进上海一条弄堂。弄堂两旁耸立着的都是20世纪三四十年代建的“新式里弄房子”。窄小的院墙里伸出高大的夹竹桃和玉兰树枝。现在不是夹竹桃、玉兰花盛开的季节，但它们的枝叶依然茂盛，高高地耸起在灰暗陈旧的拉毛式的水泥墙头上方，给这些颇有些年头的建筑群带来勃然生气。

按响门铃后，脱漆的木门后响起了一下清脆的应答声：“来嘞——”来开门的是一个三四十岁的中年女子，穿着质朴而不失典雅，一看门外站着几个陌生的男子，便操着不太顺口的普通话问：“你们是……”

科技办的老孟答道：“我们是深圳来的。这位是我们深圳市委书记兼市长宋梓南先生。宋书记是专程来看望邝世浩先生的。他是住在您这儿吗？”

中年女子忙以南方知识女子得体的热情答道：“哦，是宋书记呀，听世浩说过的，听他说过的。请进，快请进，世浩在楼上，快请进。”说罢，又转过身去冲着楼上，用上海话叫了一声，“世浩，客人来哉！”

宋梓南等人走进客厅时，邝世浩还没从楼上下来。过了不大一会儿，他才急匆匆从楼上跑了下来，头发还是那么零乱，上身穿着件很高档的洋红色羊绒衫，下边穿着条旧牛仔裤，脚上还趿着拖鞋。和上次见到他的时候不同的是，这一回手里没有拿着他那把心爱的吉他，但还是拿着别的东西——一本印制精美的某企业书面介绍材料。见到宋梓南，他把手中的那本材料往沙发上一扔，忙迎上前，握住宋梓南的手说：“宋书记，劳您大驾啊，不好意思。”

宋梓南笑道：“他们告诉我，这位年轻的大学者、大发明家高傲至极，目中无人。我看不是这样的嘛，也还是会说几句客套话的嘛。”

邝世浩脸微红：“他们言过其实，完全言过其实。哦，宋书记，我这儿还有两位深圳来的客人，您见见？他们说他们都是您的好朋友。”

宋梓南笑道：“是吗？也是深圳来的？那好啊，见见，见见。”

这时，冯宁和尤妮从楼上走了下来。

宋梓南笑了：“哦，冯宁先生啊！”

冯宁、尤妮恭敬地说：“宋书记，您好。”

那个中年女子忙说：“坐，大家坐。听说宋书记是个老茶客，尤其喜欢喝江浙一带的龙井和碧螺春。”

宋梓南笑道：“无所谓的啦，入乡随俗，客随主便。”

冯宁说：“宋书记，您和邝先生谈，我们就先告辞了。”

邝世浩忙说：“我和宋书记之间不会有什么见不得人的事。大家一起聊聊，也没什么。”

冯宁忙摆摆手：“不不不……不方便的……我们告辞了。你们聊，你们聊。”

宋梓南微笑着对冯宁略略挥了挥手，没有显示挽留的意思。冯宁和尤妮便走了。冯宁一边往外走，一边暗暗地对老孟使了个眼色。老孟自然会意，忙对宋梓南说：“我去送送冯先生。”

待走到后门外的弄堂里，冯宁低声地问老孟：“书记是来劝聘邝先生的吧？”

老孟反问道：“你们呢？”

尤妮笑道：“同一个念想啦！”

老孟忙问："你们谈得怎么样？"

冯宁说："在这儿不便多说。有个情况，请在方便的时候转告书记，邝先生已经和上海方面的有关部门联络过了。"

老孟一惊："哦？那么快？"

冯宁说："据说，上海方面非常热情。"

老孟说："那是预料之中的。邝先生的态度呢？"

冯宁说："他对深圳还是抱着相当的期望的。虽然上海各方面的条件都相当的不错，但他还是对经济特区抱有更大的期望。"

老孟宽慰地："那就好……"

冯宁说："但关键，还得看宋书记这最后一锤子买卖怎么样了。"

在客厅里，谈话正在进行中。

邝世浩说："宋书记，我年轻，俗话说，少不更事……"

宋梓南说："不，话不能那么说，中国有句名言，自古英雄出少年。况且，年轻不是我们判断一个人的唯一标准。"

邝世浩说："我想告诉宋先生的是，我可能会说一些冒犯先生的话，您不要在意。我觉得，我们既然是要做事、要谋业，唯有开诚布公才是唯一的坦途。"

宋梓南说："我喜欢这样的年轻人。"

邝世浩说："请宋先生不要把我当年轻人看，我们是合作方。"

宋梓南淡然一笑说："说得好，我收回刚才那句话。我赞赏这样的合作者，也期盼这样的合作者。"

邝世浩说："宋先生以一地一市最高领导人的身份，亲自赶到上海来找我谈合作的事，让我非常感动。"

宋梓南说："邝先生，我们不是说好，不再说客套话的吗？"

邝世浩说："这是真心话。虽然我在国外求学就业多年，但大陆的情况我还是知道一些的。我们多年沿袭的官本位制，让我们一些官员僚气十足，总是居高临下，很难平等视人，更难以放下架子来与人坦诚谋事。宋先生的举动，让我深深感受到深圳特区的与众不同，更让我看到，改革开放政策确确实实在改变我们这个古老的中国和中国人，甚至也在改变你们许多官员的习气。"

宋梓南说："我们有的同志不同样冷落了邝先生你吗？在施政过程中，我们还有许多不完善的地方。我是专程来道歉的。"

邝世浩立即做了个手势，表示不必再说这件事了："即便如此，我还是有几个问题，要直截了当地请教宋先生。”

宋梓南说：“请说。”

邝世浩说：“如果我的公司落户深圳，我能自由地选择合作对象吗？”

宋梓南说：“我敢保证，你有充分的自由，选择你的合作对象。”

邝世浩又问：“党政机构会对我们公司今后的经营发展做何种干预？”

宋梓南说：“在遵守中国法律的前提下，党政机构不会对你们的公司做任何干预。只要合法经营，你们有充分的自由去操作自己的公司。这一点，你的新朋友冯宁先生可以用他自己的经历来为我说的这些话做证。”

邝世浩说：“但是，大陆至今还没有一部《公司法》颁布执行。我怎么能相信，宋先生这一番话，是有法律保证的？”

宋梓南说：“这的确是件遗憾的事，要不我想我们也不用费那么些口舌了。但我要很高兴地告诉邝先生的是，我们全国人大正在紧锣密鼓地为出台这样一部法律而工作着。据我所知，初稿已经起草完毕，并在广泛征求意见之中。”

邝世浩说：“我要问的不是你们对此是不是已经有所动作，而是在它还没有出台前，您说的这一切，应该看作是没有任何法律保证的。也可以说，目前的大陆还是处于人治的可怕情况下。”

宋梓南说：“我能不能纠正你的一个说法？”

邝世浩说：“请。”

宋梓南说：“国内目前的状况的确不能说十全十美，但是我想邝先生还是可以感受到，从1978年我们党召开了十一届三中全会以后，中国这条航船已经走上了法治的航道，但你不能要求，一个十三亿人的古老大国在短短几年内就能把所有应该做的事情都办完善了。十三亿人啊，尊敬的邝先生，它是美国人口的六倍，是英国人口的三十倍，是德国人口的二十五倍。更何况它百分之七十的居民都还处在相当贫困、相当落后、相当遥远的农村。”说到这里，宋梓南有些激动了，“邝先生，话说到这里，不知道我作为一个已然上了年纪的中国人，能不能对你，一个年轻的华裔科学家说这样一句话？”

邝世浩说：“请说。”

宋梓南说：“我的话可能有点重。”

邝世浩说：“让我们都来服从真理。”

宋梓南说：“说得好，让我们都来服从真理。邝先生，你我之间年龄相差几十岁，但我们有一个共同的母亲……”

邝世浩一愣："共同的……母亲……"

宋梓南说："中国。"

邝世浩忙说："是的、是的……"

宋梓南说："你爱这个母亲吗？"

邝世浩说："当然。否则我会放弃美国如此优厚的生活、科研条件回到这边来吗？"

宋梓南说："同理，如果你是一个高鼻子、蓝眼睛的朋友，我肯定也不会说这个话了。让我们像一个儿女那样来对待我们这个古老而又充满活力的母亲，可以吗？少一点计较和挑剔，更多一些责任和使命感。你，我，我们这一代人、两代人、三代人，都负有不可推卸的让母亲更年轻、更有活力、更强大、更富足、更现代化、更民主、更完美的使命。少一点计较和挑剔。"说到这里，宋梓南的眼眶有一点湿润了，"邝先生，我听说，你在以往的谈话中，常常会说'你们大陆''你们中国'，我希望在今天你我的谈话中，邝先生不再使用这样的说法，不再站在这样的角度上来说话，这不仅是方法和叙述角度的问题，而是一颗心和另一颗心能否靠拢、能否贴近能否融合的问题。世浩，你刚才也说了，这一次你是回来了，回家了，回到母亲身边来了，让我们一起为这个多灾多难的母亲做一点事情。"

邝世浩稍迟疑了一下说："我想……我可以收回我以前那种不合适的说法。"

宋梓南宽慰地微笑了一下，拍了拍邝世浩放在膝盖上的手，并用力握了握它："谢谢。在《公司法》正式颁布前，我对今天说的话负完全责任：你的公司拥有一切独立的财产权和经营权，当然在此同时，它必须承担遵守中国法律的义务。"

邝世浩说："你已经让我看到了在深圳落户的良好前景，但我还要请教的是，深圳地方对我这样的人和公司到深圳创业会给予什么样的支持？"

宋梓南说："现在我只需要对你说，具体的支持一定是多方位的，可能也是出乎你意料的。所有这些战术上、技术上的问题，我想应该由我手下有关部门的人来跟你详细谈。它不是我今天来要解决的主要问题。但有一点，是他们做不到的，而只有我可以给你这样的保证的。"说到这里，宋梓南向老孟示意了一下。

老孟立刻打开一幅随身带来的深圳地图。

宋梓南指着地图对邝世浩说："这是我们的深圳，总面积一千三百平方公里美丽的深圳。我今天可以这样对你说，你为你的公司设址，你可以在这一千三百平方公里之内选你看中的任何一个地方。我甚至可以这么对你说，如果你看上了我市委大楼所在地，我立刻搬家，把这个地方让给你来建你的公司大楼。”

邝世浩愣住了，过了一会儿说：“为……为什么？”

宋梓南笑道：“理由？还用多说吗？深圳需要人才。我作为深圳一把手，只是要在这里向你表示这样一个态度和决心，为了多招来一个有用的人才，我们是不惜一切代价的。”

邝世浩问：“你对所有到深圳来落户的外籍科技人员都这么许愿吗？”

宋梓南说：“当然不是。因为我只有一幢市委大楼。”

邝世浩又愣住了。

宋梓南说：“你可以把我今天说的话记录在案。我签字认可。”

邝世浩看看宋梓南，又看看地图，然后又去看看宋梓南，几乎有一点不知所措了。他站了起来，在客厅里来回踱了两步，本能地打开音响。那里立即播放出一首特别热烈狂放高昂的非洲黑人布鲁斯音乐《责问灵魂》。因为音乐太吵太闹太震撼人心，他又立即把它关了。客厅里突然又安静下来。邝世浩在打量了宋梓南一眼后，突然又坐了下来，用非常严肃的口气问道：“还有个情况我需要向你核实一下。”

宋梓南：“请说。”

邝世浩：“关于你个人在深圳的前景，你是不是还有一些非常重要而又对我隐瞒了的事情没有说？你是否显得不够诚实？”

宋梓南哑然失笑，说道：“我显得不够诚实？”

老孟刚想插话，宋梓南立即做了个手势制止了他。宋梓南把身子往沙发背上一靠，坦然地问道：“此话怎说？”

邝世浩说：“我在深圳有亲戚、有朋友，我在深圳是进行过考察的，甚至可以说是进行了‘私访’的。”

宋梓南笑了起来：“好一个‘私访’。你访到了我的什么隐秘的情况？”

邝世浩正犹豫着要不要对宋梓南直说。宋梓南笑道：“是不是说我在深圳待不长了？”

邝世浩说：“这一点，对于我们这些人来说很重要。你今天给我许了那么多愿，然后就离开深圳……”

宋梓南沉吟了一下说："世浩……请允许我这样称呼你。可以吗？"

邝世浩犹豫了一下说："可以……"

宋梓南动情地说道："世浩，你是一个非常可爱的年轻人。坦诚、率真。你让我看到了我自己年轻时的模样，一个不可重复不可多得的黄金年代啊。是的，我很可能……不，不是很可能，而是一定，那就是我一定不会在深圳市委书记兼市长的岗位上永远待下去……"

邝世浩忙打断道："不是永远待下去的问题，而是……而是……听说你很快就会离开你这个职位了。"

宋梓南点点头说道："是的，有可能是你说的这个'很快'。"

邝世浩忙问："多久？你还能在这个岗位上待多久？"

宋梓南说："一天？一个星期？一个月？还是一年？这个我说不准。因为这是我们的组织机密，而且是属于中央掌握的组织机密。我个人也无法把握的。"

邝世浩说："如果你连自己的命运走向都没法把握，又怎么能落实你刚才对我的那种种承诺？"

宋梓南说："世浩，有一点你必须明白，今天跟你谈话的不是一个私营公司的老板。如果是这样一个老板，有一天他走了，他的公司不存在了，他说的一切都会化为泡影。今天这个宋梓南，不仅仅在代表他个人，更在代表一个特区政府，一个特区党委领导机构，而中央是赋予了这个特区政府和特区党委组织以特殊权力的。世浩，你回来这么多天，你应该已经清楚地感受到，中国已经走上一条不可逆转的改革之路，深圳也一定会在这条道路上走下去的。而且，有没有这个宋梓南，深圳都会存在下去，太阳每天都会照常在深圳大地上升起，中国的改革开放一定会深入进行下去，而且会变得越来越好！"

邝世浩不说话了。

这时，下面的门铃响了。那个中年女子匆匆出去开门。门外停着一辆黑壳子的福特轿车。从车上下来一个中年的工作人员很客气地问那个中年女子："请问，这儿是邝世浩先生的亲戚家吗？"

那个中年女子警惕地："你们……"

中年工作人员说："我们是深圳驻沪办事处的。"

那个中年女子忙热情地说："哦，有什么事吗？"

中年工作人员又问："我们的书记在这儿吗？"

那个中年女子犹豫道："啊……"

中年工作人员忙说："我们能见他一下吗？市委办公厅有个紧急电话，需要立即向他报告。"

那个中年女子对那个工作人员说了声："请你们稍微等一下。"便回到客厅里，把老孟叫到一旁，低声说了这么一回事。老孟立即又去报告了宋梓南。宋梓南立即对邝世浩说："对不起，我们驻沪办的同志来了，好像出了一点什么事。我去看他们一下。"不一会儿，宋梓南回来了，对邝世浩说："很抱歉，家里有一点事，我必须马上回深圳去了。"

邝世浩真诚地说道："那太遗憾了。"

宋梓南苦笑笑说："这就叫身不由己啊！"

邝世浩说："希望能在深圳再见到你。"

宋梓南说："这正是我想说的：希望能再一次在深圳接待你。"

邝世浩说："我会再去深圳做一次详尽的考察。"

宋梓南说："世浩，有一句话请你记住，如果你再一次去深圳的时候，发现我已经不在目前这个岗位上了的时候，你要相信，一切都在按规则办事，深圳任何时候都衷心地欢迎你，会全力支持你在那儿创业。"

邝世浩敏感地说："看来，让你赶回去，是要真的调动你工作了？"

宋梓南回避了正面回答邝的问题："还有一点，是我现在就可以告诉你的，如果真的发生了我调离的事情，你要确信，我的继任者一定是比我优秀的人。在总结了我工作的成败经验教训后，他们一定干得更加出色，一定更熟悉经济工作，拥有更广阔的政治视野和经济头脑，会更坚定、更有效地推行邓小平同志的改革开放路线。我也相信，不管你邝先生选择在哪儿落户，你一定会替我们这个多灾多难而又前途无量的母亲做出别人替代不了的那种贡献来的。"说着，宋梓南向邝世浩伸过手去。

邝世浩犹豫了一会儿，慢慢地向宋梓南伸出手去。

宋梓南一把抓住邝世浩的手，用力握了一下，大声说了声："再见！我们在深圳等你！"便转过身大步向外走去了。邝世浩和那个女主人忙跟过去送。上车前，宋梓南再没说什么客套话，只说了声："请留步，我们深圳见。"便钻进办事处来接他的那辆老福特车里走了。

和宋梓南匆匆一面，却给邝世浩留下极深的印象。他说不清这位共产党的高官，身上到底哪种东西深深打动了他。当年他作为大陆上一个顶尖的少年大学生，被普林斯顿大学选拔到美国深造。多年来，他拿的是美国的全额奖学金，两年拿到了本该三年拿的研究生学分，然后又只用了一年多时间，完成了博士论文而被贝尔实验室聘用。他确实认为是美国培养了他。在美国的这些年，他完全接受了美国理念和舆论下的结论，也完全习惯了美国式的生活方式。他成了西方文明的推崇者和播弄者。这次回到大陆，他内心是带着一点做“拯救者”的愿望来的。大陆处处的落后，也的确让他震惊，但不久他就感受到这种落后背后勃起的急于改变现状的活力。而在欧美，即便是那么先进的欧美，也难以再找到这样一种改变现状的动力。他在那儿可以活得非常舒服，但难以让他激动，没法给他一种生存的激情，甚至连该有的困惑也变得很淡、很遥远。他毕竟是个年轻人，他渴望改变现状。他完全想不到，一回大陆，自己竟然会遭遇宋梓南这样一个充满生活激情的“老人”，而且还是“官僚体制”下一个力图在改变现状的“共产党官员”。更多的困惑伴随着隐约涌到心间的激动，使他久久地站在弄堂里向离去的福特车招着手，目送宋梓南远去。

让驻沪办事处同志转告的这个紧急电话里也没有说得更多，只是说让宋梓南书记立即赶回深圳，中央组织部和省委的主要领导要见他。当时在宋梓南心里升起的第一个念头，就是最后的调令来了，他离开深圳的日子来了……包括市委、市政府一些领导同志也是这样猜想的。他们焦虑地等着宋梓南归来。他们担心宋梓南的身体在这一刻会顶不住最后的那点压力而有所不测，但出乎宋梓南和所有人预料的是，中央组织部和省委主要领导在谈话中，并没有涉及他工作变动的问题。他们肯定了深圳这些年来的工作，十分关心宋梓南的身体状况。他们希望宋梓南安心腾出一点时间来彻底把病治好。从工作考虑，中央将派一个同志来深圳担任市长，在宋梓南治病期间，代理主持深圳的全面工作……

不久，市中心广场上，举行“拓荒牛”雕像的落成典礼。那天，广场上，人头攒动，彩旗飘扬。宋梓南在落成典礼上，发表了著名的《向深圳告别》演说。

在新任市长、中央组织部来的领导同志、省委书记和余涛等人的注视下，宋梓南慢慢走上讲台。他从口袋里掏出讲稿。周副市长、常副市长和市委的一些常委也都在动情地注视着他。在台下的人群中，还有冯宁、邝世浩、何振鸿、尤妮、陶怡，还有“四营长”张万斤等人。宋梓南把讲稿展开，在讲桌上慢慢把它抹平，然后向台下看了一眼，慢慢地说道：“我要走了……起码是暂时地要离开深圳了……秘书为我准备了这样一个讲稿，经过他反复的修改，昨天晚上我又反复琢磨了好几遍，但是，我觉得他还是没有写出我想在今天这个大会上向同志们表达的那种心情……这也确实难为他了。我想没有一个人，没有一支笔，能说得清写得透我这一刻想向同志们表达的这种心情……首先，我完全拥护中央关于深圳市委主要领导同志职务调整的决定。几年来，在中央以经济建设为中心的战略思想和改革开放路线的指引下，在中央领导的亲切关怀和直接指导下，我有幸和同志们一道参与了建立深圳特区这一伟大工程，亲历亲为了深圳特区从无到有的这一历史性的伟大历程。今天，在我就要暂时离开这个岗位，离开这个地方的时候，在我还不知道能不能回到这个岗位这个地方的时候，我想说的，只有这样一句话，那就是：'如果我必须生一千次，我愿意生在这个地方；如果我必须死一千次，我也愿意死在这个地方。'……"

宋梓南流泪了，哽咽了，有一点说不下去了。

全场一时间变得极其安静。

突然间，余涛站了起来，带头鼓起掌来。

主席台上的领导同志，也站了起来，都开始鼓掌了。

全场的人都站了起来，开始鼓掌。

这时，宋梓南和余涛陪同中组部的领导和省委书记走到那个拓荒牛雕像旁。雕像身上覆盖着红绸。宋梓南请中组部的领导和省委书记去为雕像揭幕。中组部的领导和省委书记却把宋梓南和余涛拉到雕像前，一定要他俩为这个雕像揭幕。宋梓南和余涛犹豫了一下，再度看看中组部的领导和省委书记。中组部的领导和省委书记鼓励似的对他俩示意了一下。

宋梓南和余涛走到雕像近旁，拉动了揭幕的绳子。那匹巨大的红绸缓缓地从雕像身上滑落了下来。巨大的拓荒牛映衬着阳光和蓝天，它那倔强奋进的身姿引起了全场一片欢呼。在此同时，千百只彩色的气球和白鸽腾空而起。

蛇口码头上汽笛声长鸣。

入夜。国贸大厦顶上绚丽烂漫的烟火迸发。

第一百一十七章

入夜，市委大楼，宋梓南原先的那个办公室里，宋梓南独自一人闷坐着。忽然有人敲门，宋梓南犹豫了一下，去开门。门外站着余涛。宋梓南有些意外。余涛很少这么晚了还来“串门”的。再说，余涛是从来不会到哪个书记、市长家串门的人啊！

余涛说：“走，我陪你上街上走走。”

宋梓南摇摇头，却做了个手势，请余涛坐下。

余涛没坐，只是问道：“你晚上自己一个人到街上走过没有？”

宋梓南不知道余涛问这个有什么意思，便打量了余涛一眼，答道：“没有……”

余涛淡淡一笑道：“所以呀，走，我陪你去走走。”

宋梓南犹豫了一下，只得跟着余涛向外走去。

两人没通知司机，缓步走到大街上。余涛恳切地说道：“白天你那句话说得非常好，非常好：‘如果我必须生一千次，我愿意生在这个地方；如果我必须死一千次，我也愿意死在这个地方。’说得非常好。”

宋梓南淡淡地笑了一下。

余涛问：“你什么时候去住院治疗？”

宋梓南说：“很快吧，这两天正在和新来的市长交接工作，交接完了就走。不知道还能不能回得来。这是常有的事，进了医院，就再也出不来了。”

余涛断然反驳道：“不可能。”

宋梓南说：“为什么？”

余涛说：“上帝怕你，不敢召你回去。”

宋梓南笑笑说：“是吗？”

余涛说：“你想想，你我这一生都死过几回了？各个时期，有各种各样的人，都曾经要我们死，我们偏偏活下来了，还活得硬硬朗朗的、风风火火的！”

宋梓南说：“老余，你说，我们风风火火这些年值当吗？”

余涛说：“值不值当，这个不能由你我自己来说。”

宋梓南再问：“你说，深圳会忘记你我吗？”

余涛愣怔了一下：“你怎么会念叨起这个来了？”

宋梓南动情地说：“有时候我真的挺担心，甚至挺害怕，就像一个老人害怕被自己的儿女遗忘和遗弃，害怕深圳有一天会把我给彻底忘了。”

余涛沉默了，过了一会儿，他抬起头很坚定地说：“我想不会，深圳不应该忘记你我。”

宋梓南说：“历史上不应该发生，但事实上还是发生了的事情难道还少吗？”

余涛坚决地说道：“不可能。它忘不掉的！它想忘也忘不掉的！！”

宋梓南说：“老余，我们真的做到了这一步了吗？我们真的已经能让深圳的老百姓想忘也忘不掉我们了吗？”

余涛沉吟了一下说：“还是让历史来做这个鉴定吧……历史会做最后鉴定的……老百姓会做最后鉴定的。”

这时，他们走到了一家大型餐馆门前。从大落地玻璃窗里看去，餐馆的大堂间几乎都已经坐满了来就餐的客人。他俩在门口犹豫了一下。

余涛忽发奇想：“进去吃点东西？你可能从来都没有自己出来吃过一顿饭吧？现在轻松了，暂时离职去治病了，可以像一个普通市民那样，上个饭馆，随便点几样自己想吃的菜，去吃一点东西了。”

宋梓南苦笑笑，点了点头。

两人欣然走了进去。

一个年轻的服务员迎了上来，刚要说话，一件让所有人感到意外的事发生了。餐馆的大堂里忽然发出一阵轻微的骚动。一些人在看了他俩一眼后，忙交头接耳地低声说些什么，还有一些人则转过身来向这边张望，显然有人认出了他们俩。紧接着，几乎所有的顾客都站了起来，并且不约而同地向着宋梓南和余涛转过身来，极其有节制、有礼貌地鼓起掌来。大堂里，没有人走动，没有人喧哗，没有人上前来要求握一下手，更没有人要求签字合影，只是礼貌地、敬重地看着这两位老人，轻轻地轻轻地鼓着掌。

宋梓南心里一阵酸热，他哽咽了，再一次流泪了。他也鼓起掌来，向着这些极其普通的百姓和市民报以轻轻的掌声。

余涛的眼眶也湿润了。他也轻轻地鼓起掌来。

深圳夜空碧遥，银汉深邃，华灯瑞丽。在宋梓南和余涛向着饭店里的人们轻轻地回应他们的掌声时，那些自发向他俩送来的掌声却越来越响，越来越响，然后又突然低微下去，渐渐消失在梧桐山背后那遥远的星空里……

不久，经中国人民解放军总医院的泌尿科专家查明，宋梓南的尿血并非是由癌症引起的，但多脏器器质性病变，迫使他不得不在医院里进行了长达两年之久的治疗。在这期间，深圳和整个中国都有了突飞猛进的发展。宋梓南病愈回到深圳后不久，邓小平再一次到深圳视察。已然是满头灰发的宋梓南和省市的主要领导一起，再一次接待了邓小平，陪着这位耄耋老人完成了一次中国当代发展史上关键性的视察。正是在这次视察中，邓小平完整地、精辟地阐述了中国坚持社会主义方向，坚持改革开放路线的理论，并再一次肯定了深圳特区的大方向，再一次鼓励中国共产党人要“进一步解放思想，要敢闯敢创新”，在中国大地上再一次掀起了改革开放的大潮……那天，邓小平就要从蛇口港码头乘船走了，宋梓南和市委市政府的主要领导去送老人家。老人家他们一一握手告别后，在他家人的陪同下，缓慢向船上走去。快要走上船了，老人家突然转过身来，对宋梓南大叫了一声：“你们要搞快一点啊！”

宋梓南忙答道：“您的话很重要，我们一定搞快点！”

是的，一定要搞快一点。

就在这一年，中央给了上海五项审批权和筹资权，在建立深圳、珠海等十四个经济特区以后，中国另一项伟大的震动世界的改革开放工程——开发上海浦东，在邓小平同志的倡导和推动下，大幅度地加快了建设步伐……也就在这一年，全国人民代表大会以绝对多数票通过，决定建设当代世界最大的水利枢纽工程——长江三峡大坝……

也就在这一年，石长辛在经过多次手术后，身体完全康复，回到了领导工作岗位上……

同样在这一年，陶怡和冯宁结婚了。冯宁本想让陶怡就在自己的公司里兼一个什么职位的，但陶怡坚持要自己去“闯一闯”。她说两个人在同一个公司里干，多少有点别扭。特别是这个公司的“老板”又是自己的老公，她干得好或干得不好，别人都会有话说。“要是你还信得过我，就让我自己出去试一试。”于是，她从尤妮手里接过了职业中介的工作，为更多到深圳来开创事业的年轻人忙碌着……

继后，冯宁和邝世浩组建的兴华国际电子有限公司迅速成长为亚洲最大的电子公司……

唯一让我们感到有一点遗憾的是，这一年，已经成为兴华公司副总裁的尤妮和成为深圳金融研究所负责人的庞耀祖，他们之间的那段情感故事似乎还没有一个确切的结果……

而也就在这一年，在中国无数退休党政干部的名单中，又多了两个倔强老者的名字，他们一个叫宋梓南，另一个叫余涛……

冉冉朝阳，大海磅礴。

那天，中央组织部的一位负责同志和省委主要领导跟宋梓南谈完话，正式宣布了他退休。已是满头白发的宋梓南回到办公室闷闷地坐了好大一会儿。他把双手轻轻地搭在那冰凉而又十分光滑的桌面上，缓缓地扫视了一下这个自己非常熟悉，但今天却又突然觉得非常陌生的空间。是啊，多少个日日夜夜，他宋梓南就是在这里度过的呀，但在这数以千计的日夜里，他又何曾真正悉心地关照过它、留心过它？总是匆匆地来，又匆匆地去。而它总是毫无怨言地接受着他的来去，默默地关注着他的成败悲喜。他在这儿忽发奇想，在这儿筹划伟构，在这儿痛斥小人，也在这儿委婉妥协，在这儿狂喜，也曾痛心疾首，甚至惶惶不可终日……可以说，在这个世界上唯一真正窥探了他宋梓南内心秘密的，就是它了，千百个日夜，唯有它始终如一地和他在一起，守护着一个"执着"……就像她，亭云一样……想到这里，宋梓南情不自禁地有一点哽咽起来。他从办公桌的抽屉里取出一面小镜框。镜框里放着的是亭云中年后的一张黑白照片。宋梓南从不主动要求照相。因为无论是在公开场合，还是在不公开场合，他一生照的相，已经太多太多。他也不会去替别人照相。他没有这个爱好。他一直小觑这种"按一下快门就能完成了的"活儿。因此，这张黑白照片，几乎可以说是他极少数几张兴之所至，亲自按下快门的"作品"之一。也是他为亭云拍摄的唯一的一张照片。亭云特别珍惜它，他也特别看重它，尤其在亭云走了以后，他几乎把它当作自己和亭云冥冥间对话的唯一通道，常常在深夜时分，在疲倦困乏至极时，拿出它来，和它……和她对视一会儿。他知道不自觉地陷入回忆，是一个人精神上和生理上衰老的主要症状。所以，他一直在告诫自己，也不让自己去回忆。但在这种夜深人静时，他却止不住要回忆，让自己面对亭云，面对那无法抹杀的过去，重温青春热血……早几天，他已经把办公室该整理、该收拾的都整理收拾齐了。只有这张照片，他得留到最后一刻，随着自己的真正离去，再把它带走。现在，是不是该把它带走了呢？连那些回忆，那些青春热血痕迹，那无数的激奋和困惑、惊喜和滞顿，一起带走……宋梓南努力平静下自己的心境，走到今天下午让秘书事先准备好的一张大案桌前。案桌上已经准备好了文房四宝。他执笔舐墨，面对着一大幅宣纸，凝神屏气。是的，他要最后留下几个字。留什么？留下"如果我必须生一千次，我愿意生在这个地方；如果我必须死一千次，我也愿意死在这个地方"这句话？他迟疑了一下，又迟疑了一下，最后挥笔疾书，在纸上写下了"位卑也忧国，何敢惜自身"几个大字。